《蜀道研究文库》编纂机构

一、《蜀道研究文库》编纂委员会

顾　问：王子今　孙　华

主　任：陈　涛

副主任：罗建新　熊　梅　金生杨

委　员：蔡东洲　陈　洪　段　渝　冯岁平　伏俊琏　高大伦
　　　　高天佑　郭声波　蒋晓春　蓝　勇　李　健　李久昌
　　　　李永春　李勇先　梁中效　廖文波　刘清扬　刘志岩
　　　　马　强　聂永刚　彭邦本　祁和晖　孙启祥　谭继和
　　　　万　娇　王　川　王　蓬　王仁湘　王小红　王　毅
　　　　王元君　谢元鲁　严正道　杨永川　赵　静

二、《蜀道遗产丛书》编纂委员会

顾　问：王子今　孙　华

主　任：陈　涛

副主任：罗建新　熊　梅　金生杨

委　员：伏俊琏　符永利　高大伦　高天佑　郭洪义　郭声波
　　　　李　军　梁中效　廖文波　刘显成　马　强　彭邦本
　　　　邱　奎　苏海洋　王　川　王佑汉　王元君　胥　晓
　　　　严正道

蜀道遗产丛书

文化遗产

陈涛 ◉ 主编

唐五代入蜀文人与蜀道诗研究

严正道 著

四川人民出版社

图书在版编目（CIP）数据

唐五代入蜀文人与蜀道诗研究 / 严正道著. -- 成都:
四川人民出版社, 2024. 10. -- ISBN 978-7-220-13704-4

Ⅰ. I206.4

中国国家版本馆CIP数据核字第2024MZ6061号

TANG-WUDAI RU SHU WENREN YU SHUDAO SHI YANJIU

唐五代入蜀文人与蜀道诗研究

严正道 著

出 版 人	黄立新
策划统筹	邹 近
责任编辑	邹 近
特约编辑	曾小倩
责任校对	蒋东雪 唐 虎
封面设计	李其飞
版式设计	张迪茗
责任印制	周 奇

出版发行	四川人民出版社（成都三色路238号）
网 址	http://www.scpph.com
E-mail	scrmcbs@sina.com
新浪微博	@四川人民出版社
微信公众号	四川人民出版社
发行部业务电话	（028）86361653 86361656
防盗版举报电话	（028）86361653
制 版	四川胜翔数码印务设计有限公司
印 刷	成都东江印务有限公司
成品尺寸	185mm×260mm
印 张	21
字 数	338千
版 次	2024年10月第1版
印 次	2024年10月第1次印刷
书 号	ISBN 978-7-220-13704-4
定 价	118.00元

《蜀道遗产丛书》序一

王子今

交通史和文明史有密切的关系。回顾中国古代交通史，可以看到交通系统的完备程度和通行效率在一定意义上决定性地影响着国家的版图规模、行政效能和防御能力。交通系统是统一国家形成与存在的重要条件。社会生产的发展也以交通发达程度为必要基础。生产工具的发明、生产技术的革新以及生产组织管理方式的进步，通过交通条件可以实现传播、扩大影响、收取效益，从而推动整个社会的全面进步。相反，在不同社会空间相互隔绝的情况下，有些发明往往"必须重新开始"。世界历史进程中屡有相当发达的生产力和曾经灿烂的文明由于与其他地区交通阻断以致衰落毁灭的事例。[1]从社会史、文化史的视角考察，可以发现交通网的布局、密度和效能，决定了文化圈的范围和规

---

[1] 马克思和恩格斯指出："某一个地方创造出来的生产力，特别是发明，在往后的发展中是否会失传，取决于交往扩展的情况。当交往只限于毗邻地区的时候，每一种发明在每一个地方都必须重新开始；一些纯粹偶然的事件，例如蛮族的入侵，甚至是通常的战争，都足以使一个具有发达生产力和有高度需求的国家处于一切都必须从头开始的境地。在历史发展的最初阶段，每天都在重新发明，而且每个地方都是单独进行的。发达的生产力，即使在通商相当广泛的情况下，也难免遭到彻底的毁灭。关于这一点，腓尼基人的例子就可以说明。由于腓尼基民族被排挤于商业之外，由于亚历山大的征服以及继之而来的衰落，腓尼基人的大部分发明长期失传了。另外一个例子是中世纪的玻璃绘画术的遭遇。只有在交往具有世界性质，并以大工业为基础的时候，只有在一切民族都卷入竞争的时候，保存住已创造的生产力才有了保障。"（《德意志意识形态》，《马克思恩格斯全集》第三卷，人民出版社1960年版，第61—62页）

模，甚至交通的速度也明显影响着社会生产和社会生活的节奏。

马克思和恩格斯非常重视"生产"对于历史进步的意义，而且曾经突出强调"交往"的作用。他们认为："……而生产本身又是以个人之间的交往为前提的。这种交往的形式又是由生产决定的。"他们明确指出："各民族之间的相互关系取决于每一个民族的生产力、分工和内部交往的发展程度。这个原理是公认的。然而不仅一个民族与其他民族的关系，而且一个民族本身的整个内部结构都取决于它的生产以及内部和外部的交往的发展程度。"①在论说"生产力"和"交往"对于"全部文明的历史"的意义时，他们甚至曾经采用"交往和生产力"的表述方式。②"交往"置于"生产力"之前。这里所说的"交往"，其实与通常所谓"交通"近义。有交通理论研究者认为："交通这个术语，从最广义的解释说来，是指人类互相间关系的全部而言。"③所谓"人类互相间关系的全部"，可以理解为"交往"。我们引录的马克思、恩格斯《德意志意识形态》一书中所说的"交往""交往史"，有的译本就直接译作"交通""交通史"，比如1947年出版的郭沫若译《德意志意识形态》就是如此。④

在有关中国古代交通的历史文化记忆中，"蜀道"因克服秦岭巴山地理阻隔，对于经济交流、文化联络、政令宣达、军事进退等方面的重要作用，乃至线路设计、工程规划、修筑施行、道路养护等方面组织水准所体现的领先性、代表性和典型性，具有特殊的意义。

对"蜀道"定义的准确理解，曾经存在不同的意见。有一种认识，以为"蜀道"有广义和狭义两说。前者指所有交通蜀地的道路，后者指穿越秦岭巴

---

① 马克思、恩格斯：《德意志意识形态》，《马克思恩格斯全集》第三卷，人民出版社1960年版，第24页。

② 马克思、恩格斯：《德意志意识形态》，《马克思恩格斯全集》第三卷，人民出版社1960年版，第56—57页。

③ 鲍尔格蒂（R.von der Borght）：《交通论》（Das Verkehrswesen），转引自余松筠编著：《交通经济学》，商务印书馆1937年版，第6页。

④ 马克思、恩格斯合著，郭沫若译：《德意志意识形态》（郭沫若译文集之五），群益出版社1947年版，第105、63页。

山联系川陕的道路。甚至还可以看到"蜀道"即"蜀中的道路"或"蜀地"的道路这样的解说。^①其实，长期以来在文化史上成为社会共识的"蜀道"的定义，久已确定为川陕道路。

虽然南北朝时期古乐府以"蜀道难"为主题的某些作品，或言"巫山七百里，巴水三回曲"^②，"建平督邮道，鱼复永安宫"^③，似均以巫峡川江水路言"蜀道"，但这是因为南朝行政中心处于长江下游。南朝人所谓"蜀道"自然主要是指"巫山""巴水"通路。其他关于"蜀道"的误识，有些也发生于南北分裂为背景的历史阶段。其实，"蜀道"既不是"蜀中的道路"，也不是所有的"入蜀道"，而是在特定交通史阶段形成的具有比较明确指向的交通线路，即穿越秦岭巴山的川陕道路。在秦以后形成的高度集权的统一王朝管理天下的政治格局中，国家行政中枢联系蜀地的交通道路即所谓"蜀道"，定义是大体明确的。

历史文献较早言及"蜀道"的明确例证，有《史记》卷八《高祖本纪》的记载。项羽分封十八诸侯，"立沛公为汉王"时，为敷衍楚怀王，"与诸将约，先入定关中者王之"^④，说"巴、蜀"也是"关中地"。这一策略，其内心真实的出发点其实是"巴、蜀道险"："项王、范增疑沛公之有天下，业已讲解，又恶负约，恐诸侯叛之，乃阴谋曰：'巴、蜀道险，秦之迁人皆居蜀。'乃曰：'巴、蜀亦关中地也。'故立沛公为汉王，王巴、蜀、汉中，都南郑。"^⑤又如《后汉书》卷三六《张霸传》记载张霸遗嘱关于葬事的安排："今蜀道阻远，不宜归茔，可止此葬，足藏发齿而已。务遵速朽，副我本心。"张霸"蜀郡成都人也"，时在洛阳生活。^⑥由所谓"巴、蜀道险"与

---

① 有的辞书有这样的解释："【蜀道】蜀中的道路。亦泛指蜀地。"（汉语大词典编辑委员会、汉语大词典编纂处编纂：《汉语大词典》第8卷，汉语大词典出版社1991年版，第1036页）
② 《艺文类聚》卷四二引南朝梁简文帝《蜀道难曲》。
③ 《乐府诗集》卷四〇梁简文帝《蜀道难二首》其一。
④ 《史记》卷八《高祖本纪》："赵数请救，怀王乃以宋义为上将军，项羽为次将，范增为末将，北救赵。令沛公西略地入关。与诸将约，先入定关中者王之。""汉王数项羽曰：'始与项羽俱受命怀王，曰先入定关中者王之，项羽负约，王我于蜀汉……'"（中华书局1982年版，第356、376页）
⑤ 《史记》卷七《项羽本纪》，中华书局1982年版，第316页。
⑥ 《后汉书》卷三六《张霸传》，中华书局2000年版，第1241—1242页。

"蜀道阻远"可知，在政治文化重心位于黄河流域的统一时代，"蜀道"词语的指向原本是明朗的。

深化蜀道研究，有必要开阔学术视界，探索和说明蜀道在世界文明史中的意义。

与其他世界古代文明体系的主要河流大多为南北流向不同，中国的母亲河黄河与长江为东西流向（樊志民说）。而黄河流域文化区与长江流域文化区之间，在西段存在着秦岭这一地理界隔，形成了明显的交通阻障。自远古以来先民开拓的秦岭道路成为上古时代交通建设的伟大成就。

秦占有巴蜀，成为后来"唯秦雄天下"[①]，"秦地半天下"[②]，最终实现"秦并天下"[③]，"灭诸侯，成帝业，为天下一统"[④]的重要条件。秦统一天下改变了世界东方的政治文化格局。这一体现了显著世界史意义的历史进程，是以蜀道开通为基本条件的。

蜀道成就了秦汉"大关中"形势的出现。当时的"大关中"即司马迁所划分四个基本经济区之一的所谓"山西"地方[⑤]，成为当时东方世界的政治、经济、文化重心。[⑥]这一情形直到王莽"分州正域"[⑦]，规划"东都"[⑧]，方才改变。

李学勤《东周与秦代文明》划分东周时期的中国为7个文化圈。[⑨]蜀道实现了其中"秦文化圈"与"巴蜀滇文化圈"的直接的交通联系，使得黄河中游的中原地区与长江上游的西南地区融汇为一个文化区。蜀道的进一步延伸即"西

---

① 《史记》卷八三《鲁仲连邹阳列传》，中华书局1982年版，第2459页。

② 《史记》卷七〇《张仪列传》，中华书局1982年版，第2289页。

③ 《史记》卷二八《封禅书》，第1366页；卷三七《卫康叔世家》，第1605页；卷八六《刺客列传》，第2536页。

④ 《史记》卷八七《李斯列传》，中华书局1982年版，第2540页。

⑤ 《史记》卷一二九《货殖列传》，中华书局1982年版，第3253页。

⑥ 王子今、刘华祝：《说张家山汉简〈二年律令·津关令〉所见五关》，《中国历史文物》2003年第1期；王子今：《秦汉区域地理学的"大关中"概念》，《人文杂志》2003年第1期。

⑦ 《汉书》卷九九中《王莽传中》，中华书局1962年版，第4128页。

⑧ 《汉书》卷九九中《王莽传中》："其以洛阳为新室东都，常安为新室西都。"（中华书局1962年版，第4128页）王子今：《西汉末年洛阳的地位和王莽的东都规划》，《河洛史志》1995年第4期。

⑨ 李学勤：《东周与秦代文明》，上海人民出版社2007年版，第10—11页。

南夷"道路以及"西夷西"道路的开通[1]，打开了有学者称作西南丝绸之路的国际通道。[2]而敦煌入蜀道路也可以看作西北丝绸之路的支线。[3]蜀道研究因而也是丝绸之路史研究不宜忽视的学术主题。

为推进蜀道研究的学术进步，蜀道研究院组织了《蜀道遗产丛书》，内容包括文化遗产类和自然遗产类两部分，涉及历史学、文学、考古学、艺术学、文献学、生物学等学科方向，确实实现了多学科的结合。这些论著体现出值得肯定的学术水准。该丛书对蜀道研究的学术进步实现了有力的推促。学术质量和工作效率，都值得学界诚心敬重。

读者面前的《蜀道遗产丛书》第一辑，其编订与出版，无疑是应当得到高度赞赏的新的学术贡献。对于今后蜀道的考察和研究而言，学术基点提升到了新的高度。学术视野的开阔，学术方式的更新，学术认识的拓进，均可以因此得到新的启示。

捧读这些优秀的学术成果，对于今后蜀道研究的学术进步，可以有更为乐观的预期。

王子今

2024年6月10日，甲辰端午

于山东滕州旅次

---

① 王子今：《汉武帝"西夷西"道路与向家坝汉文化遗存》，《四川文物》2014年第5期。

② 王子今：《海西幻人来路考》，《秦汉史论丛》第8辑，云南大学出版社2001年版。

③ 王子今：《说敦煌马圈湾简文"驱驴士""之蜀"》，《简帛》第12辑，上海古籍出版社2016年版；《河西"之蜀"草原通道：丝路别支考》，《丝绸之路研究集刊》第1辑，商务印书馆2017年版。

《蜀道遗产丛书》序二

陈　涛

一

蜀道是中国古代从关中平原穿越秦岭、巴山到达四川盆地的道路交通体系，其沿线拥有喀斯特、丹霞等特殊地貌和壮观的自然景观，分布着具有全球意义的生物多样性保护区域，留存着诸多重要历史文化遗址遗迹，已成功入选"世界自然与文化遗产预备名录"。

千年古蜀道，半部华夏史。蜀道沟通四川盆地与中原地区，连接长江文明和黄河文明，连通南北丝绸之路，奠定中国古代盛世的坚实基础，促进中华多族群、多区域、多元一体文明格局的形成，见证古代中国与世界其他文化的交往交流交融，彰显中华民族"因地制宜"智慧与"开拓进取"精神。作为一条贯通中国南北的大动脉，蜀道在历史上的政治、经济、文化、社会、生态等方面的作用是巨大的，其不仅对中国历史演变有重大影响，在世界文明史中也有着十分重要的意义。

蜀道是一条国家统一之路，对于沟通中原与西南地区、维护国家统一发挥着巨大作用。周武王伐纣，实得巴蜀之师；秦据巴蜀，终并六国；楚汉相争，刘邦任萧何留守巴蜀，东定三秦；三国鼎立，诸葛亮以汉中为基地，创造以攻为守的军事奇迹；隋末李渊起兵晋阳、夺取关中后，取巴蜀，收荆襄，奠定唐开国的后方基地；北宋先取四川，后定江南。蜀道在不同历史时期对于维护国家统一都发挥着不可替代的作用。

蜀道是一条富庶发展之路，对历史上巴蜀与外界的贸易交流影响深远。四川盆地与关中平原在中国历史上是两个开发最早、最为繁荣的经济区，都赢得了"天府之国"的美名，这两大经济区，通过蜀道很好地联系起来，在立国安邦中起到了巨大作用。所以，陈子昂曾说："蜀为西南一都会，国之宝府，又人富粟多，浮江而下，可济中国。"杜甫在安史之乱后也说："河南、河北、贡赋未入。江淮转输，异于曩时。唯独剑南，自用兵以来，税敛则殷，部领不绝，琼林诸库，仰给最多，是蜀之土地膏腴，物产繁富，足以供王命也。"中国最早的纸币——交子，便是宋代蜀道经济带茶马、茶盐贸易的结晶。在漫长的历史时期，蜀道促进了巴蜀与关中经济的互通与发展。

蜀道是一条文明交融之路，在通衢南北的历史长河中，促进了多种文化的交流融合，留下诸多珍贵的历史文化遗产。凭借蜀道，巴蜀文化穿岷山越秦岭，迤逦北上，徜徉于三秦大地，并折而东向，与中原文化密切交流，成为中国重要的地域文化。"栈道千里，无所不通"，蜀道打通了南北两条丝绸之路，让蜀地成为古代中外文化、经济交流的核心地带之一。蜀道的存在，使黄河和长江两大文明得以交汇，从而加速了巴蜀与汉中、关中乃至全国各地经济文化的联系，促进了商品经济发展和城市繁荣，并形成汉唐时期沿蜀道繁华的城市经济带。除此之外，蜀道上众多的历史遗存与文化景观，构成了规模大、时间长、内涵丰富且独具特色的蜀道文化遗产，不仅是中国古代交通史的重要见证，更是触摸古代历史文化的必要脉搏。例如蜀道上的关隘，南起成都，北至汉中，有绵竹关、白马关、涪关、瓦口关、剑门关、白水关、葭萌关、天雄关、飞仙关、朝天关、阳平关、七盘关等，不少栈道、关隘上都有悲壮的历史故事和重要的遗迹，如刘邦、韩信明修栈道、暗度陈仓；两汉之际公孙述进攻关陇；三国时诸葛亮两次于斜谷设疑兵而主力出祁山、陈仓，姜维在剑门关拥兵死守而迫使进攻之敌改道入川；南宋军民在大散关英勇抵抗金兵的多次猛攻；蒙古拖雷部攻克武休关而陷汉中；等等，都显示出蜀道关隘遗址是蜀道历史文化的重要见证，成为宝贵的古代交通与军事文化遗产。

蜀道是一条绿色生态之路，沿线拥有优美壮观的自然景观，是我国重要的生物多样性保护地与濒危物种栖息地。蜀道沿线分布有秦岭太白山国家森林公园、米仓山国家森林公园、天曌山国家森林公园、剑门关国家森林公园，还有近万株古柏组成的翠云长廊，森林内有各种奇特的自然景观及珍稀的野生动植物资源。蜀道上地表奇秀的峰丛、石林、峡谷景观，独特的喀斯特地貌，以及保存完整、品种众多、面积最大的水青冈群落，都极具美学价值和保护价值。传承几百年的"古柏离任交接制度"，时至今日仍传承发扬，闪耀着生态环境保护的历史光芒。蜀道的发展史、保护史，都完全凸显了古蜀道是尊崇环保、发展生态的突出范例。

蜀道作为出入四川尤其是西蜀与中原之间的黄金通道，千百年来，络绎不绝的各色人等来来往往，川流不息。尤其是传播佛、道信仰的高僧、高道们，他们或从中原入蜀，或从蜀道出川，一路上留下了大量的石窟造像、石刻雕塑、建筑壁画等珍贵的艺术品，从而使得蜀道沿线地区又成为宗教遗产的密集区。

历经数千年历史风云积淀的蜀道上，还遗存着丰富的古城、古镇、古村、古寨等，它们具有多彩的形态、古朴的民风、独特的建筑风格和深厚的文化底蕴，是映射中华民族文化之光的聚落，可谓古蜀道上一颗颗闪亮的明珠。这些古代聚落很好地实现了历史继承与时代递变的和谐发展，成为当今蜀道沿线重要的人文景观，颇具文化和旅游价值。

蜀道盘旋于秦岭、巴山间，高山峡谷，道阻且长。人们凿山筑栈，架桥渡水，采用不同工程技术，克服重重障碍，连通巴蜀与中原，天堑变通途。从春秋战国的"巴蜀苴秦地缘"，到"五丁开道"，再到唐代诗人李白的《蜀道难》，这条中国古代从关中平原穿越秦岭、翻越巴山，到达四川盆地的交通大动脉，以险峻闻名遐迩。千年前，面对古蜀道逼仄崎岖，部分路段甚至被称为鸟道，蜿蜒盘旋于峭壁之上的环境，先民们为了贯通南北大地，以勤劳智慧和顽强意志，一点一滴寻求方法解决问题，一砖一石地成就了蜀道千年传承的辉煌。在生产力不发达的古代，不断探索和开拓未知领域，为了目标下定决心、不怕牺牲、排除万难去争取胜利，正是中华民族精神的具体体现和宝贵财富。

蜀道是人类历史上顺应自然、改造自然并与自然和谐共生的典范。纵观中华文明史，秦岭是中国几大基本地域文化区相互联系的最大的天然屏障，作为穿越秦岭的早期道路，蜀道是民族文化显现超凡创造精神和伟大智慧与勇力的历史纪念。在蜀道上诞生了世界上最早的人工隧道——石门，遗留下了蜿蜒的古栈道，遗留下了数量众多的关隘、驿铺和寨堡……遇山开山，修路铺道；遇水架设栈道，立柱修桥。这些蜀道上的历史文化遗迹无不处处体现着千百年来巴蜀民众不屈不挠、因地制宜、开拓进取的精神。

丰沛厚重、绮丽多姿的蜀道文化遗产与自然遗产，见证着中华文明突出的连续性、创新性、统一性、包容性、和平性，见证着中国百万年的人类史、一万年的文化史、五千多年的文明史，也见证着中华文明对世界文明进步所作出的重要贡献。

二

从商周之际算起，蜀道已有近三千年历史，相关研究多有开展，但真正学术意义上的蜀道研究是在中华人民共和国成立后才发展兴盛的。学界从考古调查、文献整理、历史文化、文学艺术、环境生态等层面展开蜀道研究，取得不少成绩，西华师范大学专家学者在此领域的成果尤其值得关注。

20世纪80年代，西华师范大学成立巴蜀文化研究所、区域经济研究所，关注蜀道遗产资源，推出了《巴蜀文化大典》《巴蜀佛教碑文集成》《巴蜀道教碑文集成》《司马相如集校注》《扬雄集校注》等系列成果，确立了研究方向。

2007年，西华师范大学组建西部区域文化中心，建设省社科基地，推出《巴蜀文学史》《巴蜀方志艺文篇目索引》《蜀鉴校注》等成果，蜀道研究全面展开，呈现出多学科、多领域齐头并进的趋势。

2017年，西华师范大学设立蜀道研究中心，承担蜀道申遗重大项目，推出蜀道研究领域中的首套大型文献丛书《蜀道行纪类编》，确立了其在蜀道研究领域中的领先地位。其后，相关研究人员先后承接国家社科基金重点项目、国家自然科学基金项目等国家级科研项目36项，横向科研项目49项，获得省科技进步奖、社会科学优秀成果奖等省级以上奖励21项，取得了较好的社会效益与经济效益。

2023年7月25日，习近平总书记考察广元翠云廊古蜀道期间，西华师范大学蔡东洲教授全程担纲讲解工作。其后，西华师范大学相关专家学者在中央电视台等30多家媒体上传播蜀道文化，其蜀道研究享誉海内外。2023年12月12

日，蜀道研究院正式揭牌，西华师范大学的蜀道研究开启了新篇章。

为深入学习习近平总书记来川视察重要指示精神，贯彻落实党中央和省委、省政府关于蜀道保护利用部署要求，推动蜀道考古调查、文献整理、生态保护等跨领域多学科研究，打造中国蜀道研究高地，蜀道研究院计划分期分批推出《蜀道遗产丛书》，集中呈现蜀道研究优秀成果，提供蜀道保护传承、创新利用、宣传普及、文旅融合、传播交流等工作的学术支持。

《蜀道遗产丛书》分为文化遗产和自然遗产两类。第一辑中，文化遗产类有《唐五代入蜀文人与蜀道诗研究》《唐宋蜀道文学研究》《蜀道南段调查报告（2017—2018）》《蜀道南段古代壁画遗珍》《米仓道巴州平梁城调查报告》《司马相如集校注与研究》6种；自然遗产类有《四川米仓山国家级自然保护区台湾水青冈的生存现状》《大熊猫研究》《四川唐家河国家级自然保护区生物多样性研究》《濒危植物水青树的保护生物学》4种。作者既有年届耄背的李孝中先生，"国家哲学社会科学成果文库"入选者蔡东洲教授，大熊猫生态生物学研究奠基人和"中国大熊猫研究的第一把交椅"的胡锦矗先生，又有蜀道文学艺术研究领域的主力军严正道教授、伍联群教授、刘显成教授，蜀道生态研究领域的知名学者张泽钧教授、胥晓教授、甘小洪教授，以及蜀道考古领域的新秀罗洪彬博士等，充分体现出西华师范大学专家学者在蜀道研究领域薪火相继、代有传承、开拓进取的学术风范。

尺有所短，寸有所长，研究者的学术理念、研究方法有别，学养亦有差异，这些成果中也会存在引起讨论之处，恳请专家学者不吝赐教，齐心协力助推蜀道研究工作纵深发展，创建线性遗产保护研究传承典范，为奋力谱写中国式现代化四川新篇蜀道华章、建设中华民族现代文明作出贡献。

陈　涛

2024年6月18日

作者简介

 **严正道** 男，江西永丰人，文学博士、博士后，教授，硕士生导师，四川省第十二批学术和技术带头人后备人选，四川省落下闳研究会副会长。主要研究唐宋文学与文化、蜀道文学与文献。在《文献》《宗教学研究》等刊物发表论文40余篇，出版有《李绅及其诗歌研究》等专著。主持国家社科基金后期资助项目2项，教育部及四川省哲学规划课题3项。科研成果获四川省政府社会科学优秀成果奖二等奖1次、三等奖1次，以及四川省教育厅人文社会科学优秀成果二等奖1次。

目录
CONTENTS

绪

论

众所周知，文学活动作为人类一种高级形态的有意识行为，总是产生在具体的社会文化环境中，因而文学表现的内容与形式，体现的风格与特征，也总是与其社会生活与文化环境有着千丝万缕的联系。文学作品所具有的这种地域文化色彩，也就是人们常说的地域风格，在中国古代几千年的文学创作活动中表现得尤为明显，因为"中国自古以来地域广袤辽阔，各地之间无论山川水土的自然地理环境还是语言、风俗、政治、经济、文化方面的人文地理环境，往往迥异。文学创作的地域风格也就显而易见了。"①古人对于文学与地域文化之间的关系也早有认识，如《左传·襄公》二十九年所记载的一段吴公子季札对《诗经》若干篇章的解读，已经具有很浓厚的地域文化意识。大概是受到季札这种以地域论《诗》的影响，班固在《汉书》卷二八《地理志》中论述各地不同的风俗民情时，也常常结合《诗经·国风》中的篇章加以阐释。如论陈地，"妇人尊贵，好祭祀，用史巫，故其俗巫鬼。《陈诗》曰：'坎其击鼓，宛丘之下，亡冬亡夏，值其鹭羽。'又曰：'东门之枌，宛丘之栩，子仲之子，婆娑其下。'此其风也。吴札闻《陈》之歌，曰：'国亡主，其能久乎！'自胡公后二十三世为楚所灭。陈虽属楚，于天文自若其故"②。又论齐地，"临菑名营丘，故《齐诗》曰：'子之营兮，遭我乎农之间兮。'又曰：'俟我于著乎而。'此亦其舒缓之体也。吴札闻《齐》之歌，曰：'泱泱乎，大风也哉！其太公乎？国未可量也。'"③班固从《诗经》的篇章中管窥各地的风俗人情，反映了他作为一个优秀的史学家对诗歌与地域文化之间关系的深刻认识。受此启发，后世的一些《诗经》研究著作，如朱右曾的《诗地理征》、桂文灿的《毛诗释地》、尹继美的《诗地理考略》等，专作地理考释，

---

① 吴承学：《江山之助——中国古代文学地域风格论初探》，《文学评论》1990年第4期。
② 班固：《汉书》卷28《地理志》下，北京：中华书局，1964年，第1653页。
③ 班固：《汉书》卷28《地理志》下，北京：中华书局，1964年，第1659页。

"尤详于地理，凡古今之沿革，政教之得失，风俗之贞淫，皆三致意焉"①。

与《诗经》相比，楚辞的地域文化色彩更为鲜明。刘勰《文心雕龙》卷十《物色》篇云："若乃山林皋壤，实文思之奥府，略语则阙，详说则繁。然屈平所以能洞监《风》《骚》之情者，抑亦江山之助乎？"②说明屈原的诗歌受楚地自然山川风物的感发，有如江山之助，才能自成一体。而宋人黄伯思对楚辞的定义，更直接明确地指出了楚辞与楚地独特文化之间的关系，"盖屈、宋诸《骚》，皆书楚语、作楚声、记楚地、名楚物，故可谓之《楚辞》"③。

对《诗经》《楚辞》与地域文化之间关系的这些论述，反映了古人试图从地域文化的角度去探讨诗歌的内在蕴含与发展规律，以期准确把握诗歌，作出更为合理的阐释。而随着人们对文学本身认识的不断加深，以及自然地理知识的不断丰富与地域文化认知的深入，以地域论文学就成为古代文学批评家常用的一种方式。如曹丕《典论·论文》评"七子"之一的徐干时说他"时有齐气"④，殷璠《河岳英灵集》认为崔颢"少年为诗，属意浮艳，多陷轻薄。晚节忽变常体，风骨凛然，一窥塞垣，说尽戎旅"⑤。计有功《唐诗纪事》谓张说贬官岳州，"诗益凄婉，人谓得江山助云"⑥。这类例子不胜枚举，虽然论说简短，却真实而深刻地反映了文学受地域文化影响之事实。而这其中最为论文学者注意的是《隋书·文学传序》的一段评论："江左宫商发越，贵于清绮；河朔词义贞刚，重乎气质。气质则理胜其词，清绮则文过其意。理深者便于时用，文华者宜于咏歌。此其南北词人得失之大较也。"⑦这也是古代文学史上以地域划分文学流派的肇始。自宋出现以地域命名的江西诗派后，明清两代以地域命名的文学流派更不断出现，如公安派、竟陵派、吴中派、闽中派、铜陵派、常州派、浙派等。以地域命名文学流派，反映的正是他们受共同文化

---

① 尹继美：《诗地理考略题词》，《续修四库全书》第74册，上海：上海古籍出版社，2002年，第111页。

② 刘勰：《文心雕龙》卷10《物色四十六》，周振甫注释，北京：人民文学出版社，1981年，第494页。

③ 黄伯思：《新校楚辞序》，吕祖谦编《宋文鉴》卷92，北京：中华书局，1992年，第1306页。

④ 魏宏灿：《曹丕集校注》，合肥：安徽大学出版社，2009年，第313页。

⑤ 李珍华、傅璇琮：《河岳英灵集研究》，北京：中华书局，1992年，第191页。

⑥ 计有功：《唐诗纪事》卷14，王仲镛校笺，北京：中华书局，2007年，第354页。

⑦ 魏徵：《隋书》卷76《文学传序》，北京：中华书局，1973年，第1730页。

背景的影响而形成大致相同的审美情趣、文学主张、风格特征等。

以上是古人对文学与地域文化关系认识的简略概述。显然古人的这种认知多是一种体悟式的论述，还不能形成完整系统的理论主张。近代以后，以对南北文学的不同讨论开始，不断细化，逐渐形成以不同文化区域，甚至更为细致的子文化区域的文学研究。刘师培的《南北文学不同论》是较早系统探讨这一问题的文章，其在《隋书·文学传序》的基础上，进一步分析了造成南北文学不同的原因：一是音声不同，"南声之始，起于淮汉之间，北声之始，起于河渭之间"，"声音既殊，故南方之文亦与北方迥别"；二是地理环境的不同形成民俗文化的差异，造成南北文学的不同，"大抵北方之地土厚水深，民生其间，多尚实际。南方之地水势浩洋，民生其际，多尚虚无。民崇实际，故所著之文不外记事、析理二端。民尚虚无，故所作之文或为言志抒情之体"。刘氏之论，虽承绪的是传统的南北文学二分法，但已注意到地域文化对文人的特殊影响，如在谈及柳宗元与韩愈时，他认为："子厚与昌黎齐名，然栖身湘粤，偶有所作，咸则《庄》《骚》，谓非土地使然欤？"①王国维也注意到这个问题，他在《屈子文学之精神》一文中，对屈原文学精神形成的历史文化环境，从南北文化的不同作考察，认为屈原在体现南方富想象，于理想中求安慰的特征的同时，也受到北方重情感精神，坚韧刚毅的文化影响。②之后的一些学者也陆续有所论述，如牟润孙、唐长孺、程千帆等。值得注意的是程千帆先生的观点，他在肯定中国文学分南北二种的同时，又认为中国文学"虽分南北为二种，然此仅就其大较言之，若细加区分，则南北二种之中，又各有其殊异"，并且认为"文学中方舆色彩，细析之，犹有先天后天之异。所谓先天者，即班氏之所谓风，而原乎自然地理者也。所谓后天者，即班氏之所谓俗，而原乎人文地理者也。前者为其根本，后者尤多蕃变，盖虽山川风气为其大齐，而政教习俗时有熏染；山川终古若是，而政教与日俱新也"，"且地理区分，于文学之发展，固不失为重要之因素，然实非决定性之条件"。③程千帆先生的观点

① 刘师培：《南北文学不同论》，《清儒得失论》，长春：吉林人民出版社，2013年，第219－224页。
② 王国维：《屈子文学之精神》，《王国维集》第1册，北京：中国社会科学出版社，2009年，第27－30页。
③ 程千帆：《文论十笺》，《程千帆全集》第6卷，石家庄：河北教育出版社，2000年，第119－121页。

突破了自古以来人们对中国文学的简单固定划分方法，不但强调南北文学各自同中之异，不能一概而论，亦突出政教习俗对文学的影响。

如果说上述诸人的探讨还主要停留在文化层面，那么汪辟疆的《近代诗派与地域》①一文则可以看作是实践上的真正将地域文化与文学结合起来进行研究的开始。该文将近代诗人以地域分为六派，从他们不同地域文化的角度分析其各自的诗歌特色，由此也开启了地域文学研究的先河。不过，地域文学研究的全面兴起则是在20世纪80年代后。1986年金克木先生发表了他的《文艺的地域学研究设想》一文，提出文艺的地域学研究可能有的四个方面：一是分布，"地域分布研究不是仅仅画出地图，作描述性的资料性的排列，而是以此为基础提出问题"。二是轨迹，"可以是考察文学家、艺术家和作品及文体、风格的流传道路"。三是定点，"可以是考察一时期或长时期内一个文学艺术流派的集中发展地点，也可以是其他的点"。四是播散，"研究的对象可以是尚不明白全国传播轨迹的风格、流派及其他"。② 这篇文章在指出地域文学研究方法的同时，也直接推动了地域文学研究的进展，尤以对唐代文学研究的推动至为明显。比较有影响的成果如赵昌平《吴中诗派与中唐诗歌》③，余恕诚《地域、民族和唐诗刚健的特质》④，陈尚君《唐诗人占籍考》⑤，尚定《关陇文化与贞观诗文》⑥，杜晓勤《地域文化的整合和盛唐诗歌的艺术精神》⑦，李浩《唐代关中士族与文学》⑧、《唐代三大地域文学士族研究》⑨，贾晋华《唐代集会总集与诗人群研究》⑩，李德辉《唐代交通与文学》⑪，戴伟华《地域文化

① 汪辟疆：《近代诗派与地域》，《汪辟疆说近代诗》，上海：上海古籍出版社，2000年，第1—48页。

② 金克木：《文艺的地域学研究设想》，《读书》1986年第4期。

③ 赵昌平：《吴中诗派与中唐诗歌》，《中国社会科学》1984年第4期。

④ 余恕诚：《地域、民族和唐诗刚健的特质》，《安徽师大学报》1987年第3期。

⑤ 陈尚君：《唐诗人占籍考》，《唐代文学丛考》，北京：中国社会科学出版社，1997年，第138—170页。

⑥ 尚定：《关陇文化与贞观诗文》，《文学遗产》1992年第3期。

⑦ 杜晓勤：《地域文化的整合和盛唐诗歌的艺术精神》，《文学评论》1999年第4期。

⑧ 李浩：《唐代关中士族与文学》，台北：台湾文津出版社，1999年。

⑨ 李浩：《唐代三大地域文学士族研究》，北京：中华书局，2002年。

⑩ 贾晋华：《唐代集会总集与诗人群研究》，北京：北京大学出版社，2001年。

⑪ 李德辉：《唐代交通与文学》，长沙：湖南人民出版社，2003年。

与唐代诗歌》①，等等，相关成果极为丰硕，成为当今古代文学研究的风尚，可以说在一定程度上引领了当代的古代文学研究。

回顾上述唐代地域文学研究成果，可以发现研究者的关注和兴趣点主要集中在关中、吴越这两个区域，这当然与这两个区域是唐代的经济、文化中心，文学发达有关，然而其他区域，如巴蜀地区，它对唐代文学的兴盛和繁荣也起到了重要作用，最能说明这个问题的莫过于戴伟华先生对唐诗创作地点所作的统计。以现行行政区域作划分，在能够明确确定创作地点的唐诗中，数量最多的是陕西，为4647首；其次是河南，为1588首；再次是江苏，为1564首；第四则是四川（包括重庆），为1470首，多于浙江1374首②，在唐前巴蜀文学相对落后的情况下，其异军突起的现象本身就值得研究者注意。这是从绝对数量上来看，而从对唐诗的影响上来看，其在唐诗变化发展过程中所扮演的角色也不容忽视，如初唐四杰，对初唐诗风的转变起了重要作用，把诗歌从宫廷转向市井，从台阁移向江山和边塞，而促使他们诗风发生转变的一个重要契机就是入蜀的经历。正如尚定先生所言："如此重视王勃在巴蜀时期的创作，还有另外一层原因。四杰中的另外三人都曾经游过巴蜀，巴蜀生活在他们的创作生涯中同样具有十分重要的意义，我们甚至无例外地用分析王勃的方法来分析这些诗人在入蜀前后的变化，可以说，他们诗歌创作风格的形成，与漫游巴蜀直接相关。"③又陈子昂、李白、杜甫、元稹、刘禹锡、李商隐等人，不管是出蜀还是入蜀，巴蜀文化对他们的诗歌创作都产生了重要而深远的影响，或奠定他们诗歌的主要风格，或带来他们创作上的深刻变化。可以说唐诗转变的几个重要时期都或多或少与巴蜀大地联系在一起，与巴蜀文化产生了一定的联系。因此，研究唐代地域文学，巴蜀地区是一个不可或缺的部分，只有如此，才能从地域文化的角度对唐诗的发展变化有更为清晰、准确和全面的认识。

不过，需要指出的是巴蜀地域文化对唐诗的影响存在两种情况。按照一般规律，文化对文学的影响主要通过作家、作品来实现，这里就存在"先天"和

---

① 戴伟华：《地域文化与唐代诗歌》，北京：中华书局，2006年。
② 戴伟华：《地域文化与唐代诗歌》，北京：中华书局，2006年，第47页。
③ 尚定：《走向盛唐》，北京：中国社会科学出版社，1994年，第164页。

"后天"的问题。"先天"是指作家从一开始就生活在这样一种文化环境中，没有受到外来的压力而自觉接受其熏陶，长期耳濡目染，在潜移默化中成为其中的一部分，以至在后来的文学活动中处处体现出这种文化的身影，进而又以自己所属文化去影响整个文学，如陈子昂、李白，他们对唐诗的影响主要是在出蜀以后。所谓"后天"，是指作家原本属于另一个文化区域，而由于外在的原因，被迫接受另一种文化，结果在文学创作上出现内容和风格的新变，如初唐四杰、杜甫、元白、刘禹锡、李商隐等，而这些新变都是在入蜀以后发生。本文所要研究的是后一种文化现象以及对唐五代文学的影响，其原因主要是因为：从巴蜀文学的发展进程及其在中国古代文学中的地位来看，唐五代时期的巴蜀文学还处在恢复和重建期，本土文学家特别是诗人数量并不多，据杨世明所著《巴蜀文学史》统计，巴蜀籍文学家除陈子昂、李白两位大诗人外，还有苑咸、刘湾、苏涣、马逢、符载、仲子陵、雍裕之、李馀、李远、雍陶、姚鹄、罗衮、唐求、黄崇嘏、花蕊夫人、辛夤逊①，共18位诗人。而此时期至今还留存有入蜀诗歌的其他地区入蜀诗人却多达196位（具体可见附录），为本土籍诗人的十余倍，如果加上其他入蜀诗歌已失传的诗人，则数量更多。可以说，对唐五代时期的巴蜀文学起推动作用的主要还是入蜀文人，并为两宋巴蜀文化与文学的繁荣奠定了坚实的基础。因此以入蜀诗人为特定对象，通过他们入蜀后诗歌创作与风格的变化来考察巴蜀地域文化对唐五代诗歌的影响，对于认识唐诗与地域文化之间的关系，寻绎唐诗及巴蜀文学演变发展的文化原因皆具有重要意义。

实际上，唐五代诗人入蜀后诗歌创作受巴蜀文化的影响而出现变化这种现象早在20世纪50年代就已引起研究者的注意，如夏承焘《论杜甫入蜀以后的绝句》一文②，以及王平《杜甫与巴渝歌谣》③，都指出杜甫蜀中所作诗歌受到蜀中民歌的影响。但在地域文学研究兴起之前，关注这方面的研究成果相对来说还是很少。直到20世纪90年代，地域文学研究逐渐成为热点，唐代诗歌与

---

① 杨世明：《巴蜀文学史》，成都：巴蜀书社，2003年，第192页。
② 夏承焘：《论杜甫入蜀以后的绝句》，《文学评论》1962年第3期。
③ 王平：《杜甫与巴渝歌谣》，《重庆日报》1962年4月15日。

巴蜀文化之间的关系才真正引起研究者的注意。首先是一批唐五代诗人入蜀经历考证成果的出现，如1993年王瑛的《杜光庭入蜀时间小考》，1995年黄震云的《李贺入蜀为宰考》，1999年王辉斌的《孟浩然入蜀新考》，2001年田道英的《贯休蜀中诗作系年考证》，2002年张海的《贯休入蜀考论》，2006年吴明贤的《苏颋入蜀考》，等等。而综合了上述成果的是2009年张仲裁的博士论文《唐五代文学家入蜀考论》，利用前人丰富的考证成果，比较全面清晰地整理了入蜀文人的主要入蜀行踪与事迹，基本勾勒出唐五代时期这一重要文化现象。在此基础上，又从历史和人文地理的角度，深入分析文人入蜀的原因及其特点。尤其是其《唐五代文人入蜀编年史稿》，"勾画出唐五代文人这一波澜壮阔的文学史全景"①。在考证清楚唐五代入蜀诗人的入蜀事实基础上，探究他们入蜀后诗歌创作与巴蜀文化之间关系的一些成果也陆续出现。整体性论述的有杨世明《巴蜀文学史》，谭兴国《巴蜀文学史稿》，王定璋《入蜀诗人撷英》等，把唐五代入蜀诗人作为巴蜀文学的一部分作了介绍，但偏重于史的一般性论述，较少从文化方面着眼。而入蜀诗人个案研究成果则不断出现，如黄奕珍的硕士论文《杜甫自秦入蜀诗歌析评》，曹仲芯宁的硕士论文《韦庄入蜀及其蜀中诗歌研究》，柯璐的硕士论文《李商隐入蜀及蜀中文学创作研究》，郑枚梅的硕士论文《元稹入蜀和蜀中诗歌创作考论》等，对于入蜀诗创作数量较多，影响较大的诗人作了专题研究。其研究内容主要是通过这些诗人入蜀后文学（主要是诗歌）创作的变化，探讨到巴蜀文化对他们的影响，但缺少深入分析，浅尝辄止。也有分段研究，如林静的博士论文《初唐文人入蜀现象与诗歌关系研究》，梁谋燕的硕士论文《中唐文人入蜀研究——以入蜀文人在蜀所作诗歌为考察对象》，高静的硕士论文《论唐末至后梁由北入蜀文人心态及其创作——以诗歌为中心》，分别对初唐、中唐、晚唐五代的入蜀诗人作了比较详细的研究，重要诗人以及一般诗人皆有兼顾，重点是分析其入蜀后诗歌创作的变化，以及与唐诗发展之间的关系。值得注意的是林静之文，重点考察入蜀诗人巴蜀地区游历的经验对诗人诗歌创作的影响，以及他们的创作与初唐诗歌

---

① 邓小军：《唐五代文人入蜀编年史稿序》，张仲裁《唐五代文人入蜀编年史稿》，成都：巴蜀书社，2011年，第1页。

整体进程之间呈现的复杂微妙的互动关系，个案研究与宏观审视相结合，对于从地域文化的角度重新审视唐诗的发展演变具有积极意义。

从以上研究成果看，学界对于入蜀文人入蜀事迹与入蜀诗文的考证已经很完备，笔者只需作补充完善即可，但对于唐五代入蜀诗与巴蜀地域文化之间的相互关系，以及入蜀诗对于整个唐诗演进的影响，目前还没有一个完整确切的论述。即使是个别诗人的入蜀诗创作，如高适、岑参、白居易、元稹、刘禹锡、李商隐、贾岛等，受到巴蜀地域文化怎样的影响，以及他们在积极接受巴蜀文化影响的同时，又是如何改变巴蜀的文化生态，为巴蜀文学的复兴奠定基础，这些在已有的相关成果中或者没有涉及，或者停留于一般化论述，或只是因人论事，缺少整体观照。有鉴于此，本文力图把唐五代入蜀诗作为一个整体，从巴蜀文化的角度切入，在唐诗发展演进的大背景下，通过深入细致的个案作家分析，从文学与文化的相互关系中，探讨唐五代入蜀诗发展演变中的文化因素，拓宽巴蜀文学研究的视域与空间。

第一章

唐五代入蜀诗概述

第一节
唐五代入蜀诗之界定

　　关于什么是入蜀诗，由于对"入蜀"一词理解不同，因而研究者存在着两种不同说法。一种说法是把"入蜀"理解为一个过程，而把诗人在这个过程中创作的诗歌都称为入蜀诗，如马晓光："自秦州至成都路上，杜甫有感于山川形胜，写下了三十一首山水行旅诗。……这组山水行旅诗可以称为入蜀诗。"[1]又吕肖奂："《入蜀记》客观、冷静记录了绍兴到夔州一路山川、习俗、人物、文化，展现的是陆游理性、好学、深思、好交游的形象，基本上没有流露陆游对此次宦游的不满情绪；而入蜀诗特别是进入夷陵以前的诗，则与该时期的日记截然不同，呈现出的是一个十分情绪化的陆游形象，诗中充满悲伤、无奈、怨恨等消极情绪。"[2]两者皆把诗人入蜀过程中，包括入蜀前和入蜀后的诗歌称为入蜀诗。一种说法是仅把"入蜀"理解为进入巴蜀之地，而把诗人进入巴蜀之地后创作的诗歌称为入蜀诗，如张仲裁的博士论文《唐五代文学家入蜀考论》从"自古诗人皆入蜀"这一说法源流考察入手，对"蜀"这一概念的地理与文化特征作了简明概括，实际上界定了入蜀文学作品的范围是在进入蜀地之后，而不包括入蜀行程中的创作于蜀地之外的文学作品。伍联群的博士论文《北宋文人入蜀诗研究》也是先对北宋"蜀"的地理范围作了明确界定，以此确定北宋入蜀诗的概念。[3]最近的一些硕博论文也大都采用这种说

---

① 马晓光：《论杜甫入蜀诗对山水诗的贡献》，《山西大学学报》1985年第1期。

② 吕肖奂：《陆游双面形象及其诗文观念之复杂性——陆游入蜀诗与〈入蜀记〉对比解读》，《绍兴文理学院学报》，2011年第1期。

③ 伍联群：《北宋文人入蜀诗研究》，成都：巴蜀书社，2010年。

法。①这两种说法，都是研究者从各自的研究角度出发对入蜀诗所作的自我界定，本身并无对错优劣之分，但若从地域文化与诗歌的关系角度考虑，则后者更为明确，指向性也极为清楚，对于考察和研究巴蜀地域文化与唐诗的互动关系更具有实际意义。因此，本书所指入蜀诗倾向于后一种说法，即指外籍诗人入蜀后创作的诗歌，而时间则限定在唐五代。

另外，还有两个问题需要说明清楚。一是何谓"外籍诗人"，二是如何确定外籍诗人入蜀后的诗歌。所谓"外籍诗人"，是指祖籍、生地及其主要成长环境都不在巴蜀地区的诗人。之所以强调"主要成长环境"，是因为像李白、薛涛这样的诗人，祖籍、生地虽都不在巴蜀，但他们从幼年起就生活于巴蜀，浸润于巴蜀文化中，受巴蜀文化影响极深，实质上与其他巴蜀诗人并无二致，因此本文不把他们看成是外籍诗人。至于如何确定外籍诗人入蜀后的诗歌，首先需要确定的就是"蜀"的地域范围。"蜀"作为一个历史地理概念，一开始就和"巴"连在一起，尽管两者最初互不统属，但因其地缘关系，相似的地理环境与生活习性，在长期的历史发展过程中，相互交流与影响，逐渐融汇一致，形成具有共同文化心理的独立区域。相对于中原等区域而言，巴蜀的共同文化特征如此明显，以致人们习惯于将巴蜀并称，而不需要作刻意的划分（实际上也很难区别清楚），甚至巴蜀合一，以蜀统巴，单称"蜀"。虽然在元代以前，巴蜀并没有在历朝历代的行政区划中真正合一过，但不管是史学家还是文学家，在他们的意识中，巴蜀实质就是一体，从扬雄《蜀都赋》，到陈寿《三国志》，再到著名的乐府诗题《蜀道难》，无不体现出以蜀统巴，巴蜀合一的意识。而"唐代以后，蜀不再是行政区划之名，但川西乃至整个四川地区长期以蜀或蜀中作为代称。直到清末，清王朝在四川的统治被推翻之后，重庆所成立的新政权仍叫'蜀军政府'"②。由此可见，秦以后的"蜀"不能简单地只视作古蜀地，它实际上已约定俗成地成了人们对整个巴蜀大地的称呼。因此，所谓的"入蜀"，也就是指进入"巴蜀"之地。这也与唐诗中大量以入蜀

---

① 如北京大学2013年林静的博士论文《初唐文人入蜀现象与诗歌关系研究》，首都师范大学2012年高静的硕士论文《论唐末至后梁由北入蜀文人心态及其创作》，扬州大学2012年梁谋燕的硕士论文《中唐文人入蜀研究》等。

② 袁庭栋：《巴蜀文化志》，上海：上海人民出版社，1998年，第4页。

名题的诗歌所指范围大致一致。

不过，正如上文所说在元以前并没有一个统一的行政区划能包含整个巴蜀地区，唐代更是如此。唐代有关巴蜀地区的行政区划几经变更，唐太宗贞观元年（627）全国因山川形便分为十道，巴蜀地区分属剑南道、山南道、江南道；玄宗开元二十一年（733），重分天下为十五道，巴蜀地区再被细分，剑南道保持不变，而嘉陵江以东归属山南西道，忠州、万州、夔州归属山南西道，黔州归属黔中道；肃宗至德二年（757）剑南又分为东川、西川，更加细化。因此，若要根据唐代的行政区划来确定"蜀"的地理范围是非常复杂的。有鉴于此，本书拟借用戴伟华《地域文化与唐代诗歌》一书的以今之省区为划分方法，先将"蜀"的范围界定在今之四川、重庆范围之内，再比照唐代不同时期之行政区划，凡外籍诗人在上述地区创作的诗歌都可称为入蜀诗。之所以如此，一是因为以今之行政划分作为依据，范围明确，易于界定入蜀诗；二是因为四川、重庆两地区自古以来就是巴蜀文化的核心地区，具有共同的文化心理特质，而其他一些边缘区域，如那些曾属于巴蜀地区而今已归属陕西、甘肃、云南、贵州、湖南、湖北的地区，虽受巴蜀文化影响，但又与其他文化联系紧密，体现出多重性，因而不在本书所指"蜀"的范围内。因此，结合古今各种图志、地理书及研究著作，以下唐代诸州可以确定为"蜀"的范围：益州（蜀郡、成都府、南京）、彭州（濛阳郡）、蜀州（唐安郡）、汉州（德阳郡）、嘉州（眉山郡、犍为郡）、眉州（通义郡）、邛州（临邛郡）、简州（阳安郡）、资州（资阳郡）、嶲州（越嶲郡）、雅州（临邛郡、芦山郡）、黎州（洪源郡）、茂州（汶山郡、会州、南会州、通化郡）、翼州（临翼郡）、维州（维川郡）、戎州（犍为郡、南溪郡）、松州（交川郡）、当州（江源郡）、悉州（归诚郡）、静州（南和州、静川郡）、柘州（蓬山郡）、恭州（恭化郡）、保州（云山郡、天保郡、古州）、真州（昭德郡）、霸州（静戎郡）、乾州、梓州（新城郡、梓潼郡）、遂州（遂宁郡）、绵州（金山郡、巴西郡）、剑州（始州、普安郡）、合州（涪陵郡、巴川郡）、龙州（西龙州、龙门郡、龙门州、江油郡、应灵郡）、普州（安岳郡）、渝州（巴郡、南平郡）、陵州（隆山郡、仁寿郡）、荣州（和义郡）、昌州、泸州（泸川郡）、夔州（信州、云安郡）、忠州（临州、南宾郡）、涪州（涪陵郡）、万州（南浦州、南浦郡）、利州（益昌郡）、扶州（同昌郡）、集州（符阳郡）、壁州（始宁郡）、巴州（清化郡）、蓬州（咸安郡、蓬山郡）、通州（通川郡）、开州（万世郡、盛山郡）、阆州（隆州、阆中郡）、果州（充州、南充郡）、渠州（宕渠郡、潾山郡）、黔州（黔中郡）。①

　　根据上述划定之"蜀"范围，凡唐五代外籍诗人在这些地区创作的诗歌都称为"入蜀诗"。接下来就是要在五万多首唐诗中找出其创作地点在蜀地的诗歌，这绝非易事，幸好已经有研究者做了这方面的工作，如张仲裁《唐五代文人入蜀编年史稿》附录《唐五代入蜀文人巴蜀地区创作篇目统计（第二稿）》②，其中就包括唐五代入蜀文人在巴蜀地区创作的诗歌。但由于取舍标准不一，如薛涛，本书并不将其列入入蜀诗人。另外，一些创作地点明显不在蜀地的诗歌也收录其中，如元稹《早春寻李校书》，李校书为李绅，作于长安。因此，本书在其基础上，依据前文所定之标准，利用各种唐诗研究成果，如诗人年谱、诗文校注，以及一些集成性质的唐诗文献，如陈贻焮先生主编的《增订注释全唐诗》，从《全唐诗》《全唐诗补编》及最新发现的唐诗中重新确定入蜀诗人及入蜀诗。这样，共辑得入蜀诗人195位，入蜀诗（包括残句）2153首。虽然从诗人数量与诗歌总量上看，它所占比例较少（诗人约占总数的5.2%，诗歌约占总数的3.1%），但在大量诗歌无法确定创作地点以及唐诗创作分布严重失衡的情况下，这一数量已非常可观，尤其对于魏晋南北朝时期几近荒芜的巴蜀文坛来说，而可称得上是巴蜀文学的复兴。

　　需要说明的是，也有一些诗人跨越五代与宋初，如刘兼，《全唐诗》中收录的诗歌都创作于蜀中，陈尚君先生考证其入蜀为荣州刺史在宋初，故不在本书研究范围之内。另外，由于诗人入蜀是一个过程，在进入蜀地前的行程中诗人的诗歌创作已经开始，而且它们与进入蜀地后的诗歌创作之间的关系非常紧密，如上文提到的杜甫自秦州至成都的两组24首纪行诗，如果只以蜀地为分界线作强行划分，显然不利于对杜甫入蜀诗的正确把握。因此，本书在以蜀地作

① 关于上述诸州之具体方位，可参看张仲裁《唐五代文人入蜀编年史稿》（巴蜀书社2011年版）后附《古今地名对照表》。
② 张仲裁：《唐五代文人入蜀编年史稿》，成都：巴蜀书社，2011年，第327—368页。

为划分入蜀诗依据的同时，也会从入蜀行程中的整个诗歌创作角度出发，以期更准确地把握入蜀诗。

第二节
唐五代入蜀诗的时段分布特点

对唐五代入蜀诗的统计分析可以从纵向和横向两个维度进行。纵向是指对唐五代入蜀诗作不同时段划分，通过不同阶段唐五代入蜀诗数量的比较，从中探寻唐五代入蜀诗创作的变化规律。横向是指对唐五代入蜀诗按创作地点进行统计，从中可以看出唐五代入蜀诗人创作的关注点与兴趣点，探寻入蜀诗与巴蜀地域文化之间的相互关系。下面分两节作论述。

对唐五代入蜀诗作纵向统计，首先要确定的是以什么方式对其划分时段。对于唐诗的研究，学界有多种划分法，影响较大的是四分法和八分法。四分法，是将唐诗划分为四个时段，即初、盛、中、晚，这种划分法符合人们对唐诗发展规律的基本认识，早已成为人们的普遍常识。但对于试图更为细致准确地揭示唐诗发展演进的研究者来说，还是稍显笼统，于是又有了八分法，如中国社会科学院文学研究所编的《唐诗选》，将唐诗根据"因"和"变"的程度划分为八个阶段：一、唐初三四十年，诗坛沉浸在"梁陈宫掖之风"里。二、开元前的五六十年间，以四杰、沈、宋、陈子昂、杜审言为代表的诗风，变化渐多。三、从开元之初到安禄山之乱的前夕，约四十年间，诗歌发展成跃进的形势。四、安史之乱前夕到大历初十几年间的诗坛为杜甫的光芒所笼罩。五、从大历初到贞元中二十余年是唐诗发展停滞的时期。六、从贞元中到大和初约三十年间（主要是元和、长庆时期）诗坛又出现大活跃的景象。七、从大和初到大中初约二十年间唐诗的艺术还在发展。八、从大中以后到唐末约六十年，不再出现大的作家和新的变革。[①]这种划分法可以清晰地看出唐诗的发展变

---

① 中国社会科学院文学研究所编：《唐诗选·前言》，北京：人民文学出版社，2003年，第16—22页。

化，但对于那些跨越几个时期的诗人来说，容易割裂他们创作的一致性，这是值得注意的。另外还有九分法。罗宗强先生的《隋唐五代文学思想史》根据隋唐五代文学思想发展过程中自然形成的时间段落，把唐代文学分成七个时间段落，分别是：一、初唐的文学思想（唐高祖武德初至睿宗景云中）；二、盛唐文学思想（睿宗景云中至玄宗天宝初）；三、转折前期的文学思想（玄宗天宝中至代宗大历中）；四、转折后期的文学思想（代宗大历中至德宗贞元中）；五、中唐文学思想（德宗贞元中至穆宗长庆末）；六、晚唐前期文学思想（敬宗宝历初至宣宗大中末）；七、晚唐后期的文学思想（懿宗咸通初至昭宣帝天祐末）①。这种分法符合唐代文学思想形成的规律，但就唐诗的发展而言存在不一致性，不能等同于唐诗的划分。上述三种唐诗划分时段如果加上五代时期，则分别划为五段、九段和八段。而张仲裁的《唐五代文学家入蜀考论》一文则将唐五代文学家入蜀划分为十一时段，虽然言是"根据当时历史发展的具体进程，充分考虑到历史时间本身所具有的规律性"②，但大体是按时间的平均分布，过于烦琐，也并不符合唐诗发展规律。唐五代入蜀诗作为唐五代诗歌的一部分，其发展变化虽然与唐五代一些重大政治事件，如安史之乱、僖宗奔蜀等密切相关，但从另一方面看，诗人的大量入蜀反过来又会对诗歌创作带来变化，进而会对唐五代诗歌的发展演进产生影响，只是这个过程会有所延宕。因而不能简单地以平均时间段分析唐五代入蜀诗，在以一些重大政治事件作为划分依据的同时，还要充分考虑事件对诗歌影响的滞后性，而中国社科院《唐诗选》的八段论比较切合这种实际。因此本书采用此八分法，加上五代，则分为九段。

另外，要确定唐五代入蜀诗的具体创作时间也不容易，除了一部分可考证其准确时间外，大部分只能依据诗人入蜀时间来大略判断，因诗人在蜀时间一般不会太长，这样归类似乎也不致相差太远。另外有几种情况需要说明：一、有入蜀诗人在蜀时间较长，跨越两个时段的，如韦皋、贯休等，如果能确定某些诗作于某个时段，则划入其归属时段，如果不能确定，则一般划入前一时

① 罗宗强：《隋唐五代文学思想史·引言》，北京：中华书局，2003年，第6页。
② 张仲裁：《唐五代文学家入蜀考论》，四川大学博士论文，2009年，第100页。

段。二、有入蜀诗人两次或两次以上入蜀，而入蜀时间又不在同一时段，则在第一次入蜀时段中同时注明多次入蜀，而入蜀诗的划分，如不能明确其具体时段，则一般划为初次入蜀时段。此处确定诗人入蜀时间借鉴了众多前人成果，由于太多，故不一一列举，而陈贻焮先生主编的《增订注释全唐诗》及张仲裁《唐五代入蜀编年史稿》参考较多，在此表示衷心感谢!

需要说明的是，在文献记载中诗人确曾入蜀且《全唐诗》又收录其诗歌，但不见有入蜀诗流传的诗人，如李百药、长孙无忌、李义府、崔融等，则不在下列诸表的统计之内。

第一时段：唐高祖武德元年（618）—唐太宗贞观二十三年（649），共32年，入蜀诗人计3人，入蜀诗计5首。

序号	入蜀诗人	入蜀时间	出蜀时间	入蜀诗数量
1	杜淹	武德七年（624）	武德九年（626）	2
2	陈子良	贞观元年（627）	不详	1
3	郑世翼	约贞观十一年（637）	不详	2

第二时段：唐高宗永徽元年（650）—唐玄宗先天元年（712），共63年，入蜀诗人计17人，入蜀诗计113首。

序号	入蜀诗人	入蜀时间	出蜀时间	入蜀诗数量
1	卢照邻	龙朔二年（662）	咸亨二年（671）	50
2	王勃	总章二年（669）	咸亨二年（671）	29
3	邵大震	总章间	不详	1
4	元兢	咸亨二年（671）	不详	1
5	骆宾王	咸亨四年（673）	上元二年（675）	2
6	刘希夷	约咸亨四年（673）	不详	2
7	杜审言	约上元二年（675）	不详	1
8	薛登	文明元年（684）	不详	1
9	杨炯	垂拱元年（685）	垂拱四年（688）	5

续表

序号	入蜀诗人	入蜀时间	出蜀时间	入蜀诗数量
10	张说	天授二年（691）延载元年（694）	天授二年（691）约万岁通天元年（696）	10
11	王适	约圣历元年（698）	圣历三年（700）卒于蜀	1
12	王无兢	约圣历二年（699）	不详	1
13	沈佺期	长安元年（701）前	不详	5
14	柳明献	约高宗间在蜀	不详	1
15	乔备	约在武则天时期	不详	1
16	李崇嗣	约在武则天时期	不详	1
17	薛曜	约在此期间	不详	1

第三时段：唐玄宗开元元年（713）—唐玄宗天宝十三年（754），共42年，入蜀诗人计8人，入蜀诗计25首。

序号	入蜀诗人	入蜀时间	出蜀时间	入蜀诗数量
1	孟浩然	开元元年（713）	不详	5
2	苏颋	开元九年（721）	开元十年（722）	9
3	崔文邕	开元十七年（729）在蜀	不详	1
4	王维	约开元十八年（730）	不详	2
5	卢僎	约天宝四年（745）	约天宝七年（748）	2
6	胡皓	开元间入蜀	不详	4
7	卢象	约在此期间	不详	1
8	李邕	约在此期间	不详	1

第四时段：唐玄宗天宝十四年（755）—唐代宗大历五年（770），共16年，入蜀诗人计15人，入蜀诗计1001首。

序号	入蜀诗人	入蜀时间	出蜀时间	入蜀诗数量
1	李隆基	天宝十五年（756）	至德二年（757）	2
2	贾至	天宝十五年（756）	不详	1
3	高适	天宝十五年（756）	广德二年（764）	7
4	严武	乾元元年（758） 上元二年（761） 广德二年（764）	上元元年（760） 宝应元年（762） 永泰元年（765）卒于蜀	6
5	韦应物	至德间	不详	1
6	史俊	约乾元二年（759）	不详	1
7	杜甫	乾元二年（759）	大历三年（768）	900
8	岑参	大历元年（766）	大历五年（770）卒于蜀	63
9	戎昱	大历元年（766）	大历二年（767）	9
10	崔公辅	大历元年（766）在蜀	不详	残句1
11	戴叔伦	约在大历三年（768）	约同年出蜀	2
12	皇甫冉	约在大历四年（769）	不详	5
13	房琯	上元元年（760）	广德元年（763）卒于蜀	1
14	田澄	约上元二年（761）	不详	1
15	独孤及	约在此期间	不详	1

第五时段：唐代宗大历六年（771）—唐德宗贞元十年（794），共24年，入蜀诗人计14人，入蜀诗计46首。

序号	入蜀诗人	入蜀时间	出蜀时间	入蜀诗数量
1	韦皋	贞元元年（785）	永贞元年（805）卒于蜀	3
2	司空曙	贞元元年（785）	不详	7
3	李端	约贞元二年（786）	不详	2
4	张俨	贞元八年（792）	不详	3
5	陈羽	贞元八年（792）	不详	3
6	孟郊	约贞元九年（793）	约贞元九年（793）	12
7	乔琳	大历中	不详	1

续表

序号	入蜀诗人	入蜀时间	出蜀时间	入蜀诗数量
8	杨旬	大历中	不详	1
9	王铤	大历中	不详	1
10	陆畅	贞元间	不详	4
11	畅当	贞元间	不详	2
12	李嘉祐	约在此期间	不详	5 （包括残句二）
13	钱起	约在此期间	不详	1
14	卢纶	约在此期间	不详	1

第六时段：唐德宗贞元十一年（795）—唐文宗大和二年（828），共34年，入蜀诗人计36人，入蜀诗计408首。

序号	入蜀诗人	入蜀时间	出蜀时间	入蜀诗数量
1	欧阳詹	贞元十三年（797）	不详	6
2	皇甫澈	约贞元十四年（798）	贞元十八年（802）	4
3	段文昌	贞元十七年（801）	元和元年（806）	2
4	高崇文	元和元年（806）	元和二年（807）	1
5	武元衡	元和二年（807）	元和八年（813）	35
6	萧祐	约元和二年（807）	不详	2
7	王良士	约元和二年（807）	不详	1
8	王良会	约元和二年（807）	不详	1
9	崔备	约元和二年（807）	不详	4
10	徐放	约元和二年（807）	不详	1
11	张正一	约元和二年（807）	不详	1
12	柳公绰	约元和二年（807）	不详	2
13	卢士玫	约元和二年（807）	不详	1
14	独孤实	约元和二年（807）	不详	1

序号	入蜀诗人	入蜀时间	出蜀时间	入蜀诗数量
15	皇甫镛	约元和二年（807）	不详	1
16	于敖	约元和二年（807）	不详	1
17	羊士谔	元和三年（808）	元和十年（815）	32
18	窦群	元和三年（808）	元和六年（811）后	3
19	元稹	元和四年（809） 元和十年（815）	元和四年（809） 元和十四年（819）	102
20	李夷简	元和八年（813）	元和十三年（818）	1
21	窦常	约元和十年（815）	不详	1
22	吕群	元和十一年（816）	约元和十一年（816） 被害于蜀	2
23	熊孺登	约元和十一年（816）	约元和十二年（817）	1
24	李逢吉	元和十二年（817）	元和十五年（820）	1
25	章孝标	元和十三年（818）	不详	5
26	韦处厚	元和十三年（818）	不详	12
27	白居易	元和十四年（819）	元和十五年（820）	120
28	白行简	元和十四年（819）	元和十五年（820）	1
29	刘禹锡	长庆二年（822）	长庆四年（824）	51
30	樊宗师	元和十五年（820）	不详	1
31	李涉	元和间	不详	6
32	鲍溶	元和间	或卒于蜀	1
33	武少仪	约在此期间	不详	1
34	刘言史	约在此期间	不详	1
35	杨凭	约在此期间	不详	1
36	方干	约在此期间	不详	1

第七时段：唐文宗大和三年（829）—唐宣宗大中四年（850），共21年，入蜀诗人计18人，入蜀诗计65首。

序号	入蜀诗人	入蜀时间	出蜀时间	入蜀诗数量
1	段文昌	大和六年（832）	大和九年（835）	1
2	李德裕	大和四年（830）	大和六年（832）	6
3	温庭筠	大和四年（830）	大和五年（831）	5
4	姚向	大和七年（833）	不详	2
5	温会	大和七年（833）	不详	2
6	李敬伯	大和七年（833）	不详	2
7	姚康	大和七年（833）	不详	2
8	杨嗣复	大和七年（833）	开成二年（837）	1
9	李章武	大和末	不详	1
10	杨汝士	开成元年（836）	开成四年（839）	6
11	贾岛	开成二年（837）	会昌三年（843）卒于蜀	24
12	郭圆	约开成二年（837）	不详	1
13	卢并	文宗朝在资州	不详	残句1
14	刘沧	约在会昌五年（845）	不详	3
15	项斯	约在此期间	不详	3
16	杨牢	约在此期间	不详	1
17	马戴	约在此期间	不详	1
18	李群玉	约在此期间	不详	3

第八时段：唐宣宗大中五年（851）—唐哀宗天祐四年（907），共57年，入蜀诗人计58人，入蜀诗计440首。

序号	入蜀诗人	入蜀时间	出蜀时间	入蜀诗数量
1	李商隐	大中五年（851）	大中九年（855）	58
2	白敏中	大中六年（852）	大中十一年（857）	残句1
3	卢求	大中六年（852）	大中十一年（857）	1
4	王铎	约大中六年（852）	不详	1
5	张祐	约大中六年（852）	不详	5

续表

序号	入蜀诗人	入蜀时间	出蜀时间	入蜀诗数量
6	李频	大中六年（852）	大中九年（855）	10
7	于兴宗	大中七年（853）	约大中十二年（858）	1
8	李渥	约大中七年（853）	不详	1
9	王严	约大中七年（853）	不详	1
10	刘晔	约大中七年（853）	不详	1
11	刘璐	约大中十二年（858）	不详	1
12	李景让	大中十二年（858）	大中十三年（859）	残句1
13	吴子来	约大中末	不详	2
14	薛逢	咸通元年（860）	咸通七年（866）	26
15	高璩	咸通三年（862）	咸通六年（865）	1
16	薛能	咸通五年（864）	咸通八年（867）	47
17	李洞	约咸通六年（865）	约光化元年（898）卒于蜀	28
18	陈陶	约咸通七年（866）	不详	1
19	胡曾	咸通十二年（871）	乾符五年（878）	3
20	罗隐	约咸通十二年（871）	咸通十四年（873）	12
21	萧遘	咸通十三年（872）	不详	2
22	高骈	乾符二年（875）	乾符五年（878）	8
23	裴铏	乾符三年（876）	约乾符五年（878）	1
24	郑谷	中和元年（881）	光启三年（887）	60
25	杜光庭	中和元年（881）	长兴四年（933）卒于蜀	17
26	杜荀鹤	中和元年（881）	中和二年（882）	6
27	裴澈	中和元年（881）	中和四年（884）	1
28	崔涂	中和元年（881）	中和三年（883）	10
29	张祎	中和元年（881）	约中和五年（885）	2
30	张曙	中和元年（881）	不详	2
31	裴廷裕	约中和元年（881）	不详	1
32	黄滔	中和二年（882）	不详	7

续表

序号	入蜀诗人	入蜀时间	出蜀时间	入蜀诗数量
33	唐彦谦	龙纪元年（889）	不详	3
34	吴融	龙纪元年（889）	大顺二年（891）	9
35	罗邺	景福元年（892）	不详	6
36	可止	约景福元年（892）	不详	1
37	张蠙	约乾宁二年（895）	约乾德六年（924）卒于蜀	2
38	韦庄	光化四年（901）	武成三年（910）	13
39	贯休	天复二年（902）	永平二年（912）卒于蜀	47
40	张格	天复三年（903）	不详	1
41	崔承祐	约昭宗初	不详	1
42	马冉	唐末	不详	1
43	曹松	约咸通末	不详	4
44	李山甫	约僖宗间	不详	4
45	张乔	约僖宗间	不详	2
46	陈裕	约僖宗间	不详	7
47	牛峤	约僖宗间	不详	1
48	来鹏	约僖宗间	不详	5
49	栖蟾	约哀宗间	不详	1
50	韩昭	约前蜀时	咸康元年（925）为王宗弼斩杀于蜀	2
51	崔锜	约在此期间	不详	1
52	张演	约在此期间	不详	1
53	殷潜之	约在此期间	不详	1
54	牛徽	约在此期间	不详	1
55	刘象	约在此期间	不详	2
56	刘蜕	约在此期间	不详	1
57	于濆	约在此期间	不详	2
58	许彬	约在此期间	不详	1

第九时段：前蜀高祖武成元年（908）—后蜀后主广政二十二年（959），
共52年，入蜀诗人计24人，入蜀诗计48首。

序号	入蜀诗人	入蜀时间	出蜀时间	入蜀诗数量
1	王建	约中和元年（881）	光天元年（918）卒于蜀	1（作于前蜀）
2	冯涓	中和元年（881）	卒于蜀	7（包括残句1，都作于前蜀）
3	王锴	天祐元年（904）	约天成元年（926）	1
4	欧阳彬	约天祐四年（907）	广政十三年（950）卒于蜀	1
5	牛希济	约永平二年（912）	同光三年（925）	1
6	蒋贻恭	约永平三年（913）	不详	4
7	张道古	约天祐间入蜀	不详	1（作于前蜀）
8	黄万祐	约天汉元年（917）	不详	1
9	段义宗	乾德六年（924）	乾德末被杀于蜀	5
10	李雄	乾德六年（924）	乾德六年（924）	3
11	彭晓	广政十一年（948）前	广政十八年（955）卒于蜀	2
12	周庠	光启间	乾德二年（920）卒于蜀	1
13	王仁裕	约前蜀时	天成元年（926）	4
14	昙域	前蜀间在蜀	不详	1
15	冯铢	前蜀武成间在蜀	不详	1
16	安守范 杨鼎夫 周述 李仁肇	前蜀间在蜀	不详	1（联句诗）
17	李浩弼	后蜀间在蜀	不详	1
18	张窈窕	后蜀间在蜀	不详	5
19	田淳	后蜀间在蜀	不详	1
20	令狐峤	后蜀间在蜀	不详	2
21	李浩	约在此期间	不详	4

具体时期不详，入蜀诗人计2人，入蜀诗计2首。

序号	入蜀诗人	入蜀时间	出蜀时间	入蜀诗数量
1	毛熙圣	不详	不详	1
2	吴商浩	不详	不详	1

经过上述统计，得出各个时期入蜀诗人的比照图如下：

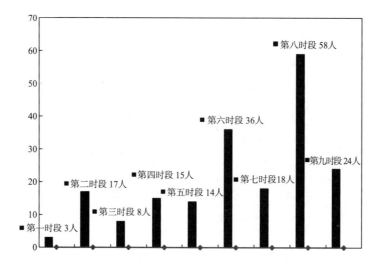

再看各个时期入蜀诗的比较图：

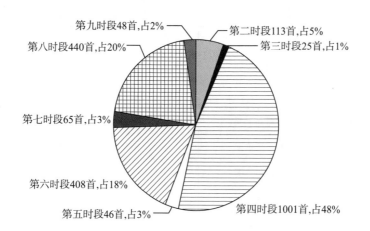

从以上统计数据及图表可以看出：

第一时段入蜀诗人及其创作的入蜀诗都是最少的。这时期随着唐统治者政权的日益巩固与稳定，巴蜀地区的战略地位已大大削弱，入蜀对于文人完全没有吸引力，若非外来强制力，如贬谪、被迫迁徙等，则几乎没有文人自愿主动入蜀，有诗流传的这三位诗人，无一例外。没有诗人的好奇心，没有诗人创作的情感动力，加之当时诗坛还笼罩在梁陈宫掖诗风下，唐诗尚处于起步阶段，入蜀诗数量之少也就在情理之中。作为唐五代最早的入蜀文人，他们的贬谪式入蜀以及应景式入蜀诗，内容和艺术上都显得平淡无奇，因而在当时及后来都没有引起文人的注意，但他们在唐五代文人入蜀及入蜀诗的创作上却起了导夫先路的作用。

第二时段，相比于前一时段，不管是入蜀诗人还是入蜀诗歌都有显著增长。这时期一个明显变化就是入蜀文人在心态上的转变，蜀道难的传统恐惧心理，随着社会政治的稳定和交通条件的改善已有所转变，漫游观景于蜀，成为初唐四杰等新兴诗人摆脱传统束缚的一种方式，诗风的转变也初现端倪。贬谪不再是这时期诗人入蜀的主因，游历访友成为诗人入蜀的另一动因，当诗人不再以贬谪的心态看待入蜀之旅时，它所带来的就不仅仅是入蜀诗创作数量的增加，还带来入蜀诗内容和主题的改变，进而促成诗风的转变。初唐四杰的创作是这时期入蜀诗的主流，占据入蜀诗数量的四分之三。张说两次出使入蜀，在蜀时间虽然不长，但为蜀道风物所感，途中吟咏，历景抒情，留下不少篇什。此时段的入蜀诗，以蜀道山水景物描写为主，抒写羁旅愁思，有别于唱和应制为主的宫廷诗风，将诗歌表现的对象从台阁移至江山关隘，为初唐诗坛带来了清新之风。由于初唐四杰在后世的影响，特别是王勃《入蜀纪行诗序》中对蜀道风物之赞叹："山川之感召多矣，余能无情哉？"[1]让后世不少文人对巴蜀山水心向往之，在一定程度上也催发了各个时期文人乐此不疲的入蜀之行。

第三时段，在流派纷呈、名家大作不断涌现的盛唐诗坛，入蜀诗人及其入蜀诗的创作却显得颇为荒凉、低落。个中原因，大概是因为此时段天下太平，统治阶级内部稳定，文人被外放、贬谪到巴蜀的概率要小得多。即使是一些流

---

[1] 王勃：《入蜀纪行诗序》，《全唐文》卷180，北京：中华书局，1983年，第1833页。

贬之人，如钟绍京、周利贞、王晙等，本身没有多少文学色彩，对入蜀诗歌几乎没有影响。同时，主动前往巴蜀游历的文人也不多，这一方面是因为文人或如八方辐辏般聚集京城，或在功业意识的吸引下奔赴西北等边塞，另一方面巴蜀本身在盛唐时期的政治版图中战略地位进一步下降，政治上缺乏吸引文人入蜀的动力。所以只剩下一些对巴蜀山水还感兴趣的文人，如孟浩然、王维等，继初唐四杰之后观景于蜀，而入蜀诗中描绘巴蜀山水，则成为他们后来从事山水田园诗创作的早期实践，只是他们的入蜀诗歌留存并不多。此时段入蜀诗最多的是苏颋，也只有九首，虽然如此，作为文坛领袖，他在蜀中复兴儒学，培养文学之士，对巴蜀文学后来的发展贡献良多。

　　第四时段，时间最短，但入蜀文人却众多，有入蜀诗留存的诗人也不少，而入蜀诗创作的绝对数量则是最多，形成唐五代入蜀诗创作的第一个高潮。在经历了唐玄宗四十余年间的低潮之后，一场突如其来的政治大风暴——安史之乱，在改变整个唐王朝以及几乎所有文人命运的同时，却给巴蜀大地带来了政治上的重要机遇和文学上的蓬勃兴盛。玄宗奔蜀，随之而来的是浩浩荡荡的文人大军，一时巴蜀文人云集，将他们的创作阵地从京师、边塞等地转移到巴蜀岷峨。众多优秀诗人悉集于此，最为人关注者莫过于杜甫。乾元二年（759），杜甫携家辗转南下，从此流寓巴蜀八年，留下了九百首入蜀诗，占整个唐五代入蜀诗的四成多，而其对巴蜀文学与文化的影响延绵至今。要指出的是，杜甫由秦入蜀所作诗歌及入蜀诗就如一部史书，生动地反映了唐代由盛而衰的历史史实，如晚唐孟棨《本事诗》言：杜甫"逢禄山之乱，流离陇蜀，毕陈于诗，推见至隐，殆无遗事，故当时号为'诗史'。"[①]而在艺术上，杜甫入蜀以后的诗歌渐入佳境，充分汲取巴蜀文化之精粹，集众家之长，既自成一体，又摇曳多姿，异彩纷呈，臻于化境，名篇佳作不可胜举。另外，还有高适、岑参两位盛唐边塞诗的代表人物，高适由于戎马倥偬，入蜀诗创作并不多，岑参则保持了他的创作热情，羁旅行役，沿途风光均有歌咏。虽然他们的入蜀诗已失去他们早期边塞诗的豪迈情怀、功业意识，但面对巴山蜀水，世积乱离之情得到了一定程度的缓解，一些行旅山水诗、赠答诗，将乱离之感与山水之情相结

---

① 　孟棨：《本事诗·高逸第三》，上海：古典文学出版社，1957年，第17页。

合，呈现出与边塞诗不同的精神风貌，从中可以看出入蜀后诗风的变化。而更多的文人流离蜀中期间，如裴迪、颜真卿、杨炎等并没有入蜀诗流传。

第五时段，也就是大历、贞元间，唐诗处于其低落期，但并没有停滞，以"大历十才子"为代表的一批诗人，在衰飒、孤寂和低沉中，"诗歌创作由雄浑的风骨气概转向淡远的情致，转向细致省净的意象创造，以表现宁静淡泊的生活情趣，虽有风味而气骨顿衰，遂露出中唐面目"①。入蜀诗亦如此，在经历了安史乱变中杜甫、岑参等人的创作高峰后，而在中唐白居易、元稹、刘禹锡等诗人入蜀诗形成的另一高峰前，大历诗人以他们的低回、哀沉之笔延续了入蜀诗的创作。大历十才子中的司空曙、李端、李嘉祐、钱起、卢纶先后入蜀，但留存入蜀诗皆不多，总体风格上体现了大历诗风的主要特点。此时期入蜀诗创作最多的是孟郊，据华忱之《孟郊诗集校注》所附年谱，孟郊贞元九年（793）"远游湖楚途中，曾至巴山巫峡"②，《峡哀十首》等诗作于此时。孟郊虽未深入巴蜀腹地，但对于三峡鬼斧神工般的奇峻险要却深有感触，以致诗人不免将身世之感融入其中，借"峡哀以喻世俗之浇薄，人心之险峻，宣泄诗人屡试不第的内心悲愤"③。可以看出这也是大历诗风的延续。要之，此时段入蜀诗歌虽沉吟哀怨，但往往能将巴蜀风物与内心情感完美融合，具有典型的时代特色。

这时段文人入蜀的原因，除了游历外，另一个重要原因就是入幕。经历安史乱后，巴蜀在唐朝政治版图中的地位陡然得到提升，一是抵御吐蕃、南诏等的前沿阵地，二是唐王朝财赋收入的主要来源，实际上成了整个唐王朝的战略大后方，而且这种状况一直延续至唐末。至德二载（757）剑南道分为东西两川后，巴蜀地域分属三道：剑南东川、剑南西川、山南西道，史称"剑南三川"，"唐廷除了以重臣、贵戚出任三川节度使以外，朝廷的宰相也主要是从三川节度使和淮南节度使中遴选。自宪宗元和元年（806）到僖宗乾符六年（879），在担任三川节度使的93人中，先后有40人成为宰相，几乎每二

---

① 袁行霈主编：《中国文学史》（第2版）第2卷，北京：高等教育出版社，2005年，第246页。

② 华忱之：《孟郊诗集校注》，北京：人民文学出版社，1995年，第550页。

③ 华忱之：《孟郊诗集校注》，北京：人民文学出版社，1995年，第491页。

名节度使就有一人成为宰辅，因而剑南三川被认为是宰相回翔之地"①。在这种政治现实下，东西两川幕府吸引了大量文人入幕，特别是韦皋幕府，更是极盛，"四方文行忠信，豪迈倜傥之士，奔走接武，麇至幕下，缙绅峨峨，为一时伟人"②。司空曙、钱徽、段文昌、唐次、皇甫澈等皆为幕下之士。文士的聚集，必不可少的是从事文学活动，进行诗文的唱和。如司空曙在西川幕，与尹植、裴说、郑刚、卢文若等有唱和，《秋思呈尹植裴说郑刚》《和卢校书文若早入使院书事》等入蜀诗即作于此时。可惜除司空曙外，其他人的入蜀诗大多没有留存下来。另外，在一些名士主政的州郡文学唱和活动也比较频繁，如唐次在开州刺史期间，与幕属同僚诸人唱和颇多，编集为《盛山唱和集》，权德舆为序，云："理盛山十二年，其属诗多矣，非交修继和，不在此编。至于营合道志，咏言比事，有久敬之义焉。暌携嚣叹，惆怅感发，有离群之思焉。班春悲秋，行部迟客，有记事之敏焉。烟云草木，比兴形似，有寓物之丽焉。方言善谑，离合变化，引而伸之，以极其致。……今览盛山之作有似之。凡汉庭公卿、左右曹、方国二千石、军司马、部从事暨岩栖处士令弟才子，稽合属和，二十有三人，共若干篇。"③但上述唱和诗除韦处厚诗留存外，其余皆散佚不见，甚为可惜，否则入蜀诗当更多。这些文学酬唱活动，对于促进巴蜀文学的发展是显而易见的。

　　第六时段，是唐五代入蜀诗创作的又一高峰时期。这时期唐王朝朝政混乱，牛李两党相互倾轧，持续数十年；藩镇割据，虽在元和间有过短暂的收敛，但很快死灰复燃，甚至有加剧之势。中原陷于混乱，而巴蜀地区虽时有地方政权入侵，但大体上比较稳定，社会经济保持繁荣，故有"扬一益二"之说，是唐王朝财政的依赖之地，巴蜀的重要性不言而喻。继韦皋之后，高崇文、武元衡、李夷简、王播、段文昌、杜元颖先后为西川节度使，卢坦、李逢吉、王涯为东川节度使。诸人皆名士，地位尊崇，同样吸引了大量文士入蜀。武元衡幕中文士亦称盛一时，可与韦皋幕府相媲美，据戴伟华考证，主要有：

---

① 贾大泉、陈世松主编：《四川通史》第3册，成都：四川大学出版社，1993年，第59页。

② 符载：《剑南西川幕府诸公写真赞》，《全唐文》卷690，北京：中华书局1983年，第7079页。

③ 权德舆：《唐使君盛山唱和集序》，《权德舆诗文集》下，郭广伟校，上海：上海古籍出版社，2008年，第810页。

李虚中、宇文籍、柳公绰、裴度、裴堪、张正一、崔备、卢士玫、杨嗣复、张植、徐放、萧祐、独孤实、王良士、刑君牙①，另外著名女诗人薛涛也是府中常客。上述诸人中有入蜀诗留存的不少。武元衡与韦皋相比，其武功不及韦，但文学才华却稍胜之，现存入蜀诗三十五首，为节度使之最。文士的大量入蜀，使得这时段巴蜀地区的诗文唱和活动异常活跃，因而入蜀诗的创作明显增多。最为频繁的是聚集了大量文人的幕府，如武元衡幕下就经常出现这种活动，最著名的是宪宗元和三年（808）锦楼宴集，参与者有王良士、崔备、裴度、柳公绰、张正一、徐放、卢士玫，武元衡作《八月十五夜与诸公锦楼望月得中字》，除裴度外诸人皆有和诗，今存。又有《中秋夜听歌联句》，裴度联句诗存。另外，处于不同州郡的文人，或相互拜访，或书信往还，酬唱不断，如羊士谔在巴州刺史间，西川从事萧祐寄海棠花诗，羊士谔作《郡中言怀寄西川萧员外》《都城从事萧员外寄海棠花诗尽绮丽至惠然远及》，又与西川从事独孤寔相酬答，有《西川独孤侍御见寄七言四韵一首为郡翰墨都捐逮此酬答诚乖拙速》诗。白居易在忠州刺史间，与万州刺史杨归厚互有诗歌唱和，等等，实在是巴蜀之幸事，对巴蜀文学亦有不可估量之影响。可见，这时期入蜀诗在经历了大历、贞元间的短暂沉寂后，又重新兴盛，只是大量入蜀诗没有保存下来，虽然数量上不及第四时段，但在入蜀诗创作的人数上却多得多，而不是杜甫独占鳌头，因而也更具普遍性，更能反映入蜀诗创作的盛况。

此时段最具代表性的入蜀诗人，非元稹、白居易、刘禹锡莫属，三人入蜀诗数量共计273首，占此时段的近七成。而重要的不是数量，他们以中唐诗坛领袖的身份来到巴蜀，不但对巴蜀文学与文化生态产生深刻影响，更自觉融入巴蜀文化中，体验和感知巴蜀文化，并最终带来他们文学上的新变。元稹的《虫豸诗》七篇，极尽七类虫豸琐细之形状，以志怪之手法写诗，追求新奇，反映了元稹试图突破自己一贯以来的尚俗写实的风格。虽然只是尝试，但元稹在巴蜀特殊地理文化环境下所作出的改变应该得到肯定。白居易、刘禹锡的《竹枝词》都是主动向民间学习的结果，据曹学佺《蜀中广记》卷五七载："夫竹

---

① 戴伟华：《唐方镇文职僚佐考》（修订本），桂林：广西师范大学出版社，2007年，第376—378页。

枝者，闾阎之细响，风俗之大端也。四方莫盛于蜀，蜀尤盛于夔。杜子美白帝诗云'破甔蒸山麦，长歌唱竹枝'。《万州图经》云：'正月七日，乡市士女渡江南蛾眉，碛上作鸡子卜，击小鼓唱竹枝歌'。《开州志》云'俗重田神，男女皆唱竹枝'。《巫山志》云'琵琶峰下，女子皆善吹笛。嫁时，群女子治具，吹笛唱竹枝词送之'。则夔俗比比如是矣。"①白、刘二人虽前后至蜀，但对于夔州地区的这种民歌却都表现出浓厚的兴趣，并亲自参与创作，使得这种闾巷俚俗之曲颇具雅味，终登大雅之堂成为很多诗人乐于采用的诗歌形式，则白、刘功不可没。而在学习《竹枝词》的过程中，这种清新朴质、真率自然的风格也会逐渐渗透到诗人以后的诗歌创作中，其潜移默化的影响不可低估。

第七时段，延续了上一时段诗人入蜀的热潮，但由于没有特别优秀的诗人，所以在入蜀诗创作上略显平淡。此时段幕府文人不再是入蜀诗创作的主体，虽然西川节度使李德裕本人富于文学才能，如宣宗时人裴庭裕称他"文学过人"②，明人王世贞也认为他的《会昌一品集》"无论其文辞剀凿瑰丽而已，即揣摩县断，曲中利害，虽晁、陆不胜也"③，胜于韦皋、武元衡似无疑问。但其幕下文人却远不如二人幕府之盛，且没有文学擅长之士，当然这也和李德裕本人入蜀志在建功无意于文学有关。所以前一时段频繁的文学酬唱活动并没有出现，有的只是个别诗人的吟咏和赠答。这时段入蜀诗创作的主体是游蜀和仕宦于蜀的单个诗人，如温庭筠、贾岛、刘沧、项斯、李群玉等，诗歌多羁旅行役和赠答酬唱，以抒写个人情怀为主，几乎没有重大题材。如温庭筠由于仕进无门，人生充满彷徨之感，故入蜀诗显得忧伤哀怨，如《旅泊新津却寄一二知己》诗："维舟息行役，霁景近江村。并起别离恨，似闻歌吹喧。高林月初上，远水雾犹昏。王粲平生感，登临几断魂。"诗人系舟江边，却无心赏玩霁景，只有人生漂泊之感，孤独无助之情，顿觉前途渺茫，怀生王粲之悲。又贾岛一生坎坷，岁近暮年，遭人所谮，出为长江主簿，行次梓州，东川节度

① 曹学佺：《蜀中广记》卷57，《四库全书珍本初集》第21册，上海：商务印书馆，1935年，第12页。
② 裴庭裕：《东观奏记》卷上，《文渊阁四库全书》第407册，台北：台湾商务印书馆，1983年，第613页。
③ 王世贞：《弇州山人四部稿》卷112《读〈会昌一品集〉》，明万历五年王氏世经堂刻本。

使杨汝士礼遇有加，旋至长江县，获令狐楚寄赠寒衣，寄诗酬答言："长江飞鸟外，主簿跨驴归。逐客寒前夜，元戎予厚衣。雪来松更绿，霜降月弥辉。即日调殷鼎，朝分是与非。"（《谢令狐相公赐衣九事》）对于自己遭受飞谤之事仍念念不忘。其他入蜀诗人大约都如此。

第八时段，是入蜀诗人最多的时期，入蜀诗的创作也更为普遍和多样，成为晚唐一道独特的风景。此时段诗人入蜀，以僖宗中和元年（881）出奔至蜀为界线，出现两种不同的景况。之前入蜀诗人多为幕府文士，如代表性诗人李商隐就是在大中五年（851）应柳仲郢之辟入东川幕；薛逢，咸通元年（860）应杜悰之召赴西川幕；薛能，咸通五年（864）应李福之辟，入西川幕。他们的入蜀诗数量较多，以记述日常生活为主调，多羁旅行役、迎送酬唱、赏玩吟咏之作，这与他们作为幕府文人的身份相符。另外还有一些因游历入蜀的诗人，如于濆、李洞、马戴、罗隐等，他们入蜀缺乏明确的目的，行踪不定，故多羁旅行役与山水景物之诗。李洞是其中入蜀诗数量最多的，其追随贾岛入蜀，亦终于蜀，成为晚唐诗坛一段千古佳话。僖宗奔蜀，犹如玄宗当年，带来了又一波文人入蜀的高潮，且由于僖宗滞留蜀中时间更长，科举应试亦在成都举行，故大批青年士子也陆续跟随而来，这与玄宗时期入蜀文人多为官僚士大夫不同。另外，由于中原、关中一带陷于动荡不安的社会环境中，藩镇割据争战不断，民不聊生，文人也无立足之地，而巴蜀则相对稳定，经济社会没有遭到大的破坏，所以入蜀文人长期滞留于蜀地，如贯休、杜光庭、张蠙等，甚至举家搬迁移居于蜀地的文人也不少。这也与玄宗时文人短暂居蜀不同。僖宗离蜀后，又由于王建善于笼络人才，文人投奔的现象屡见不鲜，据《新五代史》卷六三《前蜀世家》载："蜀恃险而富，当唐之末，士人多欲依建以避乱。建虽起盗贼，而为人多智诈，善待士，故其僭号，所用多唐名臣世族。"[1]虽然入蜀文人不少，但能诗会文的并不多，有入蜀诗留存的则更少。而在晚唐文学史上具有一定影响和创作特色的诗人，如韦庄、吴融、唐彦谦、杜荀鹤、郑谷等都曾入蜀，并留下一定数量的入蜀诗，最多的是郑谷，有60首，其余多在10首左右。诗歌内容则多描写蜀中风物和游宴赏玩，对当时的战乱包括蜀地发生的一

---

[1] 欧阳修：《新五代史》卷63《前蜀世家》，北京：中华书局，1974年，第787页。

些事件也有所反映，但和前一时段相比，羁旅行役之诗却不多，这大概和他们避乱寓居因而选择融入当地的生活方式有关。值得注意的是一些僧道之士，如贯休、杜光庭等，他们活跃于统治者和底层民众间，又和当时的文人交往，留下了一定数量的入蜀诗，反映了宗教对巴蜀的影响。

第九时段，入蜀诗人及入蜀诗迅速回落，不但缺少重要诗人，影响甚微，内容上亦平淡无奇，毫无生气，这与此时期蜀地词的兴起形成鲜明对比。究其原因，一是文学自身发展的根本原因，唐诗的时代已经结束，有影响的诗人已离世，新人却没有出现，反映到入蜀诗创作上，则只是偶尔有普通文人枯燥乏味的应景之作。而更具娱乐性质的词，在向来就讲究享乐生活的蜀地开始大受文人的欢迎，取代诗歌成为最受文士欢迎的主要文学活动形式。二是受五代政治形势影响，文人入蜀受阻，与外地的文学交流不再顺畅。五代时期政权独立割据，客观上阻碍了人们之间的自由往来，而统治者为了政权稳定，更出台法令禁止人员流动，如后梁开平四年（910）明确出台诏令，云："关防者，所以讥异服、察异言也。况天下未息，兵民多奸，改形易衣，觇我戎事。……今海内未同，而缓法弛禁，非所以息奸诈、止奔亡也。应在京诸司不得擅给公验，如有出外须执凭繇者，其司门过所，先须中书门下点简。宜委宰臣赵光逢专判出给，俾繇显重，冀绝奸源。仍下两京河阳及六军诸卫御史台，各加钤辖。公私行李，复不得带挟家口向西。"① 虽然这些诏令并非针对文人，但客观上阻碍了文人的自由流动，在大一统时代文人带有浪漫性质的漫游山水不复存在，局限于割据政权勉强维持生存成为常态，所以此时段入蜀文人有限，而割据前入蜀且长期滞留于蜀地的文人则成为主流。这些人多为前后蜀官吏，本身文学才华并不突出，所以入蜀诗不但少，且乏善可陈。持续了两个多世纪的入蜀诗创作至此告一段落，静静等待北宋新一波入蜀诗创作的到来。

通过对以上各个时段唐五代入蜀诗人与入蜀诗情况的大致分析，可以得出以下几个结论：

第一，安史之乱是整个唐五代诗人入蜀的分界点。之前，巴蜀政治、经济地位不突出，加之"蜀道难"的交通条件，诗人入蜀意愿不高，大部分诗人或

---

① 董诰：《严关防诏》，《全唐文》卷110，北京：中华书局，1983年，第1037页。

因贬谪，或因出仕、出使而入蜀，也有一部分诗人因政治失意，为排遣愁绪、放松心情而入蜀，如王勃、骆宾王。入蜀诗人总体数量上不多，以个体的、散点式的入蜀为主，不但不能与诗人普遍游历吴越的热情相比，与荆楚等地亦有差距。安史之乱后，巴蜀作为唐王朝的大后方，社会相对稳定，政治地位日益突出，为文人提供了展示才华、施展抱负的机会。大量诗人集中入蜀的现象时常出现，两次内乱自不必言，应招入幕、科举应试，都吸引了大量诗人，过去的流贬之地，成为诗人竞相奔赴之所，这也反映在中晚唐大量的送人入蜀诗歌中。虽然诗人入蜀的动机多样，但热情是一致的。可以说，安史之乱在摧毁繁荣盛唐的同时，也提供了一个诗人入蜀的契机，从此改变了文人长期以来畏惧入蜀的心理，所以才会有清人李调元"自古诗人例到蜀，好将新句贮行囊"[①]之感叹。

第二，唐五代入蜀诗的创作时有起伏，呈现出三波不同高潮，而每一次入蜀诗创作高潮的到来都与某几位当时的重要诗人相关，是他们以个人的创作带动整个入蜀诗的繁荣。第四时段是入蜀诗创作的第一个高潮，主要由盛唐诗坛的标志性诗人杜甫、岑参推动。杜甫的诗歌，超过一半是入蜀诗，尽管杜甫入蜀前的诗歌已奠定了自己在唐代诗歌史上的地位[②]，但最终把他推上唐代乃至中国古代诗歌顶峰的还是他的入蜀诗。他的入蜀诗在前期所开辟的道路上继续前进，题材、形式、风格更加多样化，艺术上由成熟转向化境，加上丰富的人生阅历积淀成诗歌中对于历史更为深邃的思考，使得他成为中国古代诗歌史上不可逾越的高峰，"诗圣"之誉实至名归。在巴蜀文化中长期酝酿的入蜀诗，因杜甫的到来陡然而突起，屹立于唐诗百花园中，同样是其他入蜀诗人无法超越的巅峰。岑参入蜀在杜甫之后，虽然远离充满雄奇之景的西北边塞，但岑参依然保持了较高的创作热情，秀美奇峻的巴山蜀水，去国离乡的羁旅愁思，以及功业无成的兴叹，时时见于入蜀诗中。可以说，岑参把他诗歌人生的最后一段永远留在了蜀中。第六时段是入蜀诗创作的第二个高潮，其推动者主要是元

---

① 李调元：《童山诗集》卷7，《续修四库全书》第1456册，上海：上海古籍出版社，2002年，第194页。
② 如章培恒、骆玉明主编《中国文学史新著》（第二版增订本，复旦大学出版社，2011年版）中卷认为："从安史之乱爆发以后到杜甫入蜀之前，他的诗歌的内容更为丰富而复杂。叛军的残暴、社会的残破、人民的灾难、个人的不幸都成为他诗歌的题材；他在文学史上的地位主要也就由此奠定"。

积、白居易及刘禹锡。他们的入蜀诗在数量上与杜甫相距甚远，但在汲取巴蜀文化因素力求诗歌的新变方面，他们却是一致的。如前文所论，元稹的《虫豸诗》七篇，白居易、刘禹锡的《竹枝词》都是这种努力的结果。当然，幕府诗人之间的吟咏酬唱似乎更甚，在民间影响也要更广泛，也更有利于推动巴蜀文学的发展，只是大部分诗歌没有留存下来。第八时段是入蜀诗创作的第三个高潮。这次高潮与前两次高潮又不一样，主要依靠的是入蜀诗人的群体创作，因为入蜀诗人整体数量多，因而在入蜀诗创作总量上也较多，但没有绝对突出的诗人，更没有一位诗人的入蜀诗数量过百，最多的是郑谷有60首。不过，这波高潮依然不可忽视，因为有李商隐这样的优秀诗人入蜀，产生了像《夜雨寄北》《畴笔驿》《武侯庙古柏》《井络》这样一些千古传诵的名篇，在名篇佳作众多的唐代诗歌史上都有其一席之地。

　　第三，唐五代入蜀诗的创作与唐诗的演进在总体趋势上是一致的，但并不完全合拍。有时得风气之先，对唐诗的新变起推动作用，如初唐四杰的入蜀诗，是初唐诗风转变的关键，"神机若助，日新其业"[1]，在巴蜀山水之感召下，开始摆脱沉闷的齐梁诗风；有时又呈滞后之势，如第三时段，正是唐代诗歌走向鼎盛的时期，入蜀诗创作却几乎沉寂，除了孟浩然入蜀外，其他重要诗人都不曾踏足蜀地，而名篇佳作更没有，对唐诗的影响微乎其微。而在第四时段，当诗风从盛唐向中唐转变时，入蜀诗却因为杜甫、岑参等诗人的到来异军突起，呈现前所未有的创作繁荣阶段，不但在唐诗史上，在整个中国古代诗歌史上都有重要影响。不过，这些都是地域文学发展的正常形态。

　　第四，入蜀诗内容主要以羁旅行役、吟赏风物、酬唱赠答为主。这是因为入蜀诗人远道而来，背井离乡，跋山涉水，难免有去国怀乡之叹，加之蜀道艰险，"蜀道难，难于上青天"（李白《蜀道难》），怀乡之叹与忧愁之感叠加，更是不胜其愁。其中更有不少贬谪流离之人，触景生情，则尤显凄厉。对于入蜀诗人来说，羁旅行役之叹也许是永恒的主题。至于吟赏风物，则得益于蜀地的江山之助。蜀地山水人物之秀，早在东晋时期名士王羲之就已流露出心驰神往之感，"省足下别疏，具彼土山川诸奇，扬雄《蜀都》、左太

---

① 杨炯：《王子安集序》，《全唐文》卷191，北京：中华书局，1983年，第1930页。

冲《三都》，殊为不备。悉彼故为多奇，益令其游目意足也。可得果，当告卿求迎。少人足耳。至时示意，迟此期真，以日为岁。想足下镇彼土，未有动理耳。要欲及卿在彼，登汶领、峨眉而旋，实不朽之盛事。但言此，心已驰于彼矣"①。王羲之仅凭他人之描述已是怦然心动，入蜀诗人有机会亲历巴山蜀水之秀美奇峻，风土人文之异样多姿，无疑会激发出他们的文学创作热情，王勃是其典型事例："若乃采江山之俊势，观天下之奇作，丹壑争流，青峰杂起，陵涛鼓怒以伏注，天壁嵯峨而横立，亦宇宙之绝观者也。虽庄周诧吕梁之险，韩侯怯孟门之峻，曾何足云？盖登培嵝者起衡霍之心，游涓浍者发江湖之思。况乎躬览胜事，足践灵区；烟霞为朝夕之资，风月得林泉之助？嗟乎！山川之感召多矣，余能无情哉？"②大概入蜀诗人多有此感，故吟赏风物之多实不足为奇。酬唱赠答之诗，一是因为入蜀诗人游居于此，赠答往来本是游居生活的一部分，二是缘于东、西两川幕府之盛，府中文士众多，文学唱和活动频繁。当然这只是一种大致情况，其实入蜀诗题材多样，瑰丽多姿，杜甫无意不可入的入蜀诗就是明证。

第三节
唐五代入蜀诗的地域分布特点

通过历时性比较，我们可以看出唐五代入蜀诗在不同时期的不同创作特点，我们还可以通过共时性比较，即以巴蜀地区更小的行政单位"州"为划分依据，比较唐五代时期各州入蜀诗的创作情况，分析其分布特点，进一步探求政治、经济、文化对入蜀诗创作的影响。

戴伟华《地域文化与唐代诗歌》一书是最早对唐诗作创作地点统计的，

① 王羲之：《游目贴》，见严可均《全上古三代秦汉三国六朝文》，北京：中华书局，1987年，第1583。
② 王勃：《入蜀纪行诗序》，《全唐文》卷180，北京：中华书局，1983年，第1833页。

其意义在于通过地点分布可以直观地了解地域文化对诗歌创作的影响[①]。这一研究方法也直接为张仲裁的博士论文《唐五代文学家入蜀考论》所采用，并根据人文地理学理论进一步深化，从移出场、移动路径、移入场这三个角度作空间位移统计。[②]从地域文化对文学影响的角度来看，移出场即作家的本贯虽然能够反映作家的一些创作特点，但其实并不明显，反而是移入场的文化特征会非常直观地反映到作家的创作中来，至于移动路径，如果作进一步细分则其实也可以划分到移入场中，所以本书认为要分析唐五代入蜀诗的地域分布特点，只需作创作地点统计就足够了。但要确定唐五代入蜀诗的创作地点并不容易，张仲裁之文在这方面已经做了大量工作，其《唐五代入蜀文人巴蜀地区创作篇目统计（第二稿）》[③]有筚路蓝缕之功，这也为本书进一步统计提供了重要基础。根据本书的统计需要，笔者去除其中收录的文（包括杜光庭的醮词）、词，只保留诗歌，以此为基础再作仔细甄辨。先删去其中有目无篇之作和重复诗篇，再删去一些不属本书入蜀诗定义范围内的诗歌，如元稹《梁州梦》（唐梁州为今陕西汉中），畅当《南充谢郡客游沣州留赠宇文中丞》（畅当辞南充郡守后游沣州时作），樊宗师《郡内书怀寄刘连州窦夔州》（误，实为吕温作，吕温不曾入蜀），武元衡《唐昌观玉蕊花》（唐昌观在长安）等，共22首，另外增加了其遗漏的十余首。具体创作地点统计如下：

1. 益州（蜀郡、成都府、南京），共91人，诗611首。

杜淹（1）、卢照邻（19）、王勃（1）、骆宾王（1）、刘希夷（1）、张说（2）、卢崇道（1）、苏颋（4）、钱起（1）、唐玄宗（1）、杜甫（256）、严武（2）、田澄（1）、岑参（36）、戎昱（6）、卢纶（1）、韦皋（2）、司空曙（3）、段文昌（3）、王良士（1）、卢士玫（1）、张俨（3）、陈羽（1）、李德裕（2）、陆畅（3）、畅当（1）、欧阳詹（2）、柳公绰（1）、高崇文（1）、武元衡（35）、独孤实（1）、崔备（3）、萧

① 戴伟华：《地域文化与唐代诗歌》第三章《诗歌创作地点与地域文化》，北京：中华书局，2006年。

② 张仲裁：《唐五代文学家入蜀考论》第三章、第四章《入蜀历史的空间书写》（上下），四川大学博士论文，2009年。

③ 张仲裁：《唐五代文人入蜀编年史稿》，成都：巴蜀书社，2011年，第327—368页。

祐（1）、熊孺登（1）、王良会（1）、张正一（1）、武少仪（1）、李夷简（1）、刘象（1）、姚向（2）、温会（2）、李敬伯（2）、徐放（1）、章孝标（4）、杨汝士（3）、姚康（2）、温庭筠（1）、李章武（1）、郭圆（1）、陈陶（1）、裴澈（1）、李商隐（5）、卢求（1）、张祐（5）、李景让（1）、薛逢（8）、薛能（8）、罗隐（5）、裴铏（1）、李洞（6）、裴廷裕（1）、胡曾（1）、高骈（6）、萧遘（1）、冯涓（6）、杜光庭（7）、张曙（1）、韦庄（11）、唐彦谦（2）、崔涂（2）、杜荀鹤（1）、郑谷（22）、黄滔（3）、吴融（7）、崔承佑（1）、张道古（1）、贯休（39）、昙域（1）、段义宗（4）、张窈窕（5）、张格（1）、李山甫（1）、陈裕（7）、欧阳彬（1）、蒋贻恭（1）、李雄（3）、黄万祐（1）、田淳（1）、吴子来（2）、令狐峤（2）、李浩（4）。

2. 汉州（德阳郡），共12人，诗34首。

王勃（6）、房琯（1）、杜甫（10）、岑参（1）、李德裕（2）、薛能（5）、罗隐（1）、李洞（2）、韦庄（1）、吴融（2）、贯休（1）、彭晓（2）。

3. 蜀州（唐安郡），共7人，诗22首。

高适（2）、杜甫（12）、皇甫澈（1）、温庭筠（2）、薛逢（1）、章孝标（1）、杜光庭（3）。

4. 彭州（濛阳郡），共11人，诗15首。

王勃（2）、高适（5）、卢照邻（1）、柳明献（1）、羊士谔（1）、崔涂（2）、郑谷（2）、安守范、杨鼎夫、周述、李仁肇（联句1）。

5. 眉州（通义郡），共4人，诗9首。

吕群（2）、李频（1）、薛能（3）、杜光庭（3）。

6. 绵州（金山郡、巴西郡），共21人，诗45首。

王勃（7）、卢照邻（4）、薛曙（1）、杜甫（14）、严武（1）、乔琳（1）、王铤（1）、李嘉祐（1）、樊宗师（1）、余兴宗（1）、牛徽（1）、李渥（1）、戎昱（1）、王铎（1）、高璩（1）、刘璩（1）、薛逢（3）、罗隐（1）、张演（1）、杜光庭（1）、唐彦谦（1）。

7. 利州（益昌郡），共24人，诗65首。

卢照邻（2）、沈佺期（1）、张说（5）、苏颋（3）、贾至（1）、杜甫（4）、岑参（4）、陆畅（1）、韦应物（1）、欧阳詹（4）、李嘉祐（1）、武元衡（1）、萧祐（1）、元稹（13）、温庭筠（1）、李商隐（4）、薛逢（2）、薛能（7）、罗隐（2）、殷潜之（1）、高骈（2）、郑谷（2）、罗邺（1）、张蠙（1）。

8. 剑州（始州、普安郡），共21人，诗27首。

卢照邻（1）、王勃（2）、杜审言（1）、苏颋（1）、唐玄宗（1）、杜甫（1）、戎昱（1）、岑参（1）、李德裕（1）、陆畅（1）、王铎（1）、李商隐（2）、薛逢（1）、罗隐（1）、萧遘（1）、杜光庭（1）、郑谷（1）、黄滔（1）、韩昭（2）、李浩弼（1）、王仁裕（4）。

9. 龙州（西龙州、龙门郡、龙门州、江油郡、应灵郡），共2人，诗8首。

项斯（1）、李洞（7）。

10. 巴州（清化郡），共5人，诗30首。

严武（3）、史俊（1）、羊士谔（23）、项斯（1）、张祎（2）。

11. 阆州（隆州、阆中郡），共6人，诗77首。

卢照邻（1）、薛登（1）、杜甫（66）、元稹（5）、刘沧（2）、杜光庭（2）。

12. 蓬州（咸安郡、蓬山郡），共1人，诗1首。

元思敬（1）。

13. 渠州（宕渠郡、潾山郡），共3人，诗6首。

元稹（2）、崔涂（2）、郑谷（2）。

14. 遂州（遂宁郡），共7人，诗22首。

贾岛（14）、李频（1）、崔涂（1）、郑谷（3）、黄滔（1）、可止（1）、张蠙（1）。

15. 梓州（新城郡、梓潼郡），共21人，诗177首。

卢照邻（5）、王勃（5）、邵大震（1）、杨炯（1）、李崇嗣（1）、崔文邕（1）、杜甫（92）、陈羽（1）、柳公绰（1）、元稹（2）、李逢吉（1）、杨汝士（3）、刘蜕（2）、李商隐（46）、刘象（1）、牛峤（1）、薛逢（1）、李洞（7）、陈陶（1）、郑谷（2）、罗邺（2）。

16. 普州（安岳郡），共7人，诗19首。

独孤及（1）、贾岛（11）、李洞（2）、曹松（2）、杜荀鹤（1）、郑谷（1）、崔锜（1）。

17. 资州（资阳郡），共5人，诗8首。

崔公辅（1）、羊士谔（4）、卢并（1）、冯铢（1）、毛熙震（1）。

18. 简州（阳安郡），共1人，诗1首。

郑谷（1）。

19. 嘉州（眉山郡、犍为郡），共10人，诗49首。

孟浩然（1）、杜甫（2）、岑参（13）、陈羽（1）、司空曙（1）、崔备（1）、薛逢（4）、薛能（23）、崔涂（1）、郑谷（2）。

20. 邛州（临邛郡），共3人，诗3首。

郑世翼（1）、黄滔（1）、杜光庭（1）。

21. 泸州（泸川郡），共2人，诗5首。

郑谷（2）、罗邺（3）。

22. 万州（南浦州、南浦郡），共3人，诗3首。

李嘉祐（1）、马冉（1）、刘言史（1）。

23. 夔州（信州、云安郡），共43人，诗596首。

杨炯（2）、卢照邻（1）、乔备（1）、宋之问（1）、沈佺期（3）、刘希夷（1）、王无竞（1）、孟浩然（3）、王维（1）、杜甫（470）、皇甫冉（4）、戎昱（1）、杨旬（2）、戴叔伦（2）、窦常（2）、刘禹锡（51）、李频（2）、胡皓（1）、卢象（1）、李端（1）、孟郊（12）、白居易（5）、温庭筠（1）、李群玉（3）、鲍溶（1）、李涉（5）、刘沧（1）、项斯（1）、于濆（1）、罗隐（1）、胡曾（1）、曹松（2）、张乔（1）、韦庄（1）、崔涂（2）、郑谷（8）、贯休（2）、栖蟾（1）、吴商浩（1）、马戴（1）、杨凭（1）、方干（1）、郑世翼（1）。

24. 忠州（临州、南宾郡），共4人，诗125首。

杜甫（8）、白行简（1）、白居易（115）、白敏中（1）。

25. 通州（通川郡），共2人，诗74首。

元稹（72）、郑谷（2）。

26. 开州（万世郡、盛山郡），共2人，诗13首。

李嘉祐（1）、韦处厚（12）。

27. 合州（涪陵郡、巴川郡），共1人，诗1首。

罗隐（1）。

28. 渝州（巴郡、南平郡），共6人，诗6首。

王维（1）、李邕（1）、胡皓（1）、杜甫（1）、司空曙（1）、贯休（1）。

29. 涪州（涪陵郡），共2人，诗5首。

元稹（3）、郑谷（2）。

30. 黔州（黔中郡），共4人，诗7首。

李频（4）、许彬（1）、郑谷（1）、贯休（1）。

31. 松州（交川郡），共1人，诗1首。

胡皓（1）。

果州（南充郡）、陵州（仁寿郡）、荣州（和义郡）、雅州（卢山郡）、黎州（洪源郡）、茂州（会州、南会州、通化郡）、翼州（临翼郡）、维州（维川郡）、戎州（南溪郡）、嶲州（越嶲郡）、扶州（同昌郡）、当州（江源郡）、悉州（归诚郡）、静州（南和州、静川郡）、恭州（恭化郡）、柘州（蓬山郡）、奉州（云山郡、天保郡、保州）、壁州（始宁郡）、真州（昭德郡）、霸州（静戎郡）、乾州、集州（符阳郡），都没有入蜀诗流传下来。

另外，还有一些入蜀诗具体创作地点不详，陈子良（1）、卢照邻（2）、王适（1）、李颀（1）、李山甫（1）、来鹏（3）、郑谷（2），共7人，诗11首。

为便于直观了解，根据以上统计，分别制出各州入蜀诗人与入蜀诗的图表如下：

一、各州入蜀诗人图表：

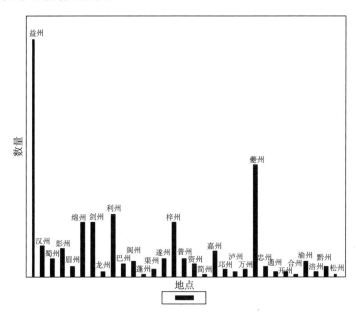

二、各州入蜀诗图表：

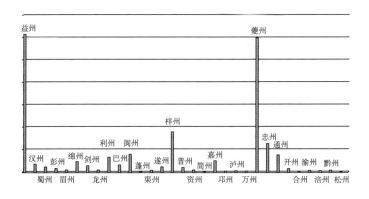

巴蜀地区地域广阔，山重阻隔，多民族杂居，政治、经济、文化发展差异性很大，导致入蜀诗人及入蜀诗各地分别极不均衡，这从上述统计数据和图表中已经可以清晰地看出来。由于各地入蜀诗人与入蜀诗的数量并不成正比，因此有必要分别分析其特点。

先从入蜀诗人的分布来看，成都入蜀诗人数量最多，几乎有一半的入蜀诗人到过成都，这还不是全部的情况，有一些入蜀诗人虽然到过成都，但在成都并没有入蜀诗流传下来，如杨炯、贾至、裴度、独孤及等。实际上成都是唐五代时期入蜀诗人聚集的中心，各地诗人或经陆路，或经水路入蜀，以成都为终点，汇聚于成都，或至此而返，或再向四围扩散。入蜀诗人皆至成都，一方面是因其历史文化因素的影响，经扬雄《蜀都赋》、左思《三都赋》等颂扬，其风土人文景观早已令文人心驰神往；另一方面也因为其政治、经济的原因，作为天府之国的核心区域，不但经济发达，社会稳定，而且长期作为行政中心，加之唐玄宗、唐僖宗奔亡逃居于此，因此成都作为诗人入蜀的终点是必然的。夔州次之，但与入蜀诗人作为目的地聚集于成都不同，夔州则大多是他们的途经之地，能够吸引入蜀诗人至此，一是因其为交通要道之故，二是因其独特的文化魅力。夔州，据刘禹锡《夔州刺史厅壁记》："夔在春秋为子国，楚并为楚九县之一，秦为鱼复，汉为固陵，蜀为巴东，梁为信州。初城于瀼西，后周大总管龙门王公述登白帝叹曰：'此奇势可居。'遂移府于今治所。是岁建德五年。隋初杨素以越公领总管，又张大之。唐兴，武德二年诏书：其以信州为夔州。七年，增名都督府，督黔、巫一十九郡。开元中，犹领七州。天宝初，罢州置郡，号云安。……乾元初，复为州。"①辖境相当于今重庆市奉节、云阳、巫山、巫溪等地。夔州位于长江上游，控巴蜀东门，由水路出入蜀地，夔州是必经之地。唐五代诗人走陆路，越秦岭，经利州，过剑门入蜀，而往往沿长江，经夔门出蜀，反之亦然。而夔州沿途风景名胜、文化遗迹众多，白帝城、八阵图、三峡、巫山神女峰等，也吸引文人的目光。严耕望先生云："夔州居三峡上口，自古为长江上游军事重地，南北朝、隋唐时代，常置军府，兼统三峡上下千里沿江诸州，故有夔府之名。加以刘备托孤，诸葛设阵，下迄唐代杜翁寄寓，诗作丰富，益使夔州白帝之名脍炙人口，成为历史名城。"②故途经诗人不但多，且大多有所吟咏，而三峡和巫山神女则是入蜀诗长久不衰的题材。因此夔州虽不是政治经济中心，但因其"夔门"的性质和充满诗意的自然人文景观成为入蜀诗人争先踏足之地。

　　梓州、剑州、利州、绵州四地入蜀诗人数量大致相当，二十余人，与成

---

① 刘禹锡：《夔州刺史厅壁记》，《全唐文》卷660，北京：中华书局，1983年，第6119页。
② 严耕望：《唐代夔府地理与民户生计》，《唐代交通图考》卷4《附篇五》，上海：上海古籍出版社，2007年，第1145页。

都相比差距甚远，于夔州而言亦有不少差距。其中梓州作为巴蜀地区的又一行政中心，其政治地位略与成都相似，但由于历史较短，文化积淀不厚，对文人的吸引显然无法与成都相比。梓州，《元和郡县图志》卷三十三云："《禹贡》梁州之域。秦并天下，是为蜀郡。汉高帝分置广汉郡，今州即广汉郡郪、广汉二县地也。宋于此置新郡，梁武陵王萧纪于郡置新州，隋开皇末改为梓州，因梓潼水为名也。州城，宋元嘉中筑，左带涪水，右挟中江，居水陆之冲要。"①州治在今四川三台县。唐肃宗至德二年（757）分剑南节度使为东、西两川，东川治梓州，五代前蜀时改为武德军节度使，所以梓州作为东川的政治中心，比一般州郡更容易吸引文人前往。不过，从东、西两川的重要性来看，西川要重于东川，西川节度使大多为重臣，如韦皋、武元衡、李德裕，都是中唐功勋卓著、地位显赫之人，因而被誉为是宰相回翔之地，而同时他们也爱好文学，故文士趋之若鹜，府中文士济济。而东川节度使虽不乏名臣，但地位与声望则不能相提并论，对于文学的兴趣也稍逊之，故东川幕府除柳仲郢幕府外文士并不多，这从戴伟华《唐方镇文职僚佐考》一书的统计中可以清晰看出。至于梓州与成都的文化积淀比较，则差距更甚，不啻天壤。当然，相比于巴蜀其他地区，梓州的文化在初唐已经有了很大提升。如宗教方面，梓州佛教颇为兴盛，佛寺众多，如梓州慧义寺（见王勃《梓州慧义寺碑铭并序》、杨炯《慧义寺重阁铭并序》）、飞乌县白鹤寺（见王勃《梓州飞乌县白鹤寺碑》）、郪县兜率寺（见王勃《梓州郪县兜率寺浮图碑》）、郪县灵瑞寺（见王勃《梓州郪县灵瑞寺浮图碑颂》）、通泉县惠普寺（见王勃《梓州通泉县惠普寺碑》）、梓州牛头寺（见柳公绰《题梓州牛头寺》等诗），等等。尤其是慧义寺，始建于北周，香火鼎盛，历史久远，长盛不衰，延续至今，能够让王勃、杨炯同时作文，其宗教影响不可小觑。杜甫在梓州期间也曾反复流连于此（见《慧义寺送王少尹归成都得清字》《慧义寺园送辛员外》等诗），李商隐亦留下其足迹（见《唐梓州慧义精舍南禅院四证堂碑铭并序》一文）。不仅佛教兴盛，梓州的文学亦因为一代文宗陈子昂的横空出世而异军突起。作为唐代蜀中第一位诗人，陈子昂高举革新文风的大纛，不但"又一次惊动了国人。从此，

① 李吉甫：《元和郡县图志》卷33，北京：中华书局，1983年，第841页。

巴蜀的文学又焕发了光彩，并不断向前发展"①。说梓州文学得巴蜀文学甚至是唐代文学风气之先似乎并不为过。除了射洪陈子昂，盐亭赵蕤以及严氏家族也值得注意。赵蕤是道家和纵横家，长于经术，与李白被誉为"蜀中二杰"。孙光宪《北梦琐言》卷五云："赵蕤者，梓州盐亭人。博学韬钤，长于经世。夫妻俱有节操，不受交辟。撰《长短经》十卷，王霸之道，见行于世。"②李白青年时从其学，受其影响较大。如果说陈子昂和赵蕤喜言王霸大略，但受时代所限，无法施展其才华，那么严震则恰逢世运，得以实现功业，扬名立万。严震，"字遐闻，梓州盐亭人。本农家子，以财役里闾。至德、乾元中，数出货助边，得为州长史。西川节度使严武知其才，署押衙，迁恒王府司马，委以军府众务。武卒，罢归"③。后起为兴、凤两州团练使，好兴利除害，迁山南西道节度使，因护驾有功，进同中书门下平章事。严震有宗族人严砺，但"性轻躁，多奸谋"④，为山南西道节度使，"在位贪残，士民不堪其苦"，为元稹所纠劾。严砺任山南西道节度使时曾改善蜀道交通，疏浚嘉陵江上游长举至成州段，见刘禹锡《兴州江运记》。严氏家族为地方豪强，虽不是文学世家，但也肯定受到文章学术的耳濡目染，如陈子昂家族一样，只不过陈子昂重文学，而严氏家族重功名，严氏家族能在当时立足，其文章学术也并非一无是处，像严震、严砺，以及严震之子严公贶、严公弼皆有诗或文留存就很能说明问题。早年杜甫游历梓州时也曾与严氏昆仲交往，并赞其"全蜀多名士，严家聚德星"（见杜甫《行次盐亭县聊题四韵奉简严遂州蓬州两使君咨议诸昆季》一诗）。由上述佛教的兴盛和陈子昂、赵蕤、严氏家族等文章经术的兴起，说明梓州在文化与文学方面已经有所提升和发展，这无疑会对入蜀诗人产生文化的吸引力。假若没有这些佛教寺庙，初唐四杰在梓州或许就没有如此浓厚的登临游览兴趣，他们的诗文作品就会少很多，或许入蜀之行也会黯然失色；又若没有陈子昂的文化遗迹，杜甫就不会特意前往射洪凭吊游览，就不会有他"有才继骚雅，哲匠不比肩。公生扬马后，名与日月悬"（《陈拾遗故宅》）的赞

① 杨世明：《巴蜀文学史》，成都：巴蜀书社，2003年，第116—117页。
② 孙光宪：《北梦琐言》卷5，唐宋史料笔记丛刊本，北京：中华书局，2002年，第119页。
③ 欧阳修：《新唐书》卷158，北京：中华书局，1975年，第4942页。
④ 刘昫：《旧唐书》卷117，北京：中华书局，1975年，第3407页。

赏感叹，或许后人对陈子昂的正确评价就会经历一个更为曲折的过程，而他在梓州的诗歌无疑也会少很多。因此，政治和文化的因素是之前默默无闻的梓州能够吸引众多文人前往的原因。

利州、剑州、绵州能够留下众多入蜀诗人的足迹，最重要的原因是它们的交通位置。文人由陕入川，经蜀道北四道（子午道、傥骆道、褒斜道、嘉陵道）中的任一条抵达梁州（今陕西汉中），继续南行，则走金牛道（剑阁道）至成都，一般都要经过以上三地。严耕望先生《唐代交通图考》就认为："唐世入蜀，或由汉中向西南，或由兴州向东南，皆经金牛，为入蜀咽喉。由金牛西南经三泉、利州、剑州、绵州、汉州，至成都。就君主行幸言，玄宗入蜀，由褒斜道转金牛，循此道而南。僖宗入蜀，由骆谷道至兴元，循此道南行。五代蜀主北巡秦州，则循汉、绵而北，亦此道也。"[1]就一般而言，由汉中入蜀至成都，经利州、剑州、绵州是常用通道，也就是所谓的大驿道（官驿），交通状况良好，大多数文人会选择此道，反之亦然。以入蜀为例，据严耕望先生考证，由三泉县（今陕西宁强北）至五盘岭（今广元市朝天区中子镇棋盘关）即进入利州，经嘉川驿、畴笔驿、龙门阁、朝天岭、漫天岭、石柜阁、佛龛、绵谷（利州治所，今广元市区）至益昌（今广元市元坝区昭化镇），皆在利州界内。作为出入蜀的主要路径，从理论上来讲应该会有大量诗人留下其足迹，但从留下诗歌的入蜀诗人统计数量来看，仅仅24人，诗歌也只有65首，与其入蜀交通要道的地位极不相称。为何会如此呢？大约与其地僻路远，山重险阻，而又没有夔州那样丰富的人文景观，故入蜀诗人途经此段往往行色匆匆，绝少作长时间的逗留赏玩，后人自然难觅其踪迹。其情形可以从岑参的《与鲜于庶子自梓州成都少尹自褒城同行至利州道中作》一诗中大略看出，诗云："剖竹向西蜀，岷峨眇天涯。空深北阙恋，岂惮南路赊。前日登七盘，旷然见三巴。汉水出嶓冢，梁山控褒斜。栈道笼迅湍，行人贯层崖。岩倾劣通马，石窄难容车。深林怯魑魅，洞穴防龙蛇。水种新插秧，山田正烧畲。夜猿啸山雨，曙鸟鸣江花。过午方始饭，经时旋及瓜。数公各游宦，千里皆辞家。言笑忘羁旅，

---

① 严耕望：《唐代交通图考》卷4，上海：上海古籍出版社，2007年，第864页。

还如在京华。"[1]写途中所见山水景物、民情风俗，虽充满新鲜好奇之感，但给人的感觉是旅途匆匆，如走马观花般一瞥而过，因对前途充满自信、乐观，又有友人相伴，故心情爽然，没有羁旅之感。假若是孤独行走于此山道中，则恐怕无心赏景，唯有急行的脚步了。这应该是大多数诗人途经时的情形。

益昌过后沿嘉陵江向西南过望喜驿后即进入剑州，依次途经泥溪、剑门关、大剑镇、青强店、汉源驿、普安县（剑州治所）、税人场、武连县、上亭驿，至梓潼县，皆在剑州界内。剑州境内道路更为艰难，剑门为入蜀之门，早在西晋时张载《剑阁铭》中就已有描写："壁立千仞，穷地之险，极路之峻。世浊则逆，道清斯顺。"[2]入蜀诗人对此应该不会陌生。不过，在他们亲身经历之后才知此言不虚，甚至还超乎想象，于邵《剑门山记》云："趋蜀之路，必由是山。连峰戛天，上绝飞鸟，极于此也。峭壁中断，两崖相嵌，如门斯辟，如剑斯植。"[3]唐诗中写剑门的更多，如唐玄宗《幸蜀西至剑门》、杜甫《剑门》、岑参《入剑门作寄杜杨二郎中时二公并为杜元帅判官》、戎昱《入剑门》、李德裕《题剑门》等，无一不为其艰险所折服。然而剑门之险对于大部分诗人来说唯恐避之不及，只求平安顺利，哪有杜甫般的诗兴雅致。因而出入剑门途经剑州的诗人同样虽多，但留下诗歌的又更少了。何况从益昌至成都（出蜀亦然），也可避开剑门，走东川道，途经葭萌、苍溪、阆州至成都，又分流了部分行人由梓潼往西南六十五里至魏城县（今绵阳游仙区魏城镇），即进入绵州，途经奉济驿、巴西县（绵州治所）、万安县（天宝元年后改为为罗江县），至白马关，此为绵州境内。经过东川道分流后，途经绵州的诗人更少，但由于绵州离成都较近，且州城建成较早，在巴蜀地区地位优势突出，亦有一定的文化积淀。《元和郡县图志》三十三云："本汉广汉郡之涪县，……去成都三百五十里。依山作固，东据天池，西临涪水，形如北斗，卧龙伏马，为蜀东北之要冲。"[4]唐高宗显庆间（656—661）越王李贞刺绵州，修建越王楼，成为绵州标志性景观，吸引了唐代大批文士前来登高赋诗。故绵州入蜀诗

---

①　刘开扬：《岑参诗集编年笺注》，成都：巴蜀书社，1995年，第633页。

②　张载：《剑阁铭》，《全上古三代秦汉三国六朝文·全晋文》，北京：中华书局，1958年，第1951页。

③　于邵：《剑门山记》，《全唐文》卷429，北京：中华书局，1983年，第4368页。

④　李吉甫：《元和郡县图志》卷33，北京：中华书局，1983年，第848页。

人的组成不仅仅是过往诗人，还有幕府及游历文士。

汉州、彭州、嘉州三地入蜀诗人在十余人，它们地理位置在成都附近，受成都辐射影响，与入蜀诗人至成都后闲暇踏足有一定关系。汉州有三学山，上有寺庙、道观，为入蜀诗人游览之地，房琯曾任汉州刺史，也吸引诗人前往凭吊。彭州多道教名山，除高适为彭州刺史外，其他诗人多与游历名山有关。嘉州，"以其郡土嘉美为称"①，入蜀诗人几乎为游历而来，虽岑参为嘉州刺史，诗歌也多为赴任途中作。

其他入蜀诗人在十人以下者，诗人或仕宦，或游历，或探亲访友而来，具有一定的偶然性，在此不一一详述。而一些州郡入蜀诗人统计数量为零，如果州、简州、壁州等，但并不意味着这些地方没有入蜀诗人踏足，只是因为他们没有创作诗歌，或创作了没有留存下来，其实这些地方大都有文章流传，因本书研究对象的设定故不作论述。

再从入蜀诗数量的分布来看。成都、夔州的入蜀诗数量与他们的入蜀诗人数量一样，遥遥领先于其他地方，难分伯仲，但这只是一个大概，如果再分析其数量的构成则各有特点。成都地区入蜀诗人数量更多，诗歌分布较为均衡，题材内容多样，举凡酬赠送别、游宴赏玩、咏物言情、叙事怀古、羁旅行愁等皆有涉及，而酬赠、游宴之作尤多。酬赠之作反映了入蜀诗人间频繁的聚散离合，这与他们漂泊的身份相符，而游宴之作则反映了锦城生活之安定与休闲，对于长期漂泊或经历战乱的入蜀诗人来说也是难得的慰藉。而夔州入蜀诗虽然数量很多，但分布极不均衡，大多数诗人只有一两首，而主要集中于杜甫一人，共470首，占夔州入蜀诗的近八成，其他诗人最多的是刘禹锡，也只有51首。诗歌内容主要以写景怀古为主，大量涉及夔州的民情风俗，具有非常鲜明的地域文化特色。

其他州郡，入蜀诗数量超过一百首的有梓州、忠州。梓州，如前所论，入蜀诗数量较多与其政治地位是相称的，但在分布上同样不均衡，杜甫的诗歌有92首，超过一半，另外，李商隐的诗歌也不少，有46首，二人诗歌占近八成。这两位重要诗人的到来，与本土诗人陈子昂交相辉映，有力地带动了梓州文学

---

① 乐史：《太平寰宇记》卷74，王文楚等点校，北京：中华书局，2007年，第1506页。

的发展，成为梓州历史上文学与政治最为辉煌的时代，而唐以后随着梓州政治地位的丧失，其文学再也不可能达到这样一种高度。忠州同样也是幸运的，其政治、经济、文化皆处在巴蜀中游以下，地理位置亦不突出，虽然入蜀诗人只有4人，但入蜀诗数量却有125首，远远超过利州、剑州、绵州等地，这不能不归功于白居易的到来。忠州，唐代属山南东道，由后汉临江县发展而来，"贞观八年，改临州为忠州，以地边巴徼，意怀忠信为名。天宝元年改为南宾郡，乾元元年复为忠州"①，自古为少数民族的居住之地，经济文化落后，文学近乎空白。白居易之前，杜甫曾短暂在忠州停留，留下8首诗歌，不过由于与当地百姓没有接触，时间也短，所以影响不大。②而白居易刺忠州近两年时间，发展生产，移风易俗，与当地百姓接触频繁。闲暇时则诗文风流，为忠州文化发展作出了积极贡献，在当地百姓中留下深刻印象。这可以从当地保留的众多文化遗迹中看出，据曹学佺《蜀中广记》记载："乐天刺史兹邦，风流暇豫，日事游赏。其踪迹最著者，有东楼、荔枝楼、鸣玉溪、龙昌寺、巴子台、东坡、东涧诸胜。黄鲁直为王圣涂作记云：'乐天东楼以宴宾佐，西楼以瞰鸣玉溪，登龙昌寺以望江南诸山，张乐巴子台以会竹枝歌女，东坡种花，东涧种柳，皆相传识其旧处焉。'"③因为白居易，忠州才开始引起文人的注意，其留下的诗歌则成了忠州文化、文学史上最灿烂的一页。白居易之后，又有白敏中、高璩追寻而来，这都是受白居易影响的结果。可见由于个别优秀诗人非常突出的入蜀诗创作，会对各个州郡之间的入蜀诗分布产生重要影响，进而对巴蜀文学的发展带来新的变化。

　　与这种情况相似的还有通州（今四川达州）。通州为古巴国地，交通位置比忠州更为偏僻，荔枝道虽经过于此，但很少为人所知。《方舆胜览》卷五十九引陈升《翠玉轩序》云："通川之境，东泻巴渠，西崤铁岭，南对戛

---

① 乐史：《太平寰宇记》卷149，王文楚等点校，北京：中华书局，2007年，第2888页。

② 如明曹学佺《蜀中广记》卷19记载"绍圣四年，王辟之知忠州，建四贤阁于治后。四贤者，故相司徒郑州刺史南华刘晏士安，故相赠兵部尚书嘉兴陆贽敬舆，中书侍郎平章事赠安邑李吉甫宏宪，刑部尚书致仕赠右仆射下邽白居易乐天，皆有像设，今移在学官"。不设杜甫像，说明忠州当地百姓对杜甫印象不深，其对当地文化影响有限。

③ 曹学佺：《蜀中广记》卷19，《四库全书珍本初集》第7册，上海：商务印书馆，1935年，第17页。

云，北望凤山。"①四围阻隔，出入不便。经济、文化方面也更为落后，元稹云："通之地，丛秽卑褊，烝瘴阴郁，焰为虫蛇，备有辛螫。"②蛮荒落后由此可知。民众"任侠尚气，质朴无文"③，虽淳朴，但毫无文学也是不争事实。元稹于元和十年（815）出为通州司马，至元和十三年（818）冬返回京城，共三年多时间，在通州有诗歌74首，无疑填补了通州自古以来文学的空白。这个数量，超过了利州、绵州等交通要道之地，以及成都附近周边州郡如汉州、嘉州等，使得通州在巴蜀文学史上占有重要地位，甚至在唐代诗歌史上也不能不有所提及。曹学佺《蜀中广记》在记载达州（即通州）时言"州以元微之左迁司马著名"④，可以见出元稹对通州知名度提升的重要性，而其诗歌则是最重要的载体和媒介。忠州、通州的事例说明，在文学相对落后的地区，名人的到来及其文学创作，对于这些地区来说是文学迎头赶上的千载难逢机会，而其带来的后期效应和文化的提升是一笔不可多得的财富。

诗歌数量与通州差不多的是阆州，有77首。阆州是金牛道支线，即唐人所称的"东川路"上的一个重要节点，从广元昭化经望喜驿折向东南，沿嘉陵江经苍溪到阆州，再经南部、射洪、盐亭、中江、广汉与金牛道主线合。元稹奉使东川，杜甫由成都北上游阆州，都经此线。由阆州沿嘉陵江东下，还可通渝州（今重庆），下三峡。吴道子画嘉陵江三百里山水图，当来自于此。故严耕望先生云："阆中为嘉陵江水三面（西南东）回环，兼复四山回合，形势险固，而地当嘉陵水道之中游，兼为西蜀东道之冲，成为川北一重镇，故为巴国后期所都，北朝置隆城镇以统蛮獠，皆以地居冲途且险固也。"⑤唐初这里还是军事重镇，"唐鲁王灵夔、滕王元婴，皆镇是州，以衙宇鄙陋，遂修饰宏大之，拟于宫苑，谓之隆苑。其后避明皇讳，改曰阆苑"⑥。虽然阆中历史文化

---

① 祝穆：《新编方舆胜览》卷59，施和金点校，北京：中华书局，2003年，第1041页。

② 元稹：《虫豸诗七篇并序》，杨军《元稹集编年笺注》诗歌卷，西安：三秦出版社，2002年，第800页。

③ 祝穆：《新编方舆胜览》卷59，施和金点校，北京：中华书局，2003年，第1040页。

④ 曹学佺：《蜀中广记》卷23，《四库全书珍本初集》第9册，上海：商务印书馆，1935年，第1页。

⑤ 严耕望：《唐代交通图考》卷4，上海：上海古籍出版社，2007年，第1166页。

⑥ 曹学佺：《蜀中广记》卷24引《方舆胜览》云，《四库全书珍本初集》第10册，上海：商务印书馆，1935年，第2页。

悠久，风景秀美，然而唐五代诗人出入蜀途经阆州的却并不多，因为如果经阆州走嘉陵江出入蜀，道路迂远，并不方便，而如果走阆梓道出入成都，不如金牛道主线平坦，须经"溪谷山径，颇荒芜，有毒害。"①这在杜甫《发阆中》等诗中有所反映。虽然途经诗人不多，但留下的入蜀诗数量还是不少，而这主要是杜甫的贡献，这点与忠州情况相似。杜甫于广德二年（764）至阆中，待了半年多时间，此时正值蜀中内乱之时，内心忧心忡忡，却无能为力，只好在阆苑山水美景中四处游览，销忧遣闷，因而留下众多山水诗，为这座古城增添了更多文化魅力。另外，还值得一提的是元稹，其贬通州间途经阆州，也留下了5首诗歌。

其他入蜀诗数量在60首以上的还有利州。如上文所论，由于利州是出入蜀诗人陆路通道的必经之地，故留下一定数量的诗歌也属正常，但与其入蜀诗人数量不成比例，总体数量偏少，且单个诗人留下诗歌的数量也不多，最多的元稹也只有13首。究其原因，主要是因为诗人都是途经此地，停留时间过短，无瑕吟咏。而元稹诗歌较多，也是因为其多次途经利州。

嘉州、绵州、汉州三地，不管是入蜀诗人，还是入蜀诗数量都不突出，均处于平均水平，约40首。绵州因其较好的交通位置，而且距离两大政治中心成都和梓州都不是很远，受到它们的辐射影响，文化发展较快。而刺绵州者多为文学水平较高的文人，在他们周围聚集了较多的文人，相互间吟咏酬唱较多，如于兴宗登越王楼唱和诗。此外绵州独特的文化景观，也吸引了一些文人游历而来，如王勃、卢照邻、杜甫等，在此流连游赏，诗情勃发，留下了不少诗歌，像杜甫就有14首。所以，虽然绵州与利州同在蜀道之上，但在绵州留下诗歌的反而不是那些途经此地的诗人，因而也就造成利州多山水诗，绵州多唱和诗，这是两地入蜀诗的不同。嘉州、汉州则主要是受成都文化辐射的影响，入蜀诗人因其人文景观、山水名胜前来游历。如嘉州，宋邵博《清音亭记》云"天下山水之胜在蜀，蜀之胜在嘉州"②，虽有夸张，但嘉州山水之美亦是不

---

① 严耕望：《唐代交通图考》卷4，上海：上海古籍出版社，2007年，第1168页。

② 曹学佺：《蜀中广记》卷11《嘉定州》引，《四库全书珍本初集》第5册，上海：商务印书馆，1935年，第9页。

争事实，现存的嘉州入蜀诗几乎全与山水景物相关。以写边塞诗著名的岑参，其赴任嘉州刺史途中所作诗歌，完全是盛唐山水诗的风格。晚唐入蜀诗人薛能在嘉州所作山水诗最多，有二十余首，虽成就不高，但可看出其对嘉州山水的喜悦之情。汉州入蜀诗亦多为山水游历诗。

入蜀诗数量在20—30首之间的州郡有巴州、剑州、遂州、蜀州。剑州因其交通咽喉位置，特别是剑门天险，作为蜀道雄关，自古以来就为文人所歌咏，留下一定数量的入蜀诗并不为奇。但正如利州一样，入蜀诗人几乎都是匆匆而过，所以留下的入蜀诗有限，排在下游。而巴州、遂州、蜀州，既非交通要道，又非文化发达、山水秀美之地，入蜀诗人踏足较少，能够留下几十首入蜀诗已是不易，但主要是集中在一两个诗人身上，如巴州，主要集中在羊士谔身上，有23首。宪宗元和三年（808），羊士谔因与窦群、吕温诬告李吉甫不成，初贬资州刺史，半道再贬巴州刺史，至元和八年（813）转资州刺史。在巴州四年多时间，其间或自我吟咏哀叹，或与友人书信酬唱，故能留下较多的诗歌，而资州刺史时间很短，所以诗歌就不多。遂州则主要是因为贾岛，贾岛曾为长江主簿，任满始迁普州司仓参军，时间也长，又喜吟咏，所以留下十余首诗歌。后来又有其崇拜者，如李频、崔涂、黄滔等追随前来，以诗吊唁，这些诗歌也都与贾岛相关。受贾岛惠顾的还有普州，亦与此相类似。蜀州入蜀诗则集中于杜甫，蜀州为成都附郭，杜甫寓居成都期间往来频繁，因而留下十余首诗歌。从上述四州入蜀诗的数量来看并不多，除了剑州还有地理的优势外，其他三州皆缺乏吸引诗人前往的动力，但因个别诗人偶然的到来填补了这种空白，并且对后世产生了文化效应。

其他州郡入蜀诗大多在十首以下，其原因，一是没有交通和文化的优势，二是没有创作突出的诗人，此不一一分析。而一些地域偏远州郡，几乎没有文人踏足，不见入蜀诗文也属正常。

综上所述，唐五代入蜀诗州郡地域分布主要有以下几个特点：一是入蜀诗人及入蜀诗在州郡之间分布极不平衡。政治地位、交通位置、文化发展是影响各地入蜀诗人及入蜀诗分布的三个重要因素，成都是其中心，而其他州郡如果在这三个因素中占据优势，则入蜀诗人和入蜀诗分布往往向其倾斜。不过也有特例，像忠州、通州，三个因素皆不占优，但由于有一个特别优秀的诗人，且在州郡的时间也足够长，在陌生环境的激发下迸发出创作热情，留下大量的入蜀诗，从而改变当地落后的文化环境。这说明入蜀诗人及入蜀诗并不仅是一种被动适应的过程，它们之间其实是一种互动关系。二是入蜀诗人与入蜀诗在州郡之间的分布并不完全一致。除了成都和夔州，其他州郡往往是失衡的，利州、剑州、绵州入蜀诗人较多，但由于入蜀诗人，尤其是一些重要诗人停留时间都不长，所以留下的入蜀诗并不多。而像忠州、通州、嘉州、梓州等地，入蜀诗人总体数量虽少，但都有一两位重要诗人踏足且停留时间较长，入蜀诗数量反而远远超过上述入蜀诗人较多地区。这说明重要诗人对地方文学及文化的影响巨大，但需要一定的时间，如果是匆匆过客，则影响有限。三是诗人入蜀后其活动地点一般不会固定在某一个州郡，因而入蜀诗创作具有一定的流动性。入蜀诗人除了一些因为仕宦（包括一些幕府文人）而很少离开其所在州郡外，大部分诗人往往会四处游历，创作地点在不断变化。最典型的莫过于杜甫，其在蜀中游踪遍及各州，留下诗歌的有：利州、剑州、阆州、绵州、汉州、益州（成都）、嘉州、戎州、梓州、渝州、忠州、夔州。这使得杜甫能够体验各地不同的自然风光、人文习俗等，对巴蜀文化有更深入细致的了解，因而其诗歌受巴蜀文化的影响也更深刻。正是诗人创作的这种流动性，也就形成唐五代入蜀诗内容的丰富多样，才给读者带来对巴蜀文化更细腻真切的感受。

　　总之，通过对唐五代入蜀诗以州郡为单位进行的共时性的分析，可以让我们更清晰地了解入蜀诗人及诗歌与巴蜀文化的这种互动关系和相互影响，这在后面章节中会有更深入和详细的分析。

第二章

唐前入蜀文士与文学

在对唐五代入蜀诗有一个基本概况的了解后，我们有必要追溯一下唐前的入蜀文学，为唐五代入蜀诗的繁荣寻找文化根源，否则就是无源之水，因为唐五代入蜀诗的繁荣除了受现实因素的影响外，唐前入蜀文士及文学长久的积淀是其发展繁荣的基础，从中也可以寻绎出唐五代诗人入蜀的文化动因。要说明的是，在唐之前基本没有像杜甫这样的纯文学家入蜀，仕宦是唐前入蜀文学家的主力军，如杨世明先生所说："他们多是因为游宦当官而来的。中国古代没有专业文学家，在那时，学习和创作文学是士人必备的文学素养，……于是走到哪里，就写到哪里。历代巴蜀的文学作品，除了上述的蜀籍文学家外，就是这一大批入蜀官员之所为，其数量亦不在少数。"[1]本章对唐前入蜀文士及文学的分析，主要对象就是各个时代的游宦士人。

第一节
先秦入蜀文士与神话传说

巴蜀地区众多的神话传说中，与入蜀文士直接相关的主要是李冰治水的故事和宋玉巫山神女的故事，它们为中国古代文学特别是巴蜀文学提供了源源不断的源泉，也是吸引唐五代诗人入蜀的众多文化因素之一，并且在他们的入蜀诗中得到反复的吟唱。

---

① 杨世明：《巴蜀文学史》，成都：巴蜀书社，2003年，第15页。

一、李冰治水神话故事

李冰，生卒年及籍贯皆不详，其入蜀时间，据《华阳国志》记载在秦孝文王时，但学界一般认为秦孝文王在位时间太短，李冰治水不可能短期内完成，故认为上述史料记载有误，应该为秦昭襄王时期。不过徐亮工根据20世纪70年代出土的云梦秦简《大事记》相关记载，推翻了上述之说，认为"李冰入蜀之年极有可能就在公元前251年后九月昭襄王卒后至公元前250年十月己亥日秦孝文王在位的这一年多时间里。当然，秦孝文王在位时间的长短，并不能成为他是否任命了李冰为蜀守的充分必要的证据，但至少，在没有更为可靠的证据以前，不应该轻易否定秦孝文王说。"[1]笔者以为还是以《华阳国志》所载为确。李冰入蜀后大力治理岷江水患，主持兴建都江堰水利工程，遂使成都平原成为天府之国，遗泽万世。李冰治水事迹，最早见于《史记·河渠书》，主要赞颂其治水之功，但不记载具体过程，至《华阳国志》记载始详：

> 周灭后，秦孝文王以李冰为蜀守。冰能知天文地理，谓汶山为天彭门；乃至湔氐县，见两山对如阙，因号天彭阙。仿佛若见神，遂从水上立祀三所，祭用三牲，珪璧沈濆。……冰乃壅江作坍，穿郫江、检江，别支流双过郡下，以行舟船。岷山多梓、柏、大竹，颓随水流，坐致材木，功省用饶；又溉灌三郡，开稻田。于是蜀沃野千里，号为"陆海"。旱则引水浸润，雨则杜塞水门，故记曰：水旱从人，不知饥馑，时无荒年，天下谓之"天府"也。[2]

李冰治水的功绩世世代代为蜀人所牢记，并将其事迹神化，遂产生了各种有关李冰治水的神话，在民间广为传诵。根据相关材料的记载李冰治水神话至迟在东汉已产生，应劭《风俗通义》记载：

---

① 见徐亮工：《李冰入蜀年代考》，《社会科学研究》2001年第1期。
② 常璩：《华阳国志》卷3，刘琳校注，成都：巴蜀书社，1984年，第201—202页。

秦昭王听田贵之议，遣李冰为蜀郡太守，开成都两江，溉田万顷，无复水旱之灾，岁大丰熟。江水有神，负取童女二人以为妇，不然，为水灾。主者白出钱百万以行聘。冰曰："不须，吾自有女。"到时，装饰其女，当以沉江水。径至神祠，上神坐，举酒酹曰："今得傅九族，江君大神，当见尊颜，相为进酒。"冰先投杯，但澹澹不耗，冰厉声曰："江君相轻，当相伐耳。"拔剑，忽然不见。良久，有两苍牛斗于岸旁。有间，冰还，流汗，谓官属曰："吾斗大极，当相助也。若欲知我，南向腰中正白者，我绶也。"主簿乃刺杀北面者，江神遂死，后无复患。蜀人慕其气决，凡壮健者，因名冰儿。①

这个故事的前半部分与西门豹邺水投巫事相似，可见借鉴了其故事情节。后文提到的主簿官职，东汉后期始设置，说明故事约形成于东汉时期。然而有关于李冰治水的神话还不止于此，后世又有李冰斗江神故事，据《太平广记》卷二九一引《成都记》故事云：

李冰为蜀郡守，有蛟岁暴，漂垫相望。冰乃入水戮蛟。己为牛形，江神龙跃，冰不胜。及出，选卒之勇者数百，持强弓大箭，约曰："吾前者为牛，今江神必亦为牛矣。我以太白练自束以辨，汝当杀其无记者。"遂吼呼而入。须臾雷风大起，天地一色。稍定，有二牛斗于上。公练甚长白，武士乃齐射其神，遂毙。从此蜀人不复为水所病。②

故事原形在常璩《华阳国志》中已有所载，言"冰凿崖时，水神怒，冰乃操刀入水中与神斗，迄今蒙福"③，而《成都记》故事则结合了刘义庆《世说新语》周处斩蛟故事情节加以深化。后世有关李冰的神话故事还在不断衍生，如锁孽龙故事、李二郎故事等，而李冰则由人逐渐塑造成神。围绕李冰

---

① 应劭：《风俗通义·佚文》，王利器校注，北京：中华书局，1981年，第583页。
② 李昉：《太平广记》卷291，北京：中华书局，1986年，第2316页。
③ 常璩：《华阳国志》卷3，刘琳校注，成都：巴蜀书社，1984年，第207页。

治水的事迹，民间所产生的这些神话故事，逐渐融为巴蜀文化的一部分，成为具有鲜明地域特征的民间文化，不但对入蜀文人产生恒久的文化魅力，亦提供了入蜀文人文学创作的重要素材。唐五代入蜀诗中以李冰治水及相关神话故事为题材的诗歌有杜甫的《石犀行》、岑参的《石犀》等。杜甫诗云："君不见秦时蜀太守，刻石立作三犀牛。自古虽有厌胜法，天生江水向东流。蜀人矜夸一千载，泛溢不近张仪楼。今年灌口损户口，此事或恐为神羞。修筑堤防出众力，高拥木石当清秋。先王作法皆正道，鬼怪何得参人谋。嗟尔五犀不经济，缺讹只与长川逝。但见元气常调和，自免洪涛恣凋瘵。安得壮士提天纲，再平水土犀奔茫。"仇兆鳌《杜诗详注》言："上元二年（761）秋八月，灌口损户口，故作是诗，然意亦有所寓也。《华阳国志》：李冰作石犀五头以厌水精，穿石犀溪于江南，命曰犀牛里。后转置犀牛二头，一在府中市桥门，一在渊中。"[1]可知杜甫此诗虽是针对现实而发，但取材于李冰治水的民间神话故事，只不过杜甫认为不能寄期望于鬼神，而应当积极有为修筑堤防才能免于灾害，这也是杜甫作为现实主义的伟大诗人高于其他诗人的地方。

二、宋玉巫山神女故事

关于宋玉生平事迹，史料记载同样极为简略，司马迁《史记》云："屈原既死之后，楚有宋玉、唐勒、景差之徒者，皆好辞而以赋见称；然皆祖屈原之从容辞令，终莫敢直谏。"[2]其他相关材料也大约如此，无从窥见其生平。值得注意的是晋人习凿齿所撰《襄阳耆旧传》卷一中有关宋玉的传记，虽然颇为详细，但也只是对前人材料的综合，并没有提供新的东西。反而是今人的一些考证，爬梳整理各种材料，结合最新出土文献，对宋玉生平提出了较为令人信服的观点。

宋玉的籍贯、名号，吴广平著《宋玉研究》认为："姓子，以宋为氏，乃楚籍宋人。他以玉为名，是古人崇拜玉，以玉为美称，因而喜用玉字起名习俗

---

① 仇兆鳌：《杜诗详注》卷10，北京：中华书局，1999年，第835页。

② 司马迁：《史记》卷84《屈原贾生列传》，北京：中华书局，1963年，第2491页。

的反映。"①其生卒年，已无法得出确切年代，但从各家的推断来看，略晚于李冰。至于其入蜀经历，则各家皆未言及，笔者试作一推论考证。

首先，要推断宋玉是否入蜀，先要确定《高唐赋》《神女赋》是否为宋玉所作。宋玉的作品，《汉书·艺文志》记载有16篇，然而对于《高唐赋》《神女赋》《登徒子好色赋》等篇，文学史上一直存在争议，经历从基本否定到逐渐肯定的一个过程。持否定意见的以陆侃如先生影响最大，他在《宋玉评传》一书中从赋的发展过程对宋玉的作品加以否定，得到后来众多学者的赞同，一些影响比较大的文学史，如刘大杰的《中国文学发展史》、郑振铎的《插图本中国文学史》、游国恩主编的《中国文学史》、章培恒主编的《中国文学史》，都持此观点。不过，早在20世纪50年代，胡念贻先生就在《宋玉作品的真伪问题》一文中进行了辩驳②，但影响不大。然而地下出土文献的发现，为研究者判断宋玉作品的真伪提供了新证据，学界的观点开始发生根本性转变。1972年山东临沂银雀山出土了一批残简，汤漳平先生认为是唐勒作品③，并据此对宋玉作品作了重新考辨，认为上述诸篇为宋玉作品是可信的。④谭家健先生的《〈唐勒〉赋残篇考释及其他》一文在考释残篇的基础上，肯定了胡念贻先生的意见，也认为宋玉这些作品是可靠的。⑤稍后李学勤先生《〈唐勒〉、〈小言赋〉和〈易传〉》一文⑥，以及朱碧莲先生《楚辞论稿》⑦也都赞同上述观点。因此，随着残简的出土，"不但使陆侃如先生在《宋玉评传》中提出的楚汉赋体文学发展三阶段论（即从《诗经》体式的荀子赋到楚辞体式的贾谊赋再到散文体式的司马相如赋）土崩瓦解，而且使那些怀疑《风赋》《高唐赋》《神女赋》《登徒子好色赋》《大言赋》《小言赋》等宋玉散体赋为伪作的推断不攻自破。"⑧此后又不断有研究者在此基础上作更为细致和全面的论证，

---

① 吴广平：《宋玉研究》，长沙：岳麓书社，2004年，第2页。

② 胡念贻：《宋玉作品的真伪问题》，《文学遗产增刊》1955年第1辑。

③ 汤漳平：《论唐勒赋残简》，《文物》1990年第4期。

④ 汤漳平：《宋玉作品真伪辩》，《文学评论》1991年第5期。

⑤ 谭家健：《〈唐勒〉赋残篇考释及其他》，《文学遗产》1990年第2期。

⑥ 李学勤：《〈唐勒〉、〈小言赋〉和〈易传〉》，《齐鲁学刊》1990年第4期。

⑦ 朱碧莲：《楚辞论稿》，上海：上海三联书店，1993年。

⑧ 吴广平：《宋玉研究》，长沙：岳麓书社，2004年，第91—92页。

并补充新的证据，如郑良树先生《论宋玉赋的真伪》①，高秋凤博士的《宋玉作品真伪考》②，吴广平《宋玉研究》等。至此，关于宋玉《高唐赋》《神女赋》等作品真实性的争论终于尘埃落定，得到学界普遍认可。

既然《高唐赋》《神女赋》是宋玉的作品，那么是否可以从中得出宋玉入蜀的结论呢？关于《高唐赋》的体裁性质，钱锺书先生认为："此赋写巫山风物，而入《文选·情》门，实与《神女》《好色》，不伦非类；当入《游览》门，与孙绰《游天台山赋》相比。"③也就是说《高唐赋》实际上是游记体文赋，以写山水风物为主，故宋广平认为："《高唐赋》全方位、多角度地描写了神奇瑰丽的巫山、巫峡风光，是中国辞赋史上第一篇完整的山水文学作品。"④那么宋玉如何能如此全方位、多角度、生动形象地描绘出巫山、巫峡风光呢？笔者以为若没有亲身游览巫峡的经历并留下深刻印象，似乎是不可能的。宋玉的赋作虽受屈原影响，但在描写山水方面则在屈原基础上有了长足进步。屈原的《涉江》一篇虽将山水的幽晦阴沉与内心的悲凉凄惨相结合，融情于景，文学性大大增强，但这种描写与抒情是建立在其流放的惨痛遭遇之上，是真情和实景的结合。宋玉不可能有屈原如此丰富复杂的情感，故只能在辞采和景物描写方面着力，将自己体验过之自然山水淋漓尽致展现出来。《涉江》写的是沅江一带山林偏僻之处，宋玉有意效仿，则以长江巫峡之景为对象，这在情理上并无不妥。因为长江上游黔中、巴渝、汉中一带古巴国之地早已归属楚国，宋玉不管是任职或游历途经巫山都是可能的。那么会不会是宋玉的想象之辞呢，因为文学史上这类例子屡见不鲜。如左思《三都赋》中对蜀都的描写，左思并没有入蜀，而是困居书屋在想象中完成，但时人并不认为其虚构不实，反而为之洛阳纸贵。孙绰的《游天台山赋》，钱锺书先生说："孙赋只言神游，见天台图像而'遥想'、'不任吟想'、'俯仰之间，若已再升'，亦未尝亲'经魑魅之途，践无人之界'也。"⑤但左思写蜀都也并非全凭己意任

① 郑良树：《论宋玉赋的真伪》，《中国书目季刊》第12卷第3期。
② 高秋凤：《宋玉作品真伪考》，台北：台湾文津出版社，1999年。
③ 钱锺书：《管锥篇》第3册，北京：中华书局，1986年，第870页。
④ 吴广平：《宋玉研究》，长沙：岳麓书社，2004年，第251页。
⑤ 钱锺书：《管锥篇》第3册，北京：中华书局，1986年，第870页。

意虚构，还是有所借鉴的，因为之前已有扬雄的《蜀都赋》，另外左思还曾向到过成都的张载请教，据《晋书》载：左思"移家京师，乃诣著作郎张载访岷邛之事"①。另外，左思的时代还有各种地理书可资利用，所以左思闭门造车是可以的。孙绰情况也大致如此，天台山之秀美，士人之向往，人所共知，孙绰自然也是了然于心，而地理方志、各种图像、道听途说也可利用，所以需要的只是才思。但宋玉所处的时代，巫山、巫峡也许并不是后人所想象的充满诗意之地，郦道元《水经注》云：三峡"每至晴初霜旦，林寒涧肃，常有高猿长啸，属引凄异，空谷传响，哀转久绝。故渔者歌曰：'巴东三峡巫峡长，猿鸣三声泪沾裳！'"又云："江水又东径流头滩。其水并峻急奔暴，鱼鳖所不能游，行者常苦之，其歌曰：'滩头白勃坚相持，倏忽沦没别无期。'"②从当地民歌中我们可以知道古人途经三峡其实是一段充满艰险的旅程，而宋玉要另取新意仅凭想象就把它构思成缠绵缅邈的诗意之地，从文学创作的过程来看是不合情理的，因为没有真实体验，依靠道听途说只能建立在他人情感基础上来进行构思，不会有宋玉作品中巫山神女的惝恍迷离之美。而且在没有后世的各种地理图籍可资利用，宋玉也不可能在想象中如此具体、细致、有序地描绘出巫山、巫峡的自然风物。褚斌杰先生说："赋中为了淋漓尽致地铺写出高唐之伟观，全面地刻画其山水形势草木物色的风貌，作者采取了从多种角度来观照对象的方法。如赋在开头只用了'惟高唐之大体兮，殊无物类之可仪比；巫山赫其无畴兮，道互折而曾累'四句作为总冒，下面就从空间的移动，从不同景物来捕捉景物：'登巉岩而下望……中阪遥望……仰视……俯视……上至观侧……'这种仰视俯察，近观遥望的多视角方法写法，无疑给作者的尽情铺写带来了方便，更重要的是它可以山川景物整体而多变的美，使描写对象在广阔空间得到充分的展示。"③这种多方位描写山水的手法就像是作者身临其境时的视角转换，同时又以游踪为序，绘声绘色、惟妙惟肖描写不同景致，以及作者的独特感受。若没有亲身经历和细致的观察，以及身临其境时所带来的独特

---

① 房玄龄：《晋书》卷92，北京：中华书局，1974年，第2376页。

② 郦道元：《水经注》卷34，陈桥驿校证，北京：中华书局，2007年，第790、792页。

③ 褚斌杰：《宋玉〈高唐〉、〈神女〉二赋的主旨和艺术探微》，《北京大学学报》（哲学社会科学版）1995年第1期。

心灵感受，在没有前人描写经验作借鉴的情况，几乎是不可能完成的。而正是宋玉所创造的这种赋体结构，为后世辞赋家所学习、模仿，才有可能凭空去想象虚构。因此，从《高唐赋》中对山水景物的描写和不同于常人的独特感受，可以说明宋玉至少到过巫山、巫峡，有了入蜀这段经历才有了《高唐赋》《神女赋》，才有了后世文学史上巫山神女这个永恒不绝的文学主题。

宋玉《高唐赋》《神女赋》之后，巫山神女的故事才广为流传，并不断被赋予新的文化意蕴。两汉时期，文人借鉴的是其大赋的结构模式，在文化上并没有作过多的阐释，反而是民间接受其文化影响更多一些，汉乐府中《巫山高》诗题的出现是其标志，但从现存的作品来看，也只是在写男女相思之情方面与巫山神女的故事有一定关联，郭茂倩《乐府诗集》解题云："古词言，江淮水深，无梁可度，临水远望，思归而已。"[1]可能只是以"巫山高"起兴，但内容方面则另起新意。魏晋南北朝时期，对巫山神女故事的吟咏开始出现在各类乐府诗题中，尤以《巫山高》和《蜀道难》为多，在本事和文化方面都有所开掘。如《巫山高》，郭茂倩言："若齐王融'想象巫山高'，梁范云'巫山高不极'，杂以阳台神女之事，无复愿望思归之意。"[2]《巫山高》的主题，不再像两汉拘泥于原意，而是走向与巫山神女故事的融合，对神话故事既有细致入微的描写，也有浓烈情感的抒发，奠定其发展方向。除了文化，也有只写巫山风光的，如简文帝《蜀道难》其二："巫山七百里，巴水三回曲。笛声下复高，猿啼断还续。"其他的乐府诗题，如梁武帝的《江南弄·朝云曲》："张乐阳台歌上谒，如寝如兴芳晻暧。容光既艳复还没，复还没，望不来。巫山高，心徘徊。"内容与巫山神女故事若即若离，实际上还是宫体诗的老套路。关于《朝云曲》的来源，曹学佺《蜀中诗话记》云："《巫山高》本起于汉乐府，吴韦昭、宋何承天相沿此题，但叙其山水之险阻，而张侈其国家之功伐也。齐王融、刘绘始以阳台云雨入咏，梁武帝、沈约之倡和，则竟为《朝云曲》矣。已后作者无虑数百家，皆指朝云。"[3]不过，魏晋南北朝诗人

---

[1] 郭茂倩：《乐府诗集》卷16，北京：中华书局，1979年，第228页。

[2] 郭茂倩：《乐府诗集》卷16，北京：中华书局，1979年，第228页。

[3] 曹学佺：《蜀中广记》卷110，《四库全书珍本初集》第41册，上海：商务印书馆，1935年，第6—7页。

大多没有入蜀经历，没有亲身体验巫山、巫峡的自然风光，几乎全是想象之辞，所以总是隔着一层。唐五代入蜀诗人则不一样，不但在数量上远超魏晋南北朝，更在魏晋南北朝诗歌吟咏巫山神女故事的基础上，结合亲身经历，在主题的多样性和文化的丰富性方面都进一步发展和深化，成为巫山神女题材诗歌的最高峰。

第二节
两汉入蜀文士与巴蜀文学的初兴

两汉时期是巴蜀文学的初兴期，出现了司马相如、王褒、扬雄等辞赋大家，这既是巴蜀文化长期孕育的结果，也与一批入蜀文士致力于改变巴蜀地区文化落后状况，积极推动巴蜀文化的发展有很大关系。

一、文翁化蜀及其对蜀地文学家的影响

在巴蜀发展史上，有两个人物被永远铭记，一个是李冰，修筑都江堰，奠定天府之国的经济基础；一个是文翁，推行教育，培养人才，改变巴蜀文化落后状况，使蜀学比肩齐鲁。

文翁，庐江郡舒县（今安徽庐江）人，班固《汉书》云："庐江舒人也。"[1]其名字，据清人王先谦引成书于东汉时期的《庐江七贤传》云："文党，字翁仲。"[2]又《太平寰宇记》卷一二六《庐州·人物》有注云："名党，字仲翁，舒人。"[3]王文楚先生认为此注非乐史原文，或后人据《庐江七贤传》注云。然其字是"翁仲"还是"仲翁"，何汝泉认为："可能由于文翁

---

① 班固：《汉书》卷89《循吏传》，北京：中华书局，1964年，第3625页。

② 王先谦：《汉书补注》卷59，上海：上海古籍出版社，2008年，第5462页。

③ 乐史：《太平寰宇记》卷126，王文楚等点校，北京：中华书局，2007年，第2491页。

慕阮翁仲之名而取字翁仲的。"①也只是个人猜测，当以先出文献《庐江七贤传》记载为准。文翁自幼有志于经学，《庐江七贤传》云："未学之时，与人俱入丛木，谓侣人曰：'吾欲远学，先试投吾斧高木上，斧当挂。乃仰投之，斧果上挂。因之长安授经。"班固《汉书》亦云："少好学，通《春秋》，以郡县吏察举。"后以文学授为蜀郡太守，因之入蜀。其入蜀时间，《汉书》云景帝末，《华阳国志》云文帝末，孰是孰非，试作一简单考述。假如为文帝末，则文翁跨文帝、景帝、武帝三朝。若文帝末，即在公元前158年左右。至汉武帝在全国推广其教育方式，时间在二十余年以上，据相关学者研究，汉初虽由于情况特殊，久任现象普遍，但也在十余年内②。蜀人称其为"翁"，则入蜀时年已老，若治蜀二十余年，则不当称"翁"，故文帝末记载有误，当在景帝末。

《汉书》称文翁为循吏，则不仅仅是只重视教育，在其提倡教育之前，文翁的第一件事还是发展生产。据《华阳国志》载："文翁为蜀守，穿湔江口，溉灌繁田千七百顷。是时世平道治，民物阜康。"③说明文翁并不是拘泥于章句的儒士，而是通脱实际、深具远见的能吏，所谓"仓廪实而知礼节"，只有在解决巴蜀百姓生活温饱的基础上才有可能因势利导，大力兴办教育。当时巴蜀地区的文化现状是："承秦之后，学校陵夷，俗好文刻。"④有蛮夷之风，文翁"欲诱进之，乃选郡县小吏开敏有材者张叔等十余人亲自饬厉，遣诣京师，受业博士，或学律令。减省少府用度，买刀布蜀物，赍计吏以遗博士。数岁，蜀生皆成就还归，文翁以为右职，用次察举，官有至郡守刺史者。又修起学官于成都市中，招下县子弟以为学官弟子，为除更徭，高者以补郡县吏，次为孝弟力田。常选学官僮子，使在便坐受事。每出行县，益从学官诸生明经饬行者与俱，使传教令，出入闺阁。县邑吏民见而荣之，数年，争欲为学官弟子，富人至出钱以求之。繇是大化，蜀地学于京师者比齐鲁焉。至武帝时，乃

① 何汝泉：《文翁治蜀考论》，《西南师范大学学报》（人文社会版）1980年第4期。

② 周长山：《汉代地方长吏任职考辩——以郡国守相为中心》，《广西师范大学学报》（哲学社会科学版）2006年第1期。

③ 常璩：《华阳国志》卷3，刘琳校注，成都：巴蜀书社，1984年，第214页。

④ 常璩：《华阳国志》卷3，刘琳校注，成都：巴蜀书社，1984年，第214页。

令天下郡国皆立学校官，自文翁为之始云。"①文翁不但循循善诱，又善于方法，先易后难，逐步推进，由点到面，由蜀郡及巴郡、汉中郡，由此改变巴蜀地区文化落后的状态，遂使"蜀地学于京师者比齐鲁"，并在汉武帝令下推广全国，这实在是很了不起的文化成就。

文翁对巴蜀文化与文学的贡献及影响，从文化方面看主要是对蜀地儒学的接受和传播起了非常重要的作用。巴蜀地区自古以来就是多数民族杂居之地，文化多样，各有特点，总体而言分为巴文化和蜀文化，巴地多高山大川，生存环境恶劣，故文化相对朴实，《华阳国志·巴志》云："其民质直好义，土风敦厚，有先民之流。"又云："俗素朴，无造次辨丽之气。"②而蜀地地势平坦，土地肥沃，生存条件优越，故文化相对浪漫，《汉书》云巴蜀："江水沃野，山林竹木蔬食果食之饶……民食稻鱼，亡凶年忧，俗不愁苦，而轻易淫泆，柔弱褊厄。"③实更符合蜀地文化。不管如何，当时的巴蜀文化确实还比较落后，与中原而言，近于蛮夷之地。汉以前又长期为秦所有，受秦严刑苛法、重利轻义、崇尚实用的文化影响，故"未能笃信道德，反以好文刺讥，贵慕权势"。④文翁精通《春秋》，深谙儒道，其大力发展教育，目的一是以儒教培养蜀人的仁义礼制、忠孝节义等观念，实现移风易俗。故宋人宋祁云："公之治蜀，开学校，以《诗》《书》教人，澡刷故俗，长长少少，亲亲尊尊，百姓顺赖。"⑤二是弘扬儒学，填补儒学在巴蜀的空白，并由此实现对巴蜀文化的改造，将与中原文化异质的巴蜀文化纳入到中原文化的轨道上来。这实质上是与后来汉武帝推行的"罢黜百家、独尊儒术"的天下大一统思想不谋而合，所以后来汉武帝大力嘉奖文翁，并"令天下郡国皆立文学"，也包含这样一种政治含义在其中。客观而言，文翁对蜀地儒学的传播，正如宋祁所言："蜀之庙食千五百年不绝者，秦李公冰、汉文公翁两祠而已……蜀有儒自公

① 班固：《汉书》卷89《循吏传》，北京：中华书局，1964年，第3625-3627页。
② 常璩：《华阳国志》卷1，刘琳校注，成都：巴蜀书社，1984年，第28页。
③ 班固：《汉书》卷28下，北京：中华书局，1964年，第1645页。
④ 班固：《汉书》卷28下，北京：中华书局，1964年，第1645页。
⑤ 宋祁：《宋景文集》卷57《成都府新建汉文公祠堂碑》，《全宋文》第25册，上海：上海辞书出版社，2006年，第92页。

始。"①可见文翁在后世巴蜀文士心目中的地位。

从文学方面看，西汉辞赋的代表作家如司马相如、王褒、扬雄都是来自蜀中，受到文翁儒学教育的直接影响。《汉书·地理志》云："景、武间，文翁为蜀守，教民读书法令，未能笃信道德，反以好文刺讥，贵慕权势。及司马相如游宦京师诸侯，以文辞显于世，乡党慕循其迹。后有王褒、严遵、扬雄之徒，文章冠天下。繇文翁倡其教，相如为之师，故孔子曰：'有教亡类'。"②两宋时期蜀学发达，这进一步让人联想到文翁的贡献，如王安石《送文学士倅邛州》云："文翁出治蜀，蜀士始文章。司马唱成都，嗣音得王扬。"③宋祁亦言："其后司马相如、王褒、扬雄以文章倡。"④他们的观点出奇一致。王褒、扬雄都是文翁治蜀之后才显世，受其影响自不待言，历来并无争议，唯司马相如显世与文翁化蜀在时间上相距不远，遂有研究者否定文翁化蜀对司马相如之影响，是否如此有必要辨析清楚。最先提出此问题的是何汝泉先生《文翁治蜀考论》一文，他在文中认为："扬雄、何武虽然不是文翁选送京师受业的蜀生，但他们都可能在文翁学堂读过书。问题比较复杂的是司马相如，到底他是不是文翁选送京师受业的子弟呢？过去的看法多是肯定的，而我认为，司马相如不在文翁选送之列。"其理由一是后人误解《汉书·地理志》"相如为之师"之意，并非相如以文翁为师，乃蜀人"慕循其迹"之意；二是"当时既然皇帝不好辞赋，文翁自然也不会重视辞赋。所以，司马相如并不符合文翁培养人才的要求。文翁没有选拔相如去京师受业，相如也没有到文翁学堂去任教，恐怕这是重要的原因。"⑤蒋梦鸿先生《关于文翁化蜀的几个问题》对此观点表示赞同，并认为："文翁化蜀之前五年，司马相如已居高位，并且两次使蜀，怎么可以想象以后又被文翁作为小吏派到京师学习经学

① 宋祁：《宋景文集》卷57《成都府新建汉文公祠堂碑》，《全宋文》第25册，上海：上海辞书出版社，2006年，第92页。

② 班固：《汉书》卷28下，北京：中华书局，1964年，第1645页。

③ 王安石：《送文学士倅邛州》，《全宋诗》卷546，北京：北京大学出版社，2006年，第6540页。

④ 宋祁：《宋景文集》卷57《成都府新建汉文公祠堂碑》，《全宋文》第25册，上海：上海辞书出版社，2006年，第92页。

⑤ 何汝泉：《文翁治蜀考论》，《西南师范大学学报》（人文社会版）1980年第4期。

呢？"①另外，还有房锐的《对司马相如成名与文翁化蜀关系的再认识——以〈三国志·秦宓传〉所录秦宓致王商书信为重点》一文，对后人误以司马相如视文翁为师的各种观点进行了详细梳理，并指出秦宓书信是其源头②，指出了问题的根源，分析比较客观。综合古今评论，笔者以为古人为突出文翁对巴蜀文化与文学的贡献，而有意将文翁与司马相如的关系定义为师生关系，显然与事实不符，但今人在还原事实真相时又片面否定文翁对司马相如的影响，有矫枉过正之嫌。如何汝泉先生认为景帝不喜好辞赋，文翁也就不重视辞赋以及司马相如，这大概只是一种臆测，于史实无凭。蒋梦鸿先生认为文翁化蜀时司马相如已身居高位，与史实也不符。景帝时司马相如为武骑常侍，因景帝不好辞赋，不受重视，名位不彰，遂与梁孝王及其门客邹阳、枚乘等交游。梁孝王卒后，司马相如寂寞归蜀，直至建元五年（前136）才获汉武帝赏识。如前所述，文翁景帝末为蜀守兴办教育，正是司马相如人生的最低潮时期，困居于蜀，而并非身居高位。这样事实就比较清楚了，文翁化蜀如火如荼之时，亦是司马相如失意归蜀，反思自己空有才华却名位不彰原因之时。那么这段时间司马相如做了一些什么事情呢？司马迁《史记》言其客游临邛，窃取文君，但肯定不止这些事情。刘知幾《史通·序传》云："降及司马相如，始以自叙为传。然其所记者，但记自少及长，立身行事而已。……然自叙之为义也，苟能隐己之短，称其所长，斯言不谬，即为实录。而相如《自序》，乃记其客游临，窃妻卓氏，以《春秋》所讳，持为美谈。虽事或非虚，而理无可取。载之于传，不其愧乎！"③作为严谨的史学家，刘知幾显然不可理解作为文学家的司马相如的这些行为，但司马迁却可以理解并认同。司马相如早年学蔺相如为纵横家，其行为自然异于常人，而作为辞赋家风流倜傥亦是其本性。司马迁记载这些事迹，主要是突出司马相如的个性和常人的不同，至于那些与常人一样的事迹，司马迁是不屑于去面面俱到叙述的。这可以从司马相如《子虚》《上林》二赋

① 蒋梦鸿：《关于文翁化蜀的几个问题》，《四川师院学报》1983年第4期。
② 房锐：《对司马相如成名与文翁化蜀关系的再认识——以〈三国志·秦宓传〉所录秦宓致王商书信为重点》，《唐都学刊》2007年第6期。
③ 刘知幾：《史通》卷9《内篇·序传》，张振珮笺注，贵阳：贵州人民出版社，1985年，第336—337页。

中思想的变化来寻找一些蛛丝马迹。《子虚赋》是司马相如从梁孝王游时所作，内容主要写楚云梦之盛，最后以乌有先生批评其奢言淫乐不显王德作结，体现出一种典型的战国时期思想，难怪汉武帝读后会发出"朕独不得与此人同时哉"①的感叹，大概误以为是战国时人所作。这种思想也与他早期的纵横家思想是一致的。然而困居家乡数年后，当汉武帝召见他时，他却说："此乃诸侯之事，未足观也。请为《天子游猎赋》，赋成奏之。"②《天子游猎赋》在《子虚赋》的基础上完成，司马相如假借亡是公之口否定了自己早期的诸侯思想，而借机宣扬大一统中央皇权的气魄，这正是儒家天下一统思想的纯文学表述方式，而这正是汉武帝所需要的。由此可见重返家乡后司马相如思想上已发生转变，抛弃不切实际的理想而回归现实，从纵横家向儒家方向转变。而这转变的时间正是文翁推行儒学教育如火如荼之时，说两者之间毫无关联，文翁对司马相如毫无影响，恐怕不符合事实。又有人认为秦宓所说的"文翁遣相如东授七经，还教吏民"③一事正发生在此间④，亦不可信。因为司马相如此时虽贫居，但毕竟在长安做过武骑常侍，连临邛令尚对其恭敬有加，文翁怎么可能以小吏相遣，而相如亦如何会应从，这只不过是秦宓的个人臆测而已。文翁与司马相如期间应该是有平等交往的，因为司马相如毕竟是当地名人，赋闲在家，相互拜访非常正常，而司马迁或许认为这样一些琐屑之事没有必要记载，所以史书才会失载。在与文翁的交往中，两人纵论天下形势，交流思想，讨论儒学，失意的司马相如也会不断反思，或许正是这样才有了思想上的转变。综合上述所论，文翁对司马相如思想和辞赋的影响是存在的，但不是以师生的形式，而是平等的交流。

唐诗人裴铏《文翁石室》诗云："文翁石室有仪形，庠序千秋播德馨。"文翁所开创的儒学教育方式，不但为巴蜀地区培养了大批人才，改变了巴蜀文化落后的状态，奠定了巴蜀文学的基础，还被推广应用到全国，对中国古代教育也产生了重要影响，可以说也是古代文人的共同之师。其功绩，不仅为蜀人

---

① 司马迁：《史记》卷117《司马相如列传》，北京：中华书局，1959年，第3002页。

② 司马迁：《史记》卷117《司马相如列传》，北京：中华书局，1959年，第3002页。

③ 陈寿：《三国志》卷38《蜀书·秦宓传》引，北京：中华书局，1971年，第973页。

④ 李昊：《司马相如生平考辨》，《中华文化论坛》2011年第1期。

所牢记，亦成为入蜀文人竞相追寻歌咏的对象，章孝标《上西川王尚书》诗言"人人入蜀谒文翁"大概就是这种现象的真实写照，从中也可以看出文翁在后世文人心目中的地位。唐五代入蜀诗中歌颂文翁的诗歌众多，如卢照邻的《文翁讲堂》、岑参的《文公讲堂》等，后文还会提及。

二、司马迁入蜀与《史记》

司马迁撰写《史记》除了与其任太史令掌握了大量史料有关外，还得益于早期的漫游和为职郎官时的四处考察，登览山川形胜，寻访历史遗迹，不但积累了丰富的第一手史料，还逐步形成其独特的历史观。据司马迁《史记·太史公自序》言："于是迁仕为郎中，奉使西征巴、蜀以南，南略邛、筰、昆明，还报命。"①说明司马迁曾亲临蜀地考察过，这对其撰写有关巴蜀部分的传记，如蜀中第一文学家司马相如，《西南夷列传》中的巴蜀少数民族，《货殖列传》中的卓氏、程郑、巴寡妇清，《河渠书》中的都江堰等，或多或少会产生影响，故对相关事迹略作考察。

司马迁入蜀，是因为奉使西征西南夷而途经巴蜀，借此而考察巴蜀一带。其时间，也就是司马迁奉使西征的时间，学界存在不同观点，主要有以下几种：一、元鼎六年（前111），如王国维《太史公行年考》及郑鹤声《司马迁年谱》；二、元封元年（前110），如日本泷川资言《太史公年谱》及张惟骧《太史公疑年考》；三、元鼎五年至六年，如汪定《司马迁传》及方国瑜《史记西南夷传概说》；四、元鼎六年春，如吉春《司马迁年谱新编》。比较各家观点，其实争议并不大，只是在计算具体时间点上不同而已。笔者比较赞同吉春一文的观点，他在文中引施丁先生的论证："司马迁奉使西征，很可能始于元鼎六年春。据《汉书·武帝纪》记载，元鼎五年之秋，汉调兵遣将会师番，'越驰义侯遣别将巴蜀罪人，发夜郎兵，下牂柯江，咸会番禺'。可见元鼎五年秋驰义侯遣所奉之命，不是征西南夷，而是赴番禺会师，以征南越。司马迁既是'奉使西征巴、蜀以南'，当不会在此时随驰义侯而行，所谓'（司

---

① 司马迁：《史记》卷130《太史公自序》，北京：中华书局，1963年，第3193页。

马迁）随驰义侯而来'之说恐不可信。又据《汉书·武帝纪》记载，元鼎六年'春，（武帝）至汲新中乡，得吕嘉首，以为获嘉县。驰义侯遗兵未及下，上便令征西南夷'。可见武帝令驰义侯遣征西南夷，是在元鼎六年春。故疑司马迁'奉使西征巴蜀以南'，当是始于此时。他当时一定参与了征西南夷的活动，又在定西南置郡之时，'南略邛、笮、昆明'，然后才'还，报命'，所谓司马迁奉使于'置郡之后'一说，恐不符史实。"①施丁先生的论证具有说服力，可从。

司马迁入蜀路线，史料不载，依常理当走陆路，从长安出发经汉中走金牛道入蜀。虽然司马迁此次西征的目的地是昆明，巴蜀只是途经之地，但在巴蜀可能有比较长时间的停留，因为从长安至昆明，约有一半时间是在巴蜀境内，于是他充分利用了这次机会对巴蜀进行考察，这对于后来司马迁撰写《史记》中的相关部分提供了最直接的资料。如《史记·河渠书》云："余南登庐山，观禹疏九江，遂至于会稽太湟，上姑苏，望五湖；东窥洛汭、大邳、迎河，行淮、泗、济、漯洛渠；西瞻蜀之岷山及离碓；北自龙门至于朔方。"②说明司马迁在成都停留期间特别考察了都江堰，才有《河渠书》中对李冰修筑都江堰的赞叹不已。又《货殖列传》言："巴蜀亦沃野，地饶卮、姜、丹沙、石、铜、铁、竹、木之器。南御滇僰，僰僮。西近邛笮，笮马、旄牛。然四塞，栈道千里，无所不通，唯褒斜绾毂其口，以所多易所鲜。"③对巴蜀的特产如数家珍，更提及其贸易方式，这些在当时的史官文献中是不可能会记载的，只有通过实地的考察和亲历见闻才能得到，这也是入蜀所得第一手资料。另外，对于巴蜀与西南夷之间的这种紧密地理关系，也是通过这次出使有了实地考察经验后才形成的，也给司马迁留下了深刻印象，他在《西南夷列传》中特别强调"此皆巴蜀西南外蛮夷也"④，暗示巴蜀地区在中央王朝处理西南一带民族关系时的重要性，这也反复为历史所印证。

值得注意的还有司马迁为蜀中第一位文学家司马相如立传。司马迁入蜀

---

① 吉春：《司马迁年谱新编》，西安：三秦出版社，1989年，第58—59页。
② 司马迁：《史记》卷29《河渠书》，北京：中华书局，1963年，第1415页。
③ 司马迁：《史记》卷129《货殖列传》，北京：中华书局，1963年，第3261—3262页。
④ 司马迁：《史记》卷116《西南夷列传》，北京：中华书局，1963年，第1991页。

时，司马相如已逝世七年，能够来到这位大文学家的故乡，司马迁肯定会追寻其足迹四处探访，既借此表达敬慕之情，也可以更深入地了解他的经历和思想。之所以如此说，是因为从《史记》所记载的一些事件中可以看出端倪。如《货殖列传》中列举的"当世千里之中，贤人所以富者"，排在前两位的卓王孙和程郑，其相关事迹应该就是司马迁在探寻司马相如故乡行迹时所得，因为非常清楚他们，所以列在最前面。又《司马相如列传》中写汉武帝遣司马相如出使西夷，"至蜀，蜀太守以下郊迎，县令负弩矢先驱，蜀人以为宠。于是卓王孙、临邛诸公皆因门下献牛酒以交欢。卓王孙喟然而叹，自以得使女尚司马长卿晚，而厚分与其女财，与男等同"[1]，非常生动地描写出卓王孙既惊又喜，既喜又悔的心理，这样的细节也只能是司马迁入蜀访问所得。还有其他一些司马相如与卓文君故事中的细节，也可能是如此而来。访求所得的这些人物生活细节，使得司马迁可以在传记中更真实地刻画这位风流才子的形象，也借此可以看出巴蜀社会的一些人情世态。尽管司马迁对司马相如的辞赋存在不满意的地方，但正是他满腔热情地为司马相如立传，并不惜笔墨载录其作品，树立起蜀中第一位文学家的形象，不但成为巴蜀文人万世之表，引领后世巴蜀文学家走出蜀中，开拓巴蜀文学的新天地，亦由此折服素以文学风流自赏的中原文人，令他们对蜀中文学、文化浮想联翩，王羲之云："严君平、司马相如、扬子云皆有后不？"[2]大约正是其这种心理的表述。

总之，作为巴蜀历史上第一位真正意义上的入蜀文学家，司马迁的《史记》对于后人认识巴蜀、巴蜀文化及巴蜀文学都具有重要意义，而这正是建立在其入蜀所获得的第一手材料基础之上。

三、王襄对王褒、何武之荐举

王褒是受文翁儒学教育下成长起来的西汉著名辞赋家，然而他的显世却与

---

[1] 司马迁：《史记》卷117《司马相如列传》，北京：中华书局，1963年，第3047页。
[2] 王羲之：《杂帖》，《全上古三代秦汉三国六朝文·全晋文》卷22，北京：中华书局，1985年，第1582页。

另一位入蜀文士益州刺史王襄的褒奖和举荐分不开。

王襄的事迹见于《汉书·王褒传》及《何武传》中，明曹学佺《蜀中广记·宦游记》为表彰其举荐王褒之功，单独为其立传，但完全依据《汉书》而来，未增加新的内容。现将《汉书·王褒传》中有关王襄事迹引用于下：

> 宣帝时修武帝故事，讲论六艺群书，博尽奇异之好，征能为《楚辞》九江被公，召见诵读，益召高材刘向、张子侨、华龙、柳褒等待诏金马门。神爵、五凤之间，天下殷富，数有嘉应。上颇作歌诗，欲兴协律之事，丞相魏相奏言知音善鼓雅琴者渤海赵定、梁国龚德，皆召见待诏。于是益州刺史王襄欲宣风化于众庶，闻王褒有俊材，请与相见，使褒作《中和》《乐职》《宣布》诗，选好事者令依《鹿鸣》之声习而歌之。时氾乡侯何武为僮子，选在歌中。久之，武等学长安，歌太学下，转而上闻。宣帝召见武等观之，皆赐帛，谓曰：“此盛德之事，吾何足以当之！”褒既为刺史作颂，又作其传，益州刺史因奏褒有轶材。上乃征褒。①

王襄的生平与籍贯史书皆不载，无从可考。按王襄刺益州时，文翁化蜀的效果已经显现，所以王襄能够轻易从地方挑选人才，不过王襄的仁明，慧眼识才却是王褒走出蜀中并成为汉宣帝的文学侍从，最终以文学显名于后世的关键。虽然王褒的早期经历我们不得而知，但他出身地方寒门是可以肯定的，如他在《圣主得贤臣颂》中言：“臣辟在西蜀，生于穷巷之中，长于蓬茨之下。”②正是文翁创立的儒学教育方式才使得他有机会脱颖而出，但这并不足以让他成名。王褒自身的才华，加上天时、人和才是他成名必不可少条件。所谓天时，是指汉宣帝即位后力图恢复汉武帝时期的礼乐制度，振兴诗赋，即“欲兴协律之事”，所以才会有刺史王襄选王褒“作《中和》《乐职》《宣布》诗”。所谓人和，是指王襄的伯乐慧眼，发现了王褒的文学才华，“因奏

---

① 班固：《汉书》卷64下，北京：中华书局，1964年，第2821—2822页。
② 王褒：《圣主得贤臣颂》，《全上古三代秦汉三国六朝文·全汉文》卷42，北京：中华书局，1985年，第358页。

襄有轶材"，举荐入京，从此有了更为广阔的空间和舞台展现其才华，遂成全了王褒的文学美名。历来，人们在对王褒的研究中往往忽视这位益州刺史王襄，其实他对于王褒来说至关重要，他对于巴蜀文化与文学的贡献同样也不应忽略。

与王褒一起受到王襄举荐的还有何武，《汉书·何武传》云：

> 何武字君公，蜀郡郫县人也。宣帝时，天下和平，四夷宾服，神爵、五凤之间屡蒙瑞应。而益州刺史王襄使辩士王褒颂汉德，作《中和》《乐职》《宣布》诗三篇。武年十四五，与成都杨覆众等共习歌之。是时，宣帝循武帝故事，求通达茂异士，召见武等于宣室。上曰："此盛德之事，吾何足以当之哉！"以褒为待诏，武等赐帛罢。①

后何武为大司空，封汜乡侯。元始三年（3），为王莽所诬，自杀。何武治《易》，亦有文学，严可均《全上古三代秦汉三国六朝文·全汉文》卷四十七收其奏书、封事五篇。可见王襄确有识人之能。

西汉时期，主政蜀地者多为入蜀士人，对于发展巴蜀文化与文学贡献很大，正如晋人常璩所云："蜀自汉兴至乎哀、平，皇德隆熙，牧守仁明，宣德立教，风雅英伟之士命世挺生，感于帝思。于是玺书交驰于斜谷之南，玉帛戋戋乎梁、益之乡。而西秀彦盛，或龙飞紫闼，允陟璿玑；或盘桓利居，经纶皓素。故司马相如耀文上京，扬子云齐圣广渊，严君平经德秉哲，王子渊才高名隽，李仲元湛然岳立，林公孺训诂玄远，何君公谟明弼谐，王延世著勋河平。其次，杨壮、何显、得意之徒恂恂焉。斯盖华、岷之灵标，江、汉之精华也。"②所以西汉是奠定巴蜀文学发展的一个重要阶段。东汉时期，入蜀士人虽然也不少，但由于与巴蜀文学关联不大，故不论述。

---

① 班固：《汉书》卷86，北京：中华书局，1964年，第3481页。

② 常璩：《华阳国志》卷3，刘琳校注，成都：巴蜀书社，1984年，第221页。

第三节
魏晋南北朝入蜀文士与文学

魏晋南北朝以前入蜀文士几乎以仕宦为主（司马迁除外），他们与文学有直接或间接的关系，但他们本人并不从事文学创作，而从蜀汉开始，入蜀文士在仕宦的同时也从事文学创作，有的本来就是文学家，他们在巴蜀本土文学人才凋零的情况下，延续着巴蜀文学的生命力，为唐宋巴蜀文学的繁荣带来了可能。

一、蜀汉入蜀士人与散文创作

巴蜀文学在经过西汉短暂的初兴之后，东汉时期又重新陷入低潮，既没有出现本土文学家，也没有有影响的文学家入蜀。蜀汉政权的建立，则彻底改变了这种现状，巴蜀地区迎来历史上第一个文人入蜀的高峰期。从建安十六年（211）刘璋邀刘备入蜀，至景耀六年（263）蜀汉灭亡，大量士人因依附蜀汉政权而入蜀，一时益州冠盖云集。这些入蜀士人来自不同区域，文化背景多样，但讲求经世致用是他们的共同属性，文学的色彩在他们身上反而表现得不是很明显。因而在文学创作上，实用文体为主的散文创作是其主要形式，而在曹魏盛行的乐府诗在蜀汉则几乎无人创作[①]。蜀汉入蜀士人散文作品，主要收录在严可均《全上古三代秦汉三国六朝文·全三国文·蜀文》（卷五十七至卷六十二）中，结合其他文献，现仍留存有作品的入蜀士人有：刘备、刘禅、诸葛亮、许靖、张飞、马超、赵云、法正、刘巴、马良、马谡、陈震、孟达、李严、刘琰、向朗、杨仪、蒋琬、蒋斌、吕凯、姜维、习隆、向充、雍闿、郤正、罗献、霍戈、来敏。下面结合入蜀士人生平对其作品作一简单论述。

---

① 《梁甫吟》一诗，清人何焯、沈德潜、梁章钜等已疑其非诸葛亮作，今人余冠英先生《乐府诗选》认为："这篇是齐地土风，或题诸葛亮作，是误会。"（见人民文学出版社1953年版《乐府诗选》，第46页。）笔者以为非诸葛亮作是没有疑问的，即使是，也非作于蜀地。

（一）刘备父子

刘备（161—223），字玄德，涿郡涿县（今河北涿州）人，蜀汉先主。其入蜀时间，在建安十六年（211），据《三国志·蜀书》载：时益州牧刘璋忧曹操讨伐张鲁而危及自身，遂听从别驾张松建议迎刘备入蜀，"先主留诸葛亮、关羽等据荆州，将步卒数万人入益州。至涪，璋自出迎，相见甚欢"①。后刘备攻占成都，自领益州牧。建安二十五年（220）曹丕称帝。次年，刘备亦就帝位，改元章武。在位两年，章武三年夏四月卒于成都。子刘禅（207—271），字公嗣，小字阿斗，随父入蜀，后继帝位，是为后主，在位41年。景耀六年（263），钟会、邓艾大举伐蜀，刘禅听从谯周建议降魏，蜀汉灭亡。蜀汉既亡，刘禅亦被迫出蜀迁居洛阳，泰始七年（271）卒。

陈寿言刘备少年时"不甚乐读书，喜狗马、音乐、美衣服"②，说明刘备喜事功而厌文学，又言"少语言，善下人，喜怒不形于色"，除了性格使然外，说明刘备深谙儒学之道，这与早年从卢植学有关。卢植为当时大儒，曹操称其"名著海内，学为儒宗，士之楷模，国之桢干也。"③所以刘备一方面不喜文学，加之一生辗转奔波，根本无暇专门从事文学创作，所以留存作品不多；另一方面，出于现实的需要，刘备也偶尔有所创作，但主要是实用文章，体现出浓厚的儒学色彩。严可均《全上古三代秦汉三国六朝文》录其文12篇，言："案先主称尊号诸文诰策命皆刘巴所作，今以即位以前以后诸篇编为先主文。"④从内容看所录全为入蜀后作，其中一些为诏令诰敕，行文简短，寥寥数字，如《诏醉霍峻》《敕后主诏》《功成都令军中》，也有鼎铭，如《与鲁王鼎铭》《与梁王鼎铭》，这些篇章可能并非全篇，大多为即时之作，无须构思，难以见出文学色彩。比较长的诏告，如《上言汉帝》，录自《三国志·蜀书·先主传》，实际是为刘备登基制造舆论，当为手下文士代笔，不可能为本人所作。其余几篇《遗诏敕后主》《拒答孙权》《报孙权》则为刘备本人之作是可信的。其中《遗诏敕后主》为临终嘱托之言，写得情真意切，是其真实心

---

① 陈寿：《三国志》卷32《先主传》，北京：中华书局，1971年，第881页。
② 陈寿：《三国志》卷32《先主传》，北京：中华书局，1971年，第871页。
③ 范晔：《后汉书》卷64《卢植传》，北京：中华书局，1973年，第2119页。
④ 严可均：《全上古三代秦汉三国六朝文·全三国文》卷57，北京：中华书局，1985年，第1365页。

迹的表露，全文如下：

> 朕初疾但下痢耳，后转杂他病，殆不自济。人五十不称天，年已六十有余，何所复恨，不复自伤，但以卿兄弟为念。射君到，说丞相叹卿智量甚大，增修过于所望，审能如此，吾复何忧！勉之，勉之！勿以恶小而为之，勿以善小而不为。惟贤惟德，能服于人。汝父德薄，勿效之。可读《汉书》《礼记》，间暇历观诸子及《六韬》《商君书》，益人意智。闻丞相为写《申》《韩》《管子》《六韬》一通已毕，未送，道亡，可自更求闻达。[1]

刘备志在匡复汉室，一统天下，但中道不济，心有不甘，故以此文寄望于刘禅。先叙自身病由，虽强作自我宽慰，内心实有所遗憾，其次表达对刘禅的希望，最后反复嘱托刘禅勤勉修身，多读书。由于是临终之文，故不加任何文饰，如话家常，以真情动人。文中最为人称道的一句是"勿以恶小而为之，勿以善小而不为"，大约是针对刘禅而发，却道出了为人处世的一般道理，所以反复为后人引用。这篇文章充分显示出刘备的实用主义哲学，一方面是勉励刘禅以儒家仁道治天下，一方面却又勉励其多读法家、兵家之书，以术御天下，这种实用的思想也正是刘备为文的中心，包括一些虚伪之辞，也是服务于现实政治。如《拒答孙权》《报孙权》《贻刘璋书》等篇，由于是书信往来，在文辞上较为讲究，使用书面语言多一些，但情感上则有意掩饰，有做作之态，当然这也是政治策略，也是可以理解的。

总的来说，刘备由于自身读书不多，在文学素养不高的情况下，文章从不引经据典追求文采，所用皆为平实之语，能表情达意即可，实用为上。这也因此影响到整个蜀汉入蜀士人的文风，由于这批士人都是追随刘备而来，且长期处于政治斗争中，所以也多不使用华美文辞，只求实用。而从长期来看，由于过分强调实用，对于文学反而会产生抑制作用，相对于曹魏文学相对开放的态

---

① 严可均：《全上古三代秦汉三国六朝文·全三国文》卷57，北京：中华书局，1985年，第1365页。又陈寿：《三国志》卷32《先主传》，北京：中华书局，1971年，第891页。

度以及"诗赋欲丽"的观点，蜀汉文学显然不适应文学发展的潮流，这大概也是蜀汉之后巴蜀文学重归荒芜的一个原因吧。

刘禅为庸常之君，其文学如何，史书虽不载，但从刘备勉其读书来看，则恐亦平庸无文。严可均《全上古三代秦汉三国六朝文》录其文10篇，全部为诏策，或为朝中文士代作，其中《徙廖立诏》《出军诏》注引自《诸葛亮集》，与诸葛亮文风亦相似，一般认为是诸葛亮代作。特别是《出军诏》一文，清人张澍《诸葛武侯文集》录为诸葛亮作，题为《为后帝伐魏诏》，今人李伯勋《诸葛亮集笺论》，张连科、管淑珍《诸葛亮集校注》等皆归于诸葛亮，可从。

（二）诸葛亮

诸葛亮（181—234），字孔明，琅琊阳都（今山东沂南县）人。其入蜀时间晚于刘备，据《三国志·诸葛亮传》云："建安十六年，益州牧刘璋遣法正迎先主，使击张鲁。亮与关羽镇荆州。先主自葭萌还攻璋，亮与张飞、赵云等率众溯江，分定郡县，与先主共围成都。"[①]又据《三国志·先主传》建安十七年（212）张松事泄，刘备始攻刘璋，"分遣诸将平下属县，诸葛亮、张飞、赵云等将兵溯流定白帝、江州、江阳，惟关羽留镇荆州"[②]。则诸葛亮入蜀时间在建安十七年，至建安十九年（214）夏刘璋出降，诸葛亮始入成都。刘备登帝位，诸葛亮为丞相。后辅佐刘禅，"政事无巨细，咸决于亮"[③]，建兴元年（223），封武乡侯。建兴十二年（234）夏卒于汉中军中。

诸葛亮是蜀汉入蜀士人中留存作品最多，文学成就最高的。他的文集，最初由《三国志》作者陈寿以"随类相从"的方式编定，录其文24篇，凡104112字。但这个本子在南宋时已残缺不全，后人又不断辑佚补充，以清人张澍《诸葛忠武侯文集》所辑最为完善，今中华书局1960年出版的《诸葛亮集》就是以之为底本整理点校。不过，其中也存在一些问题，如误收、漏收，李伯勋的

① 陈寿：《三国志》卷35《诸葛亮传》，北京：中华书局，1971年，第916页。
② 陈寿：《三国志》卷32《先主传》，北京：中华书局，1971年，第882页。
③ 陈寿：《三国志》卷35《诸葛亮传》，北京：中华书局，1971年，第918页。

《诸葛亮集笺论》①在此基础上作了更细致的辑佚辨伪工作，可供参考。校注方面，有张连科、管淑珍《诸葛亮集校注》②。这些篇章中，有部分篇章，如《谓石韬徐庶孟建》《劝孟建》《隆中对》《与主公左将军言益众策》《说孙权》《答劝留问》《与刘巴书》等作于入蜀前，其余大部分作于入蜀之后。蜀中时期是诸葛亮与刘备风云际会、君臣相得的重要时期，由此确立三分天下、鼎足而立的局势，刘备逝后，又辅佐刘禅，竭忠尽智，鞠躬尽瘁，死而后已。正是在这种政务繁忙、戎马倥偬之中，诸葛亮留下了大量章表、疏奏、书信、教令等实用性文章，以及论策、兵书等论著，其中包括被杜甫誉为"千载谁堪伯仲间"（《书愤》）的《出师表》这样的名篇。所以无论古今，只要论及诸葛亮就不能不联系到巴蜀。

诸葛亮的文章，入蜀前，受先秦诸子散义的影响，议论纵横，意气风发，富于气势，如《隆中对》《说孙权》等。入蜀后，文章同样富于气势，但说理更为透彻，且由于身负重托，情感上更加丰富复杂，往往以情感取胜。如《答法正》：

> 君知其一，未知其二。秦以无道，政苛民怨，匹夫大呼，天下土崩；高祖因之，可以弘济。刘璋暗弱，自焉以来，有累世之恩，文法羁縻，互相承奉，德政不举，威刑不肃。蜀土人士，专权自恣，君臣之道，渐以陵替。宠之以位，位极则贱；顺之以恩，恩竭则慢。所以致敝，实由于此。吾今威之以法，法行则知恩；限之以爵，爵加则知荣。荣恩并济，上下有节，为治之要，于斯而著。③

当时刘备初入成都，士民散漫，社会不稳，诸葛亮厉行法治，"小人咸怀怨叹，法正谏曰：'昔高祖入关，约法三章，秦民知德。今君假借威力，跨据一州，初有其国，未垂惠抚；且客主之义，宜相降下，原缓刑弛禁，以慰其

---

① 李伯勋：《诸葛亮集笺论》，西安：陕西人民出版社，1997年。
② 张连科、管淑珍：《诸葛亮集校注》，天津：天津古籍出版社，2008年。
③ 李伯勋：《诸葛亮集笺论》，陕西人民出版社，1997年，第53页。中华书局1974年《诸葛亮集》题作《答法正书》。

望。'"①诸葛亮因以此文答之。文中针对法正之观点，首先毫不客气地指出
其认识的片面性，然后从分析史实出发，认为世易时移，面对的形势情况不一
样，制定的政策也就不一样，而不能一味盲从古法，最后阐明自己的具体措
施。果断坚决，不拖泥带水，既清楚指出对方错误，又通过事实分析，让对方
充分了解自己的做法，以理服人。由于是初试新政，故不能妥协，但又不能给
自己制造施政障碍，所以必须有理有据，让对方心服口服。文辞简洁有力，适
当的排比更增加了文章的气势。又如《与群下教》：

> 夫参署者，集众思广忠益也。若远小嫌，难相违覆，旷阙损矣。违覆
> 而得中，犹弃敝蹻而获珠玉。然人心苦不能尽，惟徐元直处兹不惑，又董
> 幼宰参署七年，事有不至，至于十反，来相启告。苟能慕元直之十一，幼
> 宰之殷勤，有忠于国，则亮可少过矣。②

这是诸葛亮章武元年（221）以丞相的身份虚心向下属讨教，希望百官尽
职尽责，集思广益，拾遗补阙，忠心为国，以减少自己的施政错误，并以徐元
直（庶）、董幼宰（和）的例子相勉励。全文语词恳切，态度谦卑，后《又与
群下教》再次予以重申，可见确是真心期望百官进谏。面对百废待兴的形势，
诸葛亮深感责任重大，一心谋国，文中表达出的谆谆善诱之情，与其入蜀前纵
论天下的风发之气已是不同，显然更为沉稳，情感更为深厚。

最具代表性的当然还是他的《出师表》一文。自刘备临终相托，诸葛亮不
敢有丝毫懈怠，稳定南方之后，就一直夙兴夜寐谋划北伐。《出师表》正是作
于出师北伐前的奏表，既以此表明忠心为国的心迹，也期望后主能够继承先帝
遗德，"咨诹善道，察纳雅言"，兴隆汉室。文章首先分析天下形势，虽"益
州疲弊"，但群臣感于先帝"殊遇"，丝毫无懈怠，由此提醒和告诫后主也要
努力政事，勤政治国。然后指出为政之道，即"亲贤臣，远小人"，亲近郭攸
之、费祎、董允等"贞良死节"之士，放逐奸佞小人。最后自明心迹：

---

① 陈寿：《三国志》卷35《诸葛亮传》，裴松之注，北京：中华书局，1971年，第917页。

② 李伯勋：《诸葛亮集笺论》，西安：陕西人民出版社，1997年，第59页。

　　臣本布衣，躬耕于南阳，苟全性命于乱世，不求闻达于诸侯。先帝不以臣卑鄙，猥自枉屈，三顾臣于草庐之中，咨臣以当世之事。由是感激，遂许先帝以驱驰。后值倾覆，受任于败军之际，奉命于危难之间，尔来二十有一年矣。先帝知臣谨慎，故临崩寄臣以大事也。受命以来，夙夜忧叹，恐托付不效，以伤先帝之明，故五月渡泸，深入不毛。今南方已定，兵甲已足，当奖率三军，北定中原，庶竭驽钝，攘除奸凶，兴复汉室，还于旧都。此臣所以报先帝而忠陛下之职分也。至于斟酌损益，进尽忠言，则攸之、祎、允之任也。愿陛下托臣以讨贼兴复之效，不效则治臣之罪，以告先帝之灵。若无兴德之言，则责攸之、祎、允等之慢，以彰其咎。陛下亦宜自谋，以咨诹善道，察纳雅言，深追先帝遗诏。臣不胜受恩感激。今当远离，临表涕零，不知所言！①

　　在此内忧外患、危急存亡的形势下，面对平庸荒嬉之主，诸葛亮深知肩负之重，此肺腑之言，剀切之语，披肝沥胆，实是其真实心境的表达，无非是期望后主有所领悟，稍稍用心于国事，以免除自己的后顾之忧。而其为完成先主临终托孤之愿，并为之鞠躬尽瘁、死而后已之志亦衷心可表。文中谆谆教诲之言，令人动容，故林纾言："此表非相臣之告幼主也，直仁慈之父兄诏其子弟，忠实之师傅诏其弟子之言也。"也因此作者"并不着意为文，而语语咸自血性中流出。精忠之言，看似轻描淡写，而一种勤恳之意，溢诸言外"。②这正是其千百年来能够打动无数读者的原因。在诸葛亮的文章中，此篇最以情感动人，却毫无雕琢之语，朴实无华。

　　与刘备素不读书，无意文学不同，诸葛亮实饱览群书，文采风流，《三国志》言其"少有逸群之才，英霸之器"③，所谓的"逸群之才"绝不仅是管、乐之谋，在文学上亦是文采焕然，这在其《隆中对》《说孙权》等文的滔滔雄辩中已有所体现。但在入蜀后，面对的大多是普通臣民，加之戎马倥偬中不可

①　李伯勋：《诸葛亮集笺论》，西安：陕西人民出版社，1997年，第137页。

②　林纾评选：《古文辞类纂》，慕容真点校，杭州：浙江古籍出版社，1986年，第98—99页。

③　陈寿：《三国志》卷35《诸葛亮传》，北京：中华书局，1971年，第930页。

能去刻意文采，以理服人和以情动人，才能有更实际的效果，故文章质朴略无文采。其实这与曹操有相似处。然而在讲究"诗缘情而绮靡"的西晋时人看来这却是其最明显之弊端，所以陈寿在编集诸葛亮文集时辩驳言："论者或怪亮文彩不艳，而过于丁宁周至。臣愚以为咎繇大贤也，周公圣人也，考之《尚书》，咎繇之谟略而雅，周公之诰烦而悉。何则？咎繇与舜、禹共谈，周公与群下矢誓故也。亮所与言，尽众人凡士，故其文指不得及远也。然其声教遗言，皆经事综物，公诚之心，形于文墨，足以知其人之意理，而有补于当世。"①陈寿之言可谓知人之论。

另外，诸葛亮的文章与建安文学也有相似之处，不管是早期躬耕陇亩时好为《梁父吟》所表现出来的天生悲情意识，还是后来在"危急存亡"中"临表涕零"时的英雄情怀，在一定程度上是"与曹魏文学'雅好慷慨'，'慷慨有悲心'风气遥相呼应，皆体现三国前期时代精神"②。

诸葛亮入蜀对巴蜀文化与文学的影响是深远的。其治蜀功绩自逝后为"黎庶追思"③，并因之形成巴蜀地区一种特殊文化现象，经过历史的积淀，在唐之前就已经融为巴蜀文化的一部分。据宋人叶梦得记载："《明皇幸蜀图》，李思训画，……山谷间民皆冠白巾，以为蜀人为诸葛孔明服，所居深远，后遂不除。"④中晚唐间的孙樵，也曾亲身体验过巴蜀民众对诸葛亮之深切怀念，"武侯死殆五百载，迄今梁汉之民，歌道遗烈，庙而祭者如在，其爱于民如此而久也"⑤。诸葛亮于蜀人遗爱之深由此可见。尽管诸葛亮并非蜀人，但在蜀人心目中其早已融为巴蜀文化的一部分，如裴度所言："蜀国之风，蜀人之心，锦江清波，玉垒峻岑，入海际天，如公德音。"⑥诸葛之遗风流韵既如锦江清波长流不息，又如玉垒高耸永峙心田，与天地并齐。在诸葛亮作为一种文化现象融入巴蜀文化的过程中，巴蜀文学特别是入蜀文学对于塑造诸葛亮之形

① 陈寿：《三国志》卷35《诸葛亮传》，北京：中华书局，1971年，第931页。
② 徐公持：《魏晋文学史》，北京：人民文学出版社，1999年，第234页。
③ 陈寿：《三国志》卷35《诸葛亮传》，北京：中华书局，1971年，第931页。
④ 叶梦得：《避暑录话》，丛书集成初编本，北京：中华书局，1985年，第74页。
⑤ 孙樵：《刻武侯碑阴》，《全唐文》卷795，北京：中华书局，1983年，第8338页。
⑥ 裴度：《蜀丞相诸葛武侯祠堂碑铭并序》，《全唐文》卷538，北京：中华书局1983年版，第5464页。

象起了重要作用。两晋及南北朝时期是树立其形象的过程，史论、评赞是主要形式，如杨戏《诸葛丞相赞》，向充、习隆《为诸葛丞相请立庙表》，陈寿《诸葛丞相评》，常璩《诸葛丞相赞》等。南北朝以后，诸葛形象逐渐深化，并最终神化，诗文、戏曲、小说是主要形式，使得诸葛亮的故事几乎家喻户晓、妇孺皆知，成为中国文化史上一种罕见现象。而就唐代而言，诗人对诸葛亮的吟咏歌赞形成了第一波高潮，据谭良啸《历代咏赞诸葛亮诗选注》[①]的初步统计，仅唐代就有四十余首，除李白外，几乎全是入蜀诗人，而尤以杜甫吟咏最多，在诸葛亮文学形象的形成过程中是一个关键阶段。

（三）郤正

郤正（？－278），本名纂，字令先，祖籍河南偃师（今河南偃师市）。祖父郤俭，汉灵帝末为益州刺史，因此随父入蜀。正少年时即安贫好学，博览坟籍。弱冠能属文，入为秘书吏，后至令。在内职三十年，时刘禅黯弱，宦官黄皓操弄威权，正既不为皓所爱，亦不为皓所憎，是以官不过六百石，而免于忧患。景耀六年，后主降魏，降书即正所撰。后主东迁洛阳，正与殿中督汝南张通翼从出蜀。入晋后，除安阳令，迁巴西太守。咸宁四年（278）卒。《三国志·蜀书》卷四十二有传。

郤正是蜀汉入蜀士人中最有文学才华者。因其经历有别于其他入蜀士人，既非因投奔刘备而来，又不以家族或功勋获职，而仅凭文章出仕，且长期供奉内职，受现实功利影响较少，故不必为现实而作文，除了各类供奉文章外，其他文章具有较强的文学色彩。据《三国志》本传载：郤正"性澹于荣利，而尤耽意文章，自司马、王、扬、班、傅、张、蔡之俦遗文篇赋，及当世美书善论，益部有者，则钻凿推求，略皆寓目"[②]，说明其并不热衷于仕宦，而倾心于文学，尤留意辞赋，深受两汉辞赋大家的影响。其所作篇章数量亦不少，"凡所著述诗、论、赋之属，垂百篇"[③]。后世编为一卷，据清姚振宗《隋书

---

① 谭良啸：《历代咏赞诸葛亮诗选注》，成都：四川人民出版社，1988年。
② 陈寿：《三国志》卷42《郤正传》，北京：中华书局，1971年，第1034页。
③ 陈寿：《三国志》卷42《郤正传》，北京：中华书局，1971年，第1041页。

经籍志考证》卷三十九之四言"晋巴西太守《郤正集》一卷"，又言"《唐书》经籍艺文志《郤正集》一卷"①，可见隋唐时其集尚存，之后则不见有载，当散佚不存。严可均《全上古三代秦汉三国六朝文·全晋文》卷七十录其文三篇，分别是《为后主作降书》《姜维论》《释讥》，均录自陈寿《三国志》，而诗则全然无存。

《为后主作降书》乃套式之作，其性质已决定郤正不能有太多发挥空间，故不必多论。其余两篇或许能看出其文学之特点。先看《姜维论》：

> 姜伯约据上将之重，处群臣之右，宅舍弊薄，资财无余，侧室无妾媵之褻，后庭无声乐之娱，衣服取供，舆马取备，饮食节制，不奢不约，官给费用，随手消尽；察其所以然者，非以激贪厉浊，抑情自割也，直谓如是为足，不在多求。凡人之谈，常誉成毁败，扶高抑下，咸以姜维投厝无所，身死宗灭，以是贬削，不复料摘，异乎《春秋》褒贬之义矣。如姜维之乐学不倦，清素节约，自一时之仪表也。②

姜维志在蜀汉，因计谋不周，反被魏兵所杀，招致晋人讥讽，郤正作此文意欲替姜维辩驳，恢复其名誉。但文章并没有赞其忠蜀之志，而是从其"乐学不倦，清素节约"两方面肯定其个人品德，可作"一时之仪表"，以回击众人诋毁之言。其实郤正也是深有苦衷，或借此自表。因为郤正长期在内职，了解后主之黯弱，黄皓之弄权，以及姜维之艰难处境，对于姜维知其不可为而为之的忠勇之举是深表同情和赞许的。但他此时已是晋臣（或在巴西太守时），故不能公开赞颂姜维忠蜀之志，只好委婉曲折地通过赞颂其人品来树立其正面形象，进而肯定其忠勇之志。或许其中也含有郤正本人的心志。当然，对历史人物的评价不是本节要论述的问题，但从中可以看出郤正论说文的一些特点：一是论说得体，恰如其分，观点客观，既不夸大也不贬低，实事求是，没有偏激

① 姚振宗：《隋书经籍志考证》卷394，《二十五史补编》，北京：开明书店，1946年，第694页。
② 陈寿：《三国志》卷44《姜维传》，北京：中华书局，1971年，第1068页。严可均：《全上古三代秦汉三国六朝文·全晋文》卷70，北京：中华书局，1985年，第1863页。

之论，裴松之就认为："郤正此论，取其可称，不谓维始终行事皆可准则也。所云'一时仪表'，止在好学与俭素耳。"①这也是史论文的一般要求。二是文辞简约古朴，以四字句居多，具有古朴美，多使用排比句式，显得整齐有力，这也是史评文的一般特点。三是表达的含蓄和委婉，并借此明志，前文已论，此不赘述。

《释讥》是蜀汉入蜀士人作品中唯一保存下来的一篇辞赋。此文"依则先儒，假文见意"，模仿扬雄《解嘲》、张衡《应间》、崔骃《达旨》等篇主客问答、相互辩难的写法，先假设一"客"讥嘲自己虽有"高朗之才，珪璋之质"，却不能"挺身取命"，"输竭忠款，尽沥胸肝，排方入直，惠彼黎元"。然后作者以"主人"身份作答，针对其疑问讥嘲，先从上古圣人之道说起，指出贤人君子在乱世中为保全自己，尚且"深图远虑，畏彼咎戾，超然高举，宁曳尾于涂中，秽浊世之休誉"。今虽天纲已缀，三方鼎峙，但自己身处之西蜀，却"君臣协美于朝，黎庶欣戴于野，动若重规，静若叠矩"，故自己在朝累纪，能做到"进退任数，不矫不诬，循性乐天，夫何恨诸？"最后作者感叹道：

> 方今朝士山积，髦俊成群，犹鳞介之潜乎巨海，毛羽之集乎邓林，游禽逝不为之鲜，浮魴臻不为之殷。且阳灵幽于唐叶，阴精应于商时，阳盱请而洪灾息，桑林祷而甘泽兹。行止有道，启塞有期。我师遗训，不怨不尤，委命恭己，我又何辞？辞穷路单，将反初节，综坟典之流芳，寻孔氏之遗艺，缀微辞以存道，宪先轨而投制，魋叔肸之优游，美疏氏之遐逝，收止足以言归，沇皓然以容裔，欣环堵以恬娱，免咎悔于斯世，顾兹心之未泰，惧末涂之泥滞，仍求激而增愤，肆中怀以告誓。昔九方考精于至贵，秦牙沉思于殊形；薛烛察宝以飞誉，弧梁讬弦以流声；齐隶拊髀以济文，楚客潜寇以保荆；雍门援琴而挟说，韩哀秉辔而驰名；卢敖翱翔乎玄

---

① 陈寿：《三国志》卷44《姜维传》，裴松之注，北京：中华书局，1971年，第1069页。

阙，若士竦身于云清。余实不能齐技于数子，故乃静然守已而自宁。[1]

邵正在蜀汉入蜀士人中身份特殊，而其能够在内职供奉三十年，却不卷入政治旋涡之中，但于朝政而无所贡献，大概与此种处世态度有关。此文或即因应世人之指责而作。不过，此文却充分显示出邵正之文学才华，正如陈寿评价其文其人所云："文辞灿烂，有张、蔡之风，加其行止，君子有取焉。"[2]在蜀汉入蜀士人普遍文采不足的情况下，此文大量使用骈俪辞句，洋洋洒洒，文采之炫丽，固远超蜀汉其他入蜀士人，置之于东汉辞赋中亦不逊色。

（四）向朗及其他

向朗（？—247），字巨达，襄阳宜城（今湖北襄阳宜城市）人。随刘备入蜀，先后为巴西、牂牁、房陵太守。后主践阼，为步兵校尉，领丞相长史。诸葛亮南征，留统后事。建兴五年（227），随诸葛亮北伐，因马谡败逃，坐与马谡相善，免官还成都。亮卒后徙左将军，封显明亭侯。延熙十年（247）卒。具体见《三国志·蜀书》卷四十一本传。

向朗是蜀汉入蜀士人中较留意文学者，《三国志》载其少时涉猎文学，免官长史后，"优游无事垂三十年（裴松之注当为二十），乃更潜心典籍，孜孜不倦。年逾八十，犹手自校书，刊定谬误，积聚篇卷，于时最多"[3]。在文学水平普遍不高的蜀汉政权，向朗可算是佼佼者，遗憾的是他的文章只有一篇留存下来，即《遗言戒子》，裴松之注《三国志》言引自《襄阳记》，严可均又从中辑出。文章如下：

> 传称"师克在和不在众"，此言天地和则万物生，君臣和则国家平，九族和则动得所求，静得所安。是以圣人守和，以存以亡也。吾，楚国之小子耳，而早丧所天，为二兄所诱养，使其性行不随禄利以堕。今但贫

---

① 陈寿：《三国志》卷42《邵正传》，北京：中华书局，1971年，第1034—1038页。严可均：《全上古三代秦汉三国六朝文·全晋文》卷70，北京：中华书局，1985年，第1863—1865页。
② 陈寿：《三国志》卷42《邵正传》，北京：中华书局，1971年，第1041页。
③ 陈寿：《三国志》卷41《向朗传》，北京：中华书局，1971年，第1010页。

耳，贫非人患，惟和为贵。汝其勉之！①

　　同样是临终诫子，刘备如话家常，娓娓而谈，不重辞采，以情感动人，而向朗则以理服人，行文注重逻辑的谨严，先说理，后证以自身人生经验，由物及人，由国及家，为加强说服力，还引经据典，使用排比句式增强气势，显然受到先秦诸子散文的影响。但全文并非只讲道理，在谨守儒家传统思想的同时，字里行间处处显示出家庭亲情，所以显得自然亲切。文辞上较少用口语，显得雅洁，这也是其始终留意文学的表现。

　　其他蜀汉入蜀士人，值得注意的是姜维。姜维（202—264），字伯约，天水冀县（今甘肃天水市）人。少年时即好郑玄之学，较有文采，钟会称其"以伯约比中土名士，公休、太初不能胜也"②。太初即夏侯玄，精通玄学，钟会称其胜于夏侯玄，可见其文采确有过人之处。其文，严可均《全上古三代秦汉三国六朝文·全三国文》卷六十二录有两篇，其中《蒲元传》与《蒲元别传》为一篇之不同版本，前者注云辑自《艺文类聚》卷六十，后者注云辑自《太平御览》卷三百四十五，然查两书皆不书作者，另《北堂书钞》卷一百二十三所引亦不言作者为姜维，不知严氏依据何在。徐公持先生《魏晋文学史》论姜维文学时以此篇论之③，当据此。然严氏所辑是否可信，姑且存之。

　　至于其他，大都不擅长文学，作品留存也少，且以书信、文告为主，没有多少文学色彩，故不论述。

二、两晋南北朝入蜀士人与文学

　　从蜀汉灭亡（263）到唐李孝恭攻占巴蜀（619），期间巴蜀内乱不断，先有李特、李雄拥武自立，后有谯纵成都称王，继有萧纪趁乱改元，同时，各个政权也竞相争夺，西晋、前秦、东晋、宋、齐、梁、陈、西魏，如走马观花

---

① 陈寿：《三国志》卷41《向朗传》，裴松之注。又严可均：《全上古三代秦汉三国六朝文·全三国文》卷61，北京：中华书局，1985年，第1387页。
② 陈寿：《三国志》卷44《姜维传》，北京：中华书局，1971年，第1069页。
③ 徐公持：《魏晋文学史》，北京：人民文学出版社，1999年，第237—238页。

般变换，导致战乱不断，文化建设几乎废弛，巴蜀本土文化与文学遭受沉重打击，三个半世纪中近乎荒芜，没有任何兴起、重振的机会。其他地区的文人，除了张载有过入蜀的经历外，大部分只能望而却步，在诗文中遥想。而入蜀士人虽不少，但大多注重事功，不重文学，只偶尔留下一两篇文章，或章表，或书策，如此而已。

（一）张载

张载（生卒年不详），字孟阳，西晋安平（今河北安平）人。性情闲雅，博学有文，尝为《蒙汜赋》，傅玄见而嗟叹，以车迎之，言谈尽日，为之延誉，遂知名。先后任著作郎、太子中舍人、弘农太守、中书侍郎等职。后见世方乱，无复进仕意，遂称疾笃告归，卒于家。与弟协、亢，皆以文学知名，并称"三张"。《晋书》卷五十五有传。

张载入蜀时间，据《晋书》本传言："太康初，至蜀省父。"① 又其作于蜀地的《叙行赋》一文开头即言："岁大荒之孟夏，余将往乎蜀都。"② 大荒，是用太岁纪年法，即巳年，太康六年为乙巳年，据此则张载启程入蜀在太康六年（285）孟夏，应为太康中③，本年秋间可至成都。其留存文学作品，可断定为作于蜀地的有：文两篇《剑阁铭》《叙行赋》；诗一首《登成都白菟楼》。下面分别简单论述。

先看《剑阁铭》：

> 岩岩梁山，积石峨峨。远属荆衡，近缀岷嶓。南通邛僰，北达褒斜。狭过彭碣，高逾嵩华。惟蜀之门，作固作镇。是曰剑阁，壁立千仞。穷地之险，极路之峻。世浊则逆，道清斯顺。闭由往汉，开自有晋。秦得百二，并吞诸侯。齐得十二，田生献筹。矧兹狭隘，土之外区。一人荷戟，万夫趑趄。形胜之地，匪亲勿居。昔在武侯，中流而喜。山河之固，

---

① 房玄龄：《晋书》卷55，北京：中华书局，1974年，第1516页。

② 严可均：《全上古三代秦汉三国六朝文·全晋文》卷85，北京：中华书局，1985年，第1949页。

③ 关于张载入蜀时间，研究者一般认为是在太康六年，但徐传武《张载入蜀之年考辨》（《文史》1999年第1期）认为有两次入蜀，第一次在太康元年，第二次在太康六年，笔者以为论据不足。

见屈吴起。兴实在德，险亦难恃。洞庭孟门，二国不祀。自古迄今，天命匪易。凭阻作昏，鲜不败绩。公孙既灭，刘氏衔璧。覆车之轨，无或重迹。勒铭山阿，敢告梁益。[①]

此文为张载入蜀时途经剑阁有感而作。一方面描绘出剑门之雄奇险峻，扼守出入蜀之咽喉，自古为形胜之地，兵家必争。另一方面，作者又从吴起告诫魏武侯国家兴亡"在德不在险"[②]之警示中，结合公孙述败亡、蜀汉投降等眼前历史事实，阐述"兴实在德，险亦难恃"的道理，既给欲据险倡乱者以当头棒喝，又提醒当政者以德兴邦才是正道。而统治者似乎只看到了文中对欲倡乱者的警示，于是大加赞赏，据《晋书》记载："益州刺史张敏见而奇之，乃表上其文，武帝遣使镌之于剑阁山焉。"但这依然避免不了野心家的叛乱和西晋的崩溃。此铭文辞精省畅达，立意高远，刘勰赞曰："其才清采，迅足骎骎，后发前至，勒铭岷汉，得其宜矣。"[③]张溥更是称其为"文章典则"[④]，后世受其影响模仿《剑阁铭》之作甚多，仅唐代就有柳宗元《剑阁铭》、欧阳詹《剑门栈道铭》、李德裕《剑门铭》等，而以诗歌吟咏之作则更多，但主题思想基本没有超越此铭的范围。文中言剑阁"南通邛僰，北达褒斜"，说明西晋时蜀道褒斜段是通达的，其入蜀当从褒斜道，再转入金牛道，这也可从其《叙行赋》可以看出。

《叙行赋》是张载记录自己入蜀具体行程的一篇纪行赋，从洛阳出发，过函谷，出潼关，经长安，再过阳平关、白水关至剑阁。阳平关、白水关，据黄盛璋《阳平关及其演变》一文的考证，阳平关指古阳平关，在勉县，白马河入汉水口处；白水关在广元昭化[⑤]。从文中可知，张载先过阳平关，再过白水

---

① 徐传武：《张载入蜀之年考辨》，《文史》1999年第1期。又房玄龄：《晋书》卷55，北京：中华书局，1974年，第1516页。

② 司马迁：《史记》卷65《吴起列传》，北京：中华书局，1959年，第2167页。

③ 刘勰：《文心雕龙·铭箴十一》，周振甫注释，北京：人民文学出版社，1981年，第117页。

④ 张溥：《汉魏六朝百三家集题辞·张孟阳景阳集》，殷孟伦注，北京：人民文学出版社，1963年，第140页。

⑤ 黄盛璋：《阳平关及其演变》，《西北大学学报》（哲学社会科学版）1957年第3期。

关至剑阁，说明其从褒斜道抵达汉中，再折向西南转入金牛道。文中言"缘阻
岑之绝崖，蹈偏梁之悬阁。石壁立以切天，岌嵚隗其欲落"，正是褒斜道险峻
难行的写照。此赋在描写完剑阁后就戛然而止，据此可以判断其创作时间上与
《剑阁铭》同时，或一文而两体。此赋在写作手法上与刘歆《遂初赋》、班彪
《北征赋》、班昭《东征赋》、蔡邕《述行赋》等相似，以行踪为线索，写
景叙事，抒情言怀。其中由函谷关至剑阁一段较有特色，不但具有文学价值，
还提供了地理文化方面的重要信息，对于考证魏晋时期的蜀道线路具有重要价
值，是考证相关历史地理的重要文献，值得注意。文云：

> 岁大荒之孟夏，余将往乎蜀都。脂轻车而秣马，循路轨以西徂。朝
> 发轫于京宇兮，夕予宿于谷洛；践有周之旧墟，槐丘荒以寥廓。赞王孙于
> 北门，问九鼎于东郭。实公旦之所卜，曷斯水之渎薄？入函谷而长驱，历
> 新安之卤阜。行逶迤以登降，涉二崤之重阻。经嶔岑之险巇，想姬文之避
> 雨。出潼关以回逝，仰华岳之崔嵬。勤大禹之疏导，豁龙门之洞开。舍予
> 车以步趾，玩卉木之璀错。翳青青之长松，荫肃肃之高柞。缘阻岑之绝
> 崖，蹈偏梁之悬阁。石壁立以切天，岌嵚隗其欲落。超阳平而越白水，稍
> 幽萱以回深。秉重峦之百层，转木末于九岑。浮云起于毂下，零雨集于麓
> 林。上昭晰以清阳，下杳冥而昼阴。闻山鸟之晨鸣，听玄猿之夜吟。虽处
> 者之所乐，嗟寂寞而愁予心。造剑阁之崇关，路盘曲以腌蔼。山峥嵘以峻
> 狭，仰青天其如带。兼习坎之重固，形东隘以要害。岂乾坤之分域，将隔
> 绝乎内外。①

由于旅途匆匆，不可能描绘出所见之全部景物，故作者选取其中具有典
型意义的场景以精练之笔墨描绘出来，虽自然景色让人惊叹愉悦，不过也时时
透露出旅途的寂寞和淡淡的哀愁，还有从各种历史遗迹中所产生的历史兴亡之
感。另外，这应该是古代文学作品中最早记录入蜀行程的，这对于我们考察古
代文人入蜀路线提供了最直接的材料，如其中提及的阳平、白水等地，勾勒出

① 严可均：《全上古三代秦汉三国六朝文·全晋文》卷85，北京：中华书局，1985年，第1949页。

了其入蜀的清晰路线，值得注意。

另外，张载的《登成都白菟楼》是目前所见最早的入蜀诗，具有开创意义。

> 重城结曲阿，飞宇起层楼。累栋出云表，峣壁临太墟。高轩启朱扉，回望畅八隅。西瞻岷山岭，嵯峨似荆巫。蹲鸱蔽地生，原隰殖嘉蔬。虽遇尧汤世，民食恒有余。郁郁少城中，岌岌百族居。街术纷绮错，高甍夹长衢。借问扬子宅，想见长卿庐。程卓累千金，骄侈拟王侯。门有连骑客，翠带腰吴钩。鼎食随时进，百和妙且殊。披林采秋橘，临江钓春鱼。黑子过龙醢，果馔逾蟹胥。芳茶冠六清，溢味播九区。人生苟安乐，兹土聊可娱。①

在汉乐府诗和《古诗十九首》中，以京洛等城市为描写对象，反映风俗人情和世俗生活内容的诗歌已经出现，在魏晋南北朝时期则成为一种普遍现象，但以成都为描写对象的则只有张载这一首，它为我们提供了了解古代巴蜀民情风俗的重要史料。成都自古有"天府之国"的美誉，其中百姓之富足、物产之丰富、生活之休闲，在诗中得到淋漓尽致的反映，特别是其休闲文化，更令人印象深刻，如写饮茶文化，"芳茶冠六清，溢味播九区"，反映了成都一带百姓饮茶之盛，及其滋味之美妙，冠绝全国。这一切都无不令人向往，难怪作者会发出"人生苟安乐，兹土聊可娱"的感叹。后来左思写《三都赋》，其中《蜀都赋》部分显然受到其影响。在写法上，这首诗采用赋的手法，反复铺陈描写，力图全面展现成都的风土人情及世俗生活。

张载是继司马迁之后第二个入蜀的文学家，但与司马迁不同的是，张载完全是以一个文人的视角去描写巴蜀，在他的笔下，巴蜀既有雄奇险峻而又自然秀美的山水，也有令人向往的富足和怡然自得的生活，向其他地区的人们揭开了它神秘的面纱，因而吸引了文人的注意，引发他们的遐想，而一旦时机成熟，文人入蜀也就水到渠成。从这一点上来说，张载不但对传播巴蜀文化具有重要功绩，亦对于从唐代开始的"自古文人皆入蜀"这种特殊文化现象具有导

---

① 逯钦立：《先秦汉魏晋南北朝诗·晋诗》卷7，北京：中华书局，1988年，第739—740页。

乎先路的意义。另外，其创作的《登成都白菟楼》诗，更是开了后世入蜀诗的先河。

（二）桓温

桓温（312—373），字元子，谯国龙亢（今安徽怀远县）人。出身世家，少有雄略，为人豪爽有风概。永和元年（345），为安西将军，出镇荆州。时李势微弱，温志在立勋于蜀。永和二年溯长江而上，三战三捷，直捣成都，李势败降，遂平蜀，由此名声大振。此后十余年间，逐渐掌握朝政大权，并三次率兵北伐，收复洛阳，然最后一次失败而回。初，温既负其才力，久怀异志，欲先立功河朔，还受九锡。既逢覆败，名实顿减，又为谢安等人所阻，终未能实现九锡之愿，抱疾郁郁而亡。其子桓玄称帝，追赠谥号宣武。具体事迹见《晋书》卷九十八本传。

桓温出身经学世家，虽一生志在功业，戎马倥偬，然好尚文学，文采同样斐然。史臣赞其"挺雄豪之逸气，韫文武之奇才，见赏通人，夙标令誉"①。说明其文学可与武功相媲美，同样有过人之处，刘勰《文心雕龙》言："桓温檄胡，观衅尤切，并壮笔也。"②又萧统《昭明文选》卷三十八收其《荐谯元彦表》文，这些都是很好的证明。其文集，据《隋书·经籍志》记载，"晋大司马《桓温集》十一卷"下注云："梁有四十三卷，又有《桓温要集》二十卷，录一卷。"又载"《桓宣武碑》十卷"③，可见桓温作品不少，只是这些文集唐初已失传。不过，新、旧《唐书》又载《桓温集》二十卷，大概是沿袭《隋书·经籍志》目录而已。当然还是有一部分作品得以流传下来，严可均《全上古三代秦汉三国六朝文·全晋文》卷一百一十八就录其文十八篇，明冯惟讷《古诗纪》卷四十二又录其《八阵图》诗一首。

桓温在永和二年（346）十一月为讨伐李势而由江陵溯长江而上入蜀，约在永和四年（348）出蜀还江陵，在蜀时间不长，但还是留下了一些作品，其

① 房玄龄：《晋书》卷98《桓温传》，北京：中华书局，1974年，第2581页。
② 刘勰：《文心雕龙·移檄第二十》，周振甫注释，北京：人民文学出版社，1981年，第227页。
③ 魏徵：《隋书》卷35，北京：中华书局，1973年，第1067页。

中：诗一首《八阵图》；文两篇《荐谯元彦表》《伐蜀记》。

关于《八阵图》诗，乃桓温入蜀途经夔州时所作。据《晋书》本传载："初，诸葛亮造八阵图于鱼复平沙之上，垒石为八行，行相去二丈。温见之，谓'此常山蛇势也'。文武皆莫能识之。"①但不载有诗。最早记载桓温此诗的是宋王谠《唐语林》卷二："东晋桓温征蜀过此，曰：'此常山蛇阵，击头则尾应，击尾则头应，击其中则头尾皆应。'常山者，地名。其蛇两头，出于常山，其阵适类其蛇之两头，故名之也。温遂勒铭曰：'望古识其真，临源爱往迹。恐君遗事节，聊下南山石。'"②这是最早吟咏诸葛亮的诗歌，也是继张载之后的第二首入蜀诗。由于是临景即兴之作，诗歌除了表达对诸葛亮的敬仰之外，内容上并没有新意，艺术上也质朴无华，但却开启了从唐代开始的历代不绝的诗歌吟咏诸葛亮之作。从文化史的角度来看其意义早已远超诗歌本身，甚至事件本身也与诸葛亮事迹融为一体，成为触发诗人诗兴的又一兴奋点，如刘禹锡《观八阵图》诗云"会有知兵者，临流指是非"，指的就是桓温此事，这也是诗歌解读者必须熟知的典故。

桓温灭成汉进入成都后，为安抚蜀地人心而大举贤才，谯秀即其中之一。据《晋书》卷九十四《隐逸传》记载："谯秀，字元彦，巴西人也。祖周，以儒学著称，显明蜀朝。秀少而静默，不交于世，知天下将乱，预绝人事，虽内外宗亲，不与相见。郡察孝廉，州举秀才，皆不就。及李雄据蜀，略有巴西，雄叔父骧、骧子寿皆慕秀名，具束帛安车征之，皆不应。常冠皮弁，弊衣，躬耕山薮。龚壮常叹服焉。桓温灭蜀，上疏荐之，朝廷以秀年在笃老，兼道远，故不征，遣使敕所在四时存问。"③《荐谯元彦表》即桓温上疏表荐之作。文曰：

> 臣闻：太朴既亏，则高尚之标显；道丧时昏，则忠贞之义彰。故有洗耳投渊，以振玄邈之风；亦有秉心矫迹，以敦在三之节。是故上代之君，

---

① 房玄龄：《晋书》卷98《桓温传》，北京：中华书局，1974年，第2569页。

② 王谠：《唐语林》卷2，周勋初校证，北京：中华书局，1987年，第142页。

③ 房玄龄：《晋书》卷94《隐逸传》，北京：中华书局，1974年，第2444页。

莫不崇重斯轨，所以笃俗训民，静一流竞。伏惟大晋，应符御世，运无常通，时有屯塞。神州丘墟，三方圮裂。兔罝绝响于中林，白驹无闻于空谷。斯有识之所悼心，大雅之所叹息者也。陛下圣德嗣兴，方恢天绪。臣昔奉役，有事西土，鲸鲵既悬，思宣大化。访诸故老，搜扬潜逸，庶武罗于羿浞之墟，想王蠋于亡齐之境。窃闻巴西谯秀，植操贞固，抱德肥遁，扬清渭波。于时皇极遘道消之会，群黎蹈颠沛之艰，中华有顾瞻之哀，幽谷无迁乔之望。凶命屡招，奸威仍逼，身寄虎吻，危同朝露。而能抗节玉立，誓不降辱，杜门绝迹，不面伪庭，进免龚胜亡身之祸，退无薛方诡对之讥。虽园绮之栖商洛，管宁之默辽海。方之于秀，殆无以过。于今西土，以为美谈。夫旌德礼贤，化道之所先；崇表殊节，圣喆之上务。方今六合未康，豺豕当路，遗黎偷薄，义声弗闻，益宜振起道义之徒，以敦流遁之弊。若秀蒙蒲帛之徵，足以镇静颓风，轨训嚚俗，幽遐仰流，九服知化矣。①

这封奏表充分展示了桓温的文学才华。文章先从天人之道在于相辅相成说起，并认为上代之君"莫不崇重斯轨"，而今道丧时昏，大雅不倡，陛下更应当嗣兴此道。接着说明自己讨平西蜀之后，欲"思宣大化"，而谯秀"植操贞固"，"能抗节玉立"，可与园公、绮季、管宁等贤人相比。最后指出若能征召谯秀，以示旌德礼贤，则可以"镇静颓风，轨训嚚俗"，使"九服知化"。全文条理清晰，层次井然，逻辑严谨，丝丝入扣，而辞气雄豪，颇具雄辩之才，确为"壮笔"。同时受当时讲究辞采的绮丽风气影响，全文用典繁密，几乎全用偶句，骈俪色彩很重，已接近南朝通行的骈体文。

关于《伐蜀记》，《隋书·经籍志》未具体言及此文，或为《桓温集》中其中一篇。据明曹学佺《蜀中广记·著作记》记载："《伐蜀记》：桓温撰，东晋建元中温平李势后作。"②今已失传。

---

① 萧统：《文选》卷38，李善注，北京：中华书局，1977年，第532—533页。

② 曹学佺：《蜀中广记》卷93，《四库全书珍本初集》第37册，上海：商务印书馆，1935年，第3页。

（三）刘悛

刘悛（439-499），本名忱，为宋明帝讳，改名悛，字士操，彭城安上里（今江苏徐州）人。初仕刘宋，为驸马都尉，累官至辅国将军、广州刺史，袭爵鄱阳县侯。齐受禅，国除，进号冠军将军。武帝时为太子中庶子、广陵太守、司州刺史、侍中，徙为始兴王前军长史、平蛮校尉、蜀郡太守，行益州事，寻代始兴王为益州刺史。郁林王即位，遭禁锢。明帝时，复官，迁散骑常侍、右卫将军，转五兵尚书。东昏侯时，领骁骑将军，尚书如故。卒赠太常。具体事迹见《南齐书》卷三十七、《南史》卷三十九。

彭城安上里刘氏是南朝的文学世家，刘悛受家族影响也有一定的文学，原有集二十卷，今已佚。严可均《全上古三代秦汉三国六朝文·全齐文》卷十七录其文一篇，题作《蒙山采铜启》，作于永明八年（490）为益州太守间。文云：

> 南广郡界蒙山下有城名蒙城，可二顷地，有烧炉四所，高一丈，广一丈五尺。从蒙城渡水南百许步，平地掘土深二尺，得铜，又有古掘铜坑，深二丈，并居宅处犹存。邓通，南安人，汉文帝赐通严道县铜山铸钱。今蒙山近在青衣水南，青衣左侧并是故秦之严道地。青衣县，文帝改名汉嘉。且蒙山去南安二百里，按此必是通所铸。近唤蒙山獠出，云"甚可经略"。此议若立，润利无极。并献蒙山铜一片，又铜石一片，平州铁刀一口。[①]

此上启的写作背景，据《南史》刘悛本传记载："初，高帝即位，有意欲铸钱，以禅让之际，未及施行。建元四年，奉朝请孔顗上《铸钱均货议》……时议多以钱货轻转少，宜更广铸，重其铢两，以防人奸。高帝使诸州郡大市铜炭，会晏驾事寝。"[②]可见朝廷一直有铸钱之议，但因铜材缺乏，无法实施。

---

① 李延寿：《南史》卷39《刘悛传》，北京：中华书局，1975年，第1005页。又见严可均：《全上古三代秦汉三国六朝文·全齐文》卷17，北京：中华书局，1985年，第2888页。

② 李延寿：《南史》卷39《刘悛传》，北京：中华书局，1975年，第1004—1005页。

此时刘悛为益州太守，获知蒙山有铜矿，故上奏言在蒙山采铜之事。全文全用散句写成，不讲究辞采，不作艰深之语，文辞朴实，语气诚恳，显得平易晓畅、通俗易懂，这与当时文人好为骈俪之文不同，表现出不为流俗所囿的个性特点。这种风格也为刘氏家族文学所继承，如作为其中的代表人物刘孝绰就主张文要"典而不野，远而不放，丽而不淫，约而不俭"①，反对一味追求辞采。当然此事最终也因"功费多乃止"②。

刘悛之后直至唐才有入蜀士人（文人）作品流传下来，而巴蜀本土文人则早已凋敝，因此整个巴蜀文学至此暂归于岑寂。

---

① 刘孝绰：《昭明太子集序》，严可均《全上古三代秦汉三国六朝文·全梁文》卷60，北京：中华书局，1985年，第3312页。

② 李延寿：《南史》卷39《刘悛传》，北京：中华书局，1975年，第1005页。

第三章

唐五代诗人
入蜀动因

通过上一章的论述，我们可以看出唐以前入蜀人士中文人的数量是非常少的，而有诗歌流传的文人则更是屈指可数。然而在有唐一代，这种现象却发生了根本性的转变，其中固然有唐代诗歌自身发展的原因，但唐五代时期巴蜀地区政治、经济、文化形势的变化所带来的影响却是更为直接的原因，它推动了唐五代诗人不远万里、跋山涉水、络绎不绝来到蜀地，形成唐五代文学史上一种独特文化现象。下面将结合这种变化分析唐五代诗人入蜀的具体动因。

第一节
前提条件：蜀道交通的改善

唐五代诗人能够入蜀的一个重要前提，即是交通条件的改善，没有这个前提和客观条件，则唐五代诗人纵有入蜀的豪情与强烈愿望，也只能像前代文人一样望蜀而叹。

首先，大一统的政治形势有利于保持巴蜀地区与中原地区的紧密联系，从而长时间维持顺畅的交通。自秦惠王并巴蜀至唐一统巴蜀前，巴蜀地区与中原地区实际上一直处于游离状态，一有风吹草动，则蜀地独立倾向明显，直至新的强力王朝出现，反复如此，因而巴蜀与中原等地的交通也是时断时续。魏晋南北朝时期这种情况更甚，中原地区自身处于分裂状态，各个政权都不能形成对巴蜀的有效管辖，巴蜀地区反复易主，再加上不断的战争，有限的蜀道交通路线时常遭到损毁乃至被人为阻隔，入蜀的艰难也就可想而知。而到了唐代，巴蜀地区始终牢牢控制在唐统治者手中，虽然有过崔旰、刘辟之乱，但也很快平息，即使是在中晚唐中原内乱不断的情况下，唐统治者对巴蜀的控制也不但没有削弱，反而得到进一步强化，成为其依赖的大后方。可以说巴蜀与京洛地区的这种政治经济联系是前所未有的。在这种情形下，出入蜀交通得以保持长久的通畅。

其次，唐代统治者对蜀道有意识地进行维护、修缮，大大改善了出入蜀交通条件，为诗人出入蜀提供了方便。巴蜀地区之所以容易产生割据政权，与这里山重险固，交通落后有关，唐以前有统治者就注意到这个问题，如北周时益州总管王谦据蜀叛乱，讨平后，权臣杨坚认为"巴、蜀阻险，人好为乱，于是更开平道，毁剑阁之路，立铭垂诫焉"①。不过杨坚的这些措施还来不及得到实施，隋朝就已灭亡，但"更开平道"的思想却在唐朝一代得到贯彻。唐朝统治者认识到要维持其对庞大帝国的有效管理与统治，顺畅和便利的交通是必不可少的条件，因而在全国建立起超越此前任何王朝的以关陇为中心辐射四方的庞大交通网络，即："以长安中心，正西到岐州，西北到凉州，正北至丰、胜、中受降城，西南至梁州兴元府，正南至金州，东北至太原，正东至汴州，东南至襄阳，辐射出八条驿道，形成一个'米'字形的核心骨架，由此核心骨架延伸至天下四方诸州。"②以长安为中心，辐射四方，而西南线则是出入蜀的主要通道，穿越陕川崇山峻岭，并延伸至滇黔。但蜀道难自古皆然，要让其成为通途并不易。不过，唐朝驿馆制度的实施，以及对蜀道的不断修缮和开发却有效地维持了蜀道的畅通。驿站的设置在唐前已有，但主要是传递文书，军事化特征明显且不发达。唐朝的驿站虽仍具有军事性质，但逐渐演变成一种交通机构。所谓"驿馆"，其在通途大路者为"驿"，其非通途大路者曰"馆"③。驿的设置，据《新唐书》记载："凡三十里有驿，驿有长，举天下四方之所达，为驿千六百三十九；阻险无水草镇戍者，视路要隙置官马。水驿有舟。凡传驿马驴，每岁上其死损、肥瘠之数。"④可见唐代驿馆设置之普遍。《新唐书》所载是开元时期的情况，驿馆采用的是军事化管理，但也有民用性质，"驿各有将，以州里富强之家主之，以待行李"⑤。中唐以后驿馆设

---

① 魏徵：《隋书》卷1，北京：中华书局，1973年，第4页。

② 李德辉：《唐代交通与文学》，长沙：湖南人民出版社，2003年，第20页。

③ 杜佑：《通典》卷33，王文锦点校，北京：中华书局，1988年，第924页。

④ 欧阳修：《新唐书》卷46，北京：中华书局，1975年，第1198页。

⑤ 杜佑：《通典》卷33，王文锦点校，北京：中华书局，1988年，第924页。

置更加成熟，不再采用军事化管理，而由专门机构负责，"至德之后，民贫不堪命，遂以官司掌焉"①。其功能由军事向民用转变，不但为行人提供交通工具，还提供住宿，对象也主要由军事人员变为过往官员、使者，以及进士、举人等。盛唐时期交通的主干道上驿馆遍布，"自京师四极，经启十道，道列于亭，亭实以驷。而亭惟三十里，驷有上、中、下。丰屋美食，供亿是为"②。中唐以后，唐王朝的疆域范围缩小了很多，但据《通典》记载驿站仍有1587个，与盛唐时期相去无几，说明中唐对控制区域的驿馆设置不但没有减少，反而有所增加。特别是作为经济命脉和大后方的巴蜀地区，蜀道的繁忙远甚于初盛唐时期，驿馆的设置理所应当会有所增加。如入蜀的主要通道褒斜道，据严耕望先生考证，在唐前期并未置驿站，中唐以后则多次增置驿馆。③如唐宪宗元和元年（806）正月置斜谷路管驿；唐敬宗宝历二年（826）正月，兴元节度使裴度奏修斜谷路及管驿，等等。在驿馆之外，还有各种具有商业性质的客馆、旅店，为来往旅人提供食宿等服务，据李德辉考证，"有官办的客馆，一般置于驿侧，如商于驿侧有商山馆、层峰驿有层峰馆。若两驿之间距离过远，则中间添置一馆，如商山路上的桐树馆、通安西路上的铁关西馆。州城县城内有客舍、旅馆，多以地名命名，如洋州馆、柳中馆之类"④。馆驿设置的普遍以及各种商业性质旅馆的出现，为唐代上至帝王，下至普通百姓的出行提供了极大的方便，这也在很大程度上促成了唐代文人普遍的游历之风。

蜀道上的驿馆，其具体地点与数量，由于史料记载的有限无法具体详考，但从某一段的设置中也可看出一般。蓝勇《四川古代交通路线史》一书言："隋唐时期，是四川古代交通史上一个相当重要时期。隋唐以前，四川曾有馆驿邮亭之设，但发展极不健全。到了唐代，废督邮，以吏主驿事，各路驿道都得到很大发展，剑阁道在当时尤为突出。据我所考，唐代金牛道上的驿站有十七个，它们自南而北是：天回、两女、金雁、旌阳、万安、巴西、奉济、上

① 杜佑：《通典》卷33，王文锦点校，北京：中华书局，1988年，第924页。
② 高适：《陈留郡上源新驿记》，《全唐文》卷357，北京：中华书局，1983年，第3629页。
③ 严耕望：《唐代交通图考》第3卷《秦岭仇池区》，上海：上海古籍出版社，2007年，第716—728页。
④ 李德辉：《馆驿诗与唐诗俗化倾向》，《湖南科技大学学报》（社会科学版），2006年第6期。

亭、汉源、方期、嘉川（嘉陵）、深渡、望云、畴笔、五盘、三泉、金牛驿。按刘禹锡《山南西道新修驿路记》载：'自褒而南逾利州，至于剑门次舍十有七。'则可知唐代金牛道的驿站远不止十七个，只是史籍遗载，多已无法征考了。"①金牛道如此，其余道大约也如此（见后文关于蜀道的修缮部分）。还有作为驿馆补充的具有商业性质的旅店也同样出现在蜀道边，据《通典》记载：开元期间"东至宋、汴，西至岐州，夹路列店肆待客，酒馔丰溢。每店皆有驴赁客乘，倏忽数十里，谓之驿驴。南诣荆、襄，北至太原、范阳，西至蜀川、凉府，皆有店肆，以供商旅，远适数千里，不持寸刃"②。这对于普通百姓，特别是那些没有名位的文人来说是一个极大的方便。中唐以后下第游蜀的士子特别多，如果没有这些店肆提供食宿服务，恐怕会很难成行。可见，虽然唐代驿馆的设置并非针对蜀道，但对于蜀道的影响似乎更为积极与显著，惠及所至，对于蜀道旅行是具有重大的文化变革意义的。相比于唐前有道无馆的现状，以及旅人惶惶而行的旅程，这种改变对于人们的心理影响是巨大的，在解决了食宿问题后，蜀道旅行者不必再忧愁风餐露宿，也不用再在前不着村，后不着店的环境中踽踽独行，而可以用审美的眼光去观赏沿途之风景，用心体会其别样的旅途感受，于是乎大量以蜀道诗歌为代表的文学作品由此产生，这在唐前是不可能出现的文学现象。从政治上看，驿馆的设置相比于杨坚简单的"毁剑阁之路"也更具战略和宏远的眼光，这对唐王朝能始终控制巴蜀之地功劳不小。

驿馆制度是为控制全国而设，而对蜀道的维持、修缮与开发，则是直接为控制巴蜀服务，为此唐统治者更是不遗余力。长安、洛阳是唐代的政治、文化中心，绝大多数文人往往先会聚于此，再由此出发翻越秦岭入蜀，出蜀亦如是。李德辉《唐代交通与文学》一书在前人研究基础上勾勒了入蜀的具体路线，为便于后文论述，先引用如下：

> 沟通川陕的有四条孔道，即凤兴（又称嘉陵道、陈仓道、故道，严耕

---

① 蓝勇：《四川古代交通路线史》，重庆：西南师范大学出版社，1989年，第13页。
② 杜佑：《通典》卷7，王文锦点校，北京：中华书局，1988年，第152页。

望《图考》称散关凤兴道）、褒斜、傥骆、子午四条谷道，由三个部分组成，自北向南排列：

第一段为北段，即长安到凤翔间的道路，四条谷道分别在凤翔府、郿县、周至县、京兆府长安县汇入北段的大驿道。

第二段为中段，即嘉陵、褒斜、傥骆、子午四条谷道，自西向东，分别在秦岭南麓汉中盆地的三泉县、金牛驿、褒城县、兴元府、洋州与通往蜀中的驿路相接。

第三段为南段，即金牛县—成都间的入蜀驿道，由汉中、利州、剑州、绵州、汉州至成都，全长一千三百四十里。

这四条路线的基本走向是：

凤兴道：长安微北至凤翔府—西南至宝鸡县西—渡渭河，入散关—凤州—兴州，东南行至百牢关县西—兴元府，西南行则金牛—三泉县—漫天岭—利州—剑州—绵州—汉州—天回驿—成都。

褒斜道：长安—郿县—褒斜谷道—褒城—西县—金牛成都道。

骆谷道：长安—周至县—傥骆道—洋州—兴元—金牛成都道。

子午谷道：京兆府长安县—子午谷、子午关—洋州—兴元—金牛成都道。①

近年来历史地理研究者对蜀道的交通线路有比较详细的考证，如由刘庆柱、王子今先生主编，李久昌负责撰写的《中国蜀道》第一卷《交通路线》就综合了前人的成果，详细考述蜀道各条线路在各个朝代的演变发展，绘制出比较准确的蜀道图，具体可参看。

出入蜀通道中，以梁州为关捩点，分为北段和南段。北段主要有子午道、傥骆道、褒斜道、凤兴道（故道、嘉陵道、陈仓道），前期以褒斜道为主要通道，中晚唐则转移到傥骆道。南段比较固定，一般由梁州入金牛道至成都。所以，北段的疏通就变得很关键。这四条道，唐之前大多数情况下仅其中一二

---

① 李德辉：《唐代交通与文学》，长沙：湖南人民出版社，2003年，第80页。

道可通①，而唐代一齐开放，"虽开通有先后，兴废有变迁，然于唐代皆为通途"②。先看凤兴道，其开辟时间或在先秦，而秦汉时期已被定为入蜀驿道，唐代则更是主要入蜀驿道之一。《通典》卷一七五记载云：梁州"去西京，取骆谷路六百五十二里，斜谷道路九百三十三里，驿路一千二百二十三里。去东京，取骆谷路一千五百八十里，取斜谷一千七百八十九里，驿路二千七十八里"③。这里的驿路就是指凤兴道。如果从上述数据来看，从梁州到东、西京此线路途最迂远，不过如果从长安入蜀，它却"可以不经过汉中而直通巴蜀。而当它作为直通巴蜀的驿道时，其里程反而有相当大的缩短"④。另外，此路线沿线谷道比较平缓，又有嘉陵江可以利用，适于商旅往来，且经过州县及城镇较多，行旅安全有保障，因此成为入蜀的首选，玄宗、僖宗奔蜀，皆取此道。由于凤兴道年久失修，中唐时采亭川、青泥岭、长举一带，"崖谷峻隘，十里百折，负重而上，若蹈利刃。盛秋水潦，穷冬雨雪，深泥积水，相辅为害。颠踣腾藉，血流栈道。糗粮刍藁，填谷委山。马牛群畜，相藉物故。餫夫毕力，守卒延颈，嗷嗷之声，其可哀也。若是者，绵三百里而余"⑤，行旅之艰难可想而知。当时严砺为山南节度使，为将蜀中物资顺利运至关中，遂对嘉陵江沿线一带二百余里进行了彻底整治（主要是对嘉陵江的疏导）。⑥据《新唐书·地理志》记载："节度使严砺自（长举）县而西疏嘉陵江二百里，焚巨石，沃醯以碎之，通漕以馈成州戍兵。"⑦柳宗元《兴州江运记》一文更有详细记载，言："乃出军府之币，以备器用，即山僦功。由是转巨石，仆大木，

---

① 据黄盛璋考证，永嘉乱后，氐族杨氏割据称王，嘉陵江线大都没有走通。南北朝时期，关中跟汉中间的战争，走通全线的共有七次，其中嘉陵道跟陈仓道陇西支线各出两次，骆谷、子午各一次，有一次中间路线不详，可能是褒斜。见其《川陕交通的历史发展》一文，《地理学报》1957年第4期，第424—425页。

② 刘刚《〈蜀道难〉的文学地理学解读》，《社会科学辑刊》1993年第6期。

③ 杜佑：《通典》卷175，王文锦点校，北京：中华书局，1988年，第4576页。

④ 李之勤：《论故道在川陕诸驿中的特殊地位》，《中国历史地理论丛》1993年第2期。

⑤ 柳宗元：《兴元江运记》，《全唐文》卷580，北京：中华书局，1983年，第5860页。

⑥ 关于严砺疏导嘉陵江的时间，《新唐书·地理志》记载在元和中，吕思勉、岑仲勉、蓝勇等学者皆从《新唐书》，唯李进在《严砺疏导嘉陵江的时间不在元和间》（见《中国历史地理论丛》1990年第4期）一文中提出质疑，认为是在德宗贞元十五年七月至顺宗永贞元年四月间，质疑是可信的，当从。

⑦ 欧阳修：《新唐书》卷40，北京：中华书局，1975年，第1035页。

焚以炎火，沃以食醯，摧其坚刚，化为灰烬。畚锸之下，易甚朽坏，乃辟乃垦，乃宣乃理。随山之曲直，以休人力；顺地之高下，以杀湍悍。"①经过整治，大大提高了嘉陵江输运物资的效率，"雷腾云奔，百里一瞬"。唐代诗人选择凤兴道入蜀的比较多，如苏颋，有《兴元出行》《早发兴州入陈平路》等诗，又元稹，有《青云驿》诗，李嘉祐《发青泥店至长馀县西涯山口》诗等。其他诗人还有王勃、卢照邻、王维、武元衡、李商隐、温庭筠、薛能、吴融等。

褒斜道，是利用秦岭南坡的褒水河谷与北坡的斜水河谷地形便利而开辟的道路，秦并巴蜀时，张仪、司马错即由此入蜀。按照李德辉先生的说法，唐时褒斜道有新旧之分，旧道即指秦汉以来沿用之路线，在褒城、郿县间，不经由凤州、散关，而由郿县直达关中。由于处在高山深谷间，惊险万状，且常有猛兽袭击，行旅不便，唐人遂开辟了新道。新道最初一段利用故道，至凤州时向东南倾斜，在留坝附近与旧道汇合。新道虽迂远，但较平坦，也更安全，故唐人大多取新道入蜀。褒斜道在唐代是入蜀官驿，是最繁忙的入蜀通道。中唐以后，唐王朝对巴蜀的依赖前所未有，为保证入蜀通道的畅通无阻，先后七次对褒斜道进行修缮。对此严耕望先生《唐代交通图考》第三卷《秦岭仇池区》已有详细考证②，今结合各种史料记载略述于下。

（1）宪宗元和元年（806年），复置斜谷路馆驿。《旧唐书·宪宗纪》：元和元年"壬辰，复置斜谷路馆驿。""甲午，高崇文之师由斜谷路，李元奕之师由骆谷路，俱会于梓潼。"③（2）敬宗宝历二年（826），裴度奏修斜谷道及馆驿。此次所修为褒斜旧道。《旧唐书·敬宗纪》：宝历二年春正月，"辛巳，兴元节度使裴度奏修斜谷路及馆驿皆毕功"④。其中新置渭阳驿、过蜀驿、安途驿三驿。（3）文宗开成四年（839），归融修散关至褒城道。亦褒斜旧道。刘禹锡有《山南西道新修驿路记》记其过程，云："我之提封，踞右扶风，触剑阁千一百里。自散关抵褒城，次舍十有五，牙门将贾黯董之；

---

① 柳宗元：《兴元江运记》，《全唐文》卷580，北京：中华书局，1983年，第5861页。

② 严耕望：《唐代交通图考》第3卷《秦岭仇池区》，上海：上海古籍出版社，2007年，第716—728页。

③ 刘昫：《旧唐书》卷14，北京：中华书局，1975年，第414—415页。

④ 刘昫：《旧唐书》卷17，北京：中华书局，1975年，第518页。

自褒而南，逾利州至于剑门，次舍十有七，同节度副使石文颖董之。两将受命，分曹星驰。并山当蹊，顽石万状；坳者堙者，兀者铦者，磊落倾欹，波翻兽蹲。炽炭以烘之，严醯以沃之，溃为埃煤，一篲可扫。栈阁盘虚，下临谽谺。层崖峭绝，枘木亘铁。因而广之，限以钩栏。狭径深陉，衔尾相接。从而拓之，方驾从容。急宣之骑，宵夜不惑。郄曲棱层，一朝坦夷。"①可见当时整治力度很大，也花费了极大人力物力。（4）宣宗大中三年（849），郑涯（渥）开文川谷道。《旧唐书·宣宗纪》：大中三年"十一月，东川（当作山南）节度使郑涯，凤翔节度使李玭奏修文川谷路，自灵泉至白云置十一驿，下诏褒美"②。又《唐会要》记载："大中三年十一月，山南西道节度使郑渥，凤翔节度使李玭等奏，当道先准敕新开文川谷路，从灵泉驿至白云驿，共十一所，并每驿侧近置私客馆一所。"③不但置驿馆，更设客馆，充分考虑到普通民众的需求，非常合理，在里程上也大为缩短，"减十驿之途程"。孙樵有《兴元新路记》（见《全唐文》卷七九四）详细记录其路线及沿途景物，可参看。（5）大中四年（850），封敖修复斜谷旧道。此斜谷旧道即归融所修褒斜旧道，《旧唐书·宣宗纪》：文川谷路"经年为雨所坏，又令封敖修斜谷旧路"④。又《唐会要》记载：大中"四年六月，中书门下奏：山南西道新开路，访闻颇不便人，近有山水摧损桥阁，使命停拥，馆驿萧条，纵遣重修，必倍费力。臣等今日延英面奏，宣旨却令修斜谷旧路及馆驿者。臣等商量，望诏封敖及凤翔节度使观察使，令速点校，计料修置"⑤。其年七月二十二日封敖上书言已毕功。（6）僖宗光启二年（886）重修栈道，即散关经凤州至褒城的新道。是年，田令孜逼僖宗幸兴元，由宝鸡入散关，时兴元节度使石君涉乃毁撤栈道，僖宗不得已乃另选它道。至兴元后，僖宗"遣王建帅部兵戍三泉，晋晖及神策军使张造帅四都兵屯黑水，修栈道以通往来"⑥。黑水即褒水，可

---

① 刘禹锡：《山南西道新修驿路记》，《全唐文》卷606，北京：中华书局，1983年，第6123页。

② 刘昫：《旧唐书》卷18下，北京：中华书局，1975年，第625页。

③ 王溥：《唐会要》卷86，北京：中华书局，1955年，第1574页。

④ 刘昫：《旧唐书》卷18下，北京：中华书局，1975年，第625页。

⑤ 王溥：《唐会要》卷86，北京：中华书局，1955年，第1575页。

⑥ 司马光：《资治通鉴》卷256，北京：中华书局，1956年，第8333页。

知所修乃褒斜新道。（7）后唐明宗天成三年（928），修斜谷阁道，亦褒斜新道。从上述对褒斜道的反复修缮中可以看出这条入蜀通道对唐统治者的重要性，说它是经济命脉似乎也不过分，其繁忙也可以想见。而唐代诗人取此道出入蜀的有沈佺期、岑参、戎昱、元稹、武元衡、羊士谔、薛能、贾岛、李商隐、胡曾等。

骆谷道，北口曰骆谷，在周至县附近，南口曰傥口，在兴道县（今洋县）附近。开通于三国时期，后废弛，唐武德七年（624）复开。此道为四道中之捷径，但路途险峻，紧急情况下才会使用。如安史之乱初期，乱军攻破长安，玄宗先行南奔，为赶赴行在，群臣纷纷从骆谷南下，以近路追赶。据颜真卿《正议大夫行国子司业上柱国金乡县开国男颜府君神道碑铭》言："（天宝）十五年，长安陷，舆驾幸蜀，朝官多出骆谷至兴道。房琯、李煜、高适等数十人尽在。"[1]另外，建中四年（783）德宗避乱梁州，广明元年（880）僖宗逃难入蜀，皆取此道。安史乱后行经骆谷道之人逐渐多起来，此前骆谷道并不设驿馆，至此始逐渐设置，但具体时间史料乏载。不过贞元以后已是十分完备，如柳宗元《馆驿使壁记》中所提到的蜀道驿馆，即以骆谷道驿馆为例，共十一驿，说明其设置具有代表性。唐诗人中取道骆谷道出入蜀的也不少，除了上文提到的房琯、高适外，还有岑参、武元衡、元稹、李绅、欧阳詹等。

子午道在四道中最冷落，因几乎没有诗人取此道入蜀，故不多论。

至于北段金牛道，是入蜀至成都的必经之道，唐王朝自然极为重视，无论是驿馆设置，还是道路的整修与维护，都倾尽全力。首先是开辟新路线。据李之勤先生考证[2]，金牛道北段即陕西宁强烈金坝至广元剑门关段，汉晋时期走阳平关、白水关至剑门关，但道路迂远。隋以后由阳平关南沿嘉陵江至剑门关，里程大为缩短，且可以利用嘉陵江进行水运。其次是对金牛道的整治和维持。据李久昌撰《中国蜀道》第一卷《交通路线》考证至少有三次[3]。一次是唐玄宗开元三年（715），韦抗整修广元千佛崖段驿路，凿石为路，架木作栈，

---

① 董诰：《全唐文》卷341，北京：中华书局，1983年，第3460页。

② 李之勤：《金牛道北段线路的变迁与优化》，《中国历史地理论丛》2004年第2辑。

③ 刘庆柱、王子今主编：《中国蜀道》第1卷《交通路线》，西安：三秦出版社，2015年，第379-384页。

遂成通衢。第二次是唐文宗开成四年（839），山南西道节度使归融新修驿路，由节度副使石文颖负责利州至剑门段，设馆舍一十七处。第三次是唐宣宗大中间，剑州刺史蒋侑对辖区内驿道的整治，拓宽道路，建设亭台，大大方便往来行旅之人。其他如设驿馆，见前所引蓝勇《四川古代交通路线考》，置剑门关管理交通等。可以说，唐王朝对于金牛道的维护可谓不遗余力，才保证了其长期的交通繁荣。

第三，发达的蜀江水运为诗人出入蜀提供了更多的选择。以上所论出入蜀通道主要是陆路，即北线蜀道，这是大多数出入蜀诗人的选择。还有水路，即东线峡路，沿长江及其支流泛船而行，可免翻山越岭之苦，为唐人出入蜀提供了又一选择，从荆楚吴越等地出入蜀者一般走此道。这一路线的中转站是江陵，即可北上京洛，又可东下吴越，反之亦然。魏晋南北朝时期，通过蜀江水运出入蜀的士人大概与蜀道出入蜀的士人可平分秋色，如三国时期蜀汉政权中的大多数士人即由此入蜀，后来又有西晋王濬楼船东下平吴，东晋桓温由江陵入蜀平定成汉等，蜀江水路的重要性由此显现。魏晋南北朝时期由于分裂割据，长江水路分属不同政权，阻碍了其交通功能的发挥。唐一统天下，扫除了水运的障碍，水上交通日益发达起来，唐人崔融言："天下诸津，舟航所聚，旁通巴、汉，前指闽、越，七泽十薮，三江五湖，控引河洛，兼包淮海。弘舸巨舰，千轴万艘，交贸往还，昧旦永日。"①可以看出当时航运之繁忙。巴蜀地处长江上游，加之物产丰富，水运自然应运而生，严耕望先生言："中古时代，尚以岷江为长江之主源，故成都府为当时西南最大都市，亦为长江上游最大都市，江陵府为当时南中国中部最大城市，亦为长江中游最大都市。此两大都市皆经济繁荣，人文蔚盛，其间交通运输主要有赖长江上半段之蜀江水陆道，故此水陆道在中国中古时代，对于军事攻防、政治控制、物资流通、文化传播，皆发生重要作用。唐代且沿途置水陆馆驿，以利运旅，盖重之也。"②从成都出发至江陵，其行程大致如下：成都府—眉州—嘉州（今乐山）—戎州（今宜宾）—泸州—渝州—涪州—忠州—万州—夔州—归州（今秭归）—峡州

---

① 刘昫：《旧唐书》卷94《崔融传》，北京：中华书局，1975年，第2998页。
② 严耕望：《唐代交通图考》卷4，上海：上海古籍出版社，2007年，第1079页。

（今宜昌）—江陵（今荆州），全程四千里左右。入蜀溯江而上，要艰难一些，但出蜀则顺流而下，十分轻松，故中唐以后很多文人从蜀道入蜀，而从长江出蜀，不但便利，更可以欣赏长江沿线风光，特别是令人神往的三峡美景。据清人记载，成都府东南有合江亭，水路汇合之所，中唐韦皋建，"为唐人宴饯之地，名士题诗往往在焉，俯而观之，沧波渺然……上下商船渔艇，错落游衍，一府之佳观也"[①]，说明文人从水路出蜀之盛。另外，三峡题诗之多，远远超过蜀道的任何一处景观，也说明了选择水运出入蜀的文人众多。唐代从峡路出入蜀的诗人主要有孟浩然、杜甫、白居易、孟郊、李商隐、温庭筠、罗隐等。

可见，正是因为唐五代入蜀交通条件的改善，提供了出入蜀的多种选择，保障了想要入蜀者一个便捷顺畅的通道，文人才不再视蜀地为畏途，才会有全国各地的文人，或奔走于蜀道，或行舟于峡路，络绎不绝入蜀。没有这个客观条件，文人就只能空有想望之情。

第二节
政治影响：宦游与避乱

任何时代任何文化与文学现象都离不开政治的影响，它就像一只无形的巨手，挥袖之间，一幕幕或悲壮、或雄浑、或瑰丽、或浪漫的文化景象就呈现在世人面前，并由此构成各个时代多姿多彩、丰富多样的文学史现象。纵观整个唐五代，几乎每个诗人的入蜀都或多或少与政治有着一定的联系，不同的只是受其影响程度的大小而已。为便于论述，本节只选取其中受政治影响最为直接，且构成其入蜀主要动力的入蜀诗人，以他们的入蜀经历作观照考察分析政治对入蜀文学的影响。

在入蜀诗人中，宦游蜀地是最为普遍的现象，这其中主要是指因仕宦、贬谪、奉使的原因而入蜀的诗人，他们受到唐五代时期各种政治因素，诸如皇

---

① 乾隆：《大清一统志》卷385《成都府二》，四部丛刊续编本，北京：中华书局，1986年。

权争夺、党派斗争、个人恩怨等政治事件，以及各种政策条文等的直接影响，在政治的直接推动下入蜀。从宦游蜀地的这三类入蜀诗人群数量来看，因仕宦和贬谪而入蜀的诗人数量占据绝大多数，因奉使而入蜀的诗人数量则并不多；而从其分布的时期看，贬谪在初盛唐时期要多一些，中晚唐以后数量则逐渐减少，反之，仕宦则在中唐以后逐渐增多，成为士人普遍接受的一种常态，至于奉使则大多是个案现象，并无特殊规律可言。

先看贬谪。贬谪是中国古代社会特有的一种文化现象，按照尚永亮的解释："贬谪是对负罪官吏的一种惩罚。《说文》：'贬，损也'，'谪，罚也'。在古代社会，大凡政有乖枉、怀奸挟情、贪黩乱法、心怀不轨而又不够五刑之量刑标准者，皆在贬谪之列。"[1]这种说法只是从古代律法角度而言，但实际上贬谪往往与政治斗争密切相关，上述罪名也只是成功一方为打击排除异己而强加给失败一方的罪名。纵观有唐一代，大多是如此，如李德辉认为唐史上出现的八次贬谪高潮，第一次是册立武则天为皇后的永徽末显庆初，第二次是武氏临朝篡唐的十几年间，第三次是自神龙复辟到开元元年间，第四次是至德初对陷贼官的流贬，第五次是代德两朝杨炎、刘晏党争，第六次是永贞元和之计惩罚"二王八司马"，第七次是牛李党争，第八次是懿、僖之际韦宝衡、路岩、刘瞻为代表的党争[2]。其中除了第四次具有合理正当性外，其余七次皆为政治斗争引起，尤以党派纷争为明显，凡反对者不问是非曲直，皆以各种理由贬斥，只是轻重不同而已。所以，欲加之罪何患无辞，所谓的够不够五刑量刑标准其实并不重要，反而大多数情况下被贬谪者都不是因为有罪。具体来说，唐五代时期影响贬谪的社会政治因素主要有以下五个方面：朝代更迭、权奸擅政、朋党之争、宦者作祟、武人为祸[3]。而在具体的案例中，"朝代更迭"因素在初盛唐最为明显；而"权奸擅政""朋党之争""宦者作祟"这三种因素往往交织一起，盛唐以后始逐渐显现；"武人为祸"则是晚唐五代特有的现象。唐五代的贬谪地点，主要集中在南方，据尚永亮主撰《唐五代逐臣与

① 尚永亮：《元和五大诗人与贬谪文学考论》，北京：文津出版社，1993年，第1页。
② 李德辉：《唐代交通与文学》，长沙：湖南人民出版社，2003年，第291页。
③ 尚永亮：《唐五代逐臣与贬谪文学研究》，武汉：武汉大学出版社，2007年，第94—107页。

贬谪文学研究》的统计，贬谪人数最多的依次是：岭南道、江南西道、江南东道、山南东道、剑南道、山南西道、淮南道、黔中道。[①]不过根据本书对巴蜀的定义，除了主体剑南道外，山南西道的大部分，山南东道及黔中道的一部分也属巴蜀地区，如果这样计算的话，巴蜀地区总共有贬谪人数344人[②]，仅次于岭南道（436人）及江南西道（402人），可见巴蜀地区在唐五代时期也属偏远地区，是贬官首选地之一。一般来说，贬谪地点往往是远离政治中心，经济和文化落后之地，但从巴蜀的实际情况看却并非如此。先看唐五代不同时期巴蜀地区贬谪人数的统计情况：初唐98人，盛唐60人，中唐89人，晚唐75人，五代19人[③]，初盛唐总计158人，中晚唐共计164人，如果加上五代则有183人。从地理方位来讲，巴蜀偏处西南，远离京城长安，且交通不便，但在唐王朝政治版图上，巴蜀的地位却远非岭南等落后地区可比。纵观有唐近三百年历史，巴蜀地区一直在唐王朝政治版图中扮演着重要角色，只是地位稍有变化，由李唐兴起时的关键战略地区到初盛唐时逐渐变为"关中本位"政策的配角和附属，再到中晚唐时期成为日益重要甚至关乎唐王朝存亡的政治、经济、军事大后方。顾炎武在《天下郡国利病书》就言："唐都长安，每有寇盗，辄为山奔之举，恃有蜀也。所以再奔再北，而未至亡国，亦幸有蜀也。长安之地，天府四塞，辟如堂之有室；蜀以膏沃之土，处其阃阈，辟如室之有奥，风雨晦明，有所依而避焉。盖自秦汉以来，巴蜀为外府，而唐卒赖以不亡，斯其效矣。"[④]可见中唐以后唐王朝正是依靠巴蜀的政治、经济和军事的支持，才能在安史乱后苟延维持一百多年，巴蜀对唐王朝的重要性由此可见。然而不管是从全国范围看，还是从唐王朝的不同时段看，巴蜀都是首选贬谪之地，特别是在中晚唐，巴蜀攸关唐王朝存亡，政治地位如此突出，但其被贬人数却超过初盛唐，这明

---

① 尚永亮：《唐五代逐臣与贬谪文学研究》，武汉：武汉大学出版社，2007年，第50页。

② 巴蜀地区344人中，剑南道155人，山南西道除去凤州共133人，山南东道的忠州、夔州、万州共46人，黔中道的黔州10人。

③ 上述统计数字依然是根据本书对巴蜀定义范围作统计，统计方法如上。

④ 顾炎武：《天下郡国利病书·北直隶上·谷山笔尘》，《续修四库全书》第595册，上海：上海古籍出版社2005年，第498页。

显与其政治地位不相符①。其中原因，笔者以为一是巴蜀确实偏远，交通在唐五代虽有较大改善，但与其他地区相比还是显得不便。二是巴蜀地域广阔，且山重阻隔，政治、经济、文化发展极不平衡。成都平原一带自古以来就是巴蜀的政治、经济、文化中心，而其他区域则普遍比较落后，中唐以后政治地位的陡然上升也只惠及成都附近（包括梓州），而对于其他地区并没有带来实质性的影响。故其他地区依旧被视为理想的贬谪场所，如忠州，初盛唐只有3人，而中晚唐则有12人，其中包括陆贽、李吉甫、白居易等人；夔州，初盛唐只有3人，而中晚唐有20人，差距更明显，说明这些州县已经成了固定的贬谪之所。而梓州是最能说明问题的，初盛唐贬谪人数4人，而中晚唐有10人，作为当时的东川节度府所在地，其政治地位仅次于成都，仍不免被视为贬谪之地，其他州县则可想而知。所以巴蜀作为唐代主要贬谪之地的形象并没有因为其政治地位的上升而改变。

因贬谪而入蜀的唐五代诗人，按照本书的标准进行统计的话，共有20位诗人，分别是：杜淹、陈子良、郑世翼、元兢、杨炯、苏颋、卢僎、卢象、李邕、房琯、严武、乔琳、羊士谔、窦群、元稹、李逢吉、韦处厚、白居易、贾岛、萧遘，占入蜀诗人的10.3%，数量似乎不是很多。不过，这其中排除了诸多有诗名却无入蜀诗流传的诗人，如李百药、苏味道、崔融、李峤、颜真卿、刘晏、李吉甫、唐次等人，而张仲裁《唐五代入蜀文人考论》一文更统计出入蜀文人110人，因而数量并不少。贬谪地点则涉及巴蜀的二十余州县（有些诗人任职数州），包括成都（如苏颋出为益州长史），这表明巴蜀任何州郡都可以成为贬谪之地，也说明唐代统治者一直受到以中原为中心的传统意识影响。这些诗人被贬的政治原因，大致符合前文所说的几种情况。如杜淹、陈子良是因为卷入李建成与李世民的皇位争夺而被贬入蜀，杜淹，据《资治通鉴》卷一百九十一记载：武德七年（624），高祖"惟责以兄弟不睦，归罪于太子中

---

① 张仲裁：《唐五代文人入蜀考论》（四川大学2009年博士论文）一文认为："由于安史之乱后全国政治局势的变化，成都府的设置和剑南道地位的进一步提升，使巴蜀大地的地理形象也日渐发生变化，它物质丰足富饶，政局相对稳定，已经成为全国的重镇，不再是主要的贬谪目的地。"（第118页）从上述统计数据来看，这种说法值得商榷。

允王珪、左卫率韦挺、天策兵曹参军杜淹，并流于巂州"①。陈子良，原为太子李建成东宫学士，玄武门之变后被贬为果州相如县令。这是"朝代更迭"因素。元稹被贬一是因为宦官因素，早年得罪仇士良，另一方面也因言事激切，得罪当权者，在征讨淮西吴元济叛乱的前线被召回京城，旋即被贬通州。白居易则是因宰相武元衡遇刺，上书请急捕贼，为当政者所恶，先贬江州，后量移忠州。这其中就交织着"权奸擅政""朋党之争""宦者作祟"等政治因素。贬谪对于这些诗人来说不仅是一次仕途上的重大挫折，在精神上的打击更为沉重，这在他们的诗歌中可以反映出来，如杜淹《寄赠齐公》言："褚衣登蜀道，白首别秦川。泪随沟水逝，心逐晓旌悬。去去逾千里，悠悠隔九天。"抒写的是贬谪途中的悲苦情怀。元稹贬通州时诗寄白居易言："鹦心明黠雀幽蒙，何事相将尽入笼。君避海鲸惊浪里，我随巴蟒瘴烟中。千山塞路音书绝，两地知春历日同。一树梅花数升酒，醉寻江岸哭东风。"（《酬乐天春寄微之》）诗中元稹对于自己的无故被贬十分愤怒，虽然表达委婉，但其怨恨之情，自在言中。这些诗人从庙堂之上贬到偏远之地，从富贵尊崇到卑恭屈辱，这种不同的生活和情感体验也不一定就是坏事，文学史上许多优秀的文学家正是在贬谪中实现转变，取得文学上的更大成就，屈原、贾谊都是典型例子，唐代诗人这类现象就更为普遍，而元稹、白居易则是这些入蜀诗人中的代表，元和诗风的形成就与此密切相关。

贬谪入蜀是对文人的一种政治惩罚，而仕宦入蜀则是一种正常任职，但同样受到政治的影响，是在政治的驱动之下入蜀，不同的是仕宦入蜀遵循正常的政治规则，不针对具体个人，不具有惩罚性质，因而文人也乐于接受，甚至主动求任。根据张仲裁《唐五代入蜀文人考论》一文的统计，唐五代因仕宦而入蜀的文人有160人，占入蜀文人群体总数的21%，仅次于出镇入幕这一群体②。不过笔者以为这种划分标准是存在问题的，因为出镇一类文人群体是由朝廷任命，其性质也是属于仕宦，只是其地位显贵，多为朝廷重臣，超过一般州县官员。而入幕文人为府主私人延聘，不是正式的朝廷命官，与出镇文人群实质是

① 司马光：《资治通鉴》卷191，北京：中华书局，1956年，第5987—5988页。

② 张仲裁：《唐五代文人入蜀考论》，四川大学博士论文，2009年，第112—113页。

不同的。所以应把出镇一类文人群体归入到仕宦中来才能真实反映其情况，这样加上出镇文人53人，则唐代因仕宦入蜀的文人有213人，已经超过唐五代入蜀诗人总和，占到入蜀文人总数的27.9%，已是最多的入蜀文人群体。如果加上五代时期，则数量更多，这种情况也符合历代文人入蜀的基本规律，即仕宦是入蜀文人的主流。再看唐五代不同时段仕宦入蜀文人的统计情况，根据张仲裁十一时段的划分法，把出镇一类合并在内，各个时段人数如下：一时段，6人；二时段，12人；三时段，17人；四时段，17人；五时段，28人；六时段，27人；七时段，41人；八时段，28人；九时段，18人；十时段，4人；十一时段，0人。除开五代时期（十、十一时段），唐代各个时段仕宦入蜀文人数量呈现持续增长态势，而中晚唐则一直维持在较高水平，说明巴蜀在中晚唐政治版图中地位的抬升对于文人仕宦蜀地产生了一定吸引力，直接推动了义人入蜀。初盛唐时，统治者的关注焦点和重心主要集中于关中及西北边疆，正如陈寅恪先生所言："李唐承绪宇文泰'关中本位政策'，全国重心本在西北一隅，……故当唐代中国盛极之时，已不能不于东北方面采取维持现状之消极政略。而竭全国之武力财力积极进取，以开拓西方边境，统治中央亚细亚，藉保关陇之安全为国策也。"[1]服从这样一种大局的需要，巴蜀逐渐沦为关中本位政策的配角，长安物质供应的府库，陈子昂就言"伏以国家富有巴蜀，是天府之藏，自陇右及河西诸州，军国所资，邮驿所给，商旅莫不皆取于蜀。"[2]在这种政治导向下，文人仕宦蜀地的积极性自然不高。而在中晚唐，在中原地区内乱不断的情况下，蜀地却保持了相对安定，经济也有较大发展，更为重要的是统治者政策的转变，巴蜀地区得到空前的重视。为有效控制巴蜀，至德二载（757）剑南道分为东西两川，而西川地位尤为突出，曾平定蜀乱的高崇文就言"西川乃宰相回翔之地"[3]，唐王朝对西川的重视不言而喻。由此可以想象，当朝廷重臣都纷纷入蜀，出将入相之时，普通文人受此鼓舞，仕蜀热情高涨。

这些仕蜀文人中有入蜀诗留存的共有44人，占到唐五代入蜀诗人的

---

① 陈寅恪：《唐代政治史述论稿》，上海：上海古籍出版社，1997年，第130页。
② 陈子昂：《上蜀川军事》，《全唐文》卷211，北京：中华书局，1983年，第2134页。
③ 司马光：《资治通鉴》卷237，北京：中华书局，1956年，第7641页。

23.1%，超过贬谪入蜀诗人的两倍，说明因贬谪入蜀只是一些特殊个案现象，而正常仕宦才是一种持续的常态化现象，是构成入蜀诗人的主流。这一点与唐前是一致的。不过从贬谪入蜀诗人与仕宦入蜀诗人创作的诗歌看，前者热情更高，其中前者共有入蜀诗328首，而后者仅有218首，且多单篇流传。由于贬谪诗人遭受了政治上的沉重打击，与正常仕宦入蜀的诗人相比，不管是生活经历还是个人情感都更为丰富，更需要用文学尤其是诗歌来表达内心丰富的情感，加之贬谪之地往往荒远，闲暇时多，文学便成了一种生活方式，元稹、白居易无不如此。所以尽管人数少创作的诗歌数量却更多。反观正常仕宦入蜀之诗人，既没有特殊的情感经历激发他们的创作热情，也因为日常公务的繁忙消解了创作的欲望，如韦皋、段文昌、武元衡、李德裕等，在蜀时间皆不短，但入蜀诗却并不多，所以总体数量也少。

奉使往往是因为具体需要受朝廷派遣前往地方处理具体事情，其形式不固定，时间上一般比较短，出使者职位也可高可低，它直接受朝廷政策的影响，因而也与政治相关。唐五代受朝廷派遣出使蜀地的文人，据张仲裁一文的统计有38人，其中有入蜀诗留存的共有15位，分别是：卢照邻、骆宾王、张说、沈佺期、李崇嗣、胡皓、钱起、戴叔伦、田澄、元稹、王良会、武少仪、段义宗、韦庄、王锴。其中元稹是在元和四年（809）三月充剑南东川详覆使奉使入蜀，六月返回长安，这是他首次入蜀，时间虽短，但途中赋诗不少。与后来贬谪入蜀相比，元稹可谓意气风发，白居易《赠樊著作》一诗言："元稹为御史，以直立其身。其心如肺石，动必达穷民。东川八十家，冤愤一言伸。"所以同样受政治影响入蜀，但性质不一样，体现出的精神状态也就判若云泥。先后两次奉使入蜀的是张说，第一次在天授二年（691），第二次在长寿三年（694），奉使原因史料乏载，但都有入蜀诗留存，而他在蜀中与名士郭元振的交游也是一段佳话。另外，值得注意的是段义宗，他是众多入蜀诗人中唯一一位少数民族诗人以及由南入蜀的诗人，为南诏奉使前蜀，后削发为僧，工于诗，反映了唐文化的巨大影响力。总的来说，奉使入蜀诗人数量不多，且他们身份特殊，往往是人生春风得意之时，故在情感经历与蜀地风土民情的感受上没有其他宦游诗人那样深刻，但他们同样对传播巴蜀文化和加强巴蜀与中原的联系具有积极意义。

文人宦游入蜀不管是唐前还是之后皆为普遍之现象，但因避乱而入蜀则恐怕是在唐五代始出现。唐五代文人大规模的入蜀避乱出现了两次，一次是由安史之乱引起，一次是由黄巢农民起义引起，中原地区的这两次大战乱直接导致帝王的仓皇逃奔入蜀，随之而来的则是大量官吏，以及陆续而来的大批文人，继之以普通民众的移民入蜀浪潮。先看安史之乱引发的文人入蜀高潮。陈正祥在《中国文化地理》一书中言："第二个使汉文化向东南推进的大波澜是'安史之乱'，大唐帝国从此衰微。黄河中下游广大地区经过浩劫，残破不堪；继之以藩镇割据，政局动荡，于是居民离散，大量向南迁移；南方的州郡，人口显著增加。此后在经济发展上，南方已超越北方；北方依赖南方的接济，愈来愈殷切。"[①]巴蜀地区正是由这场战乱引发的文化南移的受益者，不仅在经济上全面赶超关陇地区，在文学上也开始奋起直追，而带来这种变化的正是因安史之乱而入蜀避乱的大批文人。然而文化的南移既具有历史的必然性，也具有一定的偶然性，假若没有唐玄宗的避乱入蜀及其影响下的文人入蜀，如杜甫、高适等人，则巴蜀文学在中晚唐肯定会失色很多。据史书记载唐玄宗最初计划幸蜀实际上是为杨国忠所鼓惑，《资治通鉴》言："杨国忠自以身领剑南，闻安禄山反，即令副使崔圆阴具储偫，以备有急投之，至是首唱幸蜀之策。上然之。"[②]然而行至马嵬，六军哗变，众人以剑南地区为杨国忠经营日久之地，恐生变故，反对幸蜀，唯高力士奏言："太原虽近，地与贼连，先属禄山，人心难测；朔方近塞，全是蕃戎，教之甚难，不达人意；西凉地远，沙塞萧条，大驾巡幸，人马不少，既无备拟，立见凄惶；剑南虽小，土富人强，表里山河，内外险固。以臣所见，幸蜀为宜。"[③]遂坚定玄宗入蜀意志。天宝十五载（756）七月唐玄宗至成都，扈从入蜀的文武官吏及军士一千三百人，姓名见于史书者有韦见素、贾至、高力士、裴士淹、李麟、李揆、萧昕、颜允南、李撰、徐浩等人，以及梨园弟子张野狐、画家卢楞伽等，这些人文学水平参差不齐，但对巴蜀文化的传播发展贡献不少，如张野狐对词曲《雨霖

① 陈正祥：《中国文化地理》，上海：三联书店，1983年，第4页。
② 司马光：《资治通鉴》卷218，北京：中华书局，1956年，第6970页。
③ 姚汝能：《安禄山事迹》，《唐宋史料笔记丛刊本》，北京：中华书局，2006年，第105页。

铃》的传播，卢楞伽对蜀地绘画艺术的提升，据《益州名画录》记载："明皇帝驻跸之日，自汴入蜀，嘉名高誉，播诸蜀川，当代名流，咸伏其妙。"① 由于情况紧急，唐玄宗奔离长安时只带有少数亲信，而抛弃了大部分的官员，但仍有一些官员在发觉被抛弃后依然紧随而来，据颜真卿《正议大夫行国子司业上柱国金乡县开国男颜府君神道碑铭》言："（天宝）十五年，长安陷，舆驾幸蜀，朝官多出骆谷至兴道。房琯、李煜、高适等数十人尽在。"②《旧唐书》亦言高适"会禄山之乱，征翰讨贼，拜适左拾遗，转监察御史，仍佐翰守潼关。及翰兵败，适自骆谷西驰，奔赴行在，及河池郡，谒见玄宗，因陈潼关败亡之势"③，可见追随而来的官员人数不少。玄宗抵成都之后也仍陆续有官员因事而来，如第五琦奉北海太守贺兰进明之命入蜀奏事④，肃宗派使者诏告即位之事等。除了这些文武官员，普通民众为了躲避战乱入蜀者更是络绎不绝，高适在上肃宗奏疏中曾言及当时情况："比日关中米贵，而衣冠士庶，颇亦出城，山南剑南，道路相望，村坊市肆，与蜀人杂居。其升合斗储，皆求于蜀人矣。"⑤伟大诗人杜甫就是其中一员，安史乱起而不得不四处流寓，最终跟随逃亡民众历经艰难险阻举家迁居于蜀，其诗言"二十一家同入蜀"（杜甫《三绝句》），正与高适上疏所言情形一致，可见避乱入蜀人群之多。另一著名诗人韦应物大约也是在安史乱起后先避居梁州，后也曾沿嘉陵江入蜀，只是具体事迹不可考⑥。可见一般文人在安史乱军攻破长安后，在茫然四顾中只有跟随玄宗奔逃入蜀。与官吏随时听候朝廷的诏命不同，一般文人可以静待关中乱平而出蜀，所以一旦入蜀则一般流寓时间较长，如杜甫就长达十年。有些甚至扎根巴蜀，如唐末蜀中画家杜齯龟，"其先本秦人，避禄山之乱，遂据蜀

---

① 黄休复：《益州名画录》卷上，成都：四川人民出版社，1982年，第23页。
② 董诰：《全唐文》卷341，北京：中华书局，1983年，第3460页。
③ 刘昫：《旧唐书》卷111《高适传》，北京：中华书局，1975年，第3328页。
④ 刘昫：《旧唐书》卷123《第五琦传》，北京：中华书局，1975年，第3517页。
⑤ 高适：《请罢东川节度使疏》，《全唐文》卷357，北京：中华书局，1983年，第3627—3628页。
⑥ 孙望：《韦应物诗集系年校笺》（北京：中华书局，2002年，第660页）言天宝十五载"六月，京师陷，避乱居武功等地。……卷一《淮上喜逢梁川故人》，其居汉水滨之梁州，当亦在至德中避难时。"则《听嘉陵江水寄深上人》一诗说明其沿嘉陵江入蜀在此时。

焉"①。他们对巴蜀文化与文学的发展也最为明显。根据张仲裁的统计，因安史之乱入蜀避乱的文人有20人，但包括上述伶工、画家等在内没有作统计，实际上有史料记载的会更多。不过，这些数据都不重要，因为这其中有多位唐代的优秀诗人都是因此而入蜀，如杜甫、高适、韦应物，特别是诗圣杜甫，不但其入蜀诗创作最多，而且质量极高，奠定其在唐诗乃至中国古代诗歌史上地位的诗篇大都产生于蜀中，历史的偶然事件成就了他的诗歌创作，所谓"国家不幸诗家幸"（赵翼《题遗山诗》）正是如此。

唐末黄巢领导的农民起义在攻破潼关后，历史又一次重演，唐僖宗在宦官田令孜挟持之下，狼狈出逃，先至兴元，再奔至成都。玄宗之时，由于部分官员反对入蜀，加之有不少人追随新帝肃宗而去，故入蜀的士人并不很多，主要以内宫官员为主。而僖宗之时，黄巢在长安"尤憎官吏，得者皆杀之"②。群臣只能随僖宗奔蜀，中和二年（882）二月，"群臣追从车驾者稍集成都，南北司朝者近二百人"③。可见当时入蜀避难的官吏很多，著名者如王铎、萧遘、张濬、孔纬、卢渥、韦昭度、张祎、孙樵、牛峤、崔凝、孟照图诸人，其中文士也不少，如孙樵，为韩愈门人，"幼而工文，得之真诀。提笔入贡士列，于时以文学见称"。僖宗赞其有"扬、马之文"④。牛峤是后来的花间词派的重要词人。这些都是在朝著名士人，然寂寂无闻者也不少，如王贲，唐相王方庆之后，世居京兆渭南，"广明中从僖宗入蜀，遂为成都人"⑤。又彭敬先，"尝以左拾遗随僖宗入蜀，家于普州"⑥。这些士人入蜀后遂定居下来，成为当地望族，又由于他们注重经术文章，世代相传，故推动了蜀地文章学术的发展，为宋代蜀学的兴盛奠定了基础。除了这些士人，纯粹以文士身份入蜀的也有，如郑谷，赵昌平先生认为："广明元年（880）十二月甲寅黄巢攻破长安，

---

① 黄休复：《益州名画录》卷中，清《函海》本。

② 司马光：《资治通鉴》卷254，北京：中华书局，1956年，第8240页。

③ 司马光：《资治通鉴》卷254，北京：中华书局，1956年，第8248页。

④ 孙樵：《自序》，《全唐文》卷794，北京：中华书局，1983年，第8326页。

⑤ 脱脱：《宋史》卷296《王著传》，北京：中华书局，1977年，第9872页。

⑥ 周复俊：《全蜀艺文志》卷55《新繁彭氏》，《文渊阁四库全书》第1381册，台北：台湾商务印书馆，1983年，第757页。

谷初奔巴蜀，首尾六年。"①据张仲裁一文的统计此时期有入蜀文人39人，约为安史之乱时期的两倍，不过，这时期避乱入蜀的文人在文学上成就并不是很突出，尤其是没有特别优秀的诗人，因而无论从诗歌数量、质量，以及对巴蜀文学的影响上都无法相提并论。

统计以上各类受政治影响入蜀的诗人群，共有98人，在整个入蜀诗人中占到50.5%，超过一半，如果加上受其间接影响的入幕与应举等诗人群则数量更多。因此，说政治是推动诗人入蜀的最大动力或根本因素是基本符合事实的。

第三节
文化吸引：游历与观景

因为政治具有强制力，故而受政治影响而入蜀的诗人大多是在被动状态下入蜀，而在巴蜀文化吸引下入蜀的诗人，则大多是在自愿状态为游历巴蜀的山川风物，体验其独特的风土民情、人文景观而自觉入蜀。盛唐诗人陶翰在《送孟大入蜀序》云："翰读古人文，见《长杨》《羽猎》《子虚》赋，壮哉！至广汉城西三千里，清江夤缘，两山如剑，中有微径，西入岷峨，口有奇幽，皆感子之兴矣。"②巴蜀地区浓厚的文化氛围，壮美奇幽的山川对于文人具有强烈的吸引力，而这正是推动唐五代诗人入蜀的另一个重要动力。

巴蜀文化是中华文明的一部分，但与中华文明的主流中原文化相比，却自有其自身的特点。先秦时期，巴蜀与中原地区交流较少，故而中原人民对于巴蜀文化充满神秘之感。在先秦史传类典籍中记载有巴蜀的文献并不多，如《尚书》《左传》等都只有一两条，也只是偶然提及。反而在《山海经》中涉及巴蜀的地理方位、神话故事很多，以至于蒙文通先生认为"《山海经》就可

---

① 傅璇琮主编：《唐才子传校笺》卷9，北京：中华书局，1987年，第160页。

② 董诰：《全唐文》卷334，北京：中华书局，1983年，第3381页。

能是巴、蜀地域所流传的代表巴蜀文化的典籍"①。是否如此学界尚有争议，但它对先秦时期人们了解和认识巴蜀文化肯定会产生重要影响。而这些神话故事又在后世代代流传，成为留在人们心目中有关巴蜀和巴蜀文化的最初印象，也留下巴蜀文化惝恍迷离的神秘感。秦汉时期，天下一统，巴蜀与中原的交流频繁，巴蜀作为"异域殊方"的神秘感不复再有，但在中原文化的影响之下，巴蜀文化的自我改造和创新的能力极强。当中原文士还在嘲笑巴蜀"好文刺讥，贵慕权势"之时，却在这样一种文化环境中产生了像司马相如、王褒、扬雄这样的辞赋大家，以及淡泊名利、自得其乐的道家思想者严君平，其异军突起之势，让世人为之惊叹不已。中原文士在刮目相看之时，也不能不对巴蜀这片神奇土地产生欣羡之情。不过，两汉时期文学毕竟还是附庸于经学，巴蜀产生的这些辞赋大家对于上人的影响还是有限的。但到了魏晋南北朝时期，文学自觉时代的到来，对于文学自身审美功能的认识，"诗赋欲丽"观点的流行，游记文学的兴起，文士对于巴蜀和巴蜀文学开始表现出浓厚的兴趣。一方面他们对于司马相如、王褒、扬雄这些巴蜀文学家留下了极其深刻的印象，让他们敬羡不已，并由此引发他们对巴蜀的向往之情。另一方面，巴蜀富足丰饶的生活，奇丽隽秀的山水，以及充满神秘感的文化，也让这些文人产生无限的遐想。虽然他们因客观条件所限一生未踏足蜀地，但他们的诗文却毫不吝惜地表达出这种向往之情。司马相如、王褒、扬雄、严君平被魏晋南北朝文人称为"蜀四贤"，形之歌咏的有左思《蜀都赋》、鲍照《蜀四贤咏》、常景《赞四君诗》等。对四贤的赞美也引发文人对蜀地的向往，鲍照《拟古诗》八首之一云："蜀汉多奇山，仰望与云平。阴崖积夏雪，阳谷散秋荣。朝朝见云归，夜夜闻猿鸣。"②虽是想象之辞，结合其对蜀四贤的歌赞，不能不说其对于蜀地是有向往之情的。而对于蜀地表现最为深情的是王羲之，其在与益州刺史周抚的通信中，举凡蜀地人物、风俗、物产、景观，无一不充满新奇和向往之感。如《游目帖》云："省足下别疏，具彼土山川诸奇，扬雄《蜀都》，左

① 蒙文通：《略论〈山海经〉的写作时代及其产生地域》，《蒙文通文集》第1卷，成都：巴蜀书社，1987年，第65页。

② 钱仲联：《鲍参军集注》，上海：上海古籍出版社，1980年，第346页。

太冲《三都》，殊为不备。悉彼故为多奇，益令其游目意足也。可得果，当告卿求迎。少人足耳。至时示意。迟此期，真以日为岁。想足下镇彼土，未有动理耳。要欲及卿在彼，登汶领、峨眉而旋，实不朽之盛事。但言此，心以驰于彼矣。"①一般文人大多是从扬雄《蜀都赋》、左思《三都赋》去了解认识巴蜀，已经令人向往，而周抚信中言及之巴蜀山川诸奇，则为二文"殊为不备"，如果有机会登临游历，王羲之以为这实在是不朽盛事，想到此，其"心以驰于彼矣"。王羲之的时代，文人偏安于东南，自足于山水之乐中，据《晋书》记载，王羲之"雅好服食养性，不乐在京师，初渡浙江，便有终焉之志。会稽有佳山水，名士多居之，谢安未仕时亦居焉。孙绰、李充、许询、支遁等皆以文义冠世，并筑室东土，与羲之同好"②。王羲之对于自然山水的兴趣，以及在这样一种普遍的风尚之下，可以想见其游蜀愿望之强烈。以此类推，其他文人亦恐有相似的心理。其他书信，或欲询问成都之旧迹情况，或欲知道旧盐井、火井之在否，或欲了解严君平、司马相如、扬雄之后代有否，等等，虽"为欲广异闻"，但其"远想慨然"之情亦跃然纸上。王羲之对蜀中山水风物的关注和向往是有其代表性的，因为随着东晋以来文人对自然山水热情的高涨，他们肯定不会只满足于吴越一带，凡有奇山俊水处皆欲登临游览，而蜀中不但山水隽秀，更有着独特的文化，悠久的人文传统，又是四贤的故乡，怎能不令文人着迷向往。但魏晋南北朝动荡的政治形势，蜀中不断的割据战争，加之"蜀道难"的客观条件，往往让这些文人却步，故真正入蜀的文人极少，大多只能在诗文中遐想。只有到了唐代，在主客观条件都相对完备的情况，文人游历观景于蜀才成了一种比较常见的现象。

如前所论，唐代大一统的政治形势，入蜀交通条件的改善为文人游蜀提供了前提条件，同时，唐代文人开放的胸襟，浪漫自由的天性，放荡不羁的个性，也形成了他们乐观进取、追求理想的精神风貌。在这样一种生活态度之下，他们把东晋以来逐渐盛行的游历山水的生活方式推向极致，漫游天下，

---

① 王羲之：《游目帖》，见严可均《全上古三代秦汉三国六朝文·全晋文》卷22，北京：中华书局，1987年，第1583页。

② 房玄龄：《晋书》卷80《王羲之传》，北京：中华书局，1974年，第2098—2099页。

遍访名山大川，探寻山水之趣，成为他们比较普遍的一种生活方式。正如袁行霈主编《中国文学史》第二卷所言："东晋之后，山水游赏常常反映到诗文中来。但从山水游赏扩大到漫游，并且成为一种时尚，则是到唐代才开始的。唐代士人，在入仕之前，多有漫游的经历。"①入仕以前漫游天下可以开阔眼界，欣赏自然山水之美，陶冶情趣，同时借机结交友朋，干谒投赠，为应举出仕打下基础；入仕以后，仕途不顺之时，同样有文人选择四处漫游，在游赏山水之中消遣烦闷，等待东山再起，如王勃总章二年（669）被斥出沛王府后，遂离开长安，"观景物于蜀"。漫游的目标，一是名山大川，一是通都大邑。对于名山大川的选择，南北朝时期主要集中在浙西剡中一带，谢灵运等人的山水诗就产生在这里，唐以后文人的目光则不再局限于此，凡有嘉山胜水，必有他们的足迹，终南山周边、苏南、匡庐、洞庭等地，往往是文人流连忘返之所。而蜀中山水的名气及对当时文人的吸引虽还不能与上述名胜相媲美，但其影响却在逐步扩大，甚至有后发制人之势，至宋时已是超越其他地区山水，故才会有邵博"天下山水之观在蜀"②之言。实际上在南北朝时期，文人对蜀中山水的了解多停留在文学描写中，不管是左思的《蜀都赋》，还是像《蜀道难》《蜀国弦》《巫山高》等乐府诗，对蜀中山水的描绘更多的是间接了解的想象之辞，真正踏足蜀地的文人却极少。但唐代文人选择蜀中山水作为漫游目标的却不少，王勃是第一人，其对蜀中山水的评价也极高，"丹壑争流，青峰杂起。陵涛鼓怒以伏注，天壁嵯峨而横立，亦宇宙之绝观也"③。以其在唐五代文坛的地位，想必对唐五代文人有极大的影响，如唐五代诗歌中的一些送人入蜀诗就以王勃之行相勉励，徐凝《送马向入蜀》诗言："游子出咸京，巴山万里程。白云连鸟道，青壁遭猿声。雨雪经泥坂，烟花望锦城。工文人共许，应纪蜀中行。"期望其在游蜀中像王勃一样诗兴大发。特别是一些落第举子，怀着和王勃同样的失意心情游蜀，或许期望在蜀中山水中释忧排闷，如李频《送于生入蜀》云："家吴闻入蜀，道路颇乖离。一第何多难，都城可少知。江山

① 袁行霈主编：《中国文学史》第2卷，北京：高等教育出版社，2005年第2版，第170页。
② 邵博：《清音亭记》，《全宋文》第184册，上海：上海辞书出版社，2006年，第410页。
③ 王勃：《入蜀纪行诗序》，《全唐文》卷180，北京：中华书局，1983年，第1833页。

非久适，命数未终奇。况又将冤抱，经春杜魄随。"可见于生游蜀的主要目的
就是观景销忧。正是由于王勃大张旗鼓对自己游蜀观景的宣扬，才逐渐兴起了
唐代文人的游蜀之风，从这个意义上讲，王勃可以说是开创了唐代文人漫游蜀
地的先河。作为盛唐山水诗的代表，王维、孟浩然也曾漫游巴蜀山水。王维漫
游蜀中的确切时间已不可考，其路径则是从大散关走故道，再经褒斜道（唐宋
褒斜道）、金牛道入蜀[1]，陈铁民先生《王维集校注》认为《自大散关以往深
林密竹磴道盘曲四五十里至黄牛岭见黄花川》《青溪》《纳凉》《戏题磐石》
等诗皆作于蜀道途中[2]。然后沿江从三峡出蜀，其游历之地有果州、梓州、夔
州等地[3]，而描写蜀中山水的则仅有《晓行巴峡》《燕子龛禅师》二首。这
两首诗写蜀中山水都非常具体生动，前一首，明人徐中行言："其言尽入妙
境，可思而不可解。然只个中非有难晓。"[4]被《增订评注唐诗正声》认为是
"真好巴峡诗"[5]。后一首，曹学佺《蜀中广记》卷二十三题作"赠燕子龛禅
师"[6]，虽写人，但几乎是写景。燕子龛，即下岩，在夔州（即云阳县）西百
里，为当地名胜，宋代文人墨客至此游览者甚多，如黄庭坚、郭信可、喻汝
砺、李焘等，相关题诗，仅曹学佺《蜀中名胜记》所引就达十八首，以王维此
诗领衔，可见王维对于此名胜的开发起了重要作用。此次游蜀不但对王维的诗
歌创作，对其绘画亦有很大影响，出蜀后王维根据这次经历，画有《栈阁图》
和《蜀道图》11幅，说明游蜀之行给王维留下了深刻印象。孟浩然游蜀在开元
二十三年（735）冬[7]，陶翰有文相送。作为一介平民，孟浩然游蜀纯粹是为

[1]　谭优学《唐诗人行年考续编》（巴蜀书社1987年版）认为《自大散关以往，深林密竹，磴道盘曲
四五十里至黄牛岭，见黄花川》是其入蜀行程开始的纪行之作（第71页）。

[2]　陈铁民：《王维集校注》，北京：中华书局，1997年，第575页。

[3]　谭优学《唐诗人行年考续编》（巴蜀书社1987年版）认为他的送人入蜀诗《送杨长史赴果州》《送
梓州李使君》"准确地抓住了川北一带的山水特征，富有浓厚的地方色彩"（第73页），说明王维入蜀
时途经上述地区，从行程上考察这种说法也是合理的。

[4]　周珽编纂、评笺：《唐诗选脉会通评林》，见陈伯海主编《唐诗汇评》引，杭州：浙江教育出版
社，1995年，第325页。

[5]　周珽编纂、评笺：《唐诗选脉会通评林》，见陈伯海主编《唐诗汇评》引，杭州：浙江教育出版
社，1995年，第325页。

[6]　曹学佺：《蜀中广记》卷23，《四库全书珍本初集》第9册，上海：商务印书馆，1935年，第26页。

[7]　刘文刚：《孟浩然年谱》，北京：人民文学出版社，1995年，第80页。

开阔视野欣赏蜀中山水而来，并希望从蜀中山水中获得诗兴。其入蜀行程，据陶翰序文知其早已计划妥当，从长安出发，翻越秦岭入蜀，经广汉至成都，再顺岷江而下至峨眉山，过三峡出蜀，返回其家乡襄阳。其所经过之地点，皆为蜀中最具代表性之山水景观之所在，剑门、青城、峨眉、夔门，后人所谓"剑门天下雄，夔门天下险，青城天下幽，峨眉天下秀"，孟浩然皆一览而过，足见孟浩然对蜀中名胜之熟悉，这条路线后来也成为唐五代文人出入蜀的主要路线。孟浩然这次漫游蜀地留下了五首诗歌，分别是《岁除夜有怀》《途次望乡》《途中遇晴》《宿武阳即事》《入峡寄弟》，虽然没有纯粹的写景诗，但往往是即景而发，情景交融，如陶翰所言皆是"感子之兴矣"。作为盛唐山水诗的代表诗人，王维、孟浩然漫游蜀中山水的经历及留下的诗歌，对于提升蜀中山水的名气，吸引更多文人入蜀游历都具有促进作用。查《全唐诗》中送人游蜀诗，初盛唐只有4首，而中晚唐及五代则有40首，虽然影响这些文人游蜀的原因多种多样，但直接或间接受到王勃、王维、孟浩然的影响也是有的。

对于通都大邑的选择，主要有长安、洛阳、扬州、金陵等地，但中晚唐时期随着成都的崛起，漫游成都也是不少文人的选择。成都是天府之国的中心，自古繁华，左思《蜀都赋》就云："金城石郭，兼匝中区，既丽且崇，实号成都。""市廛所会，万商之渊。列隧百重，罗肆巨千。"①李唐统一巴蜀后，成都就几乎没有受到战乱的破坏，成为名副其实的西南大都会。安史之乱时，京洛遭遇兵燹，繁华殆尽，而成都却是"喧然名都会，吹箫间笙簧"（杜甫《成都府》），歌舞升平，一片繁华景象。中晚唐时期，成都的繁华更是能与扬州相媲美，"扬一益二"之说反映了这种盛况，甚至在文人卢求眼中，成都还超过扬州，"大凡今之推名镇为天下第一者，曰扬、益。以扬为首，盖声势也。人物繁盛，悉皆土著，江山之秀，罗锦之丽，管弦歌舞之多，伎巧百工之富。其人勇且让，其地腴以善，熟较其要妙，扬不足以侔其半"②。中晚唐成都管弦歌舞之盛，与玄宗入蜀有关。当时跟随玄宗入蜀的大量宫廷画家、乐工、伶人、工匠等，他们中的一部分后来留在了成都，对于当地绘画、音

---

① 萧统著，李善等注：《六臣注文选》卷4，北京：中华书局，1987年，第95页。
② 卢求：《成都记序》，《全唐文》卷744，北京：中华书局，1983年，第7702页。

乐、舞蹈、伎艺等水平的提升起了重要作用。如绘画，宋人云："举天下之言唐画者，莫如成都之多。"① 伎艺，任半塘先生言"蜀戏冠天下"②，音乐则是"锦城丝管日纷纷，半入江风半入云。此曲只应天上有，人间能得几回闻"（杜甫《赠花卿》）。成都世俗享乐文化自古就盛行，正是适合歌舞伎艺发展的土壤，两者一拍即合，所以出现了卢求所说之现状。成都都市的繁华，娱乐的盛行，对于文人来说也是一种吸引。所以漫游成都，在歌吹宴饮中感受巴蜀文化，顺道还可体验入蜀过程中的雄奇壮丽山水，见识一代文赋大家的故乡，了却自王羲之以来无数文人心中的夙愿，他们又何乐而不为呢？正如诗人雍陶漫游成都后作诗言："剑峰重叠雪云漫，忆昨来时处处难。大散岭头春足雨，褒斜谷里夏犹寒。蜀门去国三千里，巴路登山八十盘。自到成都烧酒熟，不思身更入长安。"（《到蜀后记途中经历》）尽管入蜀历经艰难险阻，但到成都后才真正体会到不虚此行，甚至有到了成都就不想离开的想法。正因为如此，所以张乔戏言许棠"行歌风月好，莫老锦城间"（《送许棠下第游蜀》）。可以说成都也就是文人入蜀的终点，在漫游成都后出蜀，这是大部分入蜀文人的行程安排。

除了山水和都市，发达的宗教文化也是吸引唐五代文人游蜀的一个重要原因。宗教文化往往与名山大川相伴而随，嘉山胜景之处有往往有寺庙道观，巴山蜀水，雄奇秀美，正是宗教文化产生和传播的理想环境。先看唐五代时期巴蜀地区的道教文化。巴蜀是道教的发源地之一，唐代巴蜀道教在统治者的支持下得到了前所未有的发展，一是宫观数量众多，遍布巴蜀大部分州郡，说明传播之普遍。据现有文献统计，唐代巴蜀地区共有宫观95座，遍及蜀州、益州等29州，其规模大大超过魏晋南北朝时期。而蜀州青城山则是道教福地，仅宫观数量就达十余座，是当时名副其实的全国道教活动中心，唐玄宗、唐僖宗入蜀时都曾在青城山建斋设醮。二是蜀中高道辈出，受到帝王召见和赏赐的得道高士就有17人，其著名者如刘知古、程太虚、王玄览、杨通幽、罗公远、谢自然、李荣、杜光庭等。三是对道教义理的阐发与传播。蜀中自古就有注道

---

① 李之纯：《大圣慈寺画记》，《全宋文》卷2388，上海：上海辞书出版社，2006年，第210页。
② 任半塘：《唐戏弄》第1章《总说》，上海：上海古籍出版社，1984年，第181页。

经的传统，西汉时期严君平著《老子指归》，被视为"道书之宗"[①]，张道陵也著有《老子想尔注》，宣扬五斗米道。南北朝时期，"巴俗事道，尤重老子之术"[②]。唐五代时期这种传统得以延续，不但注疏多样，在哲学思辨上也更为精深。据杜光庭《道德真经广圣义序》记载巴蜀注《道德经》者有六家，分别是：汉州王玄览、绵州李荣、成都黎元兴、通义郡任太玄、蜀州张君相、汉州刺史王真[③]，如果加上杜光庭本人，就有七家。成就最大的是李荣，其哲学思辨的精深在重玄学派中影响很大。四是神仙隐士聚集于巴蜀，如成都"乃神仙所聚之处"[④]，青城山"乃神仙都会之府"[⑤]，阆州"多仙圣游集焉"[⑥]，蓬州"多神仙隐士"[⑦]，等等，关于此类记载甚多。从以上四点可见巴蜀道教的兴盛[⑧]。

再看唐五代时期巴蜀地区的佛教文化。唐五代巴蜀地区的佛教可谓繁盛，具体来说表现为以下几方面。一是籍贯或驻锡巴蜀的高僧众多，可考者70余人，著名者如智诜（汝南人）、马祖道一（什邡人）、靖迈（梓潼人）、神清（绵州人）、智玄（眉州人）、宗密（西充人）、神会（西域人）、无相（新罗人）等人，皆是当时佛教界颇有影响之高僧。二是佛寺遍及巴蜀各地，据段玉明先生《西南寺庙文化》统计，隋唐时巴蜀各地佛寺多达117座，几乎各州皆有，其中成都11座，为数最多，其他遂宁7座，射洪6座，峨眉5座，其余在4至1座间[⑨]。名气较著者，如成都文殊院、大慈寺、昭觉寺，青城灵岩寺，双流应天寺，新都宝光寺，遂宁广德寺，乐山凌云寺，重庆缙云寺等。三是佛教石刻

---

① 常璩：《华阳国志》卷3，刘琳校注，成都：巴蜀书社，1984年，第702页。

② 李延寿：《北史》卷66《泉企传》，北京：中华书局，1974年，第2331页。

③ 杜光庭：《道德真经广圣义序》，《道藏》第14册，上海：上海书店出版社，1988年，第309—310页。

④ 李昉：《太平广记》卷85《击竹子》，北京：中华书局，1981年，第550—551页。

⑤ 王象之：《舆地纪胜》卷151《成都府路·永康军》，扬州：江苏广陵古籍刊印社，1991年，第1072页。

⑥ 王象之：《舆地纪胜》卷185《利东路·阆州》，扬州：江苏广陵古籍刊印社，1991年，第1257页。

⑦ 王象之：《舆地纪胜》卷188《利州路·蓬州》，扬州：江苏广陵古籍刊印社，1991年，第1281页。

⑧ 关于唐代巴蜀地区的道教发展情况，可参看蓝勇《西南文化历史地理》第6章（西南师范大学出版社，1997年），及屈丙之《汉唐巴蜀道教文化地理学考察》（陕西师范大学2010年硕士论文）。

⑨ 段玉明：《西南寺庙文化》，昆明：云南教育出版社，1992年，第48页。

特别是摩崖造像的盛行，正如李良《四川石窟、摩崖造像综述》一文所言四川"石窟、摩崖造像数目之大，内涵之丰富，为全国盛唐以后各省石窟、造像之冠"①，至今犹存者，如广元千佛崖，邛崃千佛龛，夹江千佛崖，巴中南龛，大足北山、宝顶山等地。韦皋《嘉州凌云寺大弥勒佛石像记》就是一篇记述沙门海通造像过程之文。②四是佛教各派并行发展不悖，禅宗、净土宗、密宗都比较盛行。禅宗虽然在当时影响很大，但密宗也仍有不小的影响，虽然它在中原已经式微，但巴蜀地区仍很盛行，柳本尊所传就是密宗，大足石刻造像也是以密宗为主③。

总之，在唐五代时期巴蜀释、道两教都很鼎盛，这种浓厚的宗教文化氛围肯定是吸引文人入蜀的一个重要原因。如王勃，孙昌武先生就说"他出身于太原王氏，是北朝与信佛著名的氏族。但他本人的信仰，与入蜀有直接的关系。他自陈是'我辞秦、陇，来游巴蜀，胜地归心，名都憩足'。杨炯称赞他'西南洪笔，咸出其辞，每有一文，海内惊瞻'，这其中释教碑是重要部分。"④"胜地归心"，说明王勃对巴蜀的山水与佛教早已是虔诚久之。又中唐诗人李嘉祐，其漫游蜀中时多造访佛寺，如《五言登郡北佛龛》，诗言："石壁江城后，篮舆晚蹔登。古龛千塔佛，秋树一山僧。"⑤所登为利州（今广元）千佛崖。又《七言谒倍城县南香积寺老师》⑥，香积寺，据《方舆胜览·潼川府》言："在涪城县，有官阁。"⑦则"倍城"当为"涪城"之误，知所访为涪城香积寺。其实对于大多数入蜀诗人来说，蜀中的佛寺都是他们经常造访的地方，而巴蜀佛教与文学的关系，孙昌武先生已有所论述，此不复述。另外，唐五代文人在入仕前，或隐居山林，或寄宿寺庙、道观以读书。巴蜀本土诗人李白、陈子昂都是如此，入蜀文人，如段文昌，年轻时随父段成

① 李良：《四川石窟、摩崖造像综述》，《四川文物》2001年第4期。
② 曹学佺：《蜀中广记》卷85《高僧记第五》，《四库全书珍本初集》第34册，上海：商务印书馆，1935年，第13—16页，题作"大佛记"。
③ 蓝勇：《西南文化历史地理》，重庆：西南师范大学出版社，1997年，第200页。
④ 孙昌武：《唐代巴蜀佛教与文学》，《社会科学研究》1993年第5期。
⑤ 陈尚君：《全唐诗续拾遗》卷16，《全唐诗补编》，北京：中华书局，1992年，第894页。
⑥ 陈尚君：《全唐诗续拾遗》卷16，《全唐诗补编》，北京：中华书局，1992年，第895页。
⑦ 祝穆：《宋本方舆胜览》卷62《潼川府》，上海：上海古籍出版社，1991年，第535页。

式入蜀，在龙华山寺读书，曹学佺《蜀中广记·名胜记》引《唐诗纪事》云："段文昌字墨卿，别业在广都县之南龙华山。尝杜门力学于此，俗谓之段公读书堂。"[①]而对于喜欢漫游名山大川的文人来说，除了山水游赏，寻仙访道、晤僧论禅大概也是一项重要内容，如薛能就曾游昌利观（在今成都金堂县）访道，作《过昌利观有怀》诗，又游峨眉山佛寺，有《咏峨眉圣灯》诗。齐己虽不曾入蜀，但却有过强烈的游峨眉山之愿，其《思游峨眉寄林下诸友》诗云："刚有峨眉念，秋来锡欲飞。会抛湘寺去，便逐蜀帆归。难世堪言善，闲人合见机。殷勤别诸友，莫厌楚江薇。"而像贯休、昙域、杜光庭、吴子来等僧道诗人，其游蜀则直接与巴蜀宗教相关，无须多论。

　　唐五代文人为巴蜀文化吸引游蜀主要是以上几个方面的原因。那么唐五代有多少文人因此而入蜀呢？张仲裁一文在"游历"一类中统计出72人，约占入蜀文人的9.5%，总数并不多。但相对于唐前来说这却是一个质的改变，因为之前入蜀的文人几乎以宦游为主，像张华探亲入蜀虽然有一定的游历性质，但也只有1人，而大部分文人心虽向往之，却因为各种原因无法成行，漫游观景于蜀几乎是不可能的事情。但在唐五代以自由之身漫游蜀中，或观景，或问道访禅，抑或两者皆有，却是一件稀松平常之事。这种变化对于文人及其文学创作都是非常有益的，不但开阔了文人眼界，亦提供了他们源源不断的创作灵感，对于巴蜀地区来说，不但促进了巴蜀文化与其他区域文化的交流和传播，更为巴蜀文学的发展带来了动力，迅速改变了在南北朝时期近乎荒芜的现状。实际上，入蜀的文人也远不止这72人，如果统计上送人入蜀诗文中提及的这些入蜀文人，数量肯定会超过一百，还有众多宦游入蜀的文人，他们在入蜀后也是四处观景、寻道访佛，与漫游入蜀诗人并无二异。所以上述统计数字并不能真正反映巴蜀文化对唐五代文人的吸引和影响。这些入蜀文人中有入蜀诗留存的共有36人，占到整个入蜀诗人的18.5%。从入蜀的时间来看，初盛唐只有王勃、刘希夷、孟浩然、王适、王维5人，其余31人则在中晚唐及五代，尤其是中晚唐落第文人游蜀比较多，说明诗人游蜀也是一个逐渐的过程，随着巴蜀政治地

---

① 曹学佺：《蜀中广记》卷5《名胜记第五》，《四库全书珍本初集》第3册，上海：商务印书馆，1935年，第9页。

位的抬升，经济文化的发展，诗人游蜀的意愿也在增强，最终在两宋时达到
高峰。

第四节
个人需求：入幕与应举

唐五代入蜀诗人中有一部分是出于个人的需求而入蜀的，其中最多的是入幕一类，他们千里迢迢，翻山越岭来到巴蜀，供职于两川幕府，以期获得幕主赏识，为人生仕途积累资本；还有一类是应举，只出现在唐僖宗奔蜀的中和年间，时间虽短，入蜀诗人数量也不多，但情况特殊，在整个中国文化史上也是极为罕见的现象，因此有必要提及。

文人入幕与仕宦不一样，因为仕宦是由朝廷任命，按正常途径入仕，而入幕则是作为方镇的幕僚，有时并没有得到朝廷的授命，只是府主的私聘，但由于府主政治身份特殊，对文人以后的仕途具有很大影响，往往是他们进入仕途并快速晋升的一条终南捷径，故文人对于入幕特别热衷。这种现象在中唐以后更为普遍，白居易在《温尧卿等授官赐绯充沧景江陵判官制》云："今之俊义，先辟于征镇，次升于朝廷。故幕府之选，下台阁一等，异日入为大夫公卿者，十八九焉。"①白居易所说的主要是有科举功名者，而对于那些蹭蹬科场多年却一无所获的文人来说，通过入幕进身则是他们的主要方式，正如明胡震亨《唐音癸签》卷二十七言："唐词人自禁林外，节镇幕府为盛。如高适之依哥舒翰，岑参之依高仙芝，杜甫之依严武，比比皆是。中叶后尤多，盖唐制，新及第人，例就辟外幕。而布衣流落才士，更多因缘幕府，蹑级进身。"②欧阳修《集古录跋尾》卷九《唐武侯碑阴记》亦言："唐诸方镇以辟士相高，

---

① 朱金城：《白居易集笺校》，上海：上海古籍出版社，1988年，第2924页。
② 胡震亨：《唐音癸签》卷27，上海：上海古籍出版社，1981年，第285页。

故当时布衣韦带之士，或行著乡闾，或名闻场屋者，莫不为方镇所取。"① 可见，不管是对于已入仕途者，还是初及第文人及布衣流落之士，入幕都是一条捷径，具有相当的吸引力。而唐代的很多文学创作也往往与之密切相关，这一点戴伟华先生《唐代幕府与文学》（现代出版社1990年版）一书已有详细论述，故不必多论。那么文人入幕对唐五代诗人入蜀又有何影响呢？下面试论之。

　　唐王朝在巴蜀地区的行政设置，随着其地位的变化而改变。唐初先后设置益州道行台、益州都督府、益州大都督府以对巴蜀地区进行有效控制，至贞观元年（627）全国划分十道，益州都督府划归剑南道，这是方镇的雏形，但其职能虚化，并无幕府设置，因而也就不存在文人入幕现象。唐玄宗时，巴蜀的地位开始抬升，这主要是因为吐蕃对唐王朝的威胁日剧，同时，唐王朝与地方政权的矛盾冲突也在加深，作为抵御吐蕃入侵的最前线和防御西南地方冲突的屏障，巴蜀在军事战略上的重要性又开始显现，因而出现了剑南节度使的设置。先天二年（713）七月，唐玄宗"命益州长史毕构宣抚剑南及山南道"②，益州都督府开始拥有监察权。开元初设置剑南支度、防御等使，不久又升为节度使，由益州长史兼任，至此，军事职能重新归于都督府。开元二十一年（733），天下分十五道，剑南道保持不变。天宝元年（742），"改益州为蜀郡，依旧大都督府，督剑南三十八郡"③。此时的剑南节度使已经握有军事、财政、监察大权，成为西南唯一的军事重镇。不过，此时正是唐帝国繁荣昌盛时期，剑南道的地位并不如中晚唐突出，文人入幕也多走向前线边镇以求取军功，进入剑南道幕府的文人不多。至天宝十四载（755），即安史之乱爆发前，入剑南道幕府的文职僚佐，据戴伟华先生考证为14人，其中入蜀文士有杨仲昌、蔡希周、颜春卿、崔园、张渐、宋昱、傅（掌书记）等。④这些入蜀文士中，大多入蜀前已入仕，只是因府主举聘或为追求更好仕途而入蜀，但也

① 欧阳修：《集古录跋尾》卷9《唐武侯碑阴记》，《历代碑志丛书》第1册，南京：江苏古籍出版社，1988年，第88页。
② 王钦若：《宋本册府元龟》卷162《帝王部·命使》，中华书局，1989年，第349页。
③ 刘昫：《旧唐书》卷41《地理志四》，中华书局，1975年，第1664页。
④ 戴伟华：《唐方镇文职僚佐考》（修订本），桂林：广西师范大学出版社，2007年，第363—355页。

有像傅（掌书记）这样的布衣文士，钱起《送傅管记赴蜀军》诗云："终童之死谁继出，燕颔儒生今俊逸。主将早知鹦鹉赋，飞书许载蛟龙笔。峨眉玉垒指霞标，鸟没天低幕府遥。巴山雨色藏征旆，汉水猿声咽短箫。赐璧腰金应可料，才略纵横年且妙。无人不重乐毅贤，何敢能当鲁连啸。日暮黄云千里昏，壮心轻别不销魂。劝君用却龙泉剑，莫负平生国士恩。"从诗中可以知道傅管记为一介布衣书生，钱起以乐毅、鲁仲连相勉励，期望其在蜀中幕府中建功立业，说明在吐蕃和西南地方政权对唐王朝威胁日剧的情况下，文人已经意识到剑南道幕府提供了新的机会，文人入幕前线边镇的热情逐渐在变化，并在安史乱后逐渐转移到了剑南道等新兴方镇。总体来说，盛唐时期入幕剑南道的文士较少，也没有入蜀诗留存下来，但已经拉开了中晚唐文人入幕剑南东西两道的序幕。

安史之乱使唐统治者充分认识到巴蜀的重要性，为便于控制，经过反复的调整和变化，剑南地区最终形成东西川分治的格局。《旧唐书》卷四十一言："（天宝）十五载，玄宗幸蜀，驻跸成都。至德二年十月，驾回西京，改蜀郡为成都府，长史为尹。又分为剑南东川、西川各置节度使。广德元年，黄门侍郎严武为成都尹，复并东、西川为一节度。自崔宁镇蜀后，分为西川，自后不改。"[1]在剑南东、西两川中，西川的战略地位及重要性优于东川。西川，"治成都府，管彭、蜀、汉、眉、嘉、资、简、维、茂、黎、雅、松、扶、文、龙、戎、翼、邛、嶲、姚、柘、恭、当、悉、奉、迭、静等州。"东川，"治梓州，管梓、绵、剑、普、荣、遂、合、渝、泸等州。"[2]可见西川节度使继承了原剑南道的大部分区域，既包括传统的富庶区域，也包括面对吐蕃和南诏的主要州郡，所以既要承担维持唐王朝正常运转所需的财政重任，也要担负起"西抗吐蕃，南抚蛮獠"[3]的军事重任。可见，在中晚唐与吐蕃的民族矛盾上升为主要矛盾的政治形势下，西川的战略地位也益发重要。而东川虽然在经济和军事上都无法与西川相比，但却控扼着出入西川的通道，从山南道、

---

① 刘昫：《旧唐书》卷41《地理志四》，北京：中华书局，1975年，第1664页。

② 刘昫：《旧唐书》卷38《地理志一》，北京：中华书局，1975年，第1391页。

③ 刘昫：《旧唐书》卷38《地理志一》，北京：中华书局，1975年，第1388页。

荆南道、黔中道入蜀，都必须要经过东川。从唐统治者分置东川的目的来看，主要是为了防止剑南道过分强大，而以东、西两川相互牵制，达到牢牢控制住巴蜀这个大后方的目的。所以虽然唐王朝对东、西两川有轻重之分，但也在伯仲之间，在设置上则几乎是一致的。与巴蜀这一大后方地位相适应，唐王朝对东、西两川节度使的选任也就显得极为慎重，往往是选派朝廷极为信任且身居高位的重臣、亲贵担当，"故非上将贤相、殊勋重德，望实为人所归伏者，则不得居此"[①]。出将入相，是一般的习惯，称其为"宰相回翔之地"确实一点也不夸张。而这一点正是吸引大量文学才华之士入幕的一个重要原因。一般而言，文人入幕主要是追求功名，府主声望越高，地位越崇，权位越重，对于文士就越具有吸引力。中唐文士也不讳言这一点，权德舆在送人入幕的序文中就曾反复言及，如《送李十兄判官赴黔中序》言："今名卿贤大夫，繇参佐而升者十七八，盖刷羽幕廷，而翰飞天朝，异日之济否，视所从之轻重。"[②]又《送李十弟侍御赴岭南序》言："士君子之发令名，沽善价，鲜不由四征从事进者。翔集翰飞，盖视其府之轻重耳。"[③]可见文人入幕时会将"府之轻重"考虑在内，因为这直接关系到其将来的仕途。而巴蜀地区是唐王朝的大后方，又由重臣主镇一方，加之社会稳定，经济发达，自然会吸引大量文人随府主西行入蜀，从而催生了东、西两川，尤其是西川规模盛大的幕府，并且持续整个中晚唐。从天宝十四载（755）至天祐四年（907）唐王朝灭亡，据戴伟华《唐方镇文职僚佐考》一文的考证，各个幕府的文人情况统计如下：

（一）剑南西川幕府：崔圆幕（755—757），2人；严武幕（761—762），4人；高适幕（762—763），3人；严武幕（764—765），11人；郭英乂幕（765），2人；杜鸿渐幕（766—767），11人；崔宁幕（767—779），8人；张延赏幕（779—785），2人；韦皋幕（785—805），34人；刘闢幕（805—806），12人；高崇文幕（806），4人；武元衡幕（807—813），15人；李夷简幕（813—818），5人；王播幕（818—821），5人；段文昌幕（821—823），

---

① 卢求：《成都记序》，《全唐文》卷744，北京：中华书局，1983年，第7702页。
② 董诰：《全唐文》卷492，北京：中华书局，1983年，第5019页。
③ 董诰：《全唐文》卷492，北京：中华书局，1983年，第5019页。

9人；杜元颖幕（823—829），9人；李德裕幕（830—832），11人；段文昌幕（832—835），1人；杨嗣复幕（835—837），9人；李固言幕（837—841），7人；崔郸幕（841—847），1人；李回幕（847—848），2人；杜悰幕（848—852），6人；白敏中幕（852—857），2人；魏谟幕（857—858），1人；李景让幕（858—859），1人；萧邺幕（862—864），4人；李福幕（864—866），3人；卢耽幕（868—870），4人；路岩幕（871—873），4人；牛丛幕（873—875），1人；高骈幕（875—878），5人；崔安潜幕（878—880），6人；陈敬瑄幕（880—891），3人；王建幕（891—907），7人，具体情况不详者10人，共计224人次。

（二）剑南东川幕府：严武幕（761），3人；李叔明幕（768—786），1人；王叔邕幕（786—802），3人；韦丹幕（805—806），1人；严砺幕（806—809），6人；潘孟阳幕（809—813），1人；卢坦幕（813—817），3人；李逢吉幕（817—820），3人；王涯幕（820—823），2人；冯宿幕（835—836），3人；杨汝士幕（836—839），1人；卢弘宣幕（843—844），1人；卢商幕（844—845），1人；杜悰幕（845—848），2人；周墀幕（849—851），2人；柳仲郢幕（851—855），8人；崔慎由幕（858—862），3人；独孤云幕（866—870），2人；吴行鲁幕（875—877），1人；杨师立幕（880—884），1人；高仁厚幕（884—886），2人；顾彦朗幕（887—891），1人；顾彦晖幕（891—897），2人，具体情况不详者3人，共计56人次。

上述剑南东、西两川入幕文人次数共计280人次，超过整个仕宦入蜀文人（199人）数量，可见中晚唐时期文人对于入幕剑南两府的热情。从东、西两川府主的身份看，一是位高权重者居多，像韦皋、武元衡、李德裕等人都是中晚唐政治上颇有建树者。二是以文人居多，除郭英义、崔宁、刘辟、高崇文、陈敬瑄、王建等人是武将出身外，其余多是文人，其中不乏文学水平很高者，如高适、武元衡、段文昌、李德裕等人，不但对文人入幕更具吸引力，且与文人趣味相投，自身既从事文学创作，又经常召集府中文士进行文学唱和活动，对入蜀诗的创作具有重要推动作用。即使是像崔宁这样的武将，其幕下也有不少文人，于邵《华阳属和集序》云："洎大历初，尚书左仆射冀国崔公登坛受命，边鄙不耸，既国用偃武，而家将训文。近取诸身，旁求是类，高选幕客，无非其人，彬彬然文质协乎中，而英华发乎外矣。"①不管其是否附庸风雅，但对于文学的发展总是有益的。又高崇文，幕下亦多文人雅士，幕僚从事文学雅集，他还很有兴致参与其中，据《北梦琐言》记载：高崇文"本蓟州将校也，因讨刘闢有功，授西川节度使。一旦大雪，诸从事吟赏有诗。渤海遽至饮席，笑曰：'诸君自为乐，殊不见顾鄙夫。鄙夫虽武人，亦有一诗。'乃口占曰：'崇文崇武不崇文，提戈出塞号将军。那个髑儿射落雁，白毛空里落纷纷。'其诗著题，皆谓北齐敖曹之比"②。可见在全社会崇尚诗文的文化氛围下，即使是武将也乐意延揽文学之士入幕。从东、西两川幕下文人的情况看，他们在入幕前多已有文名，往往是府主慕其名声而相邀入幕，如郑絪，"少有奇志，好学，善属文。大历中，有儒学高名，如张参、蒋乂、杨绾、常衮，皆相知重。絪擢进士第，登宏词科，授秘书省校书郎、鄠县尉。张延赏镇西川，辟为书记"③。又柳珪，《新唐书》本传言，"大中中，与璧继擢进士，皆秀整而文，杜牧、李商隐称之。杜悰镇西川，表在幕府"④。从统计的这些入幕文人看，以新及第而刚进入仕途的文人居多，说明入幕对于他们来说确实是仕途的捷径，一方面府主需要这些文士来装点自己的门面，另一方面文士也由此可以实现个人需求，故两者一拍即合，中晚唐莲幕之盛也因此形成。从东、西两川幕府的兴盛情况看，西川幕府明显要盛于东川幕府，其原因前文已论，不再赘述。而西川幕府最盛的又是韦皋、武元衡、杜鸿渐、李德裕、段文昌幕府，他们都是唐世重臣，早前已声名显赫，建幕西川时更是形成虹吸效应，天下文士归心，幕中人才会集。试以韦皋和武元衡幕府为例。韦皋出身世家大族，朱泚之乱时以智谋平叛护驾有功而名声大震，旋代张延赏为成都尹兼剑南西川节度使，镇蜀二十余载。韦皋"学兼文武"⑤，镇蜀时不拘一格延揽人才，符载《剑南西川幕府诸公写真赞》言"韦公虚中下体，爱敬士大夫，四方

① 董诰：《全唐文》卷427，北京：中华书局，1983年，第4347页。
② 孙光宪：《北梦琐言》卷7，贾二强点校，《历代笔记小说丛刊本》，北京：中华书局，2002年，第162页。
③ 刘昫：《旧唐书》卷159《郑絪传》，北京：中华书局，1975年，第4180—4181页。
④ 欧阳修：《新唐书》卷163，北京：中华书局，1975年，第5025—5026页。
⑤ 范摅：《云溪友议》卷中《苗夫人》，上海：古典文学出版社，1957年，第26页。

文行忠信，豪迈倜傥之士，奔走接武，麕至幕下。"①著名的如司空曙、段文昌、唐次、符载、段文昌等。武元衡镇蜀时间远远不及韦皋长，但其幕府影响之大，幕下文学活动之活跃却有过之而无不及。权德舆《送李十二侍御赴成都序》云："相国临淮公观风俗于井络之下，辟礼所及，皆隽人贤士。"②所谓"隽人贤士"并非是恭维夸大之词，其幕下名臣，如欧阳修所言"如武元衡所记裴度、柳公绰、杨嗣复，皆相继去，为本朝名将相，亦可谓盛哉！"③而武元衡本人亦是文学好手，《旧唐书》本传言："元衡工五言诗，好事者传之，往往被于管弦。"④晚唐诗人张为所著《诗人主客图》甚至将武元衡与白居易并列，说明其诗歌成就确实不俗，是镇蜀节度使中最有文学者之一，而入蜀诗创作则是镇蜀者之最。武元衡在镇蜀时不但本人积极从事诗歌创作，还经常召集幕下文士从事文学唱和活动，如元和三年（808），武元衡召集王良会、崔备、裴度、柳公绰、张正一、徐放、卢士玫等宴集锦楼，赏月赋诗。先是作分韵诗，武元衡得"中"字，作《八月十五日夜与诸公锦楼望月得中字》诗，王良会、柳公绰、张正一分韵和之。余兴未尽，又与崔备、裴度、徐放、柳公绰、卢士玫作联句诗。又武元衡有《幕中诸公有观猎之作因继和之》《同幕中诸公送李侍御归朝》《甫构西亭偶题因呈监军及幕中诸公》《同诸公夜宴监军玩花之作》，当是文学唱和活动，可惜其他人之和作没有能够流传下来。其实文士宴集进行文学唱和活动在东、西川幕府中是一种比较常见的现象，只是大部分活动没有记载下来而已，其中有不少的入蜀诗就是这些活动的产物，包括像杜甫、李商隐、元稹等大诗人都曾参与其中。

在因入幕而入蜀的文人中，有入蜀诗留存的共有35人，其中有像岑参、李商隐、韦庄这样的大诗人，特别是李商隐，他创作的一些优秀诗歌正是得益于东川幕府的这段生活，如《夜雨寄北》《武侯庙古柏》《畴笔驿》等。而一些名气不大的入蜀诗人，他们的诗歌因为参与幕中的唱和活动而得以保存下来，

---

① 董诰：《全唐文》卷690，北京：中华书局，1983年，第7079页。
② 董诰：《全唐文》卷492，北京：中华书局，1983年，第5019页。
③ 欧阳修：《集古录跋尾》卷9《唐武侯碑阴记》，《历代碑志丛书》第1册，南京：江苏古籍出版社，1988年，第88页。
④ 刘昫：《旧唐书》卷158《武元衡传》，北京：中华书局，1975年，第4161页。

如卢士玫、张正一、王良士等。可见在幕府这样一种有着浓厚文学氛围的环境中，也催生了文人更多的文学创作。

因应举而入蜀，是出现在特殊时期的特殊现象，在整个中国古代史上也是仅此一次，而因此入蜀的诗人数量也不多，容易被忽略，故稍作论述。广明二年（881），唐僖宗因黄巢之乱逃奔至成都，至中和五年（885）出蜀，共在成都举行了两次贡举，分别是在中和二年、中和三年。据清人徐松《登科记考》①及今人孟二冬《登科记考补正》②考证，其中中和二年进士28人，诸科2人，姓名可考者为：杨注、卢尚卿、程贺、秦韬玉、于邺（于武陵）。中和三年进士30人，诸科2人，姓名可考者为：崔昭纬、刘崇谟。另外，广明二年科举虽在长安举行，但"帖经后，黄巢犯阙，天子幸蜀。韦昭度侍郎于蜀代之，放十二人"③。这些举子应大多跟随入蜀，如牛峤"巢寇难后，于川中及第，依栖田令孜矣"④。另有黄郁、李端皆是如此，因而这12人也可看成是应举入蜀。而中和四年虽停举，但实际上仍有不少举子在之前已入蜀准备应试。可见其实入蜀举子不少，仅及第试子就有七八十人，他们裹挟在逃亡避乱的人群中，为实现读书人的必然目标，翻山越岭入蜀应试，形成中国古代历史上空前绝后的现象。下面结合前人考证成果，对部分入蜀举子略作考述。

1. 崔涂。崔涂行止，谭优学先生《唐诗人行年考续编》有考，其入蜀应试有《入蜀赴举秋夜与先生话别》可证，诗云："欲怆峨嵋别，中宵寝不能。听残池上雨，吟尽枕前灯。失计方期隐，修心未到僧。云门一万里，应笑又担簦。""又"说明是第二次，据此推测崔涂应该在中和二年就已入蜀应举。其《秋宿天彭僧舍》《秋夜僧舍闻猿》《过长江贾岛主簿旧厅》等诗都是作于入蜀应举时。

2. 杜荀鹤。杜荀鹤入蜀行踪，段双喜《杜荀鹤生平考证三题》一文认为："杜荀鹤此次蜀中赴举乃中和元年秋进川，二年春返回，中途因避乱而绕道进

---

① 徐松：《登科记考》卷23，赵守俨点校，北京：中华书局，1984年，第879—883页。

② 孟二冬：《登科记考补正》卷23，北京：北京燕山出版社，2003年，第984—990页.

③ 王谠：《唐语林》卷四，周勋初校证，北京：中华书局，1987年，第383页。

④ 王定保：《唐摭言》卷9，姜汉椿校注，上海：上海社会科学院出版社，2003年，第186页。

川。"①可从。其《酬张员外见寄》诗云："分应天与吟诗老，如此兵戈不废诗。生在世间人不识，死于泉下鬼应知。啼花蜀鸟春同苦，叫雪巴猿昼共饥。今日逢君惜分手，一枝何校一年迟。"据诗中景物知作于蜀中，而"一枝何校一年迟"说明这次落第。另外，像《经贾岛墓》《秋夜苦吟》《秋夜闻砧》《闻子规》等诗都是作于这次入蜀应举时。

3. 来鹏。梁超然《唐才子传·来鹏》校笺云："鹏有《寒食山馆书情》一诗，即系蜀中作。诗云：'独把一杯山馆中，每经时节恨飘蓬。侵阶草色连朝雨，满地梨花昨夜风。蜀魄啼来春寂寞，楚魂吟后月朦胧。分明记得还家梦，徐孺宅前湖水东。'鹏入蜀似系入幕并求试。……《北梦琐言》云：'是岁不随秋赋而卒于通议郎。则鹏本欲随计而不成，卒时为幕僚，挂通议郎散官衔。时当为中和二、三年。"②据上述考证，则来鹏入蜀的主要意图是应举，入幕则是迫于生计而已。另一首《子规》当与《寒食山馆书情》作于同时，诗云："月落空山闻数声，此时孤馆酒初醒。投人语若似伊泪，口畔血流应始听。"为应举入蜀，寄居山馆，夜闻子规啼叫，故产生寄人篱下之感。

4. 黄滔。黄滔入蜀应举有《退居》诗可证，诗云："老归江上村，孤寂欲何言。世乱时人物，家贫后子孙。青山寒带雨，古木夜啼猿。惆怅西川举，戎装度剑门。"知此次落第，经剑门出蜀。其蜀中所作诗歌还有《喜侯舍人蜀中新命》，在成都；《过长江》，途经梓州长江县怀贾岛而作；《书事》，云"飞章奏西蜀，明诏与殊功"，言僖宗在成都，亦为成都作；《司马长卿》，当在成都游司马相如故里而作。

5. 王驾。郑谷有《送进士王驾下第归蒲中》诗，注"时行朝在西蜀"③，知王驾在成都下第，可补《登科记考》。至于王驾其他情况则不可考。

另外还有郑谷，虽然避乱入蜀，但也参加了蜀中举行的贡举，中和二年第一次应试落第，中和三年再试，终下第，有《擢第后入蜀经罗村路见海棠盛开偶有题咏》抒发其当时心情。郑谷长期滞留蜀中也与其应举有关。

① 段双喜：《杜荀鹤生平考证三题》，《兰州学刊》2006年第12期。
② 傅璇琮主编：《唐才子传校笺》卷8，北京：中华书局，1987年，第431—432页。
③ 董诰：《全唐诗》卷676，北京：中华书局，1960年，第7744页。

从上述情况来看，在成都举行的贡举实际上吸引了众多举子翻山越岭入蜀应举，以此估算至少有百位，但大多数未留下任何踪迹，至为可惜。而留下踪迹的举子大多有入蜀诗留存，使得我们可以一窥他们入蜀及应举前后的种种心态，对于研究这一绝无仅有的特殊历史现象也具有重要文化价值。

以上对推动唐五代诗人入蜀动因的分析，是基于推动其入蜀的主因素，但有时诗人入蜀的动因比较复杂，可能受到多种因素的影响，如王勃游蜀，观景是主要目的，但如果不是遭受政治上的挫折，被斥出沛王府，就不会有游蜀之行；温庭筠四处漫游蜀地，也是在寻求入幕的机会；郑谷避乱入蜀，但为求取功名而长期滞留蜀地多次应试。不过，综观整个唐五代诗人入蜀的种种动因，政治是其中最根本的因素，任何诗人入蜀的背后，总可以找到政治的影子，只是这种影响的大小不同而已。

第四章

唐五代入蜀诗与
巴蜀自然山水

戴伟华先生在《地域文化与唐代诗歌》一书中，在总结中国文学中地域文化与文学关系研究的相关成果和经验基础上，根据唐代地域文化与诗歌研究的需要，提出了"地域诗学理论"这样一个新概念，并解释为："它旨在说明在人类精神生活中，对文化的选择与地域性的关联，明示或暗示在文学创作和文学批评中因地域关系而产生某种审美倾向和艺术张力。"①并指出提出这个理论的目的就是要"引导人们在研究诗学时关注地域因素"。那么地域因素有哪些？按照该书第四章对地域文化的分析，包括山川、名物、风俗、语言和音乐四个方面，这样我们在研究地域诗学就首先应该关注这四个方面。而作为地域性非常明确的唐五代入蜀诗，大多数诗人在从一个自己所熟悉的环境中进入到一个自己相对陌生的环境中时，他们首先关注的也往往是这四个方面，反映到诗歌创作中，则会因关注对象的大致相同而容易形成共同的审美倾向和艺术张力。所以，尽管入蜀诗人来自不同地域、不同文化背景，各自才华也迥然有异，但还是可以寻绎到他们因巴蜀地缘而形成的一些共同东西，如描绘的内容、表现的情感、形成的主要风格等方面具有一定的相似性。遵循这个理论主张，本章将分节作论述。

山川是构成巴蜀自然地理形态最主要的物质，是唐五代诗人入蜀后所见到的对于巴蜀的最初的，也是最直观的印象，同时也是能够代表巴蜀文化特征的重要物象。历史上，外人对于巴蜀的空间描述以山川为最多，如司马迁《史记·货殖列传》云："然四塞，栈道千里，无所不通，唯褒斜绾毂其口。"②言其山高险阻；左思《蜀都赋》："廓灵关以为门，包玉垒而为宇。带二江之双流，抗峨眉之重阻。水陆所凑，兼六合而交会焉；丰蔚所盛，茂八区而庵蔼

---

① 戴伟华：《地域文化与唐代诗歌》，北京：中华书局，2006年，第14页。
② 司马迁：《史记》卷129《货殖列传》，北京：中华书局，1963年，第3262页。

焉。"①言蜀都为水陆所汇；《隋书·地理志》："其地四塞，山川重阻，水陆所凑，货殖所萃，盖一都之会也。"②言巴蜀山川形成闭塞之境。可见，自古以来文人对于巴蜀的形象往往是和山川联系在一起，也因其特殊的地理构造而形成独特的文化。唐时巴蜀地区主要划归剑南道，其划分依据也是其山川形势，《新唐书·地理志》言，唐太宗时因山川形便，分天下为十道，第九为剑南道，并列举剑南道的代表山水，"其名山：岷、峨、青城、鹤鸣。其大川：江、涪、雒、西汉"③。在某种程度上这些名山大川早已成为巴蜀的代名词，巴蜀文化的一个重要符号，它们承载着巴蜀的历史记忆和文化积淀。所以文人们对巴蜀的关注首先是从山川开始，而要对巴蜀文化有所认识和了解也应该从山川开始，只有在接触巴山蜀水的过程中才能真正有所收获。而作为入蜀诗人在蜀中思想和情感载体的唐五代入蜀诗，则为我们提供了他们与巴山蜀水接触过程中的情感与思想变化的过程。正如宋人孔武仲《渡江集序》云："顾前后左右，无可告语，念非寄翰墨章句之间，无以散其湮郁而宽其寂寥也。故其览瞩风物，登涉山川，吊往念昔，感古怀今，以道途之蟠直险易，气象之风雨晦冥，发之于诗。"④入蜀诗人亦是如此。

唐以前，除了像司马迁、张载等少数文人有过入蜀经历，对巴蜀山水有过直观的印象外，大多数文人对巴蜀山水的认识都是来源于文学作品或地理方志，所以在唐前巴山蜀水之美并没有被真正发现，其名气也远不能与吴越等地相比。唐五代时期文人大量入蜀，他们在发现巴山蜀水的雄奇隽秀之美的同时，也形诸文学，发而为诗，至此，巴蜀山水之美才真正开始展现在世人面前。

唐五代入蜀诗描绘的巴蜀山水多集中于出入蜀通道沿线及成都附近。

---

① 左思：《蜀都赋》，《六臣注文选》卷4，北京：中华书局，1987年，第91页。

② 魏徵：《隋书》卷29《地理志上》，北京：中华书局，1973年，第830页。

③ 欧阳修：《新唐书》卷42，北京：中华书局，1975年，第1079页。

④ 孔武仲：《渡江集序》，《全宋文》第100册，上海：上海辞书出版社，2006年，第262页。

第一节
北线蜀道山水

这里的蜀道主要指广元至成都即金牛道（石牛道、剑阁道）一段。清顾
祖禹《读史方舆纪要》卷五十六云："由金牛而南至朝天岭，岭地最高。由岭
而西，自剑阁趋绵、汉，以达于成都。由岭而南，则自保宁趋潼川，以达于成
都。保宁迁，而剑阁捷，故剑阁最为要冲。"①剑阁道虽较近，但山高路险，
不过无限风光也尽在其中，唐五代大多数诗人由此道入成都，留下的山水诗数
量也最多。结合严耕望先生的考证②，从金牛县至成都，途中山水景观见诸诗
文的有：五盘岭、五盘驿、嘉川驿、畴笔驿、龙门阁、朝天岭、望云岭、小漫
天岭、深渡驿、大漫天岭、石柜阁、佛龛、嘉陵驿、桔柏渡、望喜驿、泥溪、
白卫岭、小剑戍、方期驿、剑门关、开远戍、汉源驿、税人场、上亭驿、奉济
驿、巴西驿、万安驿、白马关、鹿头关、金雁驿、五侯津、武侯庙、鸡踪桥、
八阵图、天回驿、七里亭、升仙桥等。

在所有诗人中，杜甫对这些沿线山水的叙述与描绘最为完整具体和详尽。
乾元二年（759），杜甫举家入蜀，自秦州（今甘肃天水市）沿陇蜀古道，再
转金牛道至成都，有感于沿途山川形胜和风土人情，写下了两组山水行旅诗，
共二十四首，笔参造化，穷形尽相，具体形象地刻画和展现了空间跨度极大的
蜀道山水，"读这两组诗时，无异于展开了一幅山水长卷，赤谷、铁堂峡、盐
井……一一接踵而至，进入眼帘，使我们仿佛跟随着诗人登绝顶、穿峡谷、经
栈道、渡急流，最后来到沃野千里的天府之国"③。按照本书对巴蜀的定义，
其中《五盘》《龙门阁》《石柜阁》《桔柏渡》《剑门》《鹿头山》《成都
府》八首所描写对象为巴蜀山水。《五盘》为杜甫入蜀后的第一作，但只有前
八句写景："五盘虽云险，山色佳有馀。仰凌栈道细，俯映江木疏。地僻无网

① 顾祖禹：《读史方舆纪要》卷56《陕西五》，上海：上海书店出版社，1998年，第394页。
② 严耕望：《唐代交通图考》卷4，上海：上海古籍出版社，2007年，第903—904页。
③ 程千帆、莫砺锋：《崎岖的山路与伟丽的山川——读杜甫行纪诗札记》，《社会科学战线》，1987
年第2期。

罟,水清反多鱼。好鸟不妄飞,野人半巢居。"诗中所写为作者登临五盘岭栈道中途时所见四下景色。五盘岭,在今广元市,据仇兆鳌《杜诗详注》引《明一统志》言:"七盘岭,在保宁府广元县北一百七十里,一名五盘岭。鲁訔曰:'栈道盘曲有五重。'"①位置在今广元市朝天区②,栈道修筑在峭岩陡壁之上,盘旋上升,行至中途,仰视上方栈道则越来越细小,说明登顶还远,下视则嘉陵江流淌而过,江树疏密,江水清澈,群鸟翻飞,四处可见当地百姓之巢居。由此也可见五盘山之高峻险峭。此前杜甫已有《飞仙阁》一诗,云:"土门山行窄,微径缘秋毫。栈云阑干峻,梯石结构牢。万壑欹疏林,积阴带奔涛。寒日外澹泊,长风中怒号。歇鞍在地底,始觉所历高。"所写为飞仙岭栈道,但侧重点不同,两诗可以互读,有助于理解五盘岭栈道之险峻。在杜甫前后,还有沈佺期和岑参都写到五盘岭。沈佺期诗题为《夜宿七盘岭》:"独游千里外,高卧七盘西。晓月临窗近,天河入户低。芳春平仲绿,清夜子规啼。浮客空留听,褒城闻曙鸡。"虽然是比较成熟的五言律诗,但写景雕琢之迹明显,还带有宫体诗的影子,也未能抓住七盘岭景色的特征。与杜诗相比,板滞有余,而生气不足。而岑参的《早上五盘岭》一诗,同样写五盘岭之景,然关注点又不同,诗言:"平旦驱驷马,旷然出五盘。江回两崖斗,日隐群峰攒。苍翠烟景曙,森沉云树寒。松疏露孤驿,花密藏回滩。栈道溪雨滑,畲田原草干。"杜甫诗立足于一点,以眼光变化写栈道之景,而岑参诗以行踪的移动来写五盘岭之全景,视野更为更阔,但两者景物描写的重点最终都落在栈道和嘉陵江之上,故虽各有千秋,但表现的意境却比较接近。岑参入蜀后的诗歌转变了前期以边塞诗为主的风格,写作了大量山水诗,这首诗就是其蜀中山水诗的开始,故刘开扬先生言"岑参写蜀道景色,自此诗始。"③仅五(七)盘岭这样一个在唐前名不见经传的地方,却能引起唐五代这些著名诗人如此的关注,说明在进入蜀地后,"异域殊方"的新奇感很容易激发这些诗人的诗情,而这才仅仅是开始,之后的杜甫对蜀中山水的诗情一发不可收拾。

① 仇兆鳌:《杜诗详注》卷9,北京:中华书局,1999年,第713页。
② 孙启祥:《杜甫、岑参诗中五盘岭地名考辩》,《中国韵文学刊》2010年第2期。
③ 刘开扬:《岑参诗集编年笺注》,成都:巴蜀书社,1995年,第632页。

　　沿嘉陵江东岸南行，杜甫又来到龙门山，上有石穴，高数十丈，故号龙门，栈道名龙门阁，杜甫有《龙门阁》一诗。阁，曹学佺《蜀中名胜记》卷二十六引颜师古注云："栈即阁也。"[①]龙门阁，亦称龙洞阁，即龙门栈道。《方舆胜览》卷六十六云："龙门阁，在绵谷县一里。冯铃幹田云：'其他阁道虽险，然在山腰，亦微有径可以增置阁道。独惟此阁，石壁斗立，虚凿石窍而架木其上，比他处极险。'"[②]杜甫的《龙门阁》诗确实把这样一种奇险无比之状写了出来，诗言："清江下龙门，绝壁无尺土。长风驾高浪，浩浩自太古。危途中萦盘，仰望垂线缕。滑石敧谁凿，浮梁袅相拄。目眩陨杂花，头风吹过雨。百年不敢料，一坠那得取。饱闻经瞿塘，足见度大庾。终身历艰险，恐惧从此数。"前述飞仙阁栈道、五盘岭栈道与之相比，则又小巫见大巫了。难怪浦起龙言："'危途'四句，栈道图未必能尔。太白《蜀道难》，亦未免虚摹多、实际少。"[③]同样，沈佺期和岑参也都经过龙门，且都有诗歌留存下来。沈佺期《过蜀龙门》云："龙门非禹凿，诡怪乃天功。西南出巴峡，不与众山同。长窦亘五里，宛转复嵌空。伏湍煦潜石，瀑水生轮风。流水无昼夜，喷薄龙门中。潭河势不测，藻葩垂彩虹。我行当季月，烟景共春融。江关勤亦甚，巉崿意难穷。势将息机事，炼药此山东。"从其地势与瀑水描写龙门洞之"与众不同"，比喻奇特且形象生动，"一'煦'字写尽山水，幽晦入妙。"[④]全诗突出龙门之雄奇，与杜甫所写栈道风格相一致。岑参《赴犍为经龙阁道》与杜甫一样描写的是龙阁栈道的奇险，诗云："侧迳搏青壁，危桥透沧波。汗流出鸟道，胆碎窥龙涡。骤雨暗溪谷，归云网松萝。屡闻羌儿笛，厌听巴童歌。江路险复永，梦魂愁更多。圣朝幸典郡，不敢嫌岷峨。""汗流""胆碎"的心理与杜甫"恐惧从此数"是一致的，通过诗人心理的变化突出其奇险，两诗在描写对象和写法上都非常相似。杜甫和岑参都是初次入蜀，面对自己不熟悉的巴蜀山水，作为同时代的诗人，他们确实表现出风格上的很

① 曹学佺：《蜀中名胜记》卷26，刘知渐点校，重庆：重庆出版社，1984年，第385页。

② 祝穆：《方舆胜览》卷66，施和金点校，北京：中华书局，2003年，第1156页。

③ 浦起龙：《读杜心解》卷1，北京：中华书局，1977年，第86页。

④ 钟惺、谭元春：《唐诗归》卷3，《续修四库全书》第1589册，上海：上海古籍出版社，2002年，第555页。

多相似性，这大概都是巴蜀山水所致吧。

距龙门阁不远又有石柜阁，距千佛崖不远，这时已是晚冬，《石柜阁》一诗写蜀道晚冬景色颇有特色，与前述奇险之景又不同，诗云："季冬日已长，山晚半天赤。蜀道多早花，江间饶奇石。石柜曾波上，临虚荡高壁。清晖回群鸥，暝色带远客。"与北方晚冬万物凋敝一片肃杀不同，蜀道还有早花盛开，波涛之上，石柜高悬，天空群鸥南飞，行道之上远客匆匆。这些不同画面组合在一起就构成了一幅晚冬蜀道图，意境平淡，颇具王孟山水诗的味道。故杨伦《杜诗镜铨》言此诗"入画似小谢佳句。"①如"江间饶奇石""暝色带远客"，的确类似谢朓。可见巴蜀山水奇险之外，又有秀美平淡的一面。具有同样意境的还有《桔柏渡》一诗："青冥寒江渡，驾竹为长桥。竿湿烟漠漠，江永风萧萧。连笮动袅娜，征衣飒飘飘。急流鸨鹢散，绝岸鼋鼍骄。"桔柏渡，又叫桔柏津、桔柏潭，在今昭化古城东门外，嘉陵江、白龙江与清水江交汇处。因多桔柏，故名。江面开阔，滩险水急，有浮梁可渡，诗歌所写正是此景。渡江之时，朦胧飘渺，独见清旷之气，别有一番意趣。渡江过后，杜甫就将告别嘉陵江，内心似乎有所不舍："西辕自兹异，东逝不可要。高通荆门路，阔会沧海潮。孤光隐顾眄，游子怅寂寥。无以洗心胸，前登但山椒。"所以陈贻焮先生说："没想到这几天的长途跋涉，反倒跟嘉陵江有了感情，临别依依，还引动了诗人东游之想。"②

过嘉陵江后西南行，很快就到了剑门。剑门因大、小剑山峭壁中断，两崖相嵌如门之形故称。剑门又称蜀门，"趋蜀之路，必由是山"③。过了剑门才算真正进入蜀地。自西晋张载《剑阁铭》之后，剑门也成为蜀道上最知名的景观，无数文人入蜀争睹其险，因而也留下了大量相关诗文，唐五代尤多。文如柳宗元《剑阁铭》、欧阳詹《剑门栈道铭》、李德裕《剑门铭》、于邵《剑门山记》，等等，由于本书研究对象是诗歌，故不予讨论。而在所有剑门诗歌中，杜甫所作的《剑门》和李白的《蜀道难》最受后人关注，如曹学佺《蜀中

---

① 杨伦：《杜诗镜铨》卷7，上海：上海古籍出版社，1980年，第306页。

② 陈贻焮：《杜甫评传》（中），北京：北京大学出版社，2011年，第490页。

③ 于邵：《剑门山记》，《全唐文》卷429，北京：中华书局，1983年，第4368页。

名胜记》卷二十六引《本记》云："按剑门题诗，以太白、子美为重。而世未有并祠之者。会从李参预壁所得所赐阜陵御书《蜀道难》。又从李左史得赵忠定汝愚大书《剑门》诗，因建祠刻二诗于侧，榜其堂曰文熻，取韩退之诗语也。"[1]后人如此推崇二诗，与两人在诗歌史的地位有关，但若论影响，杜甫《剑门》诗显然不及李白的《蜀道难》。杜甫诗云："惟天有设险，剑门天下壮。连山抱西南，石角皆北向。两崖崇墉倚，刻画城郭状。一夫怒临关，百万未可傍。珠玉走中原，岷峨气凄怆。三皇五帝前，鸡犬各相放。后王尚柔远，职贡道已丧。至今英雄人，高视见霸王。并吞与割据，极力不相让。吾将罪真宰，意欲铲叠嶂。恐此复偶然，临风默惆怅。"杜甫此诗在立意上依张载《剑阁铭》而成，不过笔力雄肆，思虑更为悠远，仇兆鳌言："此诗云'恐此复偶然，临风默惆怅'，知蜀必有事，而深忧远虑也。未几，段子璋、徐知道、崔旰、杨子琳辈果据险为乱。公之料事多中如此，可见其经世之才矣。"[2]杜甫的忧虑确实是对的，也具有一定的政治预见性。但若论写景，则此诗只集中在前八句，描写中规中矩，并无特别之处，故王闿运言："此诗易笋山喜诵之，听之甚佳，阅之仍无奇也。"[3]所谓"无奇"，说明无论是立意还是写景上都不能眼前一亮，有新奇之感，笔者以为此论有一定道理。

实际上，其他诗人的一些剑门诗反而有写得不错的。如岑参《入剑门作寄杜杨二郎中时二公并为杜元帅判官》写剑门的险峻："不知造化初，此山谁开坼。双崖倚天立，万仞从地劈。云飞不到顶，鸟去难过壁。速驾畏岩倾，单行愁路窄。平明地仍黑，停午日暂赤。凛凛三伏寒，巉巉五丁迹。"突兀而起，用极度夸张的手法写剑门的高峻、险峭，让人透不过气来，具有他早期边塞诗的特点，令人印象深刻。只是后文议论有附和他人之意，影响了对全诗的评价。李德裕的《题剑门》同样写剑门的险峻，但却以气势取胜："奇峰百仞悬，清眺出岚烟。迥若戈回日，高疑剑倚天。参差霞壁耸，合沓翠屏连。想是三刀梦，森然在目前。"一般的剑门诗都是突出其险，而此诗却突出其雄伟，

---

① 曹学佺：《蜀中名胜记》卷26，刘知渐点校，重庆：重庆出版社，1984年，第388页。

② 仇兆鳌：《杜诗详注》卷9，北京：中华书局，1999年，第722页。

③ 王闿运：《王闿运手批唐诗选》，转引自陈伯海主编《唐诗汇评》，杭州：浙江教育出版社，1995年，第1009页。

气魄全然不同。另外，一般的诗都是以警戒立意，此诗却代之以个人功业理想，这符合李德裕政治家的个人性格，具有很强的个人色彩。另外，像杜光庭的七律《题剑门》也写得气势雄浑："谁运乾坤陶冶功，铸为双剑倚苍穹。题诗曾驻三天驾，碍日长含八海风。"而且蕴含历史的思考。而韩昭的《和题剑门》："三川奚所赖，双剑最堪矜。鸟道微通处，烟霞锁百层。"虽然造句华丽，却纯粹是应酬之作。

以上杜甫沿途所作诗歌（包括所举其他诗人）几乎全是描写蜀道栈阁为主的，因为从金牛到剑州这段蜀道，它是标志性山水景观，也是诗人入蜀后印象最为深刻的，有别于其他地区的重要特征。常言"无限风光在险峰"，蜀道之险也造就了其独特的山水风光，这是非入蜀文人所体会不到的，而入蜀文人则得江山之助，故才会产生如此众多的文学作品，所以严耕望先生言："剑州至金牛五百里间，途极险峻，多栈阁，是为南栈阁，建设桥阁盖至数万，所谓蜀道之险，全在此段，唐人诗文已尽状摹之能事。"①的确如此。而杜甫的征途虽然还在延续，但随着道途的通坦，诗兴却越来越淡，从剑州到成都，杜甫也只有《鹿头山》《成都府》两首诗。其中有关山水的描写，如鹿头山"连山西南断，俯见千里豁"，写鹿头山视野的开阔。在历经栈阁险阻之后，眼前千里沃野的景象，让诗人顿觉心情豁然，喜极之情溢于言表。写成都景象是"曾城填华屋，季冬树木苍"，把成都的繁华及南方特有的自然景象勾勒出来，简洁明了。不过，这两首诗是以议论抒情为主，涉及山水的内容并不多，故不必多论。

总体来说杜甫入蜀以后所作的蜀道诗歌，比较完整系统地展现了巴蜀山水的奇险雄壮之美，如苏轼所云："老杜自秦州越成都，所历辄作一诗，数千里山川在人目中，古今诗人殆无可拟者。"②明人江盈科《雪涛诗评》亦言："少陵秦州以后诗，突兀宏肆，迥异昔作。非有意换格，蜀中山水，自是挺特奇崛，独能象景传神，使人读之，山川历落，居然在眼。所谓春蚕结茧，随

---

① 严耕望：《唐代交通图考》卷4，上海：上海古籍出版社，2007年，第904页。

② 朱弁：《风月堂诗话》卷上引，陈新点校，北京：中华书局，1988年，第104页。

物肖形，乃为真诗人，真手笔也。"[1]而杜甫之所以能如此，既得益于江山之助，山川、诗人两相触发，催生其创作的冲动，同时也与其颇具匠心的构思分不开，以组诗的形式，采用不同的手法，从不同的角度，不同的层次，各有侧重，总体展现。如仇兆鳌言："蜀道山水奇绝，若作寻常登临览胜语，亦犹人耳。少陵搜奇抉奥，峭刻生新，各首自辟境界，后来天台方正学入蜀，对景阁笔，自叹无子美之才，何况他人乎。"[2]另外，杜甫在蜀中时期还特意游历了蜀道附近的绵州、阆州等，也留下了不少山水诗，如《阆山歌》《阆水歌》《越王楼歌》等，表现出巴蜀山水秀美的一面。总之，由于杜甫在诗坛的地位，特别是在宋代诗坛的巨大影响，无疑增加了后世尤其是两宋时期文人对巴蜀山水空前的关注和赞美，才最终有了巴蜀山水的名扬天下。

除了杜甫系统完整地描写了蜀道附近巴蜀山水外，其他一些从蜀道出入的诗人也留下数量众多的山水诗，只是比较零碎而已，如上文提及的岑参、沈佺期、李德裕等人。因为数量众多，下文只列举其中一些稍作论述。

王勃，总章二年（669）漫游蜀中，对蜀中山水赞美有加。如其《泥溪》一诗即是蜀道中作，诗云："弭棹凌奔壑，低鞭蹑峻岐。江涛出岸险，峰磴入云危。溜急船文乱，岩斜骑影移。水烟笼翠渚，山照落丹崖。风生蘋浦叶，露泣竹潭枝。泛水虽云美，劳歌谁复知。"据严耕望先生考证，泥溪在剑州之东。[3]今人认为在泥溪河汇入嘉陵江处，今名吴家店，其北接昭化，东趋巴中，西走大剑，为往来通道，是金牛道上重要节点，置有驿站。诗写作者渡泥溪登岸时所见两岸景色，湍急的河流、高耸入云的山峰、烟雾笼罩的江岸、赤日映照的山崖，以及小心谨慎的旅人，虽然其过程艰难，但能享受如此美景，内心亦知足。王勃《入蜀纪行诗序》云蜀中"丹壑争流，青峰杂起，陵涛鼓怒以伏注，天壁嵯峨而横立，亦宇宙之绝观者也"[4]。与诗中之景完全一致，可见这确实是王勃亲身体验蜀中山水后的真实感受。

张说，曾两度出使蜀中，其入蜀诗大多作于蜀道中，几乎每首诗都涉及

---

① 仇兆鳌：《杜诗详注》卷8引，北京：中华书局，1999年，第685页。
② 仇兆鳌：《杜诗详注》卷9，北京：中华书局，1999年，第713页。
③ 严耕望：《唐代交通图考》卷4，上海：上海古籍出版社，2007年，第890—891页。
④ 王勃：《入蜀纪行诗序》，《全唐文》卷180，北京：中华书局，1983年，第1833页。

巴蜀山水，足见其对巴蜀山水印象之深。如《过蜀道山》：“我行春三月，山中百花开。披林入峭蒨，攀磴陟崔嵬。白云半峰起，清江出峡来。谁知高深意，缅邈心幽哉。”诗写自己阳春三月在蜀道中行进的情形，满山百花盛开，山林翠绿，生机勃勃，远望白云悠悠，青峰耸峙，清澈的江水穿峡而出，诗人在其中多么惬意，幽情高远，可以看出其初入仕途时的志得意满之情。而随着行程的艰难，也难免流露出思乡之情，如《深渡驿》：“旅泊青山夜，荒庭白露秋。洞房悬月影，高枕听江流。猿响寒岩树，萤飞古驿楼。他乡对摇落，并觉起离忧。”深渡驿，据胡三省注《资治通鉴》云：“深度在利州绵谷县大漫天小漫天之间。”[①]即今广元朝天区沙河镇境内。这首诗写深秋之夜，诗人泊舟深渡驿，无法入眠，透过船窗，悬月挂空，流萤飞过，耳中传来江流水声，以及岩树猿声，思绪万千，产生离愁思归之情。整首诗写景工整细致，意境深远，已具盛唐山水诗的风貌。特别是三、四句更是为人称道，明人陆时雍《唐诗镜》认为：“语气清高，非追琢可拟。”[②]其他还有《蜀路二首》《再使蜀道》等，都具有类似特点。张说入蜀诗写巴蜀山水往往显得秀美宁静，意境幽淡，和大多数诗人的奇险雄壮不同，既是因为其观察体验的角度不一样，也是因为巴蜀山水本身具有秀美宁静的一面。

薛能，咸通五年（864）应西川节度使李福之辟入蜀，途中有纪行诗多首，往往即景抒情，借物言怀，对蜀中山水的描写颇具特色，如《蜀路》：“剑阁缘云佛斗魁，疾风生树过龙媒。前程憩罢知无益，但是驽蹄亦到来。”以新奇的比喻夸张手法写剑阁之高峻，山风之迅疾猛烈。写剑阁之高峻很常见，但写山风之迅猛却是首见，大剑山和小剑山之间很容易形成风口，疾风生成应该是可信的，诗人正是敏感地抓住了这一点，所以显得与众不同，而这没有亲身经历也是写不出来的。又《嘉陵驿》：“江涛千叠阁千层，衔尾相随尽室登。稠树蔽山闻杜宇，午烟薰日食嘉陵。频题石上程多破，暂歇泉边起不能。如此幸非名利切，益州来日合携僧。”写岸边栈阁层层叠叠，如嘉陵江上

① 司马光：《资治通鉴》卷273，北京：中华书局，1956年，第8940页。

② 陆时雍：《唐诗镜》卷7，转引自陈伯海主编《唐诗汇评》，杭州：浙江教育出版社，1995年，第200页。

接连不断的波涛，首尾相接，登堂入室。这时茂林中传来杜鹃鸣叫，山中也升起午时的炊烟，但作者却完全没有诗兴，冥思苦想却题不出任何诗句，幸好自己心情坦然，并无争名夺利之心。将栈阁比喻成接连的波涛，也确实很生新。另外，《望蜀亭》诗"树簇烟迷蜀国深，岭头分界恋登临"，写得朦朦胧胧，意境深远。不过，薛能的这些诗写蜀中山水虽然新奇，但过于晦涩，为求创新而刻意为之的痕迹明显，而且整首诗没有完整的意境，效果并不好。

以上是唐五代诗人对蜀道山水的展现，以表现奇险雄壮的栈道峻岭为主，这是蜀道最典型也是最令人印象深刻的景观，但也不乏描写蜀道深山幽谷中秀美宁静之景的，表现出蜀道山水中更为常见的一面。正是这些不同风格的山水，缓解了无数入蜀诗人行旅的疲劳，并激发出他们的无限诗兴。

第二节
东线峡路通道沿线山水

东线峡路沿线山水，最具代表性的当然是三峡风光。在论述有关三峡山水诗歌之前，有必要先对一些可能产生的疑义作出说明。按照本文的定义，只有产生于今四川、重庆境内的诗歌才能算是入蜀诗，而据现代地理的划分，三峡部分区域已不在定义范围内。三峡指瞿塘峡、巫峡和西陵峡，按照陈可畏主编《长江三峡地区历史地理之研究》对三峡地理的论述，瞿塘峡，"西起重庆市奉节县白帝城东南的夔门，向东至巫山县西部的大溪口，全长约八公里"。巫峡，"西起巫山县的大宁河口，东至湖北巴东县的官渡口，全长45公里"。西陵峡，"从湖北秭归县的香溪河口起，至宜昌市西南的南津关止，全长66公里"。① 巫峡由于大部分在重庆境内，其产生的诗歌属于入蜀诗问题不大，然而西陵峡在今湖北境内，相关诗歌则应当不能算是入蜀诗了。不过，有关西陵峡的诗歌并不多。据张仲裁对唐五代入蜀诗人所作三峡诗歌的统计，有关西陵

---

① 陈可畏主编：《长江三峡地区历史地理之研究》，北京：北京大学出版社，2002年，第3页。

峡的诗歌只有3首（并不在本书入蜀诗统计范围内），而有关巫峡的是29首，有关瞿塘峡的是4首，整体描写三峡的却是23首[①]。由于真正产生于西陵峡的诗歌很少，而整体描写三峡的诗歌却较多，所以为论述方便，本书把产生于西陵峡的诗歌排除在外，而仍以三峡诗歌、三峡风光来论述，应该是可行的。

要对三峡山水风光有比较直观整体的认识，我们可以先来看看作为人文地理学者的严耕望先生结合其亲身经历所作的论述。他在论述三峡行程时言："峡程至险恶如此，但风景奇绝。盖瞿塘以壮伟胜，西陵以秀峭胜，巫峡则以高耸霄汉，烟云飘渺胜。如此者连山夹水数百里，真大自然风景之奇观，不但为中国境内山水风景之称首，即论世界已发现之山水景色似亦无与比肩。盖三峡之中山高峻而奇丽，水丰盛而湍激；加以地处北温带，草木茂盛，灵猿所聚，而两岸夹岸往往如铁壁，直入云霄，势欲相接；致大惟一线，盆显峡谷幽深；舟行其中，令人有迥非人世之神秘感，如此者数百里。"[②]严耕望先生所说的三峡自然山水之美已经让人为之倾倒，然而不仅如此，宋玉在《高唐神女赋》中叙述的巫山神女故事早已深植于文人的内心深处，身不到而心已向往之，一旦有机会亲身体验，怎会错过？这也是众多诗人从蜀道入蜀而选择峡路出蜀的一个重要原因。而途经三峡之文人，又有谁不诗意盎然，赋诗为文其中？唐人范摅在《云溪友议》中记载的一个故事就很能说明这个问题。故事云："秭归县繁知一，闻白乐天将过巫山，先于神女祠粉壁，大署之曰：'苏州刺史今才子，行到巫山必有诗。为报高唐神女道，速排云雨候清词。'白公睹题处怅然，邀知一至，曰：'历阳刘郎中刘禹锡，三年理白帝，欲作一诗于此，怯而不为。罢郡经过，悉去千余首诗，但留四章而已。此四章者，乃古今之绝唱也，而人造次不合为之。'"[③]就故事本身记载的史实而言完全有误，如白居易入蜀是在刘禹锡刺夔州之前，但故事内容却告诉我们这样一个事实，即途经巫峡的诗人可能大多会留诗于此，正如繁知一预知白居易一定会留诗一样，这可能已成了诗人约定俗成的传统。当然所谓的千首诗应该有一定的夸张

---

① 张仲裁：《唐五代文学家入蜀考论》，四川大学博士论文，2009年，第152页。

② 严耕望：《唐代交通图考》卷4，上海：上海古籍出版社，2007年，第1127页。

③ 范摅：《云溪友议》卷上《巫咏难》，上海：古典文学出版社，1957年，第5页。

成分，但历经岁月的淘汰至今仍有如此多的巫峡诗留存，说明这确实是古今骚人雅客创作的一大武库。而留诗三峡的诗人自然会更多，如白居易并非如文所说"怅然"不作，其三峡诗就有多首，其《题峡中石上》云"诚知老去风情少，见此争无一句诗"，对此绝世奇景，诗人焉然无诗？而刘禹锡也并非"怯而不为"，其《巫山神女庙》就是证明，只是数量庞大的诗歌能够保存下来的只是极少数。

那么这些入蜀诗人的诗歌是如何展现三峡山水的呢？我们先来看看他们对三峡山水的整体描绘。这些诗人中孟郊是唯一一位以组诗的形式描写三峡的，他的《峡哀》十首，虽然以"哀"为情感基调，以峡路危途比拟世途的险恶，但客观上却将三峡两岸鬼斧神工般的自然山水景观描绘出来。这十首诗，第一首为总写，议论较多，而写景较少，主要是奠定全诗情感基调。第二至第十，则各首集中写一景或一物，依次是：峡水、峡壁、峡声、峡螭、峡虬、峡棱、峡俗、峡程、峡鸥，描写生新怪异，求新求奇，这与孟郊一贯的风格相符。写得较好的是峡水、峡壁，如下：

> 上天下天水，出地入地舟。石剑相劈斫，石波怒蛟虬。花木叠宿春，风飙凝古秋。幽怪窟穴语，飞闻胗蚕流。沉哀日已深，衔诉将何求。
> 三峡一线天，三峡万绳泉。上厌碎日月，下掣狂游涟。破魂一两点，凝幽数百年。峡晖不停午，峡险多饥涎。树根锁枯棺，孤骨褭褭悬。树枝哭霜栖，哀韵杳杳鲜。逐客零落肠，到此汤火煎。性命如纺绩，道路随索缘。莫泪吊波灵，波灵将闪然。

前一首写流水湍急，落差极大，所以是"上天下天水"，劈开山峰，奔腾而出；激起的气流与水声回荡在峡谷中，低沉哀咽，似有诉求。突出的是峡谷的陡峭和流水的湍急。后一首写两岸石壁极窄，只有一线见天，而石壁流下无数条泉水，滴水如线；而阳光只能在正午时间渗透下来，据郦道元《水经注》言："自三峡七百里中，两岸连山，略无阙处。重岩叠嶂，隐天蔽日。自非停

157

午夜分，不见曦月。"①正是如此。而两岸的树根枯枝，在如此险崖峭壁上也会感到孤独无依。诗中这些富含情感的描写当然都是诗人心情的折射，但三峡本身令人惊心动魄的奇险地形也是客观事实，而这正是三峡山水不同于其他山水的显著特征，满足了人们探求险境的欲望。

与孟郊追求新奇和带有强烈个人情感的描写不同，白居易描写三峡的诗则显得相对平实，但表现的三峡景观却不平淡。其《初入峡有感》云："上有万仞山，下有千丈水。苍苍两岸间，阔狭容一苇。瞿唐呀直泻，滟滪屹中峙。未夜黑岩昏，无风白浪起。大石如刀剑，小石如牙齿。一步不可行，况千三百里。兢兢竹篾念，敧危楫师趾。一跌无完舟，吾生系于此。"孟郊善于用自己的感官去描写，而白居易则喜用数字来说明，"万仞山""千丈水""容一苇"，写出峭壁之高峻、江水之深不可测，以及两崖之逼仄，虽然夸张，却准确地传递出诗人初次见到如此奇观后的真实感受。继而写经过瞿塘峡滟滪堆时的情景，"未夜黑岩昏"与"峡晖不停午"都是同一个意思，光线不明尚且不说，江中暗礁遍布，稍有不慎便有船毁人亡的危险，连熟练的船工尚胆战心惊，据《太平寰宇记》卷一百四十八《夔州》云："瞿塘峡，在州东一里，古西陵峡也。连崖千丈，奔流电激，舟人为之恐惧。"②正是如此。所以诗人才会发出"吾生系于此"的感叹。有同样感受的还有李频，其《八月上峡》诗言："万里巴江水，秋来满峡流。乱山无陆路，行客在孤舟。汹汹滩声急，冥冥树色愁。免为三不吊，已白一生头。"他和白居易一样都是逆水行船，而时节又恰在八月上游涨水之时，看到如此急滩乱流，难免心生恐惧，担心遭遇覆船溺水。不过他只是初入峡口，三峡真正凶险之处尚未经历，可以想见其行程之艰险。而在顺流而下的诗人卢象笔下，其经历的则是另一番景象，他的《峡中作》言："高唐几百里，树色接阳台。晚见江山雾，宵闻风雨来。云从三峡起，天向数峰开。灵境信难见，轻舟那可回。"此诗应当作于三峡较开阔处，江天相接，所以显得气势雄浑。而时节可能在秋季，诗人顺流而下，没有险滩急流，轻快而行，一路观赏两岸如画风景，一副怡然自得之情。与前述诸人笔

---

① 郦道元：《水经注》卷34，陈桥驿校证，北京：中华书局，2007年，第790页。

② 乐史：《太平寰宇记》卷148《夔州》，王文楚等点校，北京：中华书局，2007年，第2875页。

下的奇险、鬼斧神工不同，而显得壮美。此诗可以让人领略到三峡山水的丰富多样。

在三峡诗中诗人描绘最多的除了万仞铁壁和湍急水流外，还有两岸猿声。猿这类灵长类动物，聚集在三峡两岸悬崖的繁盛树木中，呼朋引伴，鸣声凄厉，清谷传响，泠泠不绝，令过往行客不胜其愁。郦道元《水经注》云：三峡"每至晴初霜旦，林寒涧肃，常有高猿长啸，属引凄异，空谷传响，哀转久绝。故渔者歌曰：'巴东三峡巫峡长，猿鸣三声泪沾裳！'"[1]可见猿声早已成为三峡的一个重要文化意象。而由于诗人途经三峡的心情各不相同，所以对于猿声的感受也不一样。李白"两岸猿声啼不住，轻舟已过万重山"（《早发白帝城》），由于心情轻松，故猿声也显得轻快。而大多数出入蜀诗人则不一样，羁旅行愁，本易伤感，而凄厉的猿声，更增添了哀愁。如贯休《三峡闻猿》："历历数声猿，寥寥渡白烟。应栖多月树，况是下霜天。万里客危坐，千山境悄然。更深仍不住，使我欲移船。"秋夜秋月，孤独危坐，猿声不绝，令诗人倍增其愁，直欲移船离开。但是三峡何处无猿声，他能到哪去呢？所以只能一夜猿声听到明。猿声如此凄厉哀愁，其实只是诗人心理的反射而已，正如刘禹锡诗言："巫峡苍苍烟雨时，清猿啼在最高枝。个里愁人肠自断，由来不是此声悲。"（《竹枝词九首》之八）确实道出了实情。

以上是入蜀诗人对三峡山水的总体勾勒，但三峡中的任何一峡都自有其独特风貌，后人谓"瞿塘雄，巫峡秀，西陵险"，是对它们的一个大致概述，具体到每个入蜀诗人笔下则可能又会有所不同。为本书定义所限，这里只论瞿塘峡和巫峡，而巫峡诗歌数量又最多。从夔州出发，依次为瞿塘峡、巫峡、西陵峡。瞿塘峡，唐诗常作瞿唐峡，顾祖禹《读史方舆纪要》卷六十六引《乐府解题》云："瞿，盛也；唐，陂池也。言盛水其中，可以行舟。又云：夏则为瞿，冬则为唐。瞿唐峡为三峡之门，两崖对峙，中贯一江，滟滪堆正当

---

① 郦道元：《水经注》卷34，陈桥驿校证，北京：中华书局，2007年，第790页。

其口，于江心突兀而出。"①初唐时叫广溪峡②，杨炯有《广溪峡》一诗，诗言："广溪三峡首，旷望兼川陆。山路绕羊肠，江城镇鱼腹。乔林百丈偃，飞水千寻瀑。惊浪回高天，盘涡转深谷。"诗前四句写在瞿塘峡回望夔州城时情景，夔州在汉时称鱼腹。回头西望，居高临下，夔州城一览无遗，山路弯曲盘旋，江水迂曲绕城，这时颇有壮美之感。然而往前看则豪壮之情顿失，两岸峭壁陡立，千寻瀑布飞流而下，江流奔腾，激起滔天高浪，江水漫过滟滪之顶，形成漩涡，急速旋转而下落入深谷。如此惊险，让人不禁寒战。据范成大《吴船录》记载："丙辰，泊夔州。早遣人视瞿唐水齐，仅能没滟滪之顶，盘涡散出其上，谓之滟滪撒发。……辰巳时，遂决解维。十五里，至瞿唐口，水平如席。独滟滪之顶，犹涡纹瀺灂，舟拂其上以过，摇舻者汗手死心，皆面无人色。盖天下至险之地，行路极危之时，傍观皆神惊。"③可以想见杨炯过广溪峡（瞿塘峡）时的情景。与杨炯相反，白居易则是逆流而上瞿塘峡，而且是在夜间，所以更艰险："瞿唐天下险，夜上信难哉！岸似双屏合，天如匹帛开。逆风惊浪起，拔念暗船来。欲识愁多少，高于滟滪堆。"（白居易《夜入瞿塘峡》）中间两联写景，由于是夜间，观察不可能仔细，所以白居易的写景比较泛泛，但通过对内心忧愁的表达，却能有效突出瞿塘峡之艰险。值得注意的是最后两句写愁之句，被认为是李后主"问君能有几多愁，恰似一江春水向东流"之本。白居易又有"瞿唐峡口水烟低，白帝城头月向西"（《竹枝词》四首之一）之句，把月夜之下瞿塘峡口烟水弥漫，一片朦胧之美的沉寂意境写了出来，一改多数诗人笔下瞿塘峡惊险万状的印象，展示了瞿塘峡温柔的一面。

对瞿塘峡最为熟悉的莫过于诗圣杜甫，他在夔州淹留一年半之久，经常登临夔州城头东望峡口，反复考察出峡路线，所以相关诗歌也最多。如《瞿塘两崖》："三峡传何处，双崖壮此门。入天犹石色，穿水忽云根。猱玃须髯古，蛟龙窟宅尊。羲和冬驭近，愁畏日车翻。"以种种奇特形象之比喻描写瞿塘两

<hr>

① 顾祖禹：《读史方舆纪要》卷66《陕西五》，上海：上海书店出版社，1998年，第455页。
② 关于瞿塘峡初唐时叫广溪峡，蓝勇《长江三峡历史地理》一书的第三编《三峡的得名与演变考》（四川人民出版社2003年版）有所论述，笔者结合《水经注》和《吴船录》的记载，认为这种说法是可信的。《读史方舆纪要》卷66也云："瞿唐之名著而广溪之称隐矣。"
③ 范成大：《吴船录》卷下，《笔记小说大观》第9册，扬州：江苏广陵古籍刻印社，1983年，第138页。

岸峭壁对峙之情状，正如《杜诗详注》引黄希言："公作《长江》云：'瞿唐争一门'，又《瞿唐怀古》云：'劲敌两崖开'。盖瞿唐乃三峡之门。又两崖对峙，中贯一江，望之如门然。崖入天而青同一色，崖穿水而下至云根，乃状其势之高深。"①后两句更夸张突出两崖之高峻，令人印象深刻，真有其"为人性辟耽佳句，语不惊人死不休"（杜甫《江上值水如海势聊短述》）的感觉。又《滟滪堆》："巨积水中央，江寒出水长。沉牛答云雨，如马戒舟航。天意存倾覆，神功接混茫。干戈连解缆，行止忆垂堂。"滟滪堆，据韦庄《峡程记》云："滟滪乃积石所成，江石突兀而出。《水经》所载：'白帝城西有孤石，冬月石出二十余丈，夏即没。世俗相称'滟滪大如象，瞿塘不可上。滟滪大如马，瞿塘不可下。'是也。"②杜甫诗句正是化用谚语入诗。杜甫在夔州所作诗歌已是到了炉火纯青的程度，信手拈来，皆成佳句。而其中的山水诗歌，包括对瞿塘峡的描写，往往能曲尽其形，各得其妙，显现出非凡的艺术功力，正如《唐宋诗醇》卷十七引李祥长言："少陵剑阁以前皆五古，瞿塘以后多五律，各尽山水之奇。每读一句，令人目见山水，而又得山水所以然。"③上述有关瞿塘峡的描写确实如此。

巫峡，因宋玉的《高唐神女赋》而具有瞿塘峡无法比拟的文化魅力，吸引着无数文人不惧峡程之艰危，千里迢迢只为一睹其真容风采。关于巫峡的诗歌也数量众多，如《云溪友议》中所提到的千余首诗，但其中有许多是借用乐府诗题，如《巫山高》《巫山曲》，而进行的模拟吟咏，所以显得千篇一律。《云溪友议》中所谓的刘禹锡删存的四章，其实全是敷衍宋玉的《高唐神女赋》而成，于巫山、巫峡之景并无真实的描绘。因此对于这类乐府诗题的巫峡诗歌本书不作论述，尽管这些诗作者中有一些是亲身经历巫山、巫峡的，如李端、沈佺期。而在非乐府诗题的巫峡诗歌中，杨炯的《巫峡》是最早的一首，诗云："三峡七百里，唯言巫峡长。重岩窅不极，叠嶂凌苍苍。绝壁横天险，莓苔烂锦章。入夜分明见，无风波浪狂。忠信吾所蹈，泛舟亦何伤。可以涉砥

---

① 仇兆鳌：《杜诗详注》卷18，北京：中华书局，1999年，第1557页。

② 张安福：《韦庄集笺注》，上海：上海古籍出版社，2002年，第469页。

③ 高宗弘历选，允禄等编：《御选唐宋诗醇》卷17，《文渊阁四库全书》第1448册，台北：台湾商务印书馆，1983年，第372页。

柱，可以浮吕梁。美人今何在，灵芝徒有芳。山空夜猿啸，征客泪沾裳。"诗歌前八句写景，写巫峡两岸绝壁屹立，高耸云天，山峰层峦叠嶂，壁岩斑驳，而脚下滔滔江水汹涌奔腾，意境非常壮阔。与大多数诗人不同，杨炯写巫峡山水并不着眼于具体的景观，而是作整体性描写，大概是因为"巫峡长"，又是顺流而行，无暇观赏风景，所以只能留下巫峡的整体形象。后半章抒情，由眼前之景想到自身不幸遭际，结合巫山神女故事抒写内心怀才不遇的悲切。同样是经过巫峡，晚唐诗人李频却是抓住具体景物来描写，沉浸其中而较少抒写个人情怀，其《过巫峡》诗云："拥棹向惊湍，巫峰直上看。削成从水底，耸出在云端。暮雨晴时少，啼猿渴下难。一闻神女去，风竹扫空坛。"写高耸入云的巫峰，从江水中拔地而起，挺出云端，如此之高，连善于攀缘的啼猿都发愁难下。据陆游《入蜀记》言：巫山"峰峦上入云霄，山脚直插江中。议者谓太华、衡、庐，皆无此奇"①，与诗中所言几乎一致。山峰朝云暮雨，难有晴天，似乎在等待什么，然而神女早已离去，只有风吹竹林的寂寞之声以及空空如也的神女庙坛。诗歌语言虽平易，然夸张比喻恰到好处，并结合巫山神女故事，形象地描绘出巫山高峻和多云的特征。以上两诗，一为整体观照，一为具体刻画；一显壮阔，一显峻秀，原因在于观察的角度不一致。

乔备的《秋夜巫山》则在李频巫山峻秀之美中更添了一份空蒙之美。诗云："巫峡裴回雨，阳台淡荡云。江山空窈窕，朝暮自纷氲。萤色寒秋露，猿啼清夜闻。谁怜梦魂远，肠断思纷纷。"整首诗完全笼罩在一片雾色空蒙之中，个人情思与外在景物融合在一起，表面是写巫山秋夜之景，内里却处处抒发个人情思，而贯穿其中的巫山神女故事则使得全诗惝恍迷离，是就事论事，还是借机抒情？抑或两者皆有，恐怕连诗人自己都不清楚。鲍溶的《巫山怀古》则前半写景，后半怀古："十二峰峦斗翠微，石烟花雾犯容辉。青春楚女妒云老，白日神人入梦稀。银箭暗凋歌夜烛，珠泉频点舞时衣。谁伤宋玉千年后，留得青山辨是非。"十二峰，据范成大《吴船录》云："俱在北岸，前后映带，不能足其数。"②陆游《入蜀记》云："坛上观十二峰，宛如屏障。

---

① 陆游：《入蜀记》卷6，《笔记小说大观》第9册，扬州：江苏广陵古籍刻印社，1983年，第21页。
② 范成大：《吴船录》卷下，《笔记小说大观》第9册，扬州：江苏广陵古籍刻印社，1983年，第138页。

是日天宇晴霁，四顾无纤翳，惟神女峰上有白云数片，如銮鹤翔舞，徘徊久之不散，亦可异也。"①由巫山十二峰的秀美景色，诗人想到宋玉巫山神女的故事，宋玉本意在讽谏楚襄王，然后世不察，而以儿女之情来看待。千年之后，又有谁体谅到宋玉之本意并为之感伤呢？似乎只有眼前的青山还在默默为其辩说。整首诗精致工整，意境含蓄，只是写景不多。可以说，任何有关巫山、巫峡的诗歌都离不开这个神话故事，而这也正是它历经数千年而不衰，始终吸引文人关注的根本原因。

与巫山相对的是神女庙，这也是入蜀诗人描写比较多的景观。神女庙的由来，据郦道元《水经注》卷三十四云：巫山"又帝女居焉，宋玉所谓天帝之季女，名曰瑶姬，未行而亡，封于巫山之阳，精魂为草，实为灵芝。所谓巫山之女，高唐之阻，且为行云，暮为行雨，朝朝暮暮，阳台之下。且早视之，果如其言。故为立庙，号朝云焉"②。实是在宋玉《高唐神女赋》的基础上，结合当地民间传说，由民间立祀而成。其具体位置，据范成大《吴船录》云："下巫山峡三十五里，至神女庙。"③又陆游《入蜀记》亦云："二十三日，过巫山凝真观，谒妙用真人祠，真人即世所谓巫山神女也，祠正对巫山。"④可知神女庙在巫峡下游，正对巫山，即江之南岸。有关神女庙的诗歌，大多为即景抒情之作，怀古议论，是其固定模式，如刘禹锡《巫山神女庙》、刘沧《题巫山庙》、韦庄《谒巫山庙》、崔涂《巫山庙》等等。试看刘禹锡《巫山神女庙》："巫山十二郁苍苍，片石亭亭号女郎。晓雾乍开疑卷幔，山花欲谢似残妆。星河好夜闻清佩，云雨归时带异香。何事神仙九天上，人间来就楚襄王。"在诗人眼中，巫山周围的一切，山石、花木、云雨似乎都化成了神女的一部分，可谓联想丰富。但全诗特别之处不在于这里，而在最后一句，一反常人讽喻楚襄王的一般思路，而质疑神女为何降临人间私会楚襄王，采用反弹琵琶的方式，不能不让人称奇。与刘禹锡相反，韦庄的《谒巫山庙》则处处同情楚襄王，诗云："乱猿啼处访高唐，路入烟霞草木香。山色未能忘宋玉，水声

---

① 陆游：《入蜀记》卷6，《笔记小说大观》第9册，扬州：江苏广陵古籍刻印社，1983年，第21页。
② 郦道元：《水经注》卷34，陈桥驿校证，北京：中华书局，2007年，第790页。
③ 范成大：《吴船录》卷下，《笔记小说大观》第9册，扬州：江苏广陵古籍刻印社，1983年，第138页。
④ 陆游：《入蜀记》卷6，《笔记小说大观》第9册，扬州：江苏广陵古籍刻印社，1983年，第21页。

犹似哭襄王。朝朝暮暮阳台下，为雨为云楚国亡。惆怅庙前无限柳，春来空斗画眉长。"所以纪昀评曰："何其鄙也！"[①]似乎对韦庄之识见表示不满。这些诗歌主要是以议论为主，写景并不突出，所以不详论。

以上所论只是东线峡路的三峡部分，它已是长江的主干道，按照唐人对峡路的理解，实际上它还包括长江的支流岷江、涪江和嘉陵江，它们流经的眉州、嘉州、戎州、泸州、遂州、涪州、渝州、忠州等地也都属于峡路范畴[②]。如《太平寰宇记》卷八十八《剑南东道·泸州》云："按《峡程记》云：泸、合、遂、蜀四郡，皆峡之郡。"[③]泸州、蜀州为岷江流经区域，遂州为涪江流经区域，合州则为嘉陵江和涪江汇合处，可见这些支流在唐人看来也属峡路的一部分。因此唐五代入蜀诗人在这些地方留存的山水诗也应看成是描写峡路风光的诗歌，其中尤以嘉州为最多。如岑参《江上阻风雨》："江上风欲来，泊舟未能发。气昏雨未过，突兀山复出。积浪成高丘，盘涡为嵌窟。云低岸花掩，水涨滩草没。老树蛇蜕皮，崩崖龙退骨。平生抱忠信，艰险殊可忽。"这是诗人赴嘉州刺史时在岷江上所作。诗歌主要写一场大风雨后的江上情形，江水暴涨，江浪汹涌，原本绿草如茵、鲜花摇曳的江岸也被上涨的江水吞没，只剩岩岸斑驳的老树和崩裂的石岩。诗人描写的虽是寻常之景，但用语新奇，与他的边塞诗具有相似处，而意境则接近于王、孟。诗歌整体上虽然没有三峡的惊心动魄之感，但也反映出岷江行舟的不易，正如刘开扬先生言："岷江行舟，至为艰险，八句叙述，略尽其状。"[④]又如其《上嘉州青衣山中峰题惠净上人幽居寄兵部杨郎中》前八句写景句："青衣谁开凿，独在水中央。浮舟一跻攀，侧迳缘穹苍。绝顶访老僧，豁然登上方。诸岭一何小，三江奔茫茫。"前有序言："青衣之山，在大江之中，屹然迥绝，崖壁苍峭，周广七里，长波四匝。"大江即岷江，青衣山在岷江与青衣江、大渡河的汇合处，江中之山，

---

① 纪昀：《墨评唐诗鼓吹》卷10，引自张安福《韦庄集笺注》，上海：上海古籍出版社，2002年，第253页。

② 蓝勇主编：《长江三峡历史地理》第2编第4章《三峡历史交通地理》（四川人民出版社2003年版）有详细论述，可参看。

③ 乐史：《太平寰宇记》卷88，王文楚等点校，北京：中华书局，2007年，第1742页。

④ 刘开扬：《岑参诗集编年笺注》，成都：巴蜀书社，1995年，第699页。

或云为李冰所凿,即离堆山,后世名称不一。①诗写登临青峰山半腰时所见之景,上望山峰高耸,直达苍穹,下望诸岭皆小,江水苍茫,既有杜甫登泰山时"一览众山小"(《望岳》)的气魄,又有远望长江时"不尽长江滚滚来"(《登高》)的壮阔,不愧为诗界老手。此类的诗句还颇多,如"始知宇宙阔,下看三江流"(《登嘉州凌云寺作》),"水烟晴吐月,山火夜烧云"(《江行夜宿龙吼滩临眺思峨眉隐者兼寄幕中诸公》),"山光围一郡,江月照千家"(《郡斋平望江山》),"七月江水大,沧波涨秋空"(《东归发犍为至泥溪舟中作》)等,巴山蜀水之秀美壮阔在在诗人笔下得到完美的展现,而这正是巴蜀山水孕育的结果。岑参此时期最为人称道的还是他的《巴南舟中夜市》(又题为《巴南舟中即事》)诗,诗云:"渡口欲黄昏,归人争渡喧。近钟清野寺,远火点江村。见雁思乡信,闻猿积泪痕。孤舟万里外,秋月不堪论。"此诗当是其从峡路东归,淹泊戎州(泸州)时所作,如果不看诗题,会误以为作于江南一带,而风格意境则绝类王、孟,甚至更为平淡简净,故宋人胡仔言:"浩然《夜归鹿门寺歌》云:'山寺鸣钟昼已昏,渔梁渡头争渡喧。人随沙岸向江村,余亦乘舟归鹿门。'不若岑参《巴南舟中即事》诗云:'渡口欲黄昏,归人争渡喧。'岑诗语简而意尽,优于孟也。"②如此富于日常生活气息的诗歌,在整个峡路山水诗中都极少,可以看出岑参观察的仔细和用笔的老到。

此外,像王维、孟浩然、李邕、薛能、陈羽、罗邺等诗人也都在峡路支线上留下了一些山水诗,由于比较零星散碎,此不多论。

总之,东线峡路虽然经此出入蜀的诗人总体要比蜀道少,但留下的诗歌却比蜀道更多,而其中有关三峡尤其是巫山、巫峡的山水诗是蜀道上任何其他景观无法比拟的,而且历久弥新,世代如此。其独特的魅力,不仅仅是奇峻秀美的三峡风光,还有历代文人无法忘怀的巫山神女故事。而其他一些峡路山水风光,尤其是嘉州,是经过唐代文人的发现才开始进入世人眼帘,引起文人注意的,并在宋代得到文人的特别青睐。

---

① 刘开扬:《岑参诗集编年笺注》,成都:巴蜀书社,1995年,第709—710页。

② 胡仔:《苕溪渔隐丛话后集》卷9,廖德明校点,北京:人民文学出版社,1962年,第65页。

第三节
成都及其周边山水

成都（益州）是巴蜀的政治、经济与文化中心，大部分入蜀诗人的最终目的地，留下的入蜀诗也最多。其周边，如汉州、蜀州、彭州、邛州、简州等地，是入蜀诗人在成都时的经常游历之地，因此也留下了不少入蜀诗。成都及其周边山水是以水道和丘陵为主，与蜀道的奇险雄壮和峡路的奇丽秀美山水相比，它们显然要平淡许多，但平淡却不平常，深厚的历史文化积淀赋予了它们同样的魅力，吸引入蜀诗人为之流连驻足。

成都作为巴蜀的政治、经济和文化中心早在先秦时就已形成，扬雄《蜀王本纪》云："蜀王据有巴蜀之地，本治广都樊乡，徙居成都。"[1]自此以后一直延续至今，其地位都没有改变过。秦惠王时张仪筑成都，参照咸阳规制，修整里阓，市张列肆，初具城市规模。西汉时李冰治理都江堰，"乃壅江作堋，穿郫江、检江，别支流双过郡下，以行舟船"，"又溉灌三郡，开稻田。于是蜀沃野千里，号为陆海"[2]。在奠定成都"天府之国"的物质基础的同时，也形成了成都"带二江之双流"的基本城市格局：水网密布、江桥众多。这也就是扬雄《蜀都赋》所说的"两江珥其市，九桥带其流"[3]。加上葱茏的树木，似锦的繁花，所以才会有左思"既丽且崇，实号成都"之说，这大概也是古人对成都形象最基本的认识。难怪大诗人杜甫一到成都就发出"曾城填华屋，季冬树木苍。喧然名都会，吹箫间笙簧"（《成都府》）的感叹，而李白对于成都之美更赞不绝口："九天开出一成都，万户千门入画图。草树云山如锦绣，秦川得及此间无。"（《上皇西巡南京歌》十首之二）由此可见，悠久的历史文化、丰饶的物产、富足的生活、诗画般的环境，是形成天府之城——成都独特魅力的原因所在。下面且看唐五代入蜀诗人是任何展现这些特点的。

---

① 扬雄：《蜀王本纪》，张震泽《扬雄集校注》，上海：上海古籍出版社，1993年，第248页。

② 常璩：《华阳国志》卷3，刘琳校注，成都：巴蜀书社，1984年，第202页。

③ 扬雄：《蜀都赋》，张震泽《扬雄集校注》，上海：上海古籍出版社，1993年，第21页。

郫江和检江是流经成都的两条主要河流，其中郫江流经北门，然后东下，今称为府河。检江则绕成都西南流过，最后向东与郫江汇合，今称为南河，又因检江水清冽，濯锦其中，颜色鲜明，不若他水锦色暗淡，故称为锦江，这也是唐时的通称。锦江犹若成都之血液，赋予它生机和活力，杜甫诗云："锦江春色来天地，玉垒浮云变古今。"（《登楼》），有了它才有了成都的多姿多彩。首先，有江必有桥。《华阳国志》卷三云："蜀江众多作桥，故蜀立里，多以桥为名。""西南两江有七桥。直西门郫江中（曰）冲治桥；西南石牛门曰市桥，下，石犀所潜渊中也；城南曰江桥；南渡流曰万里桥；西上曰夷里桥，上（亦）曰笮桥；桥从冲治桥西出，折曰长升桥；郫江上西有永平桥。长老传言：李冰造七桥，上应七星。"[1]所以李白诗云："锦水东流绕锦城，星桥北挂象天星。"（《上皇西巡南京歌》十首之七），即是指此。其中万里桥最著名，《太平寰宇记》卷七十二云："万里桥，在州南二里。亦名笃泉桥，桥之南有笃泉矣。蜀使费祎聘吴，丞相亮祖之，祎叹曰：'万里之路，始于此桥。'故曰万里桥。"[2]所以万里桥也就成了出蜀的起点，"濯锦清江万里游，云帆龙舸下扬州"（李白《上皇西巡南京歌》十首之六）。商贾云集于此，街市繁华，如张籍《成都曲》云"万里桥边多酒家，游人爱向谁家宿"，连不曾入蜀的张籍都知道这点，可见其闻名程度。而对于漂泊在外的羁旅行人来说，万里桥也是思亲念乡之地，刘禹锡"日出三竿春雾消，江头蜀客驻兰桡。凭寄狂夫书一纸，家在成都万里桥"（《竹枝词》九首之四），诗中寓居万里桥的蜀客既有可能是文人，也有可能是商贾，但不管是谁，夫妻分离相思之苦却是同样的。如果说刘禹锡诗中的万里桥还有泛指的意味，那么岑参笔下的万里桥则完全是实指，并在一个预设的广阔时空中，以典型形象充分表现旅人的思乡念家之情，诗云："成都与维扬，相去万里地。沧江东流疾，帆去如鸟翅。楚客过此桥，东看尽垂泪。"（《万里桥》）中间一联写景极妙，意境阔大，没有亲历此景是很难构思出如此佳句的，对比陆肱省试时所作的《万里桥赋》（见（《全唐文》卷六百二十二），虽同样是用扬益相望之事，但后者

---

① 常璩：《华阳国志》卷3，刘琳校注，成都：巴蜀书社，1984年，第227页。
② 乐史：《太平寰宇记》卷72，王文楚等点校，北京：中华书局，2007年，第1456页。

全凭想象，没有具体真实之景，故落于空泛。以上只是万里桥作为出蜀之起点而商贾云集，但它不仅仅只有喧闹和离别，它还有宁静和秀美的一面，也是远眺的理想场所。杜甫在成都的寓居之地草堂就在附近，其《狂夫》一诗云："万里桥西一草堂，百花潭水即沧浪。风含翠篠娟娟静，雨裛红蕖冉冉香。"秀丽的田园风光中，透露出诗人宁静恬淡、自然闲适的生活状态，呈现的是完全不一样的景象。特别是后一联写景之句，杨慎评价颇高："声谐义合，句句带仙灵之气，真不可及矣。"①闲时杜甫还可以凭窗而望，不但能见到万里桥边停泊的船帆，远眺还隐约可见西岭的皑皑白雪，这就是《绝句四首》中其中一首所描绘的景象："两个黄鹂鸣翠柳，一行白鹭上青天。窗含西岭千秋雪，门泊东吴万里船。"悠然闲适之情令无数文人为之欣羡不已。所以离开草堂之后，杜甫还常常念念不忘其情其景："万里桥南宅，百花潭北庄。层轩皆面水，老树饱经霜。雪岭界天白，锦城曛日黄。惜哉形胜地，回首一茫茫。"（《怀锦水居止二首》之二）草堂日常所见之景犹历历在目，难以忘怀。

其次，有江必有亭台楼阁，著名者如锦楼、张仪楼、合江亭。锦楼，又名锦江楼、散花楼，《方舆胜览》卷五十一云："锦楼，在龟城之上。前瞰大江，岸列花木，西眺雪岭，东望长松，二江合流。白敏中尝登其上，有诗。"②关于其修筑时间，后世云为唐剑南西川节度使路岩，实有误，明曹学佺《蜀中名胜记》卷一辨正云："白敏中尝赋诗于其上，旧记谓路岩所建，非也。岩在敏中之后矣。"又云："予按王右军《法帖》：'往在都见诸葛颙。曾见问蜀中事，云成都城，门屋楼观，皆是秦时司马错所修，令人远想，慨然具示，为广异闻。'"③据此，当为秦时所建，唐路岩或作修缮。薛能有《锦楼》④诗，云："溪边人浣纱，楼下海棠花。极望虽怀土，多情拟置家。前山应象外，此地已天涯。未有销忧赋，梁王礼欲奢。"虽只有一二句写景，但却极具田园特色，是典型的锦城风光。尤其提到的海棠花，据《太平寰宇记》卷七十二《剑南西道·益州》记当地土产云："海棠，此树尤多繁艳，未开时如

① 仇兆鳌：《杜诗详注》卷9引，北京：中华书局，1999年，第744—745页。
② 祝穆：《新编方舆胜览》卷51，施和金点校，北京：中华书局，2003年，第909页。
③ 曹学佺：《蜀中名胜记》卷1，刘知渐点校，重庆：重庆出版社，1984年，第4页。
④ 又作"绵楼"，据诗歌内容，当为"锦楼"无疑。

朱砂烂漫，稍白半落如雪，天下所无也。"①如此美景，即使是思家心切的诗人也不禁心有所动，产生置家的念头。如此形胜之地，也吸引入蜀诗人们在此宴饮酬唱。唐玄宗元和三年（808）中秋，西川节度使武元衡与幕下文人裴度、柳公绰、王良会、崔备、张正一、徐放、卢士玫等宴集锦楼，饮酒赏月之余，赋诗联句。武元衡有《八月十五夜与诸公锦楼望月得中字》诗写中秋赏月之景，崔备、徐放、张正一、柳公绰、王良会有和诗。虽然这类诗受押韵所限，无法充分发挥诗人才华，甚至为表现闲雅之情而字斟句酌，辞藻华美而内容空洞，但这些诗组合在一起，则能比较充分地描绘出中秋锦楼的美景。如武元衡："玉轮初满空，迥出锦城东。"崔备："照耀初含露，裴回正满楼。遥连雪山净，迥入锦江流。"张正一："高秋今夜月，皓色正苍苍。远水澄如练，孤鸿迥带霜。"柳公绰："近看江水浅，遥辨雪山重。万井金花肃，千林玉露浓。"王良会："德星摇此夜，珥耳满重城。杳霭烟氛色，飘飖砧杵声。"武元衡可谓总写，明月高挂，清辉满城，而和作诗人则从不同角度、不同内容去描绘补充，或远或近，或上或下，或视或听，或江或城，或水或雾，共同勾画出一幅锦楼月景图。其中张正一诗写秋景较为壮阔，又能融化前人佳句入诗，较少雕琢痕迹，为诸诗中最佳者。另外，高骈的《锦城写望》诗写锦楼四下花海之景："蜀江波影碧悠悠，四望烟花匝郡楼。不会人家多少锦，春来尽挂树梢头。"与杜甫"花重锦官城"（《春夜喜雨》）有异曲同工之妙。

张仪楼，李吉甫《元和郡县图志》卷三十一云："州城，秦惠王二十七年张仪所筑。初仪筑城，屡颓不立，忽有大龟周行旋走，巫言依龟行处筑之，遂得坚立。城西南楼百有余尺，名张仪楼，临山瞰江，蜀中近望之佳处也。"②蜀汉时为宣明门楼，曹学佺《蜀中名胜记》引李膺《益州记》云："最东曰阳城门，次西曰宣明门，蜀时张仪楼，即宣明门楼也。重阁复道，跨阳城门。"③晋时又名白菟楼，张载有《登成都白菟楼》诗。张仪楼历史久远，岑参曾在此发思古之幽情，其《张仪楼》诗云："传是秦时楼，巍巍至今在。楼

① 乐史：《太平寰宇记》卷72，王文楚等点校，北京：中华书局，2007年，第1463页。
② 李吉甫：《元和郡县图志》卷31，北京：中华书局，1983年，第768页。
③ 曹学佺：《蜀中名胜记》卷1，刘知渐点校，重庆：重庆出版社，1984年，第4页。

南两江水，千古长不改。曾闻昔时人，岁月不相待。"楼犹在，水长流，唯昔人已逝，诗人在抚今追昔中感叹人世的沧桑和无奈。晚唐五代诗人李雄亦有一首《张仪楼》，为即景抒情之作，诗云："锦官城畔拂云楼，草没楼基锦水流。花外有桥通万里，槛前无主已千秋。铜梁雾雨迎归思，玉垒烟霞送暮愁。人去人来自惆怅，夕阳依旧浴沙鸥。"[1]这首七律似乎作于战乱之后，首联、颔联写景，反映张仪楼及其周边萧条之状，繁华不再，颈联、尾联写人，过往行人皆归思浓浓，满怀羁旅惆怅，唯有夕阳之下的沙鸥依然如此，自由自在地沐浴。人与物的对比，更平添一段哀愁。与锦楼一样，张仪楼亦适合登高望远、凭吊古今、思乡怀人，故唐五代入蜀诗人中登临者众多。如杜甫与严武曾一同登临晚眺并留诗，严武诗不存，杜甫有和诗，中间二韵为写景："层城临暇景，绝域望余春。旗尾蛟龙会，楼头燕雀驯。地平江动蜀，天阔树浮秦。"（《和严中丞西城晚眺十韵》）仇兆鳌《杜诗详注》卷十一注云："此西城晚眺。暇景余春，城西晚景。旗尾楼头，城上近景。地平天阔，城外远景。"[2]每一韵都是写不同视角之景，变化之快，令人目不暇接，不得不佩服杜甫的概括描写能力。最后一韵更是佳句，气象开阔，雄浑苍茫，仇兆鳌尤为欣赏，言："杜诗佳句，如'地卑荒野大，天远暮江迟'与'地阔峨眉晚，天高岘首春'，工力相敌。若'地平江动蜀，天阔树浮秦'，更足函盖乾坤。王介甫'地蟠三楚大，天入五湖低'，雄浑何减少陵。"[3]确实如此。又段文昌大和间为西川节度使，也曾与幕下文士登览张仪楼，段文昌作有《晚夏登张仪楼呈院中诸公》一诗，云："重楼窗户开，四望敛烟埃。远岫林端出，清波城下回。乍疑蝉韵促，稍觉雪风来。并起乡关思，销忧在酒杯。"从视觉、听觉、触觉写晚夏之景，有心旷神怡之感，只是过于追求典雅，反而显得滞涩。其幕中文士和者有姚向、温会、李敬伯、姚康、杨汝士，其中姚康写得较好，"登览值晴开，诗从野思来。蜀川新草木，秦日旧楼台。池景摇中座，山光接上

---

[1] 此诗见于高丽本《十抄诗》，《全唐诗》及《全唐诗补编》均未收录，今人查屏球从中辑出，见查屏球《新补〈全唐诗〉102首——高丽本〈十抄诗〉中所存唐人佚诗考》，《唐代文学研究》2004年辑。

[2] 仇兆鳌：《杜诗详注》卷11，北京：中华书局，1999年，第893页。

[3] 仇兆鳌：《杜诗详注》卷11，北京：中华书局，1999年，第894页。

台。近秋宜晚景，极目断浮埃。"（《奉陪段相公晚夏登张仪楼》）同样是写张仪楼晚夏之景，却显得清新爽朗，没有支离破碎之感，也准确地抓住了夏秋之交的气候特征，描绘出眼前之景。

合江亭，在郫江与检江合流处。符载《九日陪刘中丞贾常侍宴合江亭序》云："合江，一都之奇胜也。……是亭鸿盘如山，横架赤霄，广场在下，砥平云截，而东西南北迥然也。"[1]形胜之地，又处交通咽喉，故唐人往往于此饯行，留下众多题诗。宋吕大防《合江亭记》言："旧渚者，合江故亭，唐人宴饯之地。名士题诗往往在焉。久芜不治，余始命葺之，以为船官治事之所。俯而观水，沧波修阔，渺然数里之远。东山翠麓，与烟林篁竹列峙于其前。鸣濑抑扬，鸥鸟上下，商舟渔艇，错落游衍。春朝秋夕置酒其上，亦一府之佳观也。"[2]吕大防所说唐人题诗当大多为入蜀诗人所作，可惜这些题诗都没有留存下来。唯杜甫诗中有言及，其《赴青城县出成都寄陶王二少尹》诗云："东郭沧江合，西山白雪高"即写合江亭景。宋时合江亭更为出名，宋人题诗众多，由于与本书内容无关，故不作论述。

以上是成都城内之水——锦江风光，城内之山，则有武担山、学射山，以武担山题诗最多。武担山，《太平寰宇记》卷七十二云："在府西北一百二十步，一名武都山。《蜀记》云：'武都山精，化为女子，美而艳。蜀王纳为妃，不习水土，欲去，王必留之，作《东平》之歌以悦之。无几，物故。蜀王乃遣五丁于武都山担土为冢，盖地数亩，高七丈，上有一石，厚五寸，径五尺，莹澈，号曰石镜。王见，悲悼，遂作《臾邪》之歌，《龙归》之曲。今都内及毗桥侧有一折石长丈许，云是五丁担土担也。"[3]扬雄《蜀都赋》称其"武担镇都，刻削成薮；王基既夷，蜀堆尚丛。"[4]实际上武担山只是一普通山丘，甚至不能称之为是山，"只一抔土尔"[5]，但是由于其充满浪漫色彩的

① 符载：《九日陪刘中丞贾常侍宴合江亭序》，《全唐文》卷690，北京：中华书局，1983年，第7067页。
② 吕大防：《合江亭记》，《全宋文》第72册，上海：上海辞书出版社，2006年，第212页。
③ 乐史：《太平寰宇记》卷72，王文楚等点校，北京：中华书局，2007年，第1464页。
④ 扬雄：《蜀都赋》，张震泽《扬雄集校注》，上海：上海古籍出版社，1993年，第21页。
⑤ 曹学佺：《蜀中名胜记》卷3，刘知渐点校，重庆：重庆出版社，1984年，第32页。

神话传说而引起文人的兴趣，加之周围郁郁草木和寺庙的映衬，遂成为一著名文化景观，唐宋文人留下了不少诗文。唐五代入蜀诗人中王勃是最早游览武担山的，其《晚秋游武担山寺序》极力描绘武担山寺晚秋秀美幽静、氛氲缭绕之景，"信三蜀之奇观也"[1]，之后的文人大约皆因此慕名而来。苏颋《武担山寺》诗云："武担独苍然，坟山下玉泉。鳌灵时共尽，龙女事同迁。松柏衔哀处，幡花种福田。讵知留镜石，长与法轮圆。"在神话传说的基础上吟咏感叹，写景不多。值得注意的是段文昌及其幕下文士游武担山寺的唱和之作，对武担山寺及锦江秋景有不同层次的展现，各诗如下：

题武担寺西台

段文昌

秋天如镜空，楼阁尽玲珑。水暗余霞外，山明落照中。鸟行看渐远，松韵听难穷。今日登临意，多欢语笑同。

和段相公登武担寺西台

姚向

开阁锦城中，余闲访梵宫。九层连昼景，万象写秋空。天半将身到，江长与海通。提携出尘土，曾是穆清风。

温会

桑台烟树中，台榭造云空。眺听逢秋兴，篇辞变国风。坐愁高鸟起，笑指远人同。始愧才情薄，跻攀继韵穷。

李敬伯

台上起凉风，乘闲览岁功。自随台席贵，尽许羽觞同。楼殿斜晖照，江山极望通。赋诗思共乐，俱得咏时丰。

姚康

松迳引清风，登台古寺中。江平沙岸白，日下锦川红。疏树山根净，深云鸟迹穷。自惭陪末席，便与九霄通。

---

① 王勃：《晚秋游武担山寺序》，《全唐文》卷181，北京：中华书局，1983年，第1845页。

杨汝士

清净此道宫，层台复倚空。偶时三伏外，列席九霄中。平视云端路，高临树杪风。自怜荣末座，前日别池笼。

秋高气爽之际众人登临武担山寺西台，视野开阔，秋景美不胜收，清风徐来，心情爽然，岂能无诗？于是段文昌首作，众人和之。段文昌诗写景动静结合，重点是天空，描绘出一幅"落霞与孤鹜齐飞"之景，而姚向诗则写静，重点是锦江，呈现的是"秋水共长天一色"的壮阔。温会诗视点则在西台四周，重点表现内心对秋景的感受，虽稍露秋愁，但很快释然。李敬伯、杨汝士诗则时时言怀，应酬性质明显，唯姚康诗写景层次井然，远近结合，错落有致，色彩感强烈，显得疏朗明净，而整首诗对仗工整，与大历诗风颇为相似。上述诸诗都是登览所见，与武担山本身不相干，而宋人题诗则多结合神话传说写景议论，较少登览之作。

入蜀诗人以成都为终点，在抵达成都后，闲暇之余往往会四处游历，附近的汉州、蜀州、彭州是他们的常游览之地，留下的山水诗也较多。汉州，《元和郡县图志》卷三十一云："禹贡梁州之域。秦为蜀郡地，汉分蜀郡为广汉郡，今州即广汉郡之雒县也。隋开皇三年罢郡，县属益州。皇朝初因之，至垂拱二年于雒县分置汉州。"[1]可见汉州在秦汉时属要郡，后来地位衰落，沦为益州（成都）的附地，但相比其他州郡，还是有着深厚的文化传统。常璩《华阳国志》称其"土地沃美，人士俊乂，为一州（益州）称望"[2]。境内名山、寺观众多，为唐五代入蜀诗人游览胜地。如王勃咸亨元年（670）夏秋间曾在此流连数月，有《寻道观》《游梵宇三觉寺》《观佛迹寺》《八仙迳》《观内怀仙》《山居晚眺赠王道士》等诗，以及《宇文德阳宅秋夜山亭宴序》等文。如《游梵宇三觉寺》一诗："杏阁披青磴，雕台控紫岑。叶齐山路狭，花积野坛深。萝幌栖禅影，松门听梵音。遽忻陪妙躅，延赏涤烦襟。"首一、二句写三觉寺位置的高远，在山顶之上紫烟缭绕之处，三、四句写登山所见之景，僻

① 李吉甫：《元和郡县图志》卷31，北京：中华书局，1983年，第777页。
② 常璩：《华阳国志》卷3，刘琳校注，成都：巴蜀书社，1984年，第254页。

静幽深，最后四句写感受，静听诵经之声，似有超尘脱俗之感。虽然延续传统山水诗的写法，但景物与内心情感的融合，已预示着盛唐山水诗情景交融的到来，如纪昀评云："装点是四杰本色。然有骨有韵，故虽沿齐、梁之格，而能为唐世之音者，第四句尤有深致。"[1]另外还有杜甫、李德裕、薛能等诗人都曾特意游览汉州，且都曾泛舟房公湖。房公湖为房琯刺汉州时开凿，清《四川通志》卷二十三云："房公湖，在州城南五十步，唐房琯为刺史日所凿。凡数百亩，洲岛回环，亭堂台榭甚多，同时高适、杜甫皆尝赋诗。"[2]高适诗已失传，杜甫诗有《陪王汉州留杜绵州泛房公西湖》《得房公池鹅》《州前小鹅儿》等诗，但以叙事怀人为主，写景不多，李德裕、薛能之诗亦是如此。如李德裕诗"丞相鸣琴地，何年闭玉徽。偶因明月夕，重敞故楼扉。桃柳溪空在，芙蓉客暂依。谁怜济川楫，长与夜舟归。"（《汉州月夕游房太尉西湖》）虽是以景怀人，但又何尝不是李德裕本人内心的流露呢？正如清人周珽云："五、六见房之善迹空存，己之美游虚附。结应起联，意悲其相才不得尽展。怜房实以自怜也。"[3]反而房琯自己的题诗能够充分展现其景，诗云："高流缠峻隅，城下缅丘墟。决渠信浩荡，潭岛成江湖。结宇依回渚，水中信可居。三伏气不蒸，四达暑自徂。同人千里驾，邻国五马车。月出共登舟，风生随所如。举麾指极浦，欲极更盘纡。缭绕各殊致，夜尽情有余。"前六句写西湖的环境及其开凿过程，描绘出其宏阔的气势，后十句写同诸人月夜消暑其中，尽兴方回。整体来说，房琯这首诗还带有盛唐山水诗的气象，尽管此时北方已陷于战乱之中，但字里行间仍气势恢宏。

蜀州有青城山、都江堰、玉垒山等名胜，唐五代入蜀诗人游历此地的也不少，如高适、岑参、杜甫、温庭筠、杜光庭等，而留下山水诗最多的是杜甫，其《题新津北桥得郊字》《游修觉寺》《后游》《丈人山》等诗皆是此类。

---

① 方回选评：《瀛奎律髓汇评》卷47，李庆甲集评校点，上海：上海古籍出版社，1986年，第1626页。

② 黄廷桂等修，张晋生等纂：《四川通志》卷23，《文渊阁四库全书》第560册，台北：台湾商务印书馆，1983年，第334页。

③ 周珽编纂、评笺：《唐诗选脉会通评林》，见陈伯海主编《唐诗汇评》引，杭州：浙江教育出版社，1995年，第2213页。

如《游修觉寺》："野寺江天豁，山扉花竹幽。诗应有神助，吾得及春游。径石相萦带，川云自去留。禅枝宿众鸟，漂转暮归愁。"明王嗣奭《杜臆》云："修觉寺在新津县修觉山上，神秀禅师结庐于此。此诗当是往新津时作。既豁且幽，境地殊胜，能发诗人之兴，故云'有神助'。结语又发心事。"①浑然天成、平淡自然，宛若中国传统山水画，既有陶渊明的悠然之境，又有王维的禅学玄思，不愧是诗界圣手。又《题新津北桥楼得郊字》诗："望极春城上，开筵近鸟巢。白花檐外朵，青柳槛前梢。池水观为政，厨烟觉远庖。西川供客眼，唯有此江郊。"写新津北桥所望之景，以"望"统摄全篇，而处处体现出"春"字，正如《杜诗详注》卷九云："通首皆楼上所见者，'望极'二字直贯至末。春城、鸟巢，属外景；花檐、柳槛，属内景；池水、厨烟，又属席前之景。末则叹美江郊也。"②而曾经长期隐居青城山的杜光庭，文虽然不少，如《青城山记》，但却没有相关山水诗，这是颇为遗憾的。彭州也有不少入蜀诗人游历，如初唐四杰中的王勃、卢照邻。王勃诗文俱存，文如《祭白鹿山神文》《夏日仙居观宴序》等，诗有《春游》《羁春》，为即景抒情之作。卢照邻有《游昌化山精舍》，为五言绝句，短小精悍，诗云："宝地乘峰出，香台接汉高。稍觉真途近，方知人事劳。"昌化山，李吉甫《元和郡县图志》卷三十一《彭州·唐昌县》云："昌化山，在县北九里。"③前二句突出昌化山精舍的不同一般，在高耸入云的峰顶之上，确为佛门胜地。后二句由旅途想到人事，表达对人事的厌倦。真正写景的诗歌还是高适的《赴彭州山行之作》，这是高适乾元二年（759）五月赴任彭州刺史时所作，诗云："峭壁连崆峒，攒峰叠翠微。鸟声堪驻马，林色可忘机。怪石时侵径，轻萝乍拂衣。路长愁作客，年老更思归。且悦岩峦胜，宁嗟意绪违。山行应未尽，谁与玩芳菲。"全诗写夏日山行途中美景，"峭壁""攒峰"突出山的险峻和连绵，紧扣"山行"。接下来写路途中清脆的鸟鸣，秀美的山林，让人心旷神怡，忘却忧虑，而两旁的怪石和轻萝似乎有意留人，其实还是诗人内心的不舍。这时行程已

---

① 王嗣奭：《杜臆》卷4，上海：上海古籍出版社，1983年，第119页。
② 仇兆鳌：《杜诗详注》卷9，北京：中华书局，1999年，第785页。
③ 李吉甫：《元和郡县图志》卷31，北京：中华书局，1983年，第774页。

久，而自己年老不免有思归之情，但想到如此秀美之景，岂能嗟叹与意绪相违，还是欣赏这美景吧，自勉之意甚浓。全诗非常准确生动地勾勒出山行中的雄奇秀丽之景，是典型的巴蜀山景风光，非亲身经历不能如此。其他诗人，如崔涂的《秋宿天彭僧舍》《秋夜僧舍闻猿》，郑谷《宗人作尉唐昌官署幽胜而又博学精富得以言谈将欲他之留书屋壁》等也都对彭州山水有精彩的描绘，此不细论。

以上是对成都及其附近山水的概括性论述。由于成都历史悠久，又是巴蜀的政治、经济和文化中心，名胜古迹众多，论述时不可能面面俱到，故以锦江为中心，将周边山水景观串联起来。在入蜀诗人笔下，这一带山水呈现出来的不仅仅是秀丽的外在形式，其深厚的文化底蕴更让他们为之流连忘返，王羲之时代文人对巴蜀的种种好奇，终于在唐五代诗人笔下得到了具体的回应。

第四节
入蜀诗人笔下的巴蜀山水印象

山水是诗人入蜀后见到的第一物象，而在唐五代入蜀诗人之前，文人们对山水的兴趣多集中在吴越一带，巴蜀山水并没有引起他们太多的关注，文学作品尤其是诗歌中并没有直观的展现，因而人们对于巴蜀山水可以说是陌生的。所以当唐五代诗人初次面对这些陌生山水时会有怎样的情感表现，会留下怎样的深刻印象，下面试作论述。

一、宇宙之绝观

王勃《入蜀纪行诗序》云："若乃采江山之俊势，观天下之奇作，丹壑争流，青峰杂起，陵涛鼓怒以伏注，天壁嵯峨而横立，亦宇宙之绝观者也。"[①]

---

① 王勃：《入蜀纪行诗序》，《全唐文》卷180，北京：中华书局，1983年，第1833页。

这大概是绝大部分，不管是从蜀道还是峡路入蜀诗人对巴蜀山水的最直观印象。所谓"绝观"，是指世间罕有之景，是对山水景色的极高赞美，如范成大《吴船录》云："盖大峨峰顶，天下绝观，蜀人固有罕游。"①又文同《南康军妙明庵记》云："此尤天下之胜处，世间不复更有之绝观也。"②王勃所称之"绝观"主要是指蜀道之景，即序中所言之"丹壑争流，青峰杂起，陵涛鼓怒以伏注，天壁嵯峨而横立"，其特征是既雄伟险峻，又奇秀壮丽。我们可以结合王勃蜀道行中的具体作品来分析。虽然王勃的入蜀纪行诗大部分已不存，但从现存的《普安建阴题壁》《泥溪》两诗中我们还是可以一窥究竟。《普安建阴题壁》云："江汉深无极，梁岷不可攀。山川云雾里，游子几时还。"近人刘永济《唐人绝句精华》云："此诗写山高水深，云雾杳冥之中，游子有四顾茫然之感。"③普安即今广元剑阁县普安镇，可见王勃所写之景是剑阁一带，这与李白《蜀道难》中"连峰去天不盈尺，枯松倒挂倚绝壁。飞湍瀑流争喧豗，砯崖转石万壑雷"具有相似处，虽让人胆战心寒，却可以从中体会到一种奇险之美。所谓无限风光尽在险峰，正是如此。《泥溪》一诗亦是如此："弭棹凌奔壑，低鞭蹑峻岐。江涛出岸险，峰磴入云危。溜急船文乱，岩斜骑影移。"水急浪高，岩壑壁立，高耸云天，船行之上，战战兢兢，如履薄冰，虽紧张凶险，但让人激昂兴奋，无限趣味也尽在其中。诸如此类雄伟奇绝之景，大概就是王勃所说之"绝观"，也是他对于巴蜀山水最为深刻的印象，所以才会在序中刻意突出这一点。

在其他入蜀诗人的笔下，虽然他们没有用"绝观"一词来赞美蜀道山水，但在诗歌中所描绘的蜀道山水，不管是从其外在形式来看，还是从其给诗人留下的内心感受来看，大都也是如此，既雄伟险峻，又奇秀壮丽。如同是"初唐四杰"的骆宾王，其《畴昔篇》中回忆入蜀时情景云："玉垒铜梁不易攀，地角天涯眇难测。莺啭蝉吟有悲望，鸿来雁度无音息。阳关积雾万里昏，剑阁连山千种色。蜀路何悠悠，岷峰阻且修。回肠随九折，迸泪连双流。"诗人以概

---

① 范成大：《吴船录》卷中，《笔记小说大观》第9册，扬州：江苏广陵古籍刻印社，1983年，第136页。

② 文同：《南康军妙明庵记》，《全宋文》第51册，上海：上海辞书出版社、合肥：安徽教育出版社，2006年，第155页。

③ 刘永济选释：《唐人绝句精华》，北京：人民文学出版社，1981年，第5页。

述的方式追忆自己入蜀的经历，其中涉及诸多山水景观，如玉垒山、铜梁山、阳关、剑阁、岷山、九折坂、地角石、天涯石等，其目的无非是反复强调蜀道之难，突出其奇险，而唯独以"阳关积雾万里昏，剑阁连山千种色"之句写蜀道壮阔奇美之景，说明蜀道剑阁不但艰险，其景色亦奇绝，因而给诗人留下了极为深刻的印象。杜甫是以组诗形式系统描写蜀道山水风光的，这一点前文已有论述，而这些诗中以表现蜀道山水奇险壮丽为主的占绝大多数，其中不时有杜甫对蜀道"绝观"之赞叹。如《五盘》诗在屈曲盘旋、惊险万状的栈道中看到的却是人间胜境，内心按捺不住惊喜，开篇即言"五盘虽云险，山色佳有余"，连日来的恐惧惊扰和奔波劳累顿时得到舒解，"坦然心神舒"。所以清人蒋弱六评此诗云："是险极中略见可喜，反因此生出别感来。分明一路恐惧惊忧，万苦在心，俱记不起；至此心神略闲，不觉兜底触出，最为神到。"[1]《石柜阁》一诗则是杜甫面对蜀道胜景，感叹自己不能像陶渊明、谢灵运那样寻幽访胜，只能"羁栖负幽意，感叹向绝迹"，内心不舍之情溢于言表。这里的"绝迹"与"绝观"表达的是同一意思，说明杜甫与王勃是有同感的。

剑门是蜀道上最具代表性的"绝观"之景，王勃"天壁嵯峨而横立"大概就是指此。唐五代入蜀诗人在此留下的诗文众多，但大多以张载《剑阁铭》为基调，议论较多，而写景较少，有喧宾夺主之嫌。只有中唐政治家李德裕的诗文，始终以写景为主，突出其"绝观"之景。他的《剑门铭》云："群山西来，波积云屯。地险所会，斯为蜀门。层岑峻壁，森若戈戟。万壑奔东，双飞高阙。翠岭中横，黯然黛色。"注云："剑门当中有一峰，峻岭横峙，望若列屏，此一峰最奇，而说者未尝及也。"[2]大多数文人在诗文中写剑门时往往偏重说教，所以写景一笔带过，显得千篇一律。而李德裕此铭不但准确生动地描绘剑门之景，更将其中细节，如"一峰之奇"特意突出，说明李德裕并没有像一般文人那样单纯将其看成是政治说教的工具，而首先将其看成是蜀道上之"绝观"，并为其折服。所以在《剑门铭》中意犹未尽，再题诗一首（见本章第一节《题剑门》一诗），与铭文交相辉映，尽情展现其雄伟奇绝之景。岑参

---

① 引自陈贻焮：《杜甫评传》（中），北京：北京大学出版社，2011年，第488页。
② 李德裕：《剑门铭》，《全唐文》卷711，北京：中华书局，1983年，第7294页。

的《入剑门寄杜杨二郎中》虽然篇末大量议论，但起首写剑门之景却颇具其边塞诗的风格，以奇语写奇景。作为一位见多识广且见惯奇景的诗人，剑门之景能让他再次震撼，这充分说明剑门为"宇宙之绝观"不虚。当然其他入蜀诗人写剑门之景较少，并非是他们要否认这点，实际上正是因为他们意识到剑门雄伟奇险的特性，才让他们满怀忧虑，担心"所守或匪亲，化为狼与豺"（李白《蜀道难》）。所以入蜀诗人视剑门为"绝观"应该是比较一致的。

除了蜀道之景，在唐五代入蜀诗人笔下可以称得上"绝观"的还有三峡之景。与蜀道"绝观"为唐人初次发现不同，唐五代文人在入蜀前对于三峡风光并不陌生，宋玉《高唐神女赋》中的巫山神女故事早已令人遐想，而《水经注》中对三峡风光的描写他们也一定耳熟能详，然而身临其境的感受又不一样，危峰险滩，急流悬瀑，奇石哀猿，虽惊心动魄，但绝世胜景亦尽览无遗。沈佺期的例子或许具有一定的代表性，其《十三四时尝从巫峡过他日偶然有思》一诗云："小度巫山峡，荆南春欲分。使君滩上草，神女馆前云。树悉江中见，猿多天外闻。别来如梦里，一想一氤氲。"这是其回忆少年时经过巫峡之作，巫峡美景依然历历在目，让其有魂牵梦绕之感。不过秀美只是三峡的一面，雄奇险峻则是它的另一面，体现出其"绝观"的真正含义，这也与王勃对蜀道"绝观"之景的描述是比较一致的。王勃的好友杨炯从蜀道入，而从三峡出，给其留下深刻印象的就是三峡的雄奇峻丽，如《广溪峡》是"乔林百丈偃，飞水千寻瀑。惊浪回高天，盘涡转深谷"，这是奇险；《巫峡》是"重岩窅不极，叠嶂凌苍苍。绝壁横天险，莓苔烂锦章。入夜分明见，无风波浪狂"，这是奇丽，与蜀道绝观何其相似。孟浩然以山水诗著名，他的《入峡寄弟》诗写峡中风光也突出其奇峻，"往来行旅弊，开凿禹功存，壁立千峰峻，溪流万壑奔。我来凡几宿，无夕不闻猿"。这与他惯常的平淡诗风不同，也是环境使然。孟郊游历荆楚时溯江入峡，以组诗《峡哀》十首，将三峡的奇崛险峻之景与自身遭遇相结合，刻画出一个光怪陆离的世界。虽然如此，诗中对三峡景色的描写却极具特点，如"上天下天水，出地入地舟""三峡一线天，三峡万绳泉""峡棱剚日月，日月多摧辉""犀飞空波涛，裂石千嵌岑"等，准确生动地刻画出三峡的种种绝观，令人啧啧称奇。蜀道有剑门雄关，三峡则有夔门天险以及滟滪险滩。如杜甫《夔州歌十绝句》中写夔门之险："中巴之东巴东山，江水开辟流其间。白帝高为三峡镇，夔州险过百牢关。"写夔门之壮丽："赤甲白盐俱刺天，闾阎缭绕接山巅。枫林橘树丹青合，复道重楼锦绣悬。"夔门虽没有剑门之雄奇，但壮丽则过之，二者各有千秋。而滟滪险滩更是三峡之险："路经滟滪双蓬鬓，天入沧浪一钓舟"（杜甫《将赴荆南寄别李剑州》）大约是途经此地人们的同感。杜甫《滟滪堆》诗云："巨石水中央，江寒出水长。沉牛答云雨，如马戒舟航。"写滟滪堆之凶险，采用的是实写。又《滟滪》云："滟滪既没孤根深，西来水多愁太阴。江天漠漠鸟双去，风雨时时龙一吟。" 同样写其凶险，采用的则是虚写，何焯《义门读书记》言："除是鸟飞得过，况又风雨蛟龙，杂然助其险阻耶！"① 杜甫从蜀道入而从三峡出，虽然景物不同，但在表现蜀道与三峡的奇险方面则有相似处，而绝观也就在其中。

可见，不管是在蜀道还是在三峡，唐五代入蜀诗人在感受到它们的雄奇险峻的同时，"宇宙之绝观"也应该是他们对此最恰当的评价。

二、长怀赏心爱

巴蜀山水在唐五代入蜀诗人心目中的印象，不仅仅是以奇绝著称，其清新明丽、秀美灵动之处与吴越等地相比亦不遑多让。张说在《新都南亭送郭元振卢崇道》一诗中言："竹径女萝蹊，莲洲文石堤。静深人俗断，寻玩往还迷。碧潭秀初月，素林惊夕栖。裹幌纳蟾影，理琴听猿啼。佳辰改宿昔，胜寄坐睽携。长怀赏心爱，如玉复如圭。"对于眼前静谧秀美之景，诗人早已沉醉于中，并希望常怀此趣，长赏此景。这大概也是众多诗人入蜀后徜徉于巴山蜀水中不禁会产生的一种普遍心态。

论天下秀美之景，人们首先想到的自然是吴越山水，自东晋谢灵运以来，不知有多少文人雅士为之倾倒，李白诗言"我欲因之梦吴越，一夜飞度镜湖月"（《梦游天姥吟留别》），也可以代表唐五代文人的一般心理。然而在唐五代文学中，吴越山水已不是文人们关注的唯一对象，随着大量文人的入

---

① 何焯：《义门读书记》卷55，北京：中华书局，1987年，第1178页。

蜀，巴蜀山水逐渐被发现，其"宇宙之绝观"自然让人惊叹，而其秀美处亦让人"长怀赏心爱"。初盛唐时期是其发现过程，之前文人对巴蜀山水的一些初步印象，如剑阁、巫山多为绝观之景，然入蜀之后四处游历之时则发现巴蜀山水丰富而多样，清新秀美、雅致明丽之景比比皆是，在初盛唐入蜀诗中这类诗的数量实际要比前一类多。初唐四杰是唐五代入蜀诗人中最早关注巴蜀山水的，入蜀的经历也是他们从亭台楼阁走向江山大川，体验自然风光的开始。如王勃，在惊叹于蜀道的自然绝观的同时，又流连忘返于成都平原一带的秀美之景，在两年多时间中，先后游历剑州、绵州、汉州、梓州、彭州、嘉州等地，留下了数量众多的山水诗文。杨炯《王子安集序》云："远游江汉，登降岷峨。观精气之会昌，玩灵奇之胚胎。考文章之迹，徵造作之程。神机若助，日新其业。西南洪笔，咸出其词；每有一文，海内惊瞻。"①其中写景诗如《圣泉宴》《八仙径》《寻道观》《出境游山二首》《观佛迹寺》《上巳浮江宴韵得遥字》《上巳浮江宴韵得阯字》等，将蜀中山水清新明秀的一面展现在世人面前。如《圣泉宴》一诗："披襟乘石磴，列籍俯春泉。兰气熏山酌，松声韵野弦。影飘垂叶外，香度落花前。兴洽林塘晚，重岩起夕烟。"写景清新流丽、幽雅别致，正如《唐诗选脉会通评林》云："造语极幽润秀发。大抵子安写景多臻妙境，唐仲言其恨少骨力，秀趣在布景中者也。"②由于王勃在当时"每有一文，海内惊瞻"的巨大影响，可以想象蜀中山水亦会随其影响而引人注目，名气渐起。卢照邻比王勃先入蜀，在蜀时间也更长，而他的蜀中山水诗也比王勃更多，但与王勃在山水诗中时时抒发郁勃不平之气不同，卢照邻较少表露个人情感而专注于景物的描写中，从中可以看出诗人对蜀中山水的喜爱并已不自觉融入其中。如《葭川独泛》诗："倚棹春江上，横舟石岸前。山暝行人断，迢迢独泛仙。"诗人完全与山水融为一体，乐在其中。其意境平淡幽远，与后来韦应物的滁州山水诗极为相似，如果不看诗题，很容易误为是江南之景。葭川在利州（今四川广元），蜀道边上多绝观，然卢照邻独具慧眼，

---

① 董诰：《全唐文》卷191，北京：中华书局，1983年，第1930页。
② 周珽编纂、评笺：《唐诗选脉会通评林》，陈伯海主编《唐诗汇评》引，杭州：浙江教育出版社，1995年，第98页。

发现此幽胜之景，可见蜀中山水的多样性。最能反映蜀中秀美之景的是卢照邻在其新都居所所作诗歌，颇具盛唐山水田园诗的特征，如《春晚山庄率题二首》《初夏日幽庄》《山庄休沐》《山林休日田家》等诗。试看《春晚山庄率题二首》其二："田家无四邻，独坐一园春。莺啼非选树，鱼戏不惊纶。山水弹琴尽，风花酌酒频。年华已可乐，高兴复留人。"诗云"率题"，当是乘兴之作，所以没有任何矫饰的成分。描写的都是眼前日常生活之景，但正是这种日常之景才真正具有代表性，能够反映诗人的情感和喜好，正如《唐诗选脉会通评林》云："鱼鸟忘机，山水风花得兴，总指独坐春园景趣，悠游自在，宁知年华消长。"①情与景的融合自然无间，诗风虽平淡，但诗意诗趣却浓厚。显然，王勃偏爱的是蜀道奇绝之景，而卢照邻则怡然自得于这种秀美风光中，所以当他离蜀时依依不舍的还是锦城美景和同赏此景的同僚，其《还京赠别》诗云："风月清江夜，山水白云朝。万里同为客，三秋契不凋。戏凫分断岸，归骑别高标。一去仙桥道，还望锦城遥。"在初唐文人还不十分情愿入蜀的情况下，卢照邻却如此不舍，实属罕见，可见其确实对巴蜀情感深厚，而其留下的这些秀美山水诗，对于后来文人入蜀肯定会起到积极影响。其他的诗人，如张说、苏颋、孟浩然、薛登等都有描写此类美景的诗歌，只是数量不多影响也不大。

中晚唐时期大量诗人入蜀，足迹遍及巴蜀各地，除了成都平原外，一些相对偏僻落后地区的山水风光也逐渐被发现，如羊士谔在巴州，元稹在通州，白居易在忠州，游历所及，山水始兴。而足迹最广，诗歌数量最多，影响最大的还是杜甫，他在成都、阆州、绵州、汉州、蜀州等地都有不少描写秀美山水的诗歌。作于成都的，如《江涨》《江村》《梅雨》《江亭》《泛溪》《春水》《江畔独步寻花七绝句》《草堂》《野望》《四松》等，举凡花草树木、湖光水色、都市荒郊、俗事民情无所不涉。可以说锦城的一草一木、一山一水都给诗人留下了深刻印象，所以一旦离开成都，杜甫对于锦城、锦水总是魂牵梦绕，后来至夔州时诗人还经常想起自己在锦城的生活。如《怀锦水居止

---

① 周珽编纂、评笺：《唐诗选脉会通评林》，陈伯海主编《唐诗汇评》引，杭州：浙江教育出版社，1995年，第48页。

二首》其一云："天险终难立，柴门岂重过。朝朝巫峡水，远逗锦江波。"由"巫峡水"自然想到"锦江波"，可以看出锦城生活给诗人留下的美好记忆和深厚情感；其二云："万里桥南宅，百花潭北庄。层轩皆面水，老树饱经霜。雪岭界天白，锦城曛日黄。惜哉形胜地，回首一茫茫。"忆及锦城秀美风光犹在眼前，恍若仍在其中，其深情可见。即使是偶闻杜鹃啼叫，就想到"我昔游锦城，结庐锦水边。有竹一顷余，乔木上参天。杜鹃暮春至，哀哀叫其间。我见常再拜，重是古帝魂"（《杜鹃》）。阆州也是杜甫留下较多山水诗歌的地方，如《阆山歌》《阆水歌》《滕王亭子二首》《南池》《渡江》等诗。曹学佺《蜀中名胜记》引《胜览》云"阆州江山奇秀闻天下"[1]，杜甫正是其发现者，由此阆州胜景名闻天下。可见由于杜甫的巨大文化影响力，无疑对蜀中山水风物具有广泛的宣传作用，特别是两宋时期，文人对杜甫的崇慕，追寻其足迹纷至沓来，把巴蜀山水推向极致。所以宋人葛立方论杜甫草堂时言："其起居寝处之适，不足以偿其经营往来之劳，可谓一世之羁人也。然自唐至宋已数百载，而草堂之名，与其山川草木，皆因公诗以为不朽之传。盖公之不幸，而山川草木之兴也。"[2]确实，杜甫对蜀中山水的兴盛居功至伟。

由于前述诸人的贡献，巴蜀山水的秀美也逐渐得到了中晚唐诗人的认可[3]，成为吸引文人入蜀的又一个原因，这可以丛中晚唐众多的送人入蜀诗中看出一些端倪。如李端《送友人游蜀》一诗言："嘉陵天气好，百里见双流。帆影缘巴字，钟声出汉州。绿原春草晚，青木暮猿愁。本是风流地，游人易白头。"李端有过入蜀的经历，这首诗当作于其入蜀后，故诗中所写蜀中胜景随手拈来，却颇能概括其特色：清淡闲远、清丽秀美，与江南水乡风光极为相似。而从诗人的回忆与介绍中，我们可以看出诗人对蜀中山水的肯定和赞美，并有意为友人游蜀作推荐，让其浮想联翩。又司空曙《送柳震入蜀》诗云："粉堞连青气，喧喧杂万家。夷人祠竹节，蜀鸟乳桐花。酒报新丰景，琴迎抵

---

① 曹学佺：《蜀中名胜记》卷24，刘知渐点校，重庆：重庆出版社，1984年，第353页。

② 葛立方：《韵语阳秋》卷6，《丛书集成初编本》，北京：中华书局，1985年，第51页。

③ 张伟然：《唐人心目中的文化区域及地理意象》一文也认为中晚唐时期"巴蜀的人文景观也逐渐博得了外地人的赞赏。"见李孝聪主编《唐代地域结构与运作空间》，上海：上海辞书出版社，2003年，第359页。

峡斜。多闻滞游客，不似在天涯。"唐以前文人对蜀中不甚熟悉，故总是充满好奇，唐代文人也还存在这种情况，即使是杜甫，在初入蜀时还感叹"我行山川异，忽在天一方"（《成都府》），又云"天路看殊俗"（《雨晴》）。而司空曙诗中之巴蜀山水虽异于中原，但幽胜秀美处却与中原等地颇为相似，故不但让游蜀之人有"不似在天涯"之感，更长期滞留于此。司空曙亦曾入蜀，这应该就是其入蜀亲历后的真实感受，也与其入蜀诗中描写的巴蜀山水意境是一致的，如《送夔州班使君》："鱼国巴庸路，麾幢汉守过。晓樯争市隘，夜鼓祭神多。云白当山雨，风清满峡波。夷陵旧人吏，犹诵两岐歌。"既送人，又写景，婉雅闲淡，清新自然，故《唐诗品》评云："文明诗气候清华，感赏至到，中唐作者前有继躅，后罕联肩，诵之口吻调利，情意触发，可谓风人之度矣。如'云白当山雨，风清满峡波''澹日非云映，清风似雨馀'，景象依然，模写切至。"[1]其他如《和卢校书文若早入使院书事》《题凌云寺》《发渝州却寄韦判官》等诗，皆情境相若。可见司空曙《送柳震入蜀》一诗中对巴蜀山水的描写实是来源于其亲身经历后的深刻印象，所谓"多闻滞游客，不似在天涯"之情其实既是写他人，也是写自己。李端和司空曙以自身入蜀经历向友人宣扬巴蜀的秀美风光，说明中晚唐以后巴蜀秀美风光不但得到文人的肯定和欣然接受，更直接吸引了文人的驻足赏玩，正如权德舆《送李十二弟侍御赴成都序》云："至若铜梁、玉垒之胜践，使轩宾榻之盛集，皆备于歌诗者之说，不能悉数云。"[2]蜀人李远《送人入蜀》诗亦云："君今是胜游"，可见文人对于风光旖旎之巴蜀胜景不再好奇，游历赏玩并形诸歌咏已是普遍常态。

三、转见千秋万古情

与优美的自然山水一样，巴蜀悠久的历史、深厚的文化也是触发入蜀诗人诗兴的重要源泉。杜甫在《越王楼歌》诗中言"君王旧迹今人赏，转见千秋万古情"，诗人在历史遗迹前欣赏优美的自然风光的同时，似乎也在与历史

---

① 徐献臣：《唐诗品》，陈伯海主编《唐诗汇评》引，杭州：浙江教育出版社，1995年，第1503页。
② 董诰：《全唐文》卷492，北京：中华书局，1983年，第5019页。

进行对话，引发诗人的浮想联翩，发思古之幽情。于是古人之精神俱化为山水之精神，与自然之景交相辉映，在唐五代入蜀诗人笔下形成一道道独特的文化景观，展现出巴蜀文化的独有魅力。这是入蜀诗人对巴蜀山水留下的又一深刻印象。

　　一般而言，承载文化的各种形式，如神话传说、名人古迹、历史遗址等往往是与山水结合在一起，两者交相辉映，山水借文化而闻名，而文化则藉山水而得以具体呈现，所以凡有文化名胜处就有文人身影。从这个意义上讲，入蜀诗人游历巴蜀山水的过程，也是感受和体验巴蜀文化的过程。未入蜀时，文人对于巴蜀文化已欣然向往，唐前王羲之是典型例子，而唐代文人同样如是，陶翰《送孟大入蜀序》云："翰读古人文，见《长杨》《羽猎》《子虚》赋，壮哉！至广汉城西三千里，清江夤缘，两山如剑，中有微径，西入岷峨，口有奇幽，皆感子之兴矣。"[1]陶翰虽不入蜀，但字里行间却流露出对巴蜀文化的羡意。而一旦入蜀，诗人在探访山水的同时也总是将它们与巴蜀文化中的某些特征联系在一起，试图从中对巴蜀文化有更深刻的认识和了解。如王勃游成都作《春日序》云："华阳旧壤，井络名都，城邑千仞，峰峦四绝。山开雁塔，还如玉名之台；水架螺宫，则似铜人之井。严君平之卜肆，里闬依然；扬子云之书台，烟霞犹在。虽英灵不嗣，何山川之壮丽焉！"[2]在王勃看来巴蜀奇秀的山水与其深厚的文化传统是相互联系的，两者相得益彰，没有深厚的文化，则山水会黯然失色。正是因为有了严君平、司马相如、扬雄等英灵，巴蜀山水才引人瞩目。所谓"英灵不嗣，何山川之壮丽焉"，这正是王勃探幽访胜后得出的答案，与其《滕王阁序》中"人杰地灵"之说也是一致的。在另一篇《晚秋游武担山寺序》一文中，前半部分诗人将武担山寺及其周边景色与神奇迷幻的蜀王妃故事融合在一起，展现出一个凄迷绮丽、如梦如幻的意境，让人神往，最后言："昔者升高能赋，胜事仍存；登岳长谣，清标未远。敢攀盛烈，下揆幽襟。庶旌西土之游，远嗣《东平》之唱云尔。"[3]意思是要通过自

---

① 董诰：《全唐文》卷224，北京：中华书局，1983年，第3381页。
② 何林天：《重订新校王子安集》，太原：山西人民出版社，1990年，第251页。
③ 蒋清翊：《王子安集注》，上海：上海古籍出版社，1995年，第216页。

己此文将这个神话故事承继下去，使其文化得以流传，扩大其影响。只是王勃在咏叹这些文化遗迹时多作文而少为诗，这是颇为遗憾的。不过，卢照邻却有不少此类吟咏文化遗迹的诗歌，如《石镜寺》《文翁讲堂》《相如琴台》等。石镜寺即武担山寺，因卢照邻入蜀比王勃早，或王勃游武担山寺是受卢照邻影响。卢诗以写景为主，但却能将神话故事融入景物描写中去，"鸾沈仙镜底，花没梵轮前。铢衣千古佛，宝月两重圆"，既是写眼前之景，又是发思古之幽情，虽没有王勃文中故事的凄迷绮丽，却也让人幽思感叹。《文翁讲堂》《相如琴台》二首都是即景抒怀，在追述古人功绩时也借机抒发身世遭遇之感。《文翁讲堂》诗云："锦里淹中馆，岷山稷下亭。空梁无燕雀，古壁有丹青。槐落犹疑市，苔深不辨铭。良哉二千石，江汉表遗灵。"文翁对于促进蜀中文化与教育的发展有很大贡献，诗人慕名前来凭吊，虽然讲堂略显空寂，但文翁功绩却永不磨灭，正如明人周珽解诗曰："首二句咏当时建立之美盛。次二句言堂虽空寂而古迹不磨。五句见遗风犹可想也，六句见世久若可慨也。结颂文翁英灵如在，令人千载可仰止也。"①初唐四杰中的骆宾王虽然没有描写巴蜀山水的诗留存，但他的《畴昔篇》中忆及游蜀时的情景，犹对一些文化景观印象深刻，如诗中言："华阳旧地标神制，石镜蛾眉真秀丽。诸葛才雄已号龙，公孙跃马轻称帝。五丁卓荦多奇力，四士英灵富文艺。云气横开八阵形，桥形遥分七星势。"对蜀中的历史文化遗迹如数家珍，且多为代表性文化景观，可见也曾游历过，只是不知为何没有留下相关诗文。从上述诗人的情况看，实际上他们在入蜀前对于巴蜀这些神话故事、历史文化也是早有所知的，然而毕竟比较抽象，而入蜀后能够亲临其遗址亲身感受，将其与具体的物象联系起来，不但可以加深对巴蜀文化的认识和了解，对于诗人内心也是一种触动，或吟咏赞叹，或借机言怀抒情，将历史与现实、山水与文化融为一体，发思古之幽情。

成都自古以来就是巴蜀的政治、经济、文化中心，历史悠久，文化灿烂，唐五代入蜀诗中涉及的名胜古迹也主要集中在这里，如上文提及的相如琴台、

---

① 周珽编纂、评笺：《唐诗选脉会通评林》，陈伯海主编《唐诗汇评》引，杭州：浙江教育出版社，1995年，第47页。

文翁讲堂、武担山寺（石镜寺），另外还有草玄台、严君平卜肆、张仪楼、升仙桥、万里桥、石犀、武侯庙等等。司马相如、王褒、扬雄、严君平被称为"蜀四贤"，除王褒外，其余三人旧迹皆在成都，中唐卢求《成都记》云："成都县南百步有严君（平）、司马相如、扬雄宅，今草玄亭余迹尚存。"①可见上述文化古迹都比较集中，文人至成都，一般都会前往游览。写司马相如的还有杜甫《琴台》、岑参《司马相如琴台》等，写扬雄的有岑参《扬雄草玄台》，写严君平的有陈子良《严君平古井》、岑参《严君平卜肆》等，不过肯定有大量入蜀诗人游历过而没有诗作或有诗作但已失传。他们都是巴蜀文化名人，在情感上与入蜀诗人有相通处，容易引发共鸣，如岑参《扬雄草玄台》，"吾悲子云居，寂寞人已去。娟娟西江月，犹照草玄处。精怪喜无人，睢盱藏老树。"首句即抒怀，表达诗人的伤感之情，而后写景也紧扣"寂寞"二字，虽写他人，也是在写己。杜甫《琴台》诗也是如此，"茂陵多病后，尚爱卓文君。酒肆人间世，琴台日暮云。野花留宝靥，蔓草见罗裙。归凤求皇意，寥寥不复闻。"此诗歌咏司马相如与卓文君爱情，王嗣奭《杜臆》解曰："人间之世，付之酒肆；暮云之思，寄之琴台，见相如之洒落不羁。刘云：'长卿怀抱，俯仰见之。'是也。然在今日，文君安在？止有'野花''蔓草'，仿佛可象而已。"②由"野花""蔓草"而遥想二人爱情，仿佛之间见证人间千古之情。当然这类描写文化遗迹的诗歌大多写景不多，而以抒情为主，更像咏怀诗，但也有不少这类诗，如有关武担山寺（石镜寺）、张仪楼等的诗歌则以写景为主，本章第三节已有分析，此不赘述。

成都外，夔州也有不少文化遗迹，如巫山神女庙、白帝城、武侯庙、八阵图等。其中巫山神女庙因其奇幻迷离的爱情故事而最容易引发诗人的思古幽情，也是入蜀诗人描写最多的，本章第二节已有论述，可参看。至于其余景观，杜甫夔州诗中描写最多，如白帝城，杜甫就有《上白帝城》《上白帝城二首》《白帝》《白帝城楼》《白帝城最高楼》《白帝楼》《陪诸公上白帝城宴越公堂之作》等诗，让人目不暇接，其中《上白帝城二首》其二思古叹今，最

---

① 李昉：《太平御览》卷180《居处部八》引，北京：中华书局，1963年，第877页。
② 王嗣奭：《杜臆》卷4，上海：上海古籍出版社，1983年，第129页。

具深意，诗云："白帝空祠庙，孤云自往来。江山城宛转，栋宇客徘徊。勇略今何在，当年亦壮哉。后人将酒肉，虚殿日尘埃。谷鸟鸣还过，林花落又开。多惭病无力，骑马入青苔。"诗人来到空荡荡的白帝庙，抚古伤今，感慨不已，仇兆鳌《杜诗详注》云："次章叹白帝庙。上八庙中吊古，下四抚景自伤。公于先主、武侯说得英爽赫弈，千载如生。此云'勇略今何在，当年亦壮哉'，叹其随死而俱泯也。"[①]既为英雄俱泯而感伤，也为自己在国家多难之时"病无力"而愁虑。其他如《武侯庙》《八阵图》等诗，吊古伤今之意则更为明显。

总之，在唐五代入蜀诗人的笔下，文化景观与绝美的自然山水一样都得到了充分展现。如果说绝观之景带给入蜀诗人的是一种震撼感，那么文化景观带给诗人的则是一种不同的认知，原有的对巴蜀历史与文化的一般化印象，在亲身体验后变得更为具象和生动，并往往与所处时代背景、个人身世遭际结合起来，抚今追昔，阐发思古之幽情。所以巴蜀不仅仅以自然之景吸引古代文人的目光，其悠久灿烂的文化又为自然山水增添了不一样的魅力，最终在两宋时期得到升华。

---

① 仇兆鳌：《杜诗详注》卷15，北京：中华书局，1999年，第1275页。

第五章

唐五代入蜀诗
与巴蜀方物

方物，即本地产物，俗称土产。《尚书·旅獒》云："明王慎德，四夷咸宾。无有远迩，毕献方物，惟服食器用。"孔颖达疏曰："天下万国无有远近，尽贡其方土所生之物，惟可以供服食器用者。"①又嵇康《答难养生论》云："九土述职，各贡方物，以效诚耳。"②后来方物用来统指某一地区的各种物类，如宋人宋祁撰有《益部方物略》，记巴蜀方物七十六种；又明曹学佺《蜀中广记》中有《方物记》十卷，同样记载蜀中物类。由于各地气候、环境不一，所产方物自然不同，《周礼·考工记》云："橘逾淮而北为枳，鸜鹆不逾济，貉逾汶则死，此地气使然也。"③说明物类与环境气候息息相关，即使是同一物类，所处环境不同，其特性也会表现出差异。又由于方物与当地百姓的生活直接相关，对于本地风俗民情也有着较为直接的影响，因而考察各地方物自古以来就是了解民情风俗的重要途径。巴蜀地区地域广阔，山水多样，地理环境不一，因而品物种类繁多，即使是在唐五代入蜀诗中出现者亦数量可观，限于篇幅，本章不可能一一列举，而只能选取其中具有代表性且能够体现巴蜀民情风俗特点的一些略作介绍，并稍作考释。

第一节
子规

　　子规，即杜鹃鸟，巴蜀地区又称杜宇，是南方地区比较常见的一种鸟类。

---

① 孔颖达疏：《尚书正义》卷13《旅獒第七》，李学勤主编《十三经注疏》，北京：北京大学出版社，1999年，第327页。

② 戴明扬：《嵇康集校注》卷4，北京：人民文学出版社，1962年，第182页。

③ 孙诒让：《周礼正义》卷39《冬官考工记第六》，李学勤主编《十三经注疏》，北京：北京大学出版社，1999年，第1060页。

虽然普遍，但它在中国古代文化传统中却有着特殊的文化含义，郭沫若在《杜鹃》一文中言："杜鹃，敝同乡的魂，在文学上所占的地位，恐怕任何鸟都比不上。我们一提起杜鹃，心头眼底便好像有说不尽的诗意。它本身不用说，已经是望帝的化身了。有时又被认为薄命的佳人，忧国的志士；声是满腹乡思，血是遍山踯躅；可怜、哀惋、纯洁、至诚。"①文中所说的望帝即杜宇，古代巴蜀神话故事认为子规是杜宇的化身。《禽经》云："鹈鴂，周子规也，啼必北向。江介曰子规，蜀右曰杜宇。"张华注云："望帝杜宇者，盖天精也。李膺《蜀志》曰：望帝称王于蜀，时荆州有一人化从井中出，名曰鳖灵。于楚身死，尸反溯流上，至汶山之阳，忽复生，乃见望帝，立以为相。其后巫山龙斗，壅江不流，蜀民垫溺。鳖灵乃凿巫山，开三峡，降丘宅，土民得陆居。蜀人住江南，羌住城北，始立木栅。周三十里，令鳖灵为刺史，号曰西州。后数岁，望帝以其功高，禅位于鳖灵，号曰开明氏。望帝修道，处西山而隐，化为杜鹃鸟，或云化为杜宇鸟，亦曰子规鸟，至春则啼，闻者凄恻。"②另外，还有一种说法稍异，云："望帝使鳖冷（灵）治水而淫其妻。冷还，帝惭，遂化为子规。杜宇死时适二月，而子规鸣，故蜀人怜之。"③不管如何，杜宇化鹃的神话传说早已成为积淀在这种鸟类身上的独特文化信息，是文人在吟咏它时首先会想到的，成为固有意象。唐五代诗人在蜀道诗中也是反复强化这一点，如李山甫《闻子规》诗云："冤禽名杜宇，此事更难知。昔帝一时恨，后人千古悲。断肠思故国，啼血溅芳枝。况是天涯客，那堪□□眉。"本来子规啼叫只是一种自然的现象，而一旦与神话传说相联系，则啼声似乎在向人们述说着它的故事，赋予其特殊的情感色彩。诗人在蜀地本是羁旅行客，杜鹃声声，凄恻悲凉，更增添了内心的忧愁。这是特殊文化背景下产生的一种常见情感。由于大多数入蜀诗人都是处在羁旅漂泊之中，所以借子规而抒写传递内心情愁是一种比较普遍的现象，如元稹《酬乐天舟泊夜读微之诗》："知君暗泊西江岸，读我闲诗欲到明。今夜通州还不睡，满山风雨杜鹃声。"杜鹃声中所蕴含

① 郭沫若：《郭沫若文集·文学编》第10卷，北京：人民文学出版社，1985年，第391页。

② 师旷：《禽经》，张华注，《左氏百川学海》第32册癸集下，第6页。

③ 李昉：《太平御览》卷166《州郡·益州》，北京：中华书局，1963年，第808页。

的哀惋、忧愁情感人所共知，所以诗中虽然未言一字情愁，但"满山风雨杜鹃声"一句却足以向好友白居易传递其思念之情和孤苦凄冷的愁苦之状。

然而并非所有诗人都会产生此类情感，有时他们从子规啼声中听到的是蜀主杜宇的千古哀怨，如李雄《子规》："蜀主衔羞化子规，剑南良夜乱啼时。如何恨魄千年后，尚作冤声万转悲。形影最伤巴峡日，血痕偏染杜鹃枝。岂能终日怀余愤，丹嘴那无上诉期。"①据清人陈元龙编《格致镜原》引《寰宇》言："蜀之后主名杜宇，号望帝，让位鳖灵。望帝自逃后，欲复位不得，死化为鹃，每春月间昼夜悲鸣。蜀人闻之曰：'我望帝魂也。'"②可见李雄所咏之事即此，但诗人似乎是有借古寓今之意，只是本事已不可考。此类联想，大概只有身处蜀中的诗人才会有，若换另一文化环境，如荆楚，则可能会与屈原相联系，所以这就是特殊文化环境影响的结果。入蜀诗人中写子规最多的大概是杜甫，也最善于借杜宇化鹃故事抒写时事，如《杜鹃行》诗："君不见昔日蜀天子，化作杜鹃似老乌。寄巢生子不自啄，群鸟至今与哺雏。虽同君臣有旧礼，骨肉满眼身羁孤。业工窜伏深树里，四月五月偏号呼。其声哀痛口流血，所诉何事常区区。尔岂摧残始发愤，羞带羽翮伤形愚。苍天变化谁料得，万事反覆何所无。万事反覆何所无，岂忆当殿群臣趋。"仇兆鳌《杜诗详注》引卢元昌言云："蜀天子，虽指望帝，实言明皇幸蜀也。禅位以后，身等寄巢矣。劫迁之时，辅国执鞚，将士拜呼，虽存君臣旧礼，而如仙、玉真一时并斥，满眼骨肉俱散矣。移居西内，父子暌离，羁孤深树也。罢元礼，流力士，撤卫兵，此摧残羽翮也。上皇不茹荤，致辟谷成疾，即哀痛发愤也。当殿群趋，至此不复可见矣。此诗托讽显然。"③实际上杜甫只是借用杜宇化鹃故事起兴而已，内容上则句句无不关涉时事。另一首作于夔州的《杜鹃》诗亦是如此，诗云："我昔游锦城，结庐锦水边。有竹一顷余，乔木上参天。杜鹃暮春至，哀哀叫其间。我见常再拜，重是古帝魂。生子百鸟巢，百鸟不敢嗔。仍为喂其

---

① 查屏球：《新补〈全唐诗〉102首——高丽本〈十抄诗〉中所存唐人佚诗考》，《唐代文学研究》2004年辑。

② 陈元龙：《格致镜原》卷78《鸟类二》，《四库全书》第1032册，台北：台湾商务印书馆，1983年，第463页。

③ 仇兆鳌：《杜诗详注》卷10，北京：中华书局，1999年，第838—839页。

子，礼若奉至尊。鸿雁及羔羊，有礼太古前。行飞与跪乳，识序如知恩。圣贤古法则，付与后世传。君看禽鸟情，犹解事杜鹃。今忽暮春间，值我病经年。身病不能拜，泪下如迸泉。"赵次公云："此诗讥世之不修臣节者，曾禽鸟之不若耳，大意与《杜鹃行》相表里。"①一般诗人往往是借子规写思乡、写愁思，而杜甫却反复以子规写时事，固然这是杜甫忧国忧民情怀的表露，但不能不说这与杜甫身在蜀中，受杜宇化鹃故事的感发而产生创作的动力是有一定关系的。当然杜甫也还是有不少以子规写愁思的，如《子规》一首："峡里云安县，江楼翼瓦齐。两边山木合，终日子规啼。眇眇春风见，萧萧夜色凄。客愁那听此，故作傍人低。"写自己在夔州夜闻子规啼声触发绵绵愁思，有不胜其愁之感。晚唐诗人李洞在《闻杜鹃》一诗中言"花落玄宗回蜀道，雨收工部宿江津"，联想到杜甫晚年辛苦遭际流寓西南，其与子规之悲何其相似！大约这也是其如此关注子规的一个重要原因。

因此，巴蜀作为子规的故乡，杜宇化鹃神话故事的诞生地，其赋予入蜀诗人笔下的子规文化意涵也更加丰富多样、精彩生动，这是其他地区的子规诗歌所没有的。

第二节
啼猿

猿也并非是巴蜀所独有，但猿在唐五代入蜀诗中出现的频率也颇高，有38次。这主要是因为入蜀诗人行走于山高水深、四望寂然的蜀道、峡程中，难免会产生羁旅漂泊、思乡念人之感，而蜀道、峡程中又多猿猱，耳听"猿啼""猿声"，愁思悲情更浓，故借此抒怀言情。特别是三峡啼猿，作为三峡景观及重要文学意象之一，早已随《水经注》为文人所熟知，一旦身临其境更成为触发他们诗情才思的重要媒介。

----

① 仇兆鳌：《杜诗详注》卷14，北京：中华书局，1999年，第1251页。

猿及猿声作为一种文学意象，最早可以追溯至《山海经》，如《南山经》记载："南山经之首曰鹊山，其首曰招摇之山，临于西海之上……又东三百里，曰堂庭之山，多棪木，多白猿，多水玉、多黄金。"①晋郭璞注"白猿"云："今猿似猕猴，而大臂脚长，便捷，色有黑有黄，鸣其声哀。"②唐李德裕的《白猿赋》对猿之习性与鸣声描写尤为精到："其性驯而仁爱。……嗟物变而何常，故族类而始蕃。或哀吟于永夜，或清啸于朝暾。峰合沓以连响，水潺湲而共喧。矧三声之未绝，感行客之销魂。"③正是由于猿有灵性，通人性，与人类相善，鸣声又凄厉哀切，才引起文人的特别注意，从远古神话到诗歌、小说，其文学意象内涵不断丰富，在各个时期，各种文学形式中反复出现。巴蜀地区是我国古代猿类的一个重要栖息地，高山茂林、江岸峭壁处往往就有猿猱，而尤以蜀道和峡程沿线所见最为普遍，唐五代入蜀诗中所描写之猿及猿声就主要集中于此。蜀道之猿，唐之前并没有在文学作品中出现，而唐五代入蜀诗人频繁行走于蜀道，幽深寂寥的山林中通人性的猿或许是他们认为可以在情感上相互沟通的善类，寻求心理慰藉的唯一对象。晚唐五代诗人王仁裕与猿的一段故事或许能够说明人与猿在情感上的相通性。据《太平广记》引《王氏见闻》云："王仁裕尝从事于汉中，家于公署。巴山有采捕者，献猿儿焉。怜其小而慧黠，使人养之，名曰野宾，呼之则声声应对。经年则充博壮盛，縻絷稍解，逢人必啮之，颇亦为患。……于是颈上系红绡一缕，题诗送之。""后罢职入蜀，行次嶓冢庙前，汉江之壖，有群猿自峭岩中连臂而下，饮于清流。有巨猿舍群而前，于道畔古木之间垂身下顾，红绡仿佛而在，从者指之曰此野宾也。呼之声声相应，立马移时，不觉恻然，及耸耸之际，哀叫数声而去。及陟山路，转壑回溪之际，尚闻呜咽之音，疑其肠断矣，遂继之一篇。"④诗云："嶓冢祠边汉水滨，此猿连臂下嶙峋。渐来子细窥行客，认得依稀是野宾。月宿纵劳羁绁梦，松餐非复稻粱身。数声肠断和云叫，识是前年旧主人。"猿之通灵以及对旧主之依恋，无疑让诗人极为感动，也缓解了旅途

---

① 袁珂：《山海经校注》卷1，上海：上海古籍出版社，1980年，第2页。
② 郝懿行：《山海经笺疏》，成都：巴蜀书社，1985年，第1页。
③ 李德裕：《白猿赋并序》，《全唐文》卷696，北京：中华书局，1983年，第7152页。
④ 李昉：《太平广记》卷446《畜兽》，北京：中华书局，1986年，第3643—3644页。

的舟车劳顿和情感孤独。当然王仁裕的故事只是个案，绝大多数入蜀诗人都是途经而已，与猿也是短暂的偶遇，但基于中国传统文化中人与猿之间的情感联系，诗人们似乎更希望从猿或猿声中寻求情感的寄托。如卢照邻《送梓州高参军还京》"别路琴声断，秋山猿鸟吟"；元兢《蓬州野望》"欲下他乡泪，猿声几处催"；元稹《与李十一夜饮》"忠州刺史应闲卧，江水猿声睡得无"，不管是送别，还是思乡念人，都可以借助猿声传递此时此刻的情感，猿声就是诗人情感的一种投射，而这正是建立在传统文化中人与猿情感的相通性基础上。另外，猿声也并不总是传递悲情，其清啸之声，犹如山林隐者的高歌，更能突显山林旷野的幽深静谧，如卢照邻《宿晋安亭》"孤猿稍断绝，宿鸟复参差"；张说《深渡驿》"猿响寒岩树，萤飞古驿楼"；严武《题龙日寺西龛石壁》"嘹唳猿响谷，参差峰入流"；岑参《与鲜于庶子自梓州成都少尹自褒城同行至利州道中作》"夜猿啸山雨，曙鸟鸣江花"，等等。猿或猿声又成了蜀道上一道独特的风景，为寂寥的山林深谷增添了不少生机，对于踽踽独行的诗人来说也多了一些情趣。

峡路之中，三峡啼猿最具代表性。杜甫在夔州时有《猿》诗："袅袅啼虚壁，萧萧挂冷枝。艰难人不见，隐见尔如知。惯习元从众，全生或用奇。前林腾每及，父子莫相离。"这是杜甫以写实手法叙述三峡一带猿之生存状态，说明猿在当地之普遍，以及杜甫对猿之熟悉。但对于大多数入蜀诗人来说，他们并没有与猿直接接触的机会，更多的是船行峡中与猿偶然相遇，或听闻其声，以及由此而生发的种种情思。实际上，唐以前三峡啼猿早已闻名遐迩，成为一种固定的文学意象。如东晋袁山松《宜都山川记》云："峡中猿鸣至清，山谷传其响泠泠不绝。行者歌之曰：'巴东三峡猿鸣悲，猿为三声泪沾衣。'"[①]南朝宋盛弘之《荆州记》亦言："峡长千百里，两岸连山，略无阙处，重岩叠嶂，隐天蔽日，自非亭午分夜，不见曦月。每至晴初霜旦，林寒涧肃，尝有高猿长啸，属引清远。"[②]郦道元《水经注》更是在前人基础上将三峡自然之景

---

① 李昉：《太平御览》卷910《兽部·猿》，北京：中华书局，1963年，第4032页。
② 张英等编：《渊鉴类函》卷431，《文渊阁四库全书》第993册，台北：台湾商务印书馆，1983年，第479页。

与猿声展现得淋漓尽致，充满诗情画意，引发后世文人的无限遐想。可见魏晋南北时期三峡猿声就引起了文人的特别注意，与三峡的云、雨、林、岩是构成三峡风光不可或缺的景观，也是承载三峡文化的一个重要物象。由此，凄厉的三峡猿啼也形成了其悲伤哀惋的固定意象，这也是唐五代入蜀诗中所描写猿声的主要情感基调。试看诗僧慕幽《三峡闻猿》一诗："谁向兹来不恨生，声声都是断肠声。七千里外一家住，十二峰前独自行。瘴雨晚藏神女庙，蛮烟寒锁夜郎城。凭君且听哀吟好，会待青云道路平。""断肠声"出自《世说新语·黜免》，言："桓公入蜀，至三峡中。部伍中有得猿子者，其母缘岸哀号，行百余里不去，遂跳上船，至便即绝。破视其腹中，肠皆寸寸断。"①猿类尚且为母子分离哀痛鸣号，寸寸肠断，游子独自出行，与亲人相隔千万里，听此啼猿哀鸣，岂能无动于衷？末尾诗人只能强作自我宽慰，可见两岸猿声所引发的游子思乡情怀在诗人内心久久不能平静。无独有偶，晚唐另一位诗僧贯休也有一首《三峡闻猿》："历历数声猿，寥寥渡白烟。应栖多月树，况是下霜天。万里客危坐，千山境悄然。更深仍不住，使我欲移船。"诗人一生云游四方，对于人世间各种纷纷扰扰，羁旅行役之苦早已见惯不惊、心静如水，但泊州三峡，却不胜数声猿啼，"使我欲移船"，猿声之凄厉哀惋，对人心之穿透可谓强矣！云游僧客尚且不胜其哀愁，那么普通文人则更是几无可挡了。杜甫在夔州之时就反复借猿吟咏哀愁，如《登高》"风急天高猿啸哀，渚清沙白鸟飞回"；《秋兴八首》之二"听猿实下三声泪，奉使虚随八月槎"；《雨晴》"有猿挥泪尽，无犬附书频"，兴亡之感、思乡之愁、怀人之情皆借猿声来发抒。有时猿声凄厉，往往催人泣下，如杨炯《巫峡》"山空夜猿啸，征客泪沾裳"；孟郊《巫山曲》"目极魂断望不见，猿啼三声泪滴衣"。总之，唐五代入蜀诗人途经三峡者闻猿声无不愁情满怀，这也正是魏晋南北朝以来以三峡猿声意象固定化的一个表现。

---

① 余嘉锡：《世说新语笺疏》卷下《黜免第二十八》，北京：中华书局，1983年，第1014—1015页。

第三节
海棠

宋人沈立云："蜀花称美者有海棠。"[1]陆游亦赞蜀海棠："蜀地名花擅古今，一枝气可压千林。"[2]但海棠在唐以前却寂寂无闻，甚至在目前所存唐前文献中找不到海棠一词。而中唐以后随着入蜀诗人对蜀海棠的歌咏，海棠花声名鹊起，宋代文人对海棠之偏爱甚至不亚于牡丹，宋人沈立《海棠记序》言："尝闻真宗皇帝御制《后苑杂花》十题，以海棠为首章，赐近臣唱和。则知海棠足与牡丹抗衡，而独步于西州矣。"[3]宋人对海棠之歌咏不绝如缕，而这正是唐五代入蜀诗人导其源。

海棠一词在唐代才出现，按照李德裕的说法，"花名中之带'海'者，悉从海外来"[4]，认为海棠或来自海外，古人比较认同此说法。但当代植物学研究者则不认同，如陈恒新等《海棠（Malus spp.）品种分类研究进展》一文认为："海棠在我国古代称为'奈''棠''林檎'，但在不同的时期，其名称的范畴各不相同，不仅包括了苹果，观赏海棠，而且包含了苹果属外的植物。如《诗经》中记载的'甘棠'实为杜梨；《群芳谱》中记载的'海棠四品'则包括了木瓜属的贴梗海棠与木瓜海棠。《山海经》中记载皇之山'其下多蕙、棠'，岷山'其木多梅、棠'是对野生种分布的较早的纪录。"[5]显然该文把海棠的范围扩大了，根据《中国植物志》一书的分类，苹果与海棠应该同属被子植物门·蔷薇科中的苹果属[6]，而所谓《诗经》《山海经》中的记载其实只是苹果属的一种，与李德裕所说的观赏类海棠花完全无关。因此，唐前从未在

---

① 沈立：《海棠记序》，陈思《海棠谱》卷上，《左氏百川学海》第32册癸集下，第1页。

② 陆游：《海棠》，钱仲联《剑南诗稿校注》卷8，上海：上海古籍出版社，1985年，第634页。

③ 沈立：《海棠记序》，陈思《海棠谱》卷上，《左氏百川学海》第32册癸集下，第1页。

④ 沈立：《海棠记序》，陈思《海棠谱》卷上，《左氏百川学海》第32册癸集下，第1页。

⑤ 陈恒新、刘连芬、钱关泽、汤庚国：《海棠（Malus spp.）品种分类研究进展》，《聊城大学学报》（自然科学版）2007年第2期。

⑥ 中国科学院中国植物志编辑委员会：《中国植物志》第36卷，北京：科学出版社，1974年。

文献中出现的海棠花，确有可能如李德裕所说来自海外。作为一种新出现的物类，它真正引起文人的注意是在中晚唐时期。唐德宗时宰相贾耽著有《百花谱》一书，"以海棠为花中神仙"①，说明当时海棠花已获得文人青睐，然而其种植可能并不广泛，故李德裕在东都洛阳修建平泉山庄时要从会稽山引植过来②。而浙江一带海棠花似乎也没有引起文人太多的关注，整个唐五代诗人也只有与李德裕同时的诗人李绅吟咏过。然而蜀中海棠却不但种植广泛，而且吟咏的诗人也众多，入蜀诗人更是为之赏玩赞叹不已。薛能《海棠并序》云："蜀海棠有闻，而诗无闻。"③诗云"四海应无蜀海棠"（《海棠》之二），说明蜀中海棠在当时已是名声很盛，且为蜀中所独有，只是没有诗人吟咏，包括诗圣杜甫。种植的范围从蜀南的嘉州，到蜀北的利州（张蠙《题嘉陵驿》诗"独倚阑干正惆怅，海棠花里鹧鸪啼"可证），遍及蜀中大部分地区。海棠花开时的盛况，则是"浓淡芳春满蜀乡"（郑谷《蜀中赏海棠》）、"一时开处一城香"（薛能《海棠》之二）。唐五代蜀中海棠之盛，也可从宋人的记载中得到佐证，晏殊诗云："昔闻游客话芳菲，濯锦江头几万枝。"④陆游亦云："成都海棠十万株，繁华盛丽天下无。"⑤更有《海棠歌》回忆初到蜀中各地看海棠的情形。因此可以想象中晚唐时期蜀中海棠之盛。而中晚唐入蜀诗人对海棠亦赏玩珍爱不已，如韦皋，清人王培荀《听雨楼随笔》卷三云："唐韦皋御南诏时，于今清溪县北五里许凿海棠池，环植海棠、芙蓉百余株，构摇香亭其中。春秋暇日，晏宾朋于此，红云香雾，阗塞街衢，故世称小香国。"⑥薛能在嘉州时亦"花植于府之古营"⑦。高骈还曾多次宴客海棠花下，其《对花呈幕中》诗言："海棠初发去春枝，首唱曾题七字诗。今日能来花下饮，不辞频把使头旗。"李频更与友人约定来年共赏海棠花："他年复何处，共说海棠

---

① 沈立：《海棠记序》，见陈思《海棠谱》卷上，《左氏百川学海》第32册癸集下，第1页。
② 见李德裕《平泉山居草木记》记载各种草木的来源，言"稽山之海棠"，当引自浙江会稽山。
③ 彭定求：《全唐诗》卷560，北京：中华书局，1960年，第6501页。
④ 见陈思《海棠谱》卷中，后人误为贾岛诗。
⑤ 陆游：《成都行》，钱仲联《剑南诗稿校注》卷4，上海：上海古籍出版社，1985年，第345页。
⑥ 《续修四库全书》编委会编：《续修四库全书》第1180册，上海：上海古籍出版社，2002年，第259页。
⑦ 薛能：《海棠并序》，《全唐诗》未全录，今据陈思《海棠谱》卷中所引。

花。"（《蜀中逢友人》）郑谷为赏海棠而留滞蜀中多年，其诗云"却共海棠花有约，数年留滞不归人。"（《蜀中三首》之二）可见唐五代入蜀诗人对蜀中海棠之偏爱及印象之深刻。

海棠花以娇娆艳丽而为世人所共赏，未开之时，红苞金蕊，楚楚动人；既开之后，红粉相兼，色泽鲜丽，花姿绰约，如云霞万朵，微风轻拂，落英缤纷，所以贾耽《百花谱》以"花中神仙"称誉之，汪灏《广群芳谱》也云："其株翛然出尘，俯视众芳，有超群绝类之势。而其花甚丰，其叶甚茂，其枝甚柔，望之绰约如处女，非若他花冶容不正者比。"[①]不论是"花中神仙"，还是"绰约处女"，总之文人偏爱以女子形容海棠花，这确实符合海棠花的特性和古代中国的审美文化特点。而在唐五代入蜀诗人的笔下这种审美文化特性同样得到淋漓尽致的展现，如郑谷《海棠》："春风用意匀颜色，销得携觞与赋诗。秾丽最宜新著雨，娇娆全在欲开时。莫愁粉黛临窗懒，梁广丹青点笔迟。朝醉暮吟看不足，羡他蝴蝶宿深枝。"诗人并没有直接写海棠之美，而是运用一系列的侧面描写来衬托，其新著雨之时也是娇娆全开之时，此时最美，就连莫愁也为之陶醉懒得梳妆，梁广都不敢轻易下笔作画，更不要说诗人朝醉暮吟犹不满足，还羡慕蝴蝶常驻花枝，诗人对海棠之痴爱如此。刘兼的《海棠花》诗则直接以古代美女相喻："淡淡微红色不深，依依偏得似春心。烟轻虢国颦歌黛，露重长门敛泪衿。低傍绣帘人易折，密藏香蕊蝶难寻。良宵更有多情处，月下芬芳伴醉吟。"在诗人笔下，海棠花娇羞柔美，楚楚动人，惹人爱怜。诗人以愁眉紧锁的虢国夫人、泪眼盈盈的陈皇后比拟水露中含苞欲放、欲绽未开的海棠花，新颖独特却又恰到好处。然而海棠娇娆却不媚世，其淡淡的幽香，待时而动的个性，又可与牡丹、梅花并列，如陈思《海棠谱》云："世之花卉，种类不一，或以色而艳，或以香而妍，是皆钟天地之秀，文人所钦羡也。梅花占于春前，牡丹殿于春后，骚人墨客特注意焉。独海棠一种，风姿艳质固不在二花下。"在陈思看来海棠既具有牡丹的高贵和艳丽，又具有梅花的清香和妍美。这一点同样在唐五代入蜀诗中有所体现，如薛能《海棠》之二：

---

① 汪灏：《广群芳谱》卷35《花谱》，《文渊阁四库全书》第846册，台北：台湾商务印书馆，1983年，第187页。

"四海应无蜀海棠，一时开处一城香。晴来使府低临槛，雨后人家散出墙。闲地细飘浮净藓，短亭深绽隔垂杨。从来看尽诗谁苦，不及欢游与画将。"后人云海棠无香，惟蜀中嘉州者有香，似乎即来源于此。满城海棠花开，各个角落都是，择时却不则地，不求轰轰烈烈，只求将美带向人间，这是海棠的低调，如梅花般淡然。又郑谷《擢第后入蜀经罗村路见海棠盛开偶有题咏》云："上国休夸红杏艳，深溪自照绿苔矶。一枝低带流莺睡，数片狂和舞蝶飞。堪恨路长移不得，可无人与画将归。"以红杏之高调反衬海棠之平实，虽出身凡俗，却不自卑，"狂和舞蝶飞"透出的是一种自信和孤傲，也赢得诗人的真心赞叹。不过，唐五代入蜀诗人对海棠的吟咏毕竟有限，宋以后才是高潮，但抛砖引玉之功不可没。

另外，还有必要提一下由唐五代诗人吟咏海棠而引发的一桩公案。杜甫在入蜀诗人中留诗最多，且内容无所不涉，吟咏殆遍，花草树木中，如桃、李、梅、竹、柳、楠、橘等皆有吟咏，唯不咏海棠。这在宋代文人中引发了一场大讨论，聚讼纷纭，莫衷一是，而其"始作俑者"即为晚唐入蜀诗人。薛能在《海棠并序》云："蜀海棠有闻，而诗无闻，杜子美于斯，兴象靡出，没而有怀。天之厚余，谨不敢让。风雅尽在蜀矣，吾其庶几。"后来郑谷在《蜀中赏海棠》一诗中又云"浣花溪上堪惆怅，子美无心为发扬"。进一步阐发其说，最终引发宋人的大争论。

第四节
荔枝

荔枝，唐以前有称"离支"者，如司马相如《上林赋》；有称"离枝"者，如《本草纲目》引南朝宋朱应《扶南记》云："此木结实时，枝弱而蒂牢，不可摘取，必以刀斧劙取其枝，故以为名。"[1]还有称"荔支"者，如

---

[1] 李时珍：《本草纲目》卷31，北京：人民卫生出版社，1977年，第1817页。

《齐民要术》。荔枝的产地,宋蔡襄《荔枝谱》云:"唯闽粤、南粤、巴蜀有之。"①荔枝虽产于南方,但因汉代时已经作为贡品敬献朝廷,故中原一带已经有所认知,如北魏贾思勰著《齐民要术》就对荔枝作了详细介绍,也引起了一些文人对荔枝的关注,如梁刘霁就有一首《咏荔枝诗》。不过,魏晋南北朝时期文人对荔枝显然缺乏兴趣,荔枝本身也缺少关注的焦点。但唐时则不一样,首先,盛唐名相张九龄来自岭南,对家乡土产荔枝情有独钟,特作《荔枝赋》盛称之,赞其"味特甘滋,百果之中,无一可比"②。由于其在盛唐的政治和文学地位,不可避免会对其他文人有所影响。其次,杨贵妃爱嗜荔枝并因此而耗竭民力的行为(蜀道中的荔枝道因此而为世人所知),使得荔枝成为家喻户晓之贡物,在激起文人不满和讽刺的同时,也引起文人对荔枝的好奇,诗歌中的吟咏才逐渐多起来。而巴蜀不但盛产荔枝,更是当时贡品荔枝的主要产地,入蜀诗人有机会观赏并品尝这种传说中的贡品,不免要吟咏感叹一番或借机抒写怨刺之情,故留下了不少此类诗歌。

根据当代地理文化学者的研究,唐代巴蜀地区荔枝种植的分布情况,"从成都而下的川江两岸,即成都、乐山、宜宾、泸州、重庆、合川、涪陵、忠县、万县等地,呈现为一个半月形的地理分布"③。沿着这条荔枝分布路线,结合相关文献的记载,我们依次分析入蜀诗人留下的咏荔枝诗。成都在唐代是否有荔枝,学界一直存在争议,赞成者据张籍《成都曲》中"锦江近西烟水绿,新雨山头荔枝熟",认为成都是有荔枝的,并进一步举卢纶《送从舅成都县丞广归蜀》中"晚程椒瘴热,野饭荔枝阴"佐证,说明"中唐时在长安士人之中,成都有荔枝确已属常识"④。然而张籍的说法,早在宋时陆游就在《老学庵笔记》中予以了驳斥,今人娄雨亭先生更认为张籍、卢纶之诗提到荔枝只是例行的笔法,并非真有荔枝,并以薛涛《忆荔枝》一诗作证,认为成都"虽然栽种有荔枝,一般却并不能食用。由于不具备经济价值,当然也不可能大面

① 蔡襄:《荔枝谱》,《左氏百川学海》第30册癸集上,第1页。

② 张九龄:《荔枝赋并序》,《全唐文》卷283,北京:中华书局,1983年,第269页。

③ 蓝勇:《近2000年来长江上游荔枝分布北界推移与气温波动》,《第四纪研究》1998年第1期。

④ 郭声波:《成都荔枝与十二 世纪寒冷的气候》,《中国历史地理论丛》1989年第3辑。

积推广。"①结合入蜀诗人的吟咏，如杜甫"忆过泸戎摘荔枝"（《解闷十二首》之十一），郑谷"荔枝春熟向渝泸"（《将之泸郡旅次遂州遇裴晤员外谪居于此话旧凄凉因寄二首》之二），皆言泸州、戎州、渝州等地荔枝，且杜甫在夔州忆泸、戎摘荔枝，而不言成都摘荔枝，又成都之诗亦无一提及荔枝，说明成都可能确实没有荔枝，因此笔者赞成娄雨亭之说。乐山，亦即嘉州，嘉州荔枝晋时已有记载，如《齐民要术》引晋郭义恭《广记》云："犍为、僰道、南广荔支熟时，百鸟肥。"②犍为即嘉州，僰道即戎州。唐时嘉州依然产荔枝，如薛涛《忆荔枝》诗云："传闻象郡隔南荒，绛实丰肌不可忘。近有青衣连楚水，素浆还得类琼浆。""青衣"即指青衣江，为岷江支流，这里显然是指代嘉州，说明薛涛吃过嘉州荔枝，且味道不错，记忆尤深。清代时嘉州荔枝仍被认为是川中绝品。薛能在嘉州刺史任上有《荔枝诗》，诗云："颗如松子色如樱，未识蹉跎欲半生。岁杪监州曾见树，时新入座久闻名。"监州即刺史嘉州。"色如樱"，指荔枝颜色，变赤可食，白居易《荔枝楼对酒》诗云"荔枝新熟鸡冠色"，与此同。此诗薛能自负甚高，实则一般，洪迈《容斋随笔》云："薛能者，晚唐诗人，格调不能高，而妄自尊大。……有《荔枝诗》序曰：'杜工部老居西蜀，不赋是诗，岂有意而不及欤？白尚书曾有是作，兴旨卑泥，与无诗同。予遂为之题，不愧不负，将来作者，以其荔枝首唱，愚其庶几。然其语不过曰……'"③确实如此。宜宾、泸州，也即诗歌中常出现的戎泸，《舆地纪胜》云："蜀中荔枝，泸、叙之品为上，涪州次之，合州又次之。涪州徒以妃子得名，其实不如泸、叙。"④叙州即戎州，可见戎、泸二州荔枝品质蜀中最优。戎州荔枝中唐时更为贡品，据李吉甫《元和郡县图志》卷三十一记载，元和间戎州贡物为"荔枝煎四斗"⑤。所谓"荔枝煎"，大约与福州"蜜煎"类似，蔡襄《荔枝谱》云："剥生荔枝，笮去其浆，然后蜜煮

① 娄雨亭：《薛涛与唐代成都的荔枝及气候冷暖问题》，《中国史研究》2001年第3期。
② 贾思勰：《齐民要术》卷10，缪启愉校释，北京：中国农业出版社，1998年，第751页。
③ 洪迈：《容斋随笔》卷7，上海：上海古籍出版社，1978年，第95页。
④ 王象之：《舆地纪胜》卷174《夔州路·涪州》，扬州：江苏广陵古籍刊印社，1991年，第1197页。
⑤ 李吉甫：《元和郡县图志》卷31，北京：中华书局，1983年，第790页。

之。"①应大略相似。杜甫有诗云:"忆过泸戎摘荔枝,青峰隐映石逶迤。京中旧见无颜色,红颗酸甜只自知。"(《解闷十二首》之十)荔枝不易保鲜,从巴蜀至长安,路途遥远,虽然有专置驿道,但仍不能确保荔枝的色香味俱全,所以蔡襄《荔枝谱》言:"长安来于巴蜀,虽曰鲜献,而传置之速,腐烂之馀,色香味之存者亡几矣。"②由此杜甫想到荔枝到达长安后的滋味,大概只有尝者自知,正如清卢元昌《杜诗阐》卷二十四解诗云:"荔支生于泸戎者为佳。犹忆客秋过泸戎两州,曾摘荔支于青枫白石间,此时初离树头,色味交美。一贡京华,迢递关山,颜色已变,红颗之内其为酸甜,谁复怜取,只口却耳。"③既然远贡不能保持荔枝鲜味,则何必劳师动众呢?此处显然有讽谏之意。

重庆古属巴国,境内合川、涪陵、忠县、万县等地唐时皆产荔枝,而以涪州(今涪陵)、忠州(今忠县)最出名。一般认为进贡杨贵妃之荔枝主要来自涪州,如苏轼《荔支叹》诗言:"永元荔支来交州,天宝岁贡取之涪。"④而清人陈鼎《荔枝谱》则言:"玉真子,产重庆府涪州。唐时最盛,有妃子园,荔五百株,为杨贵妃所嗜,因名玉真子。马上七日,夜至京师,即此荔也。故唐诗有'一骑红尘妃子笑,无人知是荔枝来'之句。"⑤严耕望先生也认为:"据白居易之说,荔枝采摘三日而色香味俱变,审度当时交通条件,有岭南发驿至京师,绝不可能保持新鲜,故若欲及新鲜享嗜,则由涪州飞驿,较为合理。"⑥郑谷在涪州有咏荔枝诗二首,表达初见荔枝时的欣喜之情。《荔枝树》云:"二京曾见画图中,数本芳菲色不同。孤棹今来巴徼外,一枝烟雨思无穷。夜郎城近含香瘴,杜宇巢低起暝风。肠断渝泸霜霰薄,不数叶似灞陵红。"诗人初到涪州时应是秋天,所以只见荔枝树,不见荔枝果。虽然在京

① 蔡襄:《荔枝谱》,《左氏百川学海》第30册癸集上,第4页。

② 蔡襄:《荔枝谱》,《左氏百川学海》第30册癸集上,第1页。

③ 卢元昌:《杜诗阐》卷24,《续修四库全书》1308册,上海:上海古籍出版社,2002年,第611页。

④ 苏轼:《苏轼诗集合注》卷39,上海:上海古籍出版社,2001年,第2029页。

⑤ 陈鼎:《荔枝谱》,彭世奖《历代荔枝谱校注》,北京:中国农业出版社,2008年,第473页。

⑥ 严耕望:《唐代交通图考》卷4《天宝荔枝道》,上海:上海古籍出版社,2007年,第1029页。

城见过荔枝图，但毕竟不是实物，此时亲见，欣喜之余也因此"思无穷"，引发思乡之情。不过，一旦见了荔枝果，真正尝到了其美味，则又让诗人有不舍之情，其《荔枝》诗云："平昔谁相爱，骊山遇贵妃。枉教生处远，愁见摘来稀。晚夺红霞色，晴欺瘴日威。南荒何所恋，为尔即忘归。"咏荔枝最多的还是白居易，其在忠州刺史任近两年，对花草树木多所吟咏，而尤钟情于荔枝，先后有《题郡中荔枝诗十八韵兼寄万州杨八使君》《重寄荔枝与杨使君时闻杨使君欲种植故有落句之戏》《种荔枝》《荔枝楼对酒》等诗，以及《荔枝图序》一文。这些诗中有写荔枝遍地种植的，如"欲知州远近，阶前摘荔枝"（《郡中》），虽是写州郡的偏僻，但也反映出忠州当地百姓种植荔枝的普遍。有写荔枝果实之红润可爱的，如"红颗珍珠诚可爱，白须太守亦何痴"（《种荔枝》），一个"痴"字倾注了诗人的多少情感。其中《题郡中荔枝诗十八韵兼寄万州杨八使君》诗与《荔枝图序》一文相互补充，可以互读。诗云："奇果标南土，芳林对北堂。素华春漠漠，丹实夏煌煌。叶捧低垂户，枝擎重压墙。始因风弄色，渐与日争光。夕讶条悬火，朝惊树点妆。深于红踯躅，大校白槟榔。星缀连心朵，珠排耀眼房。紫罗裁衬壳，白玉裹填瓤。早岁曾闻说，今朝始摘尝。嚼疑天上味，嗅异世间香。润胜莲生水，鲜逾橘得霜。燕脂掌中颗，甘露舌头浆。物少尤珍重，天高苦渺茫。"树美、果美、味美，这是诗人对荔枝及其果实的基本评价，毫不掩饰自己的喜爱之情，读其诗已令人垂涎欲滴。而《荔枝图序》是配合画工之图，意欲向未曾见识荔枝者推广介绍，文曰："荔枝生巴峡间。树形团团如帷盖，叶如桂，冬青；华如橘，春荣；实如丹，夏熟；朵如蒲（葡）萄，核如枇杷，壳如红缯，膜如紫绡，瓤肉莹白如冰雪，浆液甘酸如醴酪。大略如彼，其实过之。若离本枝，一日而色变，二日而香变，三日而味变，四五日外色香味尽去矣。"①对荔枝果实外形及特征介绍尤为详细，显得相对客观。读罢上述诗文，或许可以满足中原等地人们对荔枝的好奇之心，但也只能是读而止渴。

从上述诗人的吟咏中我们可以发现，由荔枝人们自然而然就会联想到杨

---

① 白居易：《荔枝图序》，朱金城《白居易集笺校》卷47，上海：上海古籍出版社，1988年，第2818页。

贵妃，大概正是杨贵妃启蒙了他们对荔枝的认识，形成了唐人对荔枝的初步印象，但也因此而激发了诗人对这段历史的反思和更深刻认识。入蜀前，诗人们对荔枝或许只是好奇，对荔枝之美味也只是想象，而一旦入蜀，不但亲见了实物，品尝了"天上味"，更重要的是对荔枝果实易变特性之认识，故充分意识到为保持其鲜美而千里迢递运送至长安之艰难，所耗竭之民财人力，进而反思其弊政，讽谏当世和后人。杜甫《解闷十二首》之后四首就是这样的反思之作，诗如下：

> 先帝贵妃今寂寞，荔枝还复入长安。炎方每续朱樱献，玉座应悲白露盘。
> 忆过泸戎摘荔枝，青峰隐映石逶迤。京中旧见无颜色，红颗酸甜只自知。
> 翠瓜碧李沉玉甃，赤梨葡萄寒露成。可怜先不异枝蔓，此物娟娟长远生。
> 侧生野岸及江蒲，不熟丹宫满玉壶。云壑布衣骀背死，劳生重马翠眉须。

第一首写唐玄宗、杨贵妃虽卒，但从蜀中驰送荔枝至长安之政并没有废除，唐玄宗在天之灵若看到后人供奉之荔枝，应该会悲叹不已吧。这里的悲叹包含两重意思，一是对杨贵妃之悲叹，据《唐史遗事》记载："乾元初，明皇幸蜀而回，岭南进荔枝，上感念杨妃，不觉悲恸。"[1]二是对自己亲手造成弊政之悲叹。此首讽意尚委婉。第二首由自己摘尝荔枝的经历，想到荔枝驿送至长安后，其色香味俱变，已非佳品，杨贵妃应心知肚明，可为何不体谅民情仍驰送不止？第三首承前一首而来，翠瓜、碧李、赤梨、葡萄与荔枝同是枝蔓生长，滋味也不错，但更容易得到，却为何偏要舍近求远，不远万里驿送荔枝呢？第四首，荔枝本生长于偏远地区，不在皇宫中种植，但为了满足杨贵妃之需要，不惜劳民伤财，飞驿宫中装满玉壶，而大量人才却被朝廷闲置老死沟壑。讽刺唐玄宗本末倒置，劳民害物。四首诗紧扣唐玄宗飞驿传送荔枝一事，层层推进，最后将讽刺的对象指向玄宗，激愤之中却透露出杜甫的忧民忧国之情。正如王嗣奭所言："公因解闷而及荔枝，不过一首足矣。一首之中，其正言止'荔枝还复入长安'一句。正言不足，又微言以讽之，微言不足，又

---

① 仇兆鳌：《杜诗详注》卷17引，北京：中华书局，1999年，第1517页。

深言以刺之。盖伤明皇以贵妃召祸，则子孙于其所酿祸者，宜扫而更之，以丞
苏民困。公于《病橘》亦尝及之，此复娓娓不厌其烦，可以见其忧国之苦心
矣。"①

第五节
蜀茶

　　茶是中国古代传统文化之一，又称为茗，其区别如唐封演《封氏闻见记》
云："茶，早采者为茶，晚采者为茗。"②可谓历史久远。而巴蜀地区与茶
文化关系尤为密切。两汉时期巴蜀就有饮茶的传统，如王褒《僮约》中就有
"烹茶尽具""武阳买茶"③的记载，顾炎武《日知录》卷七注云："以前为
苦菜，后为茗。"又言："是知自秦人取蜀而后，始有茗饮之事。"④可见茶
文化与巴蜀渊源深厚。晋时张载入蜀，作《登成都白菟楼》诗，言巴蜀"芳
茶冠六清，溢味播九区"，说明晋时蜀茶已享有盛誉，连宫廷膳夫所作"六
清"都不能与之媲美。在唐代全国饮茶之风兴起之前，蜀地不但饮茶，也产
茶，茶叶更为世人所重，宋人蔡宽夫就言："唐以前茶，唯贵蜀中所产。"⑤
盛唐以后，全国饮茶之风逐渐盛行，据《封氏闻见记》卷六《饮茶》记载：
"南人好饮之，北人初不多饮。开元中，泰山灵岩寺有降魔师大兴禅教，学禅
务于不寐，又不夕食，皆许其饮茶。人自怀挟，到处煮饮，从此转相仿效，遂
成风俗。自邹、齐、沧、棣，渐至京邑，城市多开店铺煎茶卖之，不问道俗，
投钱取饮。"中唐陆羽作《茶经》，"说茶之功效，并煎茶炙茶之法，造茶具

①　仇兆鳌：《杜诗详注》卷17引，北京：中华书局，1999年，第1519页。
②　封演：《封氏闻见记》卷6《饮茶》，赵贞信校注，北京：中华书局，2005年，第51页。
③　王褒：《僮约》，《古文苑》卷17，四部丛刊本。
④　栾保群、吕宗力：《日知录集释》卷7，上海：上海古籍出版社，2006年，第449—450页。
⑤　胡仔：《苕溪渔隐丛话前集》卷46引《蔡宽夫诗话》，廖德明校点，北京：人民文学出版社，1962
年，第314页。

二十四事，以'都统笼'贮之。远近倾慕，好事者家藏一副。有常伯熊者，又因鸿渐之论广润色之，于是茶道大行"①。从此饮茶之风长盛不衰。而所谓"南人好饮"大概就是从蜀地开始，进而盛行全国。在这样一种背景下，虽然蜀地茶文化不再一枝独秀，但依然占据着重要地位，下面试结合唐五代入蜀诗略作论述。

据陆羽《茶经》记载，当时出产茶叶的地方主要有山南道、淮南道、浙西道、浙东道和剑南道，但世人所重还是蜀茶，如蔡宽夫云："唐茶品虽多，亦以蜀茶为重。"②其原因正如唐人杨晔《膳夫经手录》云：茶"春时所在，吃之皆好，及将至他处，水土不同，或滋味殊于出处。惟蜀茶南走百越，北临五湖，皆自固其芳香，滋味不变，由此尤也重之"③。这一点在唐人的诗文中可以反映出来，如白居易的诗中就反复表达出对蜀茶的喜爱。白居易一生爱茶，相伴终生，是饮茶的行家，其《萧员外寄新蜀茶》云："蜀茶寄到但惊新，渭水煎来始觉珍。满瓯似乳堪持玩，况是春深酒渴人。"蜀茶之新，配上渭水，色、香俱全，既可供把玩欣赏，又可品饮消渴，诗人欣喜至极。又有《谢李六郎中寄新蜀茶》诗，在《杨六尚书新授东川节度使代妻戏贺兄嫂二绝》中更主动要求"可能空寄蜀茶来"。从上述诗中我们可以看出白居易对蜀茶的嗜好，也说明蜀茶品质是非常不错的，为当时人所钟爱。只是不知何故白居易在忠州期间的入蜀诗反而没有言及蜀茶，这是颇为遗憾的。在蜀茶中最著名、最广为人知的当然是蒙顶茶。《苕溪渔隐丛话》引范镇《东斋记事》云："蜀中数处产茶，雅州蒙顶最佳。其生最晚，在春夏之交，其地即《书》所谓'蔡蒙旅平'者也。方茶之生，云雾覆其上，若有神物护持之。"④五代毛文锡《茶谱》对蒙顶茶之由来及其神奇功效更作了绘声绘色的介绍，言："蜀之雅州有蒙山，山有五顶，顶有茶园，其中顶曰上清峰。昔有僧病冷且久，尝遇一老父，谓曰：'蒙之中顶茶，尝以春分之先后，多构人力，俟雷之发声，并手采

---

① 封演：《封氏闻见记》卷6《饮茶》，赵贞信校注，北京：中华书局，2005年，第51页。

② 胡仔：《苕溪渔隐丛话前集》卷46引《蔡宽夫诗话》，廖德明校点，北京：人民文学出版社，1962年，第314页。

③ 杨晔：《膳夫经手录》，《续修四库全书》第1115册，上海：上海古籍出版社，2002年，第524页。

④ 胡仔：《苕溪渔隐丛话前集》卷46，廖德明校点，北京：人民文学出版社，1962年，第315页。

摘，三日而止。若获一两，以本处水煎服，即能祛宿疾；二两，当限前无病；三两，固以换骨；四两，即为地仙矣。'是僧因之中顶，筑室以候，及期获一两余，服未竟而病瘥。……今蒙顶茶有雾餕芽、篯牙，皆云火前，言造于禁火之前也。火后者次之。又有枳壳芽、枸杞芽、枇杷芽者，皆能治风疾。"①因此，蒙顶茶在唐时极为珍贵，杨晔《膳夫经手录》云："始，蜀茶得名蒙顶也。元和以前束帛不能易一斤先春蒙顶，是以蒙顶前后之人竞栽茶以规厚利。"②也是当时的朝廷贡品，李吉甫《元和郡县图志》云："蒙山在县南十里，今每岁贡茶为蜀之最。"③陆羽《茶经》最重蒙顶茶，如宋梅尧臣云："陆羽旧茶经，一意重蒙顶。"（《得雷太简自制蒙顶茶》）但由于蒙顶山地处偏僻，从目前的统计来看没有唐五代入蜀诗人到过此地，能够有幸品尝到蒙顶茶的诗人也很少，白居易大概是品尝过的，其诗云："琴里知闻唯渌水，茶中故旧是蒙山。"（《琴茶》）但并非在蜀中。而更多入蜀诗人可能是只闻其名，并没有真正品尝过，故没有出现直接吟咏蒙顶茶的入蜀诗，更多的是把它作为蜀中名物的代表，如郑谷《蜀中三首》之二云"蒙顶茶畦千点露，浣花笺纸一溪春"，把蒙顶茶与浣花笺对举，作为蜀地特产的代表，说明其名气之大，而蒙顶茶之嫩绿清新也似乎可以想象。所以言蜀茶者，也往往以蒙顶茶为代表，如中唐诗人韦处厚的《盛山十二诗·茶岭》虽写盛山（即开州，今开县）之茶山，但也以蒙顶茶相比。诗言："顾渚吴商绝，蒙山蜀信稀。""顾渚"在湖州，盛产紫笋茶，与"蒙山"齐名，故有"蒙山顾渚莫争雄"（杨嗣复《谢寄新茶》）之说。韦处厚为突出开州茶岭之清静幽雅，而以蒙山、顾渚之热闹作反衬，也说明蒙顶茶受世人的欢迎程度。唐代禅院饮茶风气更盛，诗僧贯休《酬周相公见赠》云"境陟名山烹锦水，睡忘东白洞平茶"，蒙山在名山县，这里指蒙顶茶。东白洞平茶在婺州，陆羽《茶经》有载。贯休以锦水烹煮蒙顶茶，大概味道很好，故忘记了洞平茶，可见蒙顶茶之佳。蜀中第一茶确

① 陈元龙：《格致镜原》卷21《饮食一》引，《文渊阁四库全书》第1031册，台北：台湾商务印书馆，1983年，第294—295页。

② 杨晔：《膳夫经手录》，《续修四库全书》第1115册，上海：上海古籍出版社，2002年，第524页。

③ 李吉甫：《元和郡县图志》卷33，北京：中华书局，1983年，第804页。

实名不虚传。

又有鸟觜茶，出蜀州，毛文锡《茶谱》云："蜀州晋原、洞口、横原、味江、青城，其横芽、雀舌、鸟觜、麦颗，盖取其嫩芽所造，以其芽似之也。"①郑谷《峡中尝茶》诗云："吴僧漫说鸦山好，蜀叟休夸鸟觜香。"可知鸟觜茶清香浓郁，在蜀中也有一定名气。作为蜀州特产，鸟觜茶也是馈赠佳品，如薛能就曾收到蜀州郑史君所寄鸟觜茶而欣喜不已，遂题诗八韵以示感谢，诗云："鸟觜撷浑牙，精灵胜镆铘。烹尝方带酒，滋味更无茶。拒碾乾声细，撑封利颖斜。衔芦齐劲实，啄木聚菁华。盐损添常诫，姜宜著更夸。得来抛道药，携去就僧家。旋觉前瓯浅，还愁后信赊。千惭故人意，此惠敌丹砂。"（《蜀州郑史君寄鸟觜茶因以赠答八韵》）采茶、制茶都有严格的讲究，需要精细工夫，所以诗人以镆铘剑相比鸟觜茶，表明其珍贵。其后诗人讲到烹茶之法，陆羽《茶经·五之煮》云："初沸，则水合量，调之以盐味，谓弃其啜余也。"②而诗人显然反对加盐、姜等辅料，而主张保持本味，说明诗人自有自己的一套烹煮法。最后诗人品尝之后余犹未尽，认为其胜过道家之丹药，可见茶之妙处。此诗不但反映薛能对饮茶之精通，更说明中晚唐时期人们对茶烹制的方法多样，是了解中国古代茶文化的重要材料。

陆羽《茶经·八之出》中提到的巴蜀产茶之地，主要有彭州、绵州、蜀州、邛州、雅州、泸州、眉州、汉州，但还有其他一些地区，唐五代入蜀诗为我们提供了相关记载。如嘉州，岑参《郡斋平望江山》诗言"山光围一郡，江月照千家。庭树纯栽橘，园畦半种茶"。诗人平眺郡城，千家万户庭院半是橘树，半是茶树。又薛能《石堂溪》诗言："三面接渔樵，前门向郡桥。岸沙崩橘树，山径入茶苗。"放眼所见，除了岸边橘树，更有弯曲小径直通茶园。据《太平寰宇记》卷七十四《剑南西道三·嘉州·龙游县》云："石堂溪水在县东一里。"③两人时代不同，但所写嘉州物产却完全一样。由此可见嘉州也产

---

① 陈元龙：《格致镜原》卷21《饮食一》引，《文渊阁四库全书》第1031册，台北：台湾商务印书馆，1983年，第298页。

② 陆羽：《茶经》卷下《五之煮》，日本京都书肆，日本天保十五年（1844）甲辰九月补刻本。

③ 乐史：《太平寰宇记》卷74《剑南西道三·嘉州》，王文楚等点校，北京：中华书局，2007年，第1508页。

茶，且种植普遍，不但在庭院中种植，更有山上茶园。薛能在嘉州也常饮茶，并引发不少诗兴，故有诗云："茶兴复诗心，一瓯还一吟。"（《留题》）此外渝州一带（今重庆）也出产茶叶。《茶经》云：民间饮茶习俗，"滂时浸俗，盛于国朝，两都并荆、俞（渝）间，以为比屋之饮"①，但不言此地产茶，而毛文锡《茶谱》云："涪州出三般茶，宾化最上，制于早春。其次白马，最下涪陵。"②唐五代入蜀诗中写到此地产茶的也不少，如郑谷《峡中尝茶》诗："蔟蔟新英摘露光，小江园里火煎尝。吴僧漫说鸦山好，蜀叟休夸鸟嘴香。合座半瓯轻泛绿，开缄数片浅含黄。鹿门病客不归去，酒渴更知春味长。"写三峡之茶鲜摘新尝，味道醇厚，比之鸦山茶、鸟嘴茶丝毫不逊色，让诗人回味无穷，舍不得离去。可见三峡不但产茶，且品质也较好。还有韦处厚的《茶岭》诗，"顾渚吴商绝，蒙山蜀信稀。千丛因此始，含露紫英肥。"写盛山（开州）之茶岭，并没有像顾渚、蒙山之茶那样受人热捧，而是在幽静之中为雨露所充分滋养，不但外形秀美，更形成其独特的肥嫩鲜醇之味。说明这一带种茶也很普遍，其味道也一流，所以才会形成"比屋之饮"的饮茶习俗。

从以上所举入蜀诗中涉及巴蜀茶文化情况看，基本上是在中晚唐时期，这与饮茶习俗从蜀地向全国、由南而北的转移时间大致吻合。一方面入蜀诗人接受了蜀地茶文化的影响，另一方面又将这种茶文化传播至其他地区，为宋代文人对茶文化的全面接受奠定了一定的基础。

概而言之，以上所论巴蜀方物都是唐五代入蜀诗人关注最多，诗中出现频率最高的。虽然它们并非巴蜀所独有，但其与巴蜀文化联系最深，也正是其巴蜀地域文化特色使其体现出与一般物象的不同和较浓的巴蜀文化色彩。当然唐五代入蜀诗中还有很多具有地域文化色彩的物象值得关注，但限于篇幅的有限，遂不一一列举论述。

---

① 陆羽：《茶经》卷下《六之饮》，日本京都书肆，日本天保十五年（1844）甲辰九月补刻本。
② 陈元龙编：《格致镜原》卷21《饮食一》引，《文渊阁四库全书》第1031册，台北：台湾商务印书馆，1983年，第297页。

第六章

唐五代入蜀诗与
巴蜀民情风俗

唐以前文人对巴蜀的地方民情、文化习俗知之甚少，甚至一度将其视为异域殊方，其中原因，除了巴蜀文化与中原文化确有差异外，另一个原因是因为文人没有入蜀的经历，接触和交流的机会很少。而唐五代时期，特别是中晚唐文人大量入蜀，他们的足迹几乎遍及巴蜀各地，或四处游历，或长期主政一方，与巴蜀各地的民俗风情接触频繁，所以有比较充分的认识和了解，反映到诗歌内容上，则不但呈现出巴蜀民情风俗的丰富多样性，更为我们了解和研究古代巴蜀民情风俗提供了重要史料。

第一节
游乐习俗

　　对于巴蜀游乐文化之盛，巴蜀文化研究学者袁庭栋先生认为："在巴蜀地区的生活习尚中，现在可以考见的古今相沿不改而又极富特色的习俗是出行游乐。"[①]这在唐宋时期尤为鼎盛，下面试就唐五代入蜀诗中的零星记载，结合相关文献作一论述。

　　巴蜀地区土地肥沃，物产丰富，生存竞争压力较小，加之优美的环境，适宜的气候，人们生存于其中而自得其乐，自汉代以来就逐渐形成了好欢娱、重游乐的习俗，如班固《汉书·地理志》云：巴蜀"土地肥美，有江水沃野，山林竹木疏食果实之饶。……民食稻鱼，亡凶年忧，俗不愁苦，而轻易淫泆，柔弱褊厄"[②]。特别是成都平原一带，地势平坦，江河纵横，物产尤为丰富，

---

① 袁庭栋：《巴蜀文化志》，上海：上海人民出版社，1998年，第297页。
② 班固：《汉书》卷28下，北京：中华书局，1964年，第1645页。

《山海经·海内经》记载言："西南黑水之间，有都广之野，后稷葬焉。爰有膏菽、膏稻、膏黍、膏稷，百谷自生，冬夏播琴。"清郝懿行笺疏曰"言味好皆滑如膏"[①]，说明先秦时期成都平原就以物产丰富而优良著名。秦李冰修筑都江堰后，更彻底解决了成都平原的旱涝问题，"水旱从人，不知饥馑，时无荒年，天下谓之'天府'也"[②]。没有生存的压力，更有优厚的物质条件作基础，安于现状，追求享乐便成了巴蜀地区人们普遍的生活方式。如《华阳国志》记载汉初成都豪门大族的奢侈享乐生活："家有盐铜之利，户专山川之材，居给人足，以富相尚。故工商致结驷连骑，豪族服王侯美衣，婚嫁设太牢之厨膳，归女有百两之从车，送葬必高坟瓦椁，祭奠而羊豕夕牲，赠襚兼加，赗赙过礼，此其所失。原其由来，染秦化故也。若卓王孙家僮千数，程郑亦八百人；而郄公从禽，巷无行人。箫鼓歌吹，击钟肆悬，富侔公室，豪过田文，汉家食货，以为称首。盖亦地沃土丰，奢侈不期而至也。"[③]在豪门大族的影响下，普通民众也参与其中，渐成习俗，扬雄《蜀都赋》言："尔乃其俗，迎春送腊，百金之家，千金之公，干池泄澳，观鱼于江。若其吉日嘉会，期于送春之阴，迎夏之阳，侯罗司马，郭范晶杨，置酒乎荣川之闲宅，设坐乎华都之高堂。延帷扬幕，接帐连冈。……若其游怠渔弋，郄公之徒，相与如平阳，频巨沼，罗车百乘，期会投宿。观者方堤，行舡竞逐，偃衍撇曳，絺索恍惚。"[④]富豪之家的佳日期会成了全城百姓集体参与的活动，熙熙攘攘、人声鼎沸，游乐之盛可以想象。魏晋南北朝时期同样如此，张载《登成都白菟楼》诗所写成都百姓的富足和娱乐生活都是他入蜀省亲时的所见所闻，使得诗人都有点流连忘返，不禁发出"人生苟安乐，兹土聊可娱"的感叹。如果说文人的描写还具有一定的渲染成分，那么史学家的描述则相对客观，特别是在对各地风俗特点有了基本的了解认识后所作的分析，如《隋书·地理志》中对巴蜀风俗特点的描述就颇为精到，言："其地四塞，山川重阻，水陆所凑，货殖所萃，盖一都之会也。……其人敏慧轻急，貌多蜑陋，颇慕文学，时有斐然，

---

① 郝懿行：《山海经笺疏》卷18《海内经》，成都：巴蜀书社，1985年，第502—503页。
② 常璩：《华阳国志》卷3，刘琳校注，成都：巴蜀书社，1984年，第202页。
③ 刘琳：《华阳国志校注》卷3，成都：巴蜀书社，1984年，第225页。
④ 扬雄：《蜀都赋》，张震泽《扬雄集校注》，上海：上海古籍出版社，1993年，第25—40页。

多溺于逸乐，少从宦之士，或至耆年白首，不离乡邑。人多工巧，绫锦雕镂之妙，殆侔于上国。贫家不务储蓄，富室专于趋利，其处家室，则女勤作业，而士多自闲，聚会宴饮，尤足意钱之戏。"①这段分析是比较符合实情的，也经常为研究巴蜀风情民俗者所引用。可见从汉至隋，游乐习俗就一直在巴蜀地区盛行，历久不变。

唐宋时期巴蜀地区的游乐风俗更为发达，而成都最为鼎盛，清人云："成都自唐代号为繁庶，甲于西南。其时为之帅者，大抵以宰臣出镇，富贵优闲，岁时燕集，浸相沿习。故张周封作《华阳风俗录》，卢求作《成都记》，以夸述其胜。遨头行乐之说，今尚传之。迨及宋初，其风未息，前后太守，如张咏之刚方，赵抃之清介，亦皆因其土俗，不废娱游。其侈丽繁华，虽不可训，而民物殷阜，歌咏风流，亦往往传为佳话，为世所艳称。"②《华阳风俗录》已失传，不可窥其貌，而《成都记》则有若干条被保存下来，为我们了解当时成都的繁华和游乐之盛提供了最原始的材料，如其中有关集市的记载："正月灯市，二月花市，三月蚕市，四月锦市，五月扇市，六月香市，七月七宝市，八月桂市，九月药市，十月酒市，十一月梅市，十二月桃符市。"③如此频繁的集市既是当时成都经济文化繁荣的表现，也说明人们的游乐风气之盛。而其中正月灯市又最为出名，据宋人《岁华纪丽谱》记载："旧记称'唐明皇上元京师放灯，灯甚盛，叶法善奏曰：'成都灯亦盛。'遂引帝至成都，市酒于富春坊。'此方外之言，存而勿论。咸通十年正月二日，街坊点灯张乐，昼夜喧阗。盖大中承子之余风。由此言之，则唐时放灯，不独上元也。蜀王孟昶时，间亦放灯，率无定日。"④此外就是花市，韦庄有诗云："锦江风散霏霏雨，花市香飘漠漠尘。"（《奉和左司郎中春物暗度感而成章》），又黄滔

---

① 魏徵：《隋书》卷29，北京：中华书局，1973年，第830页。

② 永瑢、纪昀主编：《四库全书总目提要》卷70《岁华纪丽谱》，北京：中华书局，1960年，第626页。

③ 杨慎：《升庵集》卷70《成都十二月市》引，《文渊阁四库全书》第1270册，台北：台湾商务印书馆，1983年，第690页。

④ 费著：《岁华纪丽谱》，《文渊阁四库全书》第590册，台北：台湾商务印书馆，1983年，第435页。

《成都》诗云："月晓已开花市合，江平偏见竹簰多。"说明逛花市已成为当地百姓生活中的一部分。后蜀时孟昶"于成都四十里罗城上种芙蓉花，每至秋，四十六皆如锦绣，高下相映，因名锦城"[①]，这无疑增加了百姓游春的兴趣，"是时蜀中百姓富庶，夹江皆创亭榭游赏之处。都人士女，倾城游玩，珠翠绮罗，名花异香，馥郁森列。昶御龙舟观水嬉，上下十里，人望之如神仙之境"[②]。除了市内各种集市，郊外赏春踏青也是一种普遍的习俗，《宋史》卷八十九《地理志·成都府路》云：巴蜀"地狭而腴，民勤耕作，无寸土之旷，岁三四收。其所获多为遨游之费，踏青、药市之集尤盛焉，动至连月"[③]。又陈元靓《岁时广记》卷一《游蜀江》引《壶中赘录》云："蜀中风俗，旧以二月二日踏青节，都人士女，络绎游赏，缇幕歌酒，散在四郊。"[④]这些虽然都出自宋人的记载，但风俗的形成不可能在一朝一夕，所以用来反映唐五代的情况应该是可信的。韦庄有《清平乐》词，云："何处游女，蜀国多云雨。云解有情花解语，窣地绣罗金缕。　妆成不整金钿，含羞待月秋千。住在绿槐阴里，门临春水桥边。"[⑤]写蜀地出游女子的款款风情，也略可看出当时的踏青风俗。此外，巴蜀宗教文化发达，寺观众多，也吸引人们前往游观，《岁华纪丽谱》云：三月"二十一日，出大东门，宴海云山鸿庆寺，登众春阁观摸石。盖开元二十三年灵智禅师以是日归寂，邦人敬之，入山游礼，因而成俗。山有小池，士女探石其中，以占求子之祥。既又晚宴于大慈寺之设厅"[⑥]。宗教对游乐习俗的影响大概也是始于此。

也正因为成都游乐文化之盛，在唐五代人眼中，成都几乎便成了游宴文化的代名词，《太平广记》中所记载的一些神仙游乐故事也都以成都为背景，如卷三百三崔圆遇众仙故事："天宝末，崔圆在益州。暮春上巳，与宾客将校

---

① 彭大翼：《山堂肆考》卷200，《文渊阁四库全书》第978册，台北：台湾商务印书馆，1983年，第120页。

② 张唐英：《蜀梼杌》卷下，《丛书集成初编本》，上海：商务印书馆，1939年，第21页。

③ 脱脱：《宋史》卷89，北京：中华书局，1977年，第2230页。

④ 陈元靓：《岁时广记》卷1，《丛书集成初编本》，上海：商务印书馆，1939年，第11页。

⑤ 张安福：《韦庄集笺注》，上海：上海古籍出版社，2002年，第427页。

⑥ 费著：《岁华纪丽谱》，《文渊阁四库全书》第590册，台北：台湾商务印书馆，1983年，第436页。

数十百人，具舟檝游于江，都人纵观如堵。是日风色恬和，波流静谧，初宴作乐，宾从肃如。忽闻下流十数里，丝竹竞奏，笑语喧然，风水薄近如咫尺，须臾渐近。楼船百艘，塞江而至，皆以锦绣为帆，金玉饰舟，旄纛盖伞，旌旗戈戟，缤纷照耀。中有朱紫十数人，绮罗妓女凡百许，饮酒奏乐方酣。他舟则列从官武士五六千人，持兵戒严，溯沿中流，良久而过。"①又卷三十三韦弇会花仙子故事："韦弇字景照，开元中，举进士下第，游蜀。时将春暮，胜景尚多，与其友寻花访异，日为游宴。忽一旦有请者曰："郡南十里许，有郑氏林亭，花卉方茂，有出尘之胜，愿偕游焉。'弇喜，遂与俱。果南十里，得郑氏亭焉。端室巍巍，横然四峙，山门花辟，曲径烟蠹。睇而望之，不暇他视，真尘外景也。"②这类神仙故事内容虽荒诞，但显然都是以成都的游乐习俗为背景来进行虚构的，说明唐人对于巴蜀特别是成都的游乐文化是有共识的。而这种游乐习俗在唐五代如此兴盛，一是文化传统，二是巴蜀相对安定的社会环境和发达经济，三是安史乱后大量百工伎艺人员的入蜀进一步丰富了百姓的游乐生活，所以卢求《成都记序》言成都："人物繁盛，悉皆土著，江山之秀，罗锦之丽，管弦歌舞之多，伎巧百工之富。"③陈陶《西川座上听金五云唱歌》中之歌伎金五云："自言本是宫中嫔，武皇改号承恩新。"即是安史乱中逃难至蜀而流落民间。四是入蜀文人积极参与其中，诗酒宴游，特别是郡守等文人的参与，更起了推波助澜的作用。像韦皋、武元衡、段文昌等人主政西川期间，幕下集会宴饮酬唱频繁，在接受当地游乐文化影响的同时，也实际上进一步刺激了当地游乐习俗的发展，至宋则成都太守更大张旗鼓地参与，被称为"遨头"，《岁华纪丽谱》云："成都游赏之盛，甲于西蜀。盖地大物繁，而俗好娱乐。凡太守岁时宴集，骑从杂沓，车服鲜华，倡优鼓吹，出入拥导，四方奇技，幻怪百变，序进于前，以从民乐。岁率有期，谓之故事。及期，则士女栉比，轻裘袨服，扶老携幼，阗道嬉游。或以坐具列于广庭，以待观者，谓

① 李昉：《太平广记》卷330，北京：中华书局，1986年，第2400页。
② 李昉：《太平广记》卷33，北京：中华书局，1986年，第209页。
③ 卢求：《成都记序》，《全唐文》卷744，北京：中华书局，1983年，第7702页。

之遨床，而谓太守为遨头。"① 正是这种种因素促成了唐宋时期巴蜀地区游乐习俗的兴盛发达。

唐五代入蜀诗中直接描写巴蜀游乐习俗的，如卢照邻《十五观夜灯》，诗云："锦里开芳宴，兰缸艳早年。缛彩遥分地，繁光远缀天。接汉疑星落，依楼似月悬。别有千金笑，来映九枝前。"这是诗人上元节时参观成都灯市所作，虽然写景一般，但却把成都灯市的喜庆和热闹烘托了出来。从最后一句可以想象当时游人结伴遨游，车马喧闹的景象，所以《岁华纪丽谱》言其能与长安灯市繁华相媲美应该是可信的。作为唐诗中较早描写上元灯市的诗歌，其出现于蜀地本身就说明成都灯市的热闹非凡和令人难以忘怀，而后来众多描写元宵灯市和夜景的诗歌也不能不受其影响。卢照邻还有《益州城西张超亭观妓》诗，写歌伎舞姿轻盈优美，让人不忍舍去。从诗题看应该是诗人偶然所遇的民间歌舞表演，反映出当地百姓娱乐生活的丰富多彩，这正如杜甫诗所言："喧然名都会，吹箫间笙簧。"（《成都府》）不仅是官府、富豪之家能够享受这种歌舞升平的生活，普通百姓也有机会参与其中，更像是全民的普遍生活方式。

中晚唐及五代，成都百姓的游乐生活更甚，这从裴廷裕《蜀中登第答李搏六韵》一诗中对成都的繁华富足和游乐生活描绘中可见一斑，诗言："何劳问我成都事，亦报君知便纳降。蜀柳笼堤烟蠹蠹，海棠当户燕双双。富春不并穷师子，濯锦全胜旱曲江。高卷绛纱扬氏宅，半垂红袖薛涛窗。浣花泛鹢诗千首，静众寻梅酒百缸。若说弦歌与风景，主人兼是碧油幢。"诗中对锦城风景之秀美，百姓之安乐，游乐之多彩进行了细致的描写，令人顿生艳羡之情。其中的浣花溪、静众寺都是当时成都最热闹的游乐之所。如浣花溪，曹学佺《蜀中名胜记》卷二引《蜀志补遗》云："浣花溪有石刻浣花夫人像。三月三日为夫人生辰，倾城出游。"又引《蜀梼杌》记载言："乾德五年四月十九日，王衍出游浣花溪，龙舟彩舫，十里绵亘，自百花潭至于万里桥，游人士女，珠翠夹岸。"②毛文锡有《西溪子》词言浣花溪游赏之美，"昨日西溪游赏，芳

---

① 费著：《岁华纪丽谱》，《文渊阁四库全书》第590册，台北：台湾商务印书馆，1983年，第434页。

② 曹学佺：《蜀中名胜记》卷2，刘知渐点校，重庆：重庆出版社，1984年，第20页。

树奇花千样。锁春光，金樽满，听弦管。娇妓舞衫香暖，不觉到斜晖，马驮归。"[①]虽繁缛香艳，却把浣花溪之美景及游人士女出游之热情与场面之热闹展现得淋漓尽致。静众寺，即净众寺，曹学佺《蜀中名胜记》引《高僧传》云："僧无相，新罗国人。开元十六年，至成都，募化檀越，造净众寺，影堂在焉。"[②]净众寺幽静雅致，景色亦佳，郑谷有数诗写其景致，如《西蜀净众寺松溪八韵兼寄小笔崔处士》诗："松因溪得名，溪吹答松声。缭绕能穿寺，幽奇不在城。寒烟斋后散，春雨夜中平。染岸苍苔古，翘沙白鸟明。澄分僧影瘦，光彻客心清。带梵侵云响，和钟击石鸣。淡烹新茗爽，暖泛落花轻。此景吟难尽，凭君画入京。"如此幽雅胜景，自然是人们的游乐好去处。

以上是繁华的都市游乐生活，游人如织，在偏僻的州郡，百姓参与的热情也丝毫不弱。如白居易的《郡中春宴因赠诸客》诗："是时岁二月，玉历布春分。颁条示皇泽，命宴及良辰。冉冉趋府吏，蚩蚩聚州民。有如蛰虫鸟，亦应天地春。薰草席铺坐，藤枝酒注樽。中庭无平地，高下随所陈。蛮鼓声坎坎，巴女舞蹲蹲。使君居上头，掩口语众宾。勿笑风俗陋，勿欺官府贫。蜂巢与蚁穴，随分有君臣。"这是白居易刺忠州时所作，春分时节，诗人在郡斋召集府吏及州民同欢，饮藤枝酒，欣赏巴渝舞，展现出忠州地区淳朴的民风和官民同乐的热闹场景。虽然忠州偏僻，郡府简陋，"中庭无平地"，但当地百姓参与的热情却丝毫不受影响，"冉冉趋府吏，蚩蚩聚州民"，席地而作，高下随陈，轮流吸酒，击鼓而舞。名为府君宴请，实与当地百姓日常的娱乐生活并无二致，类似于"吃杂酒"习俗。《方舆胜览》卷六十一《咸淳府》引《图经》云："蜀地多山，多种黍为酒，民家亦饮粟酒。地产藤枝，长十余尺，大如指，中空可吸，谓之引藤。屈其端置醅中，注之如晷漏。本夷俗所尚，土人效之耳。"[③]可见这种饮乐习俗在当地十分普遍。

自古以来，文人就热衷于赏春踏青、游遨宴饮、祖饯吟唱等活动，但唐五代诗人在入蜀之后，受蜀地游乐风气的影响，这种活动却要频繁得多。以初

① 曾昭岷、曹济平、王兆鹏、刘尊明：《全唐五代词》，北京：中华书局，1999年，第531页。

② 曹学佺：《蜀中名胜记》卷2，刘知渐点校，重庆：重庆出版社，1984年，第18页。

③ 祝穆：《新编方舆胜览》卷61《咸淳府》，施和金点校，北京：中华书局，2003年，第1076页。

唐四杰中的卢照邻、王勃为例，他们在蜀地时间虽短，但所作的游宴诗文却要远远多于其他地方，如卢照邻有《七夕泛舟二首》《七日绵州泛舟诗序》《三月曲水宴得尊字》《宴梓州南亭诗序》《宴梓州南亭得池字》等诗文，王勃有《梓潼南江泛舟序》《绵州北亭群公宴序》《秋夜于绵州群官宴别薛升华序》《宇文德阳宅秋夜山亭宴序》《圣泉宴序》《秋晚什邡西池宴饯九陇柳明府序》《晚秋游武担山序》《至真观夜宴序》《三月曲水宴集得烟字》《夏日仙居观宴序》《春游》《出境游山二首》《上巳浮江宴韵得遥字》《上巳浮江宴韵得阯字》《上巳浮江宴序》《江浦观鱼宴序》等诗文，占据他们所作游宴诗文的绝大多数。这绝不是一种偶然现象，而恰恰反映了蜀地游乐风气之盛，影响所及，入蜀文人也自然入乡随俗。这些游宴活动的组织者和参与者，大多是地方郡县官吏及其随从，而诗人只是偶尔参与其中，正如王勃《春日序》言："王明府气挺龙津，名高凤举。文词泉涌，秀天下之珪璋；儒雅风流，作人伦之师范。孟尝君之爱客，珠履交晋；宓子贱之调风，弦歌在听。则有蜀城僚佐，陪骋望于春郊；青溪逸人，奉淹留于芳阁。明明上宰，肃肃英贤，还起颍川之驾，重集华阴之市。于时岁游青道，景霁丹空。桃李明而野径春，藤萝暗而山门古。横琴对酒，陶潜彭泽之游；美貌多才，潘岳河阳之令。下官寒乡剑士，燕国书生，怜风迳之气高，爱林泉之道长。"①如此规模的游乐活动，对于当地官员来说早已习以为常，而诗人不过是因其诗文之名加入其中助兴而已。后来杜甫在蜀中四处游历，参与各种游宴活动，也与王勃类似。再如上文提及的崔圆、韦弇，亦是如此。

中唐以后情况则有所变化，入蜀文人不再是被动参与者，他们频繁举行各种游宴酬唱活动，不但完全融入了蜀地的游乐习俗中，更推波助澜，引领风尚。尤其是东西两川，府主往往是朝廷重臣，文采风流，如韦皋、武元衡、李德裕、段文昌等，幕下更文士济济，乐此不疲于各种游宴活动，大量游宴酬唱诗歌因此而产生，如武元衡的《春日与诸公泛舟》《八月十五夜与诸公锦楼望月得中字》《春分与诸公同宴呈陆三十四郎中》《津梁寺采新茶与幕中诸公遍赏芳香尤异因题四韵兼呈陆郎中》《摩诃池宴》《同诸公夜宴监军玩花

---

① 何林天：《重订新校王子安集》，太原：山西人民出版社，1990年，第251—252页。

之作》，徐放《奉和武相公中秋锦楼玩月得来字》，卢士玫《奉陪武相公西亭夜宴陆郎中》，畅当《偶宴西蜀摩诃池》《九日陪皇甫使君泛江宴赤岸亭》等等。试看岑参的《早春陪崔中丞同泛浣花溪宴》一诗："旌节临溪口，寒郊陡觉暄。红亭移酒席，画舸逗江村。云带歌声扬，风飘舞袖翻。花间催秉烛，川上欲黄昏。"崔中丞即崔旰，时以剑南西川节度使兼御史大夫。诗写崔旰率众僚属早春游浣花溪，虽料峭春寒，但挡不住大家游乐的热情，泛舟溪上，江水逶迤，两岸江村，宛若画中。泛舟赏景之时，众人欢宴，兼有歌舞助兴，到处弥漫着欢乐的气氛。欢乐日短，不知不觉间已至黄昏，众人余犹未尽，更摧秉烛，欲为夜游。诗歌生动地描绘出文人士大夫们游春赏景的热闹欢乐场面。上行而下效，更推动了民间游乐的兴盛，而在五代时期走向极致。也因此由民间主导的游乐活动逐渐向官方转移，才最终出现宋时以太守为"遨头"的现象。

不过，虽然唐五代入蜀诗人大多能够接受当地的游乐文化，并积极参与其中，但他们的诗歌却很少从民俗的视角去描写当地的游乐文化，所以总体来说唐五代入蜀诗表现巴蜀游乐习俗的内容并不多。而在两宋时期，入蜀诗人似乎更乐意去表现这一点，所以当研究者在探讨巴蜀的游乐文化时往往会从宋诗中寻找线索和依据，而忽略了唐诗。希望以上论述有助于人们更深入地了解唐五代时期的巴蜀游乐文化。

第二节
土风民情

巴蜀地域广阔，自然条件多样，环境气候不一，加之多民族杂居，各地在土风民情方面也表现出不同的特点。入蜀诗人作为外来者，对于各地的土风民情印象尤为深刻，往往会在诗歌中加以如实反映，下面试作论述。

入蜀诗人初来乍到蜀地，首先感受到的是环境气候的不同，如白居易初到忠州时的印象是"山束邑居窄，峡牵气候偏。林峦少平地，雾雨多阴天"（《初到忠州登东楼寄万州杨八使》）。忠州在唐代州郡中为下等，地理位置偏远，距长安约二千二百里，人口不足五万，经济文化落后。^①而州城坐落于长江北岸山坡之上，民众依山而居，这对于长期生活在平原和都市的白居易来说显然不适应，所以一到居所便迫不及待地要向好友倾诉。在诗人眼中，忠州地处峡谷地带，地势高地不平，空间封闭狭窄，山陵起伏，林木茂密，晴天少而雾雨多，完全是一个陌生的环境。诗人从九江量移至此，与初到九江时"木形灰心"^②之状相比，显然内心要乐观得多，也早有心理预期，但仍不免有些失落，他的《初到忠州赠李六》诗透露了这种心理，诗云："好在天涯李使君，江头相见日黄昏。吏人生硬都如鹿，市井萧疏只抵村。一只兰船当驿路，百层石磴上州门。更无平地堪行处，虚受朱轮五马恩。"诗中描写的山城市井萧疏景象，与前诗表现的逼仄环境相似，所以诗人在无可奈何中唯有自嘲自解。而其山城多石阶的特点也锻炼出吏人强健的体质，"生硬都如鹿"活脱脱刻画出吏人的形象，人对环境的适应，细致而贴切，见出诗人对陌生环境的细腻敏感。白居易之前，杜甫沿江出蜀途经忠州所见印象与其相似，杜诗云："忠州三峡内，井邑聚云根。小市常争米，孤城早闭门。空看过客泪，莫觅主人恩。淹泊仍愁虎，深居赖独园。"（《题忠州龙兴寺所居院壁》）仇兆鳌《杜诗详注》卷十四解曰："上四忠州之景，下四有感而叹。峡内、云根，言其僻隘。争米、闭门，则极荒凉矣。使君必失于周旋，故有客泪主恩之慨。邑近山，故愁虎。居独园，在寺院也。"^③可见荒凉僻静是入蜀诗人对忠州的共同印象。杜甫在夔州对于当地的气候也非常敏感，特别是其炎热天气，"南方六七月，出入异中原。老少多暍死，汗踰水浆翻"（《贻华阳柳少府》）。对于习惯生活在中原凉爽夏天的杜甫来说，夔州峡中闷热的天气显然非常不适应，酷热难耐，大汗淋漓，是其第一感受。又《毒热寄简崔评事十六弟》云："大火运金气，荆扬不知秋。林下有塌翼，水中无行舟。千室但埽地，闭关人事休。老夫转不乐，旅次兼百忧。蝮蛇暮偃蹇，空床难暗投。炎宵恶明烛，况乃怀旧丘。开襟仰内弟，执热露白头。束带负芒刺，接居成阻修。"清人卢元

---

① 参见《旧唐书》卷39《地理志二》及《新唐书》卷40《地理志四》。
② 白居易：《答户部崔侍郎书》，朱金城《白居易集笺校》卷45，上海：上海古籍出版社，1988年，第2806页。
③ 仇兆鳌：《杜诗详注》卷14，北京：中华书局，1999年，第1226—1227页。

昌分析老杜在此炎秋下心理颇为细致深刻，云："夔居极南，虽秋犹热，故林鸟不飞，行舟绝迹。宜乎千室扫地，万事都休。老夫百忧一时交集，惧蝮蛇，则不能暗投；畏炎宵，则又恶明烛。只此一端，明暗两困，故乡萦怀更无论。已幸而内弟使夔，无奈秋炎见困，咫尺阻修。"①此情此景下的杜甫可谓内心焦躁烦闷，这正是因为不适应当地炎热气候的结果。杜甫在夔州这类诗众多，不一一列举。

按照常人的心理机制，人处于陌生环境中往往会将之与自己经常生活和熟悉的环境作对比，既以缓解内心的紧张和不适应，又以对新的环境和当地风俗民情有更深刻的认识，杜甫、白居易如此，元稹亦如此。元稹的《虫豸诗七篇》是其在通州期间对当地环境所留下的最深刻印象，虽然篇章寓意另有所指，但这些都是建立在其对通州生存环境恶劣的基本认识之上。其序云：

> 天之居物于地也，有兽宜山宜穴，鱼宜水宜泥，鸟宜木宜洲，虫宜草宜腐秽。风雨会而寒暑时，山川正而原野平衍，然后郭闬屋室以州之人之宜。人不得其宜，而之鸟兽虫鱼之所宜，非虫鱼兽鸟之罪也。然而自非圣贤，人失所宜，未尝无不得宜之叹云。……通之地，丛秽卑褊，烝瘴阴郁，焰为虫蛇，备有辛螫。蛇之毒百，而鼻褰者尤之。虫之辈亦百，而虻、蠓、浮尘、蜘蛛、蚁子、蛒蜂之类，最甚害人。其土民具能攻其所毒，亦往往合于方籍。不知者，毒辄死。予因赋其七虫为二十一章，别为序，以备琐细之形状，而尽药石之所宜，庶亦叔敖之意焉。

元稹因得罪阉竖而遭贬谪，初贬江陵士曹参军，后量移通州司马，内心一直怀着冤屈悲愤之情。通州恶劣的生存条件更加剧了诗人的悲愤之情，序中直指通州非人宜居之地，烝瘴阴郁，毒虫肆虐，而以蛇、虻、蠓、浮尘、蜘蛛、蚁子、蛒蜂为害最甚，各赋三章，极尽其形状，既由物观风，又托物寓讽。实际上元稹在入通州前已对其恶劣环境有所耳闻，他在《叙诗寄乐天书》中言："授通之初，有习通之熟者曰：'通之地，湿垫卑褊，人士稀少，近荒札，

---

① 卢元昌：《杜诗阐》卷22，《续修四库全书》1308册，上海：上海古籍出版社，2002年，第596页。

死亡过半。邑无吏，市无货，百姓茹草木，刺史以下计粒而食。大有虎、貘、蛇、虺之患，小有蟆蚋、浮尘、蜘蛛、蛒蜂之类，皆能钻啮肌肤，使人疮痏。夏多阴霾，秋为痢疟，地无医巫，药石万里，病者有百死一生之虑。'"①内心之惶恐可想而知，一旦亲临其地则有万劫不复之感，"夫何以仆之命不厚也如此，智不足也又如此，其所诣之忧险也又复如此！则安能保持万全，与足下必复京辇，以须他日立言事之验耶"②？由环境之恶劣，元稹不免想到人世之险恶，故由此及彼，以《虫豸诗七篇》既写通州之恶劣自然环境，又借此鞭挞讥刺社会现象和险恶小人。如《虻三首》，序云："巴山谷间，春秋常雨，自五六月至八九月，雨则多虻，道路群飞，噬马牛血及蹄角，且暮尤极繁多。人常用日中时趣程，逮雪霜而后尽。其啮人，痛剧浮蟆，而不能毒留肌，故无疗术。"诗言：

> 阴深山有瘴，湿垫草多虻。众噬锥刀毒，群飞风雨声。汗粘疮痏痛，日曝苦辛行。饱尔蛆残腹，安知天地情？
> 千山溪沸石，六月火烧云。自顾生无类，那堪毒有群。搏牛皮若截，噬马血成文。蹄角尚如此，肌肤安可云？
> 辛螫终非久，炎凉本递兴。秋风自天落，夏蘖与霜澄。一镜开潭面，千锋露石棱。气平虫豸死，云路好攀登。

序中交代了巴地的气候条件，山谷多雨潮湿，草木繁多，是形成飞虻肆虐的原因，并指出其危害之剧烈。诗一、诗二以虻之肆虐无情，荼毒生灵，贻害人间，表达出诗人的极度厌恶之情。诗三则指出随着自然气候的变化，为祸人间的虫豸终会烟消云散，人们最终会迎来太平人间，显示出诗人对未来的信心。联系诗人的生平遭遇，仕途起伏，显然诗人既有对通州自然环境的真实描写，也是在指斥现实社会，寓含丰富。

元稹满怀政治热情，自我期许甚高，而一再被贬，从自己熟悉和习惯的平

---

① 元稹、冀勤：《元稹集》卷30，冀勤点校，北京：中华书局，1982年，第353页。
② 元稹、冀勤：《元稹集》卷30，冀勤点校，北京：中华书局，1982年，第353页。

原都市繁华生活来到湿垫卑褊、人烟稀少的通州，身体和心理上的不适是显而易见的，所以会在诗文中反复的叙及。除了上述诗文，还有像《酬乐天得微之诗知通州事因成四首》《瘴塞》《西州院》《酬乐天东南行诗一百韵》等诗亦涉及对通州环境气候的描写，而怨愁悲愤时见其中。如《酬乐天东南行诗一百韵》言："楚风轻似蜀，巴地湿如吴。气浊星难见，州斜日易晡。通宵但云雾，未酉即桑榆。"写通州环境气候特征非常细致，而这正是诗人心理极不适应的一种反映。通州古属巴子国，地理位置偏僻，经济文化尤为落后，有关它的一些地理文化信息文献记载极少，曹学佺《蜀中名胜记》言"州以元微之左迁司马著名"[1]，可见元稹之前通州几乎不为人知。而正是元稹这些诗歌对通州环境气候、文化习俗的记载，才引起后人的关注，唐以后的一些地理书，如《方舆胜览》《舆地纪胜》中有关通州环境气候的记载大多来源于元稹的这些诗文，也可见元稹在地理文化方面的贡献。

不过，环境气候只是入蜀诗人对蜀地土风民情的初步感受，是他们了解当地民俗文化的一个窗口而已，实际上大多数入蜀诗人都与当地百姓有长期接触，从他们的日常生活和风俗习惯中，入蜀诗人对巴蜀文化才有了更为深刻的认识和了解，这其中包括当地的居住和饮食习惯、劳动和生产方式、娱乐与宗教活动、婚姻和家庭状况等。如有关巴地的居住习俗，给入蜀诗人留下最深印象的就是当地还保留的原始巢居生活。杜甫一入蜀地就惊讶于这种原始古朴的生活方式，其《五盘》诗云："好鸟不妄飞，野人半巢居。喜见淳朴俗，坦然心神舒。"按照传统之说，巢居生活起源于有巢氏，宋人罗泌《路史》云："昔在上世，人固多难，有圣人者，教之巢居。冬则营窟，夏则居曾巢。未有火化，搏兽而食，凿井而饮，擶菣秸以为蓐，以辟其难。而人说之，使王天下，号曰有巢氏。"[2]又言有巢氏亡后，其后人"居于璺及盘岭"，注云："璺属益部，盘岭在长安。《三秦记》云：'长安城有平原数百里，无山川湖水，民尚井汲、巢居，地多井，深者五十丈。'今兴平始平原也。故杜甫云……乃五盘岭也。王康居亦云，昔在太平时亦有巢居子，盖有巢之遗化

---

① 曹学佺：《蜀中名胜记》卷23，刘知渐点校，重庆：重庆出版社，1984年，第331页。
② 罗泌：《路史》卷9，《文渊阁四库全书》第383册，台北：台湾商务印书馆，1983年，第64页。

也。"①注释中言盘岭在长安，又引杜诗作证，实有误，五盘岭已入蜀，与长安无关。这也说明自上古以来巴蜀地区就有巢居之族，当代研究者也多有论述，如巴蜀文化研究者谭继和先生认为"巢居文化起源于古滨海、江淮和古巴蜀三大地区"，"在巢居文化三大发源地中，以古江源和巴蜀地域的巢居文化最有特色"。②杜甫入蜀所见"野人"之巢居正是古巴蜀巢居文化的延续。由于巢居生活被认为是上古淳朴民风之反映，有巢氏之遗化，而杜甫身遭乱世，流离失所，见此情景，故不禁有如此感叹。后来杜甫流寓夔州期间，诗歌也写道当地的巢居习俗，具体可见后文。通州也有类似居所，如元稹《酬乐天得微之诗知通州事因成四首》之二云："平地才应一顷余，阁栏都大似巢居。"自注言："巴人多在山坡架木为居，自号阁栏头也。"可见这种阁栏头也是在当地狭窄的空间中就地取材利用地势架木而建。其实巴民的居住方式，除了受传统习俗影响外，更重要的是对环境条件的适应，而像杜甫、元稹这些入蜀诗人来自于平原都市，初次见识有所好奇比较正常，但如杜甫般赞其有古人遗风则似乎不合时宜，风俗只有不同，没有优劣。

巴蜀的饮食文化在入蜀诗中涉及的更多。巴蜀物产富饶，自古饮食文化就丰富多样，《华阳国志》云：巴地"土植五谷，牲具六畜。桑、蚕、麻、纻、鱼、盐、铜、铁、丹、漆、茶、蜜，灵龟、巨犀、山鸡、白雉、黄润、鲜粉，皆纳贡之。其果实之珍者，树有荔支，蔓有辛蒟，园有芳蒻、香茗、给客橙、葵。其药物之异者，有巴戟天、椒"③。这诸多特产中与饮食相关者众多，可见巴蜀饮食文化之发达。可饮者，除了前文所论之蜀茶外，蜀酒亦著名，古巴蜀谣谚言："川崖惟平，其稼多黍。旨酒嘉谷，可以养父。野惟阜丘，彼稷多有。嘉谷旨酒，可以养母。"④诗歌大约产生在先秦时期，可见巴蜀酿酒的历史悠久。唐五代入蜀诗与巴蜀酒文化相关者众多，如杜甫《将赴成都草堂途中有作先寄严郑公五首》之一云："鱼知丙穴由来美，酒忆郫筒不用酤。"郫

---

① 罗泌：《路史》卷9，《文渊阁四库全书》第383册，台北：台湾商务印书馆，1983年，第64页。
② 见谭继和《巴蜀文化辨思集》一书收录之《论古巴蜀巢居文化渊源及其历史发展》一文，成都：四川人民出版社，2004年，第123、124页。
③ 常璩：《华阳国志》卷1，刘琳校注，成都：巴蜀书社，1984年，第25页。
④ 常璩：《华阳国志》卷1引，刘琳校注，成都：巴蜀书社，1984年，第28页。

筒，指郫县所产美酒，以竹筒盛之，故名。仇兆鳌《杜诗详注》卷十三引《华阳风俗录》云："郫县有郫筒池，池旁有大竹，郫人刳其节，倾春酿于筒，苞以藕丝，蔽以蕉叶，信宿香达于林外，然后断之以献，俗号郫筒酒。"又引《一统志》云："相传山涛治郫，用筼管酿酴醾作酒，兼旬方开，香闻百步，今其法不传。"①此酒今四川郫县仍有所产，为低浓度酒，颜色为深褐色，略苦带酸，对人体有保健作用，或借用其名而已，酿法则不得而知。杜甫困居成都草堂，"漂泊犹杯酒"（《巴西驿亭观江涨呈窦使君二首》之一），或许因其方便易得"不用酤"，当常饮用此酒，故离开成都后念念不忘。他的《绝句漫兴九首》之八又云："人生几何春已夏，不放香醪如蜜甜。"王嗣奭《杜臆》认为："'香醪如蜜甜'，凡人饮食适口，便云甜如蜜。三山老人遂谓唐人好饮甜酒，可笑。舍西有桑，江上有麦，生计似可不乏，且有香醪可饮，又不容舍此而去矣。盖郫筒酒出于此，所云'蜜甜'者，殆谓是耶？"②此言有理，则郫筒酒蜜甜香浓，与今之所谓"郫筒酒"差别甚大。杜甫诗中还提及夔州之"麹米春"酒，《拨闷》诗言："闻道云安麹米春，才倾一盏即醺人。"唐时酒多以"春"为名，如《唐国史补》言："酒则有郢州之富水，乌程之若下，荥阳之土窟春，富平之石冻春，剑南之烧春……"③杜诗中"麹米春"当与此类似。曹学佺《蜀中广记·方物记》云："盛弘之曰：'永安宫西有巴乡村，善酿酒，名巴乡清。'《郡国志》曰：'南乡峡西八十里有巴乡村，善酿酒，故俗称巴乡酒也。'今其地属云阳，老杜诗'闻道云安麹米春'本此。"④此酒当为烧制酒，度数较高，所以言"才倾一盏即醺人"。元稹在通州也注意到了当地百姓日常所酿之酒，其《酬乐天东南行诗一百韵》言："酢醲荷裹卖，醨酒水淋沽。"自注云："巴民造酒如淋醋法。"醨酒，即薄酒，据元稹自注当地百姓乃采用自然发酵法酿酒。所谓"淋醋法"，即待制醋物发酵后，再将醋醅中的醋液提取出来。巴民酿酒过程亦是如此，大概类似于今天的糯米酒，由于度数较低，所以称为"醨酒"。这在南方比较普遍，但元稹为

① 仇兆鳌：《杜诗详注》卷13，北京：中华书局，1999年，第1106页。
② 王嗣奭：《杜臆》卷4，上海：上海古籍出版社，1983年，第121页。
③ 李肇：《唐国史补》卷下，上海：上海古籍出版社，1979年新1版，第60页。
④ 曹学佺：《蜀中广记》卷65，四库全书珍本初集，上海：商务印书馆，1935年，第14页。

中原人氏，所见大多以黍麦烧制为酒，浓度较高，所以颇觉奇异。另外，白居易在忠州所见有藤枝酒，如其《郡中春宴因赠诸客》诗，"薰草席铺坐，藤枝酒注樽。"又《春至》诗，"闲拈蕉叶题诗咏，闷取藤枝引酒尝。"《方舆胜览》卷六十一《咸淳府》引《图经》云："蜀地多山，多种黍为酒，民家亦饮粟酒。地产藤枝，长十余尺，大如指，中空可吸，谓之引藤。屈其端置醅中，注之如畳漏。本夷俗所尚，土人效之耳。"[①]其最初来源于少数民族，大概仿效的是川藏等地的咂酒习俗。这种习俗在清时尚存，据清人《金川琐记》云："番地无六酒六浆之属，只有咂酒一味，以小麦、青稞及黍子、燕麦为之。将稞、麦等入水锅内煮半熟，倒向沙地上曝干，然后拌酒曲入皮篓内，上用牛羊毛盖暖。数日后闻有酒气，再入酒坛，用牛粪封口，唯恐泄气。用时移贮铜瓶，入滚水少许，以细竹管数枝植其内（酒面味薄，酒底有沙土，故用竹管吸取中间），男女数人可以杂吸，似吃烟。"[②]两者何其相似，或即《方舆胜览》所言之"土人效之耳"。

入蜀诗中记载的巴蜀普通百姓日常食物也不少。巴蜀江河纵横，塘堰密布，鱼类种目繁多，食鱼也就成为人们日常饮食中的常见现象。可以说，食鱼与饮酒一样，是巴蜀百姓最普通的饮食习惯，杜甫对此印象极为深刻，所以言："蜀酒浓无敌，江鱼美可求。"（《戏题寄上汉中王三首》之三）杜诗中反复出现蜀人捕鱼、烹鱼、食鱼之景，如《观打鱼歌》："绵州江水之东津，鲂鱼鱍鱍色胜银。渔水漾舟沉大网，截江一拥数百鳞。众鱼常才尽却弃，赤鲤腾出如有神。潜龙无声老蛟怒，回风飒飒吹沙尘。饔子左右挥霜刀，脍飞金盘白雪高。徐州秃尾不足忆，汉阴槎头远遁逃。鲂鱼肥美知第一，既饱欢娱亦萧瑟。"此诗为杜甫在绵州所作，记载的是当地民间的捕鱼习俗，鱼之富饶、肥美，滋味之美妙，百姓之欢腾，连诗人也情不自禁为之欣喜异常，十分真切地反映了蜀地民间捕鱼的热烈场景。诗人甚至余犹未尽，再作《又观打鱼》，可见诗人为当地百姓的气氛感染后的兴奋心情。杜诗中还提到丙穴鱼、黄鱼、白小等，其中丙穴鱼最为著名，也最为美味。《将赴成都草堂途中有作先寄严

---

① 祝穆:《新编方舆胜览》卷61《咸淳府》，施和金点校，北京：中华书局，2003年，第1076页。

② 李心衡：《金川琐记》卷4，丛书集成初编本，北京：中华书局，1985年，第36页。

郑公五首》之一云："鱼知丙穴由来美，酒忆郫筒不用酤。"丙穴，本意指
洞穴中出产之鱼，丙谓之鱼，《尔雅》云："鱼肠谓之乙，鱼尾谓之丙。"①
因洞穴所产鱼鲜嫩肥美，所以成为美味鱼的代名词，而蜀地尤多，左思《蜀都
赋》中有言"嘉鱼出于丙穴"②，所以又成为蜀地嘉鱼的通称。但并不专指某
地，而是一种泛指，如《舆地纪胜》卷一百四十七《成都府路·雅州·景物
下·丙穴鱼》云："州城南地名丙穴，出嘉鱼，味咸而美。左太平赋'嘉鱼出
于丙穴'，杜诗'鱼知丙穴由来美'。然丙穴，兴州、雅州亦有之。"③仇兆
鳌《杜诗详注》也云："刘渊林曰：丙穴，在汉中沔阳县北，有鱼穴二所。
《益部方物赞》：丙穴，在兴州，鱼出石穴中。雅州亦有之，蜀人甚珍其味。
黄鹤曰：丙穴固在汉中，然地志载邛州大邑县有嘉鱼穴，万州梁山县柏枝山有
丙穴，方数丈，出嘉鱼。又达州明通县井峡中，穴凡十，皆产嘉鱼。此诗公赴
成都，作意是指邛州丙穴。盖成都西南至邛州才百五十里耳。"④所论为是，
所以今人以雅鱼视为丙穴鱼，实不准确。丙穴鱼生存于石乳环境中，没有外界
污染，具有很高的营养价值，宋人王洙言："《酉阳杂俎》曰：丙穴鱼食乳
水，食之甚是温。《神农本草》云：嘉鱼味甘，食之令人肥健悦怿。此乳穴中
小鱼，常食乳水，所以益人。子美称丙穴鱼美，其以此欤。"⑤但丙穴鱼是贵
族鱼，产地少，数量有限，普通百姓大约也不常食用。黄鱼、白小是杜甫夔州
时所见，《黄鱼》诗云："日见巴东峡，黄鱼出浪新。脂膏兼饲犬，长大不容
身。筒桶相沿久，风雷肯为神。泥沙卷涎沫，回首怪龙鳞。"王嗣奭《杜臆》
云："涪州上流四十里，有黄草峡，出黄鱼，大者数百斤。'兼饲犬'，则人
无不食可知。但惜其长大而不能容其身耳。然筒桶取食，相沿已久。"⑥可见
夔州一带食黄鱼是沿袭已久的习俗。食白小鱼则更为普遍，《白小》诗云：

---

① 郭璞注，邢昺疏：《尔雅注疏》卷9《释鱼》，李学勤主编《十三经注疏》，北京：北京大学出版
社，1999年，第303页。

② 左思：《蜀都赋》，《六臣注文选》卷4，北京：中华书局，1987年，第92页。

③ 王象之：《舆地纪胜》卷147，扬州：江苏广陵古籍刊印社，1991年，第1050页。

④ 仇兆鳌：《杜诗详注》卷13，北京：中华书局，1999年，第1106页。

⑤ 黄希：《补注杜诗》卷25引，《文渊阁四库全书》第1069册，台北：台湾商务印书馆，1983年，第
477页。

⑥ 王嗣奭：《杜臆》卷8，上海：上海古籍出版社，1983年，第285—286页。

"白小群分命，天然二寸鱼。细微沾水族，风俗当园蔬。入肆银花乱，倾筐雪片虚。生成犹拾卵，尽取义何如。"白小，即今之银鱼，体型小而数量多，是长江一带常见普通鱼类，集市中随处可见，"白鱼如切玉，朱橘不论钱"（《峡隘》），在当地毫不值钱，太常见了。宋赵与时《宾退录》引《靖州图经》云："其俗居丧不食酒肉盐酪，而以鱼为蔬。今湖北多然，谓之鱼菜，不特靖也。"[1]可见以白小鱼为园蔬，成为日常主食。白居易在忠州经历也类似，"饭下腥咸白小鱼"（《即事寄微之》），忠州与夔州相近，习俗也大致相同。杜甫在夔州也不得不入乡随俗，以食鱼为主，"顿顿食黄鱼"（《戏作俳谐体遣闷二首》之一），"日斜鱼更食"（《课小竖锄斫舍北果林枝蔓荒秽净讫移床三首》之三）。

入蜀诗涉及的巴蜀饮食文化除饮酒、食鱼外，也还有其他一些食物的记载。如芋羹，杜甫《赠别贺兰铦》诗："我恋岷下芋，君思千里莼。"关于岷山芋，《史记·货殖列传》已有记载，云："汶山之下，沃野，下有蹲鸱，至死不饥。"[2]蹲鸱，即芋也，可见先秦时蜀地已将芋作为食物。其种植也相沿不息，杜甫在成都时也曾亲自种植，其《南邻》诗言"锦里先生乌角巾，园收芋栗不全贫"可证。所以杜甫对此物还有些恋恋不舍。夔州、通州百姓也有食芋习俗，元稹《酬乐天东南行一百韵》有"芋羹真暂淡"之句，说明当地将芋做成羹食用。又有食莼菜习俗，杜甫《赠王二十四侍御契四十韵》诗言："网聚粘圆鲫，丝繁煮细莼。" 莼菜为睡莲科，多年生宿根草本水生植物，又名水芹、丝莼、水葵、露葵、马蹄草等。贾思勰《齐民要术》一书已有记载，主要生于江南一带，吴越食用比较普遍，如李时珍《本草纲目》记载云："莼生南方湖泽中，惟吴越人喜食之。叶如荇菜而差圆，形如马蹄。其茎紫色，大如箸，柔滑可羹。"[3]但蜀地食用莼菜则少见载，杜诗可弥补这一缺憾。而且记载了其独特的食用方法，即用鲫鱼与莼菜合炖为羹，大概《本草纲目》所载"和鲫鱼作羹食，下气止呕"即来源于此。杜诗中还有有关槐叶、苍耳、芘苣

---

① 赵与时：《宾退录》卷2，上海：上海古籍出版社，1983年，第23页。

② 司马迁：《史记》卷129《货殖列传》，北京：中华书局，1963年，第3277页。

③ 李时珍：《本草纲目》卷19，北京：人民卫生出版社，1977年，第1372页。

等制作和食用方法，此不一一论述。

蜀地的劳动和生产方式，以烧畲最为入蜀诗人关注。所谓烧畲，按照缪钺先生的解释。"一种耕种山地的方法，俗称刀耕火种。先放火烧去地面草木，使灰烬化为肥料，然后掘地下种，二三年后抛去原地，如法另烧一处。"①这种生产方式大约在唐时开始兴起，一般在偏僻的山区中进行，开辟出的土地称为畲田。巴蜀地区除成都平原外，川东北、川南等地地处山区，平坦可供耕地的土地较少，遂较多采用烧畲的方式耕种。刘禹锡刺夔州时有一首《畲田行》，对当地百姓烧畲的情况作了比较详细的描写，诗曰：

> 何处好畲田，团团缦山腹。钻龟得雨卦，上山烧卧木。惊麏走且顾，群雉声咿喔。红焰远成霞，轻煤飞入郭。风引上高岑，猎猎度青林。青林望靡靡，赤光低复起。照潭出老蛟，爆竹惊山鬼。夜色不见山，孤明星汉间。如星复如月，俱逐晓风灭。本从敲石光，遂至烘天热。下种暖灰中，乘阳拆牙蘖。苍苍一雨后，茗颖如云发。巴人拱手吟，耕耨不关心。由来得地势，径寸有余金。

诗歌描绘了烧畲的几个过程，首先是了解气候情况，"钻龟得雨卦"，即占卜得雨卦，天要下雨才能准备烧畲，否则烧畲之后无法下种。类似于祈雨的过程，杜甫《戏作俳谐体遣闷二首》之二："瓦卜传神语，畲田费火声。"司空曙《送夔州班使君》："晓樯争市隘，夜鼓祭神多。云白当山雨，风清满峡波。"大概记述的就是夔州当地占卦祈雨的情况。第二步是烧山，即"烧卧木"。所谓"卧木"，其实是事前砍伐的树木，所以又有"斫畲"的说法，砍伐的刀具称为"畲刀"。钱谦益《钱注杜诗》释"烧畲"云："楚俗烧榛种田曰畲。先以刀芟治林木曰斫（斫）畲。其刀以木为柄，刃向曲，谓之畲刀。"②清人严如煜《三省山内风土杂识》的一段记载更为生动："开山之法，数十人通力合作，树颠缚长絙，下缒千钧巨石，就根斧锯并施。树既放

① 缪钺、张志烈：《唐诗精华》，成都：巴蜀书社，1995年，第790页。
② 钱谦益：《钱注杜诗》卷15，上海：上海古籍出版社，1979年，第520页。

倒，本干听其霉坏，砍旁干作薪，叶枝晒干，纵火焚之成灰，故其地肥美，不须加粪，往往种一收百。"①这里的开山，其实就是烧畲，可见烧畲前的准备工作砍伐树木亦不容易。入蜀诗中也有提到，如杜甫《自瀼西荆扉且移居东屯茅屋四首》之三："斫畲应费日，解缆不知年。"刘禹锡《竹枝词九首》之九："银钏金钗来负水，长刀短笠去烧畲。"元稹《酬乐天得微之诗知通州事因成四首》："沙含水弩多伤骨，田仰畲刀少用牛。"第三步是下种。趁着大火烧烈山石，泥土松弛，赶紧下种，天一下雨，种子很快就破土而出，靠着烧畲留下的灰烬作肥料，"苕颖如云发"，苗壮成长，丰收在望。宋人范成大入蜀时也亲眼见过蜀人的烧畲，其《劳畲耕》诗序对此过程叙述非常完整生动，可与此诗相参看，文云："畲田，峡中刀耕火种之地也。春初斫山，众木尽蹶，至当种时，伺有雨候，则前一夕火之，藉其灰以粪；明日雨作，乘热土下种，即苗盛倍收，无雨反是。山多硗确，地力薄，则一再斫烧，始可蓻。春种麦豆，作饼饵以度夏，秋则粟熟矣。"②范成大所说的"峡中"正是夔州一带，可见唐宋时期烧畲的方式一直存在。

不过，刘禹锡说山民可以"拱手吟"，"不关心"，坐享其成，又言"径寸有余金"，这其中当然有些夸张。其实种畲田极其辛苦，前面的生产过程已很清楚，而收成后也一样要交赋税。《旧唐书·严震传》云："梁、汉间刀耕火耨，民采稆为食，虽领十五郡，而赋入才比东方数大县。"③虽然赋税少，但还是得交。白居易《南宾郡斋即事寄杨万州》诗句"仓粟喂家人，黄缣裹妻子。"其下有自注云："忠州刺史以下，悉以畲田给禄食，以黄绢支给充俸。"戴叔伦《渐至涪州先寄王员外使君纵》："文教通夷俗，均输问火田。"火田即畲田。又白居易《东南行一百韵》："吏征渔户税，人纳火田租。"火田税的多少一般取决于地方官，如果遇到酷吏，则可想而知。不过种畲田对于山民来说确实要轻松一些，所以范成大感叹：畲田"官输甚微：巫山民以收粟三百斛为率，财用三四斛了二税，食三物以终年，虽平生不识粳稻，

---

① 严如煜：《三省山内风土杂识》，《丛书集成初编本》，上海：商务印书馆，1936年，第23页。
② 范成大：《范石湖集》卷16，上海：上海古籍出版社，1981年，第217页。
③ 欧阳修：《新唐书》卷158，北京：中华书局，1975年，第4943页。

而未尝苦饥。余因记吴中号多嘉谷，而公私之输顾重，田家得粒食者无几，峡农之不若也"①。

畲田在巴蜀地区遍布广泛，除了前面提到的夔州、通州、忠州、涪州外，入蜀诗中出现的还有阆州，如薛登《任阆中下乡检田登艾萧山北望》："拥涧开新耨，缘崖指火田。"利州，如岑参《早上五盘岭》："栈道溪雨滑，畲田原草干。"畲田种植的农作物，最主要的是粟，唐人孟诜言："南方多畲田，种之极易。春粒细香美，少虚怯，只于灰中种之，又不锄治故也。"②白居易《孟夏思渭村旧居寄舍弟》："泥秧水畦稻，灰种畲田粟。"上述范成大所述也是如此，可见畲田种粟是普遍现象。但也有种植稻谷现象，称为"火稻""火米"，李时珍《本草纲目》引孟诜言："南方多收火稻，最补益人。"李时珍亦言："西南夷亦有烧山地为畲田种旱稻者，谓之火米。"③岑参《与鲜于庶子自梓州成都少尹自褒城同行至利州道中作》云："水种新插秧，山田正烧畲。"谓在畲田中种稻。李德裕《谪岭南道中作》言："五月畲田收火米，三更津吏报潮鸡。"由于种植畲田只存在于偏远的山区，对于来自中原地区的唐五代入蜀诗人来说颇为罕见，故在入蜀诗有较多的反映。

以上所论巴蜀土风民情，入蜀诗记载较多，所以论述稍详细。此外还有一些民俗活动，如各种节庆，由于与第一节游乐习俗相关，故不再论述。其他一些宗教活动，如祈雨、赛神等，前文也稍有涉及，也不赘述。

第三节
僚人风俗

僚④人是自先秦以来就生活于中国西南地区的少数民族，巴蜀地区原也有

---

① 范成大：《劳畲耕并序》，《范石湖集》卷16，上海：上海古籍出版社，1981年，第217页。
② 李时珍：《本草纲目》卷23，北京：人民卫生出版社，1977年，第1481页。
③ 李时珍：《本草纲目》卷22，北京：人民卫生出版社，1977年，第1466页。
④ 僚，史书写作"獠"，具有歧视意味，今人一般改为"僚"，特此说明。

不少，如古巴蜀賨人、濮人，据蒙默先生考证就是古代的僚人[①]。到了成汉时期，原居住于牂牁（今贵州）的僚人大规模迁徙进入巴蜀等地，据宋郭允韬《蜀鉴》卷四《李寿纵獠于蜀》条记载："李雄时尝遣李寿攻朱提，遂有南中之地。寿既篡位，以郊甸未实，都邑空虚，乃徙傍郡户三丁以上以实成都。又从牂牁引獠入蜀境，自象山以北，尽为獠居。蜀本无獠，至是始出巴西、宕渠、广汉、阳安、资中、犍为、梓潼，布在山谷，十余万。时蜀人东下者十余万家，獠遂依山傍谷，与下人参居。参居者颇输租赋，在深山者不为编户。种类滋蔓，保据岩壑，依林履险，若履平地。性又无知，殆同禽兽。诸夷之中，难以道义招怀也。"[②]至唐五代时期，僚人几乎遍及巴蜀全境，据刘琳先生《僚人入蜀考》一文的考证，以"《新唐书·地理志》所载之唐（巴蜀）五十五州，其中三十三州有僚。这还只是见于史籍记载者"[③]。不过僚人主要生活于山区峡谷中，生存条件恶劣，文化落后，与外界接触也很少，所以尽管唐五代入蜀诗人众多，但与僚人接触过的诗人似乎并不多。一些在偏远州郡有过比较长时间逗留的诗人，如白居易、元稹、刘禹锡、岑参等，他们的诗中偶尔有提及僚人及其风俗文化，但也只是表现出好奇而已，如元稹《酬乐天得微之诗知通州事成四首》之二对巴人巢居习俗的描写，是把它作为奇风异俗介绍给友人，但也仅此而已，元稹在通州关注的主要是自身命运遭际。白居易在忠州虽能与民同乐，与当地僚民也有不少交流，但白居易天性萧散，与物无碍，不为俗务世情所拘，风流自赏，故诗歌中也极少涉及当地僚人的世俗生活。但杜甫则不一样，他在夔州山峡中生活了将近两年时间，平民百姓的身份使他可以自由接触当地僚民，平等地与他们交流，深入他们的世俗生活中，了解他们的思想和情感，而仁民爱物的思想、悲天悯人的情怀又使杜甫对于这些生存条件艰苦，地位低下被视为蛮夷的僚人保持同情心，用他的诗史之笔如实记录这些僚人的日常生活、民情风俗，为今天我们认识和了解僚人的风俗文化以及当时的民族关系提供了丰富生动的第一手资料。

---

① 蒙默：《"蜀本无僚"辨》，《西南民族学院学报》（哲学社会科学版）1983年第3期。
② 郭允韬：《蜀鉴》卷4，《文渊阁四库全书》第352册，台北：台湾商务印书馆，1983年，第522页。
③ 刘琳：《僚人入蜀考》，《中国史研究》1980年第2期。

杜甫被称为"诗史"，是因为他的诗可以佐证史料，以诗证史，而在具体细节方面则比史书的宏观叙述更加丰富生动。关于僚人风俗文化的记载，其实在杜甫之前产生的一些史书中，如《魏书》《周书》《北史》中皆有记载，不过是一脉相袭，缺少实证材料而已，杜诗虽晚出一两百年，无意证史，却在许多事实方面与史相符，提供了具体事例。试看《魏书》卷一百一《僚传》中有关的记载：

> 僚者，盖南蛮之别种，自汉中达于邛筰川洞之间，所在皆有。种类甚多，散居山谷，略无氏族之别。又无名字，所生男女，唯以长幼次第呼之。其丈夫称阿謩、阿段，妇人阿夷、阿等之类，皆语之次第称谓也。依树积木，以居其上，名曰"干栏"，干栏大小，随其家口之数。往往推一长者为王，亦不能远相统摄。父死则子继，若中国之贵族也。僚王各有鼓角一双，使其子弟自吹击之。好相杀害，多不敢远行。能卧水底，持刀刺鱼，其口嚼食并鼻饮。死者竖棺而埋之。性同禽兽，至于忿怒，父子不相避，唯手有兵刃者先杀之。若杀其父，走避，求得一狗以谢其母，母得狗谢，不复嫌恨。若报怨相攻击，必杀而食之。平常劫掠，卖取猪狗而已。亲戚比邻，指授相卖，被卖者号哭不服，逃窜避之，乃将买人捕逐，指若亡叛，获便缚之。但经被缚者，即服为贱隶，不敢称良矣。亡失儿女，一哭便止，不复追思。唯执楯持矛，不识弓矢。用竹为簧，群聚鼓之，以为音节。能为细布，色至鲜净。大狗一头，买一生口。其俗畏鬼神，尤尚淫祀。所杀之人，美鬓髯者乃剥其面皮，笼之于竹，及燥，号之曰"鬼"，鼓舞祀之，以求福利。至有卖其昆季妻奴孥尽者，乃自卖以供祭焉。铸铜为器，大口宽腹，名曰铜爨，既薄且轻，易于熟食。[①]

杜诗与以上史书所载僚人习俗相佐证者有以下几条：（一）僚人称呼习俗。杜甫在夔州有男女二家僮，皆为僚人，男名阿段，女名阿稽（"稽"与"夷"乃音之转），如《秋行官张望督促东渚耗稻向毕清晨遣女奴阿稽竖子阿

---

① 魏收：《魏书》卷110《僚传》，北京：中华书局，1974年，第2248－2249页。

段往问》一诗,其称谓与史书所载相符。经过了与汉人长期相处,僚人大概也已经适应了汉人的生活方式,如阿段作为家僮似乎颇得杜甫喜爱,而杜甫对他们也非常友好,不以仆人看待,相处融洽。如《示獠奴阿段》诗:"山木苍苍落日曛,竹竿袅袅细泉分。郡人入夜争余沥,竖子寻源独不闻。病渴三更回白首,传声一注湿青云。曾惊陶侃胡奴异,怪尔常穿虎豹群。"仇兆鳌《杜诗详注》引黄鹤言:"獠奴,公之隶人,以夔州獠种为家僮耳。"①此诗乃杜甫专门为阿段而作:"夔俗以竹竿入山引水,獠奴供役,不辞夜行之劳,先生戏作此诗以劳之。"②其实这些都是日常生活小事,杜甫特以诗相谢,可见主仆二人关系之亲近。又《竖子至》诗,黄鹤言:"竖子,犹今言小奚,即阿段也。"③阿段摘新鲜野果给杜甫尝,让杜甫为之感动,因言"欲寄江湖客,提携日月长",也说明阿段勤于供事,善会人意。杜甫在《课伐木》一诗的序言中诗还提到其他几个奴仆:伯夷、辛秀、信行,他们是否为僚人不得而知,但杜甫都能一视同仁,心存体恤,正如清人刘凤诰言:"少陵家有隶役,佰夷、辛秀、信行、行官张望、獠奴阿段、女奴阿稽,诸人自居夔后,屡见于诗。凡修筒引水,树栅养鸡,补稻种甘,行菜伐木,摘苍耳,鉏斫果林诸事,一一躬亲驱督,而怜其触热未餐,鉴其瘴剧作苦,体恤周至,动见民吾同胞之隐。"④从杜甫的这些诗也略可看出当时汉人与其他少数民族和睦相处的事实。郭允韬言僚人"诸夷之中,最难以道招怀者也",大概还是统治者的问题,杜甫的言行提供了一个可参照的标尺。

(二)居住干栏的习俗。根据《魏书》的记载,僚人所居住的干栏是"依树积木,以居其上",这与上古时期汉人的巢居生活相类似,不过汉人早已学会了修筑砖石瓦房,而南方的一些少数民族,或是生产技术落后,或是适应环境的需要,还在延续这种古老的生活方式。杜甫夔州所见之僚人就居住在干栏之中,虽然杜甫早已见识过,但在夔州如此之普遍,还是让他有些惊

① 仇兆鳌:《杜诗详注》卷15,北京:中华书局,1999年,第1271页。
② 佚名:《杜诗言志》卷10,南京:江苏人民出版社,1983年,第213页。
③ 仇兆鳌:《杜诗详注》卷19,北京:中华书局,1999年,第1634页。
④ 刘凤诰:《存悔斋集》卷24,《续修四库全书》第1486册,上海:上海古籍出版社,2002年,第103页。

讶，如《雨》二首之一："殊俗状巢居，曾台俯风渚。"《赠十五丈别》："峡人鸟兽居，其室附层颠。"说明在夔州这一带百姓生活都是如此，甚至在夔州的赤甲、白盐二山上，层层叠叠布满僚人之干栏："赤甲白盐俱刺天，闾阎缭绕接山巅。"（《夔州歌十绝句》之四）清人浦起龙解此句云："山上皆居民也。"[1]僚人长期保持这种习俗，与他们的生存环境有很大关系，《新唐书·南平僚传》云："南平獠……户四千余。多瘴疠，山有毒草、沙虱、蝮蛇，人楼居，梯而上，名为干栏。"[2]说明在南方潮湿、多毒虫的环境下，干栏不失为一种比较好的居住方式。而夔州一带地处山区峡谷，较少空旷之地，空间狭窄，而又林木茂密，地面潮湿，僚人就地取材，顺势而居，也是适应环境的一种方式，正如宋王洙言："楚地面水背山，俗多架木为居，以就地势。"[3]正是如此。

（三）击鼓吹角习俗。鼓和角作为一种重要的仪礼器具，往往象征着权力和权威，起维系人们精神支柱的作用，所以只有僚王才有。而子弟平时吹击，既是会聚娱乐的需要，也是因为在重大场合，如发生战争和祭祀时需要有专人负责。据《新唐书·南蛮传》记载，居住于今贵州的东谢蛮"会聚，击铜鼓，吹角"[4]。陆游在《老学庵笔记》中也记载了当时西南一带少数民族的这种习俗："予初见梁欧阳頠传，称頠在岭南多致铜鼓，献奉珍异；又云铜鼓累代所无。及予在宣抚司，见西南夷所谓铜鼓者，皆精铜，极薄而坚，文镂亦颇精，叩之冬冬如鼓，不作铜声。秘阁下古器库亦有二枚。此鼓南蛮至今用之于战阵、祭享。"[5]中唐诗人陈羽在《犍为城下夜泊闻夷歌》诗中言："此夜可怜江上月，夷歌铜鼓不胜愁。"可见嘉州夷人也有击鼓之俗。僚与他们同源（陈羽诗中嘉州之夷人当为僚人无疑），所用鼓角应类似。杜甫有《阁夜》诗写僚人这种习俗，诗曰："五更鼓角声悲壮，三峡星河影动摇。野哭几家闻战伐，

---

① 浦起龙：《读杜心解》卷6，北京：中华书局，1977年，第850页。

② 欧阳修：《新唐书》卷222下《南蛮传》，北京：中华书局，1975年，第6325页。

③ 黄希：《补注杜诗》卷12，《文渊阁四库全书》第1069册，台北：台湾商务印书馆，1983年，第267页。

④ 欧阳修：《新唐书》卷222《南蛮传》，北京：中华书局，1975年，第6320页。

⑤ 陆游：《老学庵笔记》卷2，《唐宋史料笔记丛刊》，北京：中华书局，1979年，第21页。

夷歌数处起渔樵。"五更之时，每每听到鼓角激越悲壮之声，从当时的情形来看，夔州一带并无战事，所以不会是战场鼓角之音，而应该是僚人子弟击鼓鸣角会聚之号。但吹击者无意，听者有心，不禁让诗人浮想联翩，"以旅人迁次之忧，而又怀君国危亡之虑"[1]，所以显得沉郁悲壮。

（四）善水性，喜食鱼。僚人的好水性，在《魏书》之前的一些书籍中就有记载，如张华《博物志》言："荆州极西南界至蜀，诸民曰獠子。妇人妊娠七月而产。临水生儿，便置水中，浮则取养之，沉便弃之。然千百多浮。"[2]三峡一带之僚民生活在长江边上，背山面水，要生存下去就必须精通水性，所以僚人从小就开始培养水性，这也是他们的生存之道。晋时的地方志《永昌郡传》也言：僚民"能水中潜行行数十里，能水底持刀刺捕取鱼。其人以口嚼食，并以鼻饮水"[3]。杜甫对僚人的这个习性印象最深，诗中反复写到这点，如《最能行》："峡中丈夫绝轻死，少在公门多在水。富豪有钱驾大舸，贫穷取给行艓子。小儿学问止论语，大儿结束随商旅。鼓帆侧柂入波涛，撇漩捎濆无险阻。朝发白帝暮江陵，顷来目击信有征。瞿塘漫天虎须怒，归州长年行最能。"这是杜甫初至夔州见到当地习俗后所作，本意是讽刺"峡中丈夫"不读书而四处操船竞逐私利的行为，但客观上却表现了他们特别善于驾船行舟的特殊技能和良好水性。当然"峡中丈夫"并不全是僚人，也有一部分是汉人或其他民族，不过僚人与汉人等杂居已久，其实已经混同一体了，在习俗方面逐渐趋向一致。僚人从小培养的良好水性，在长江上行船正可谓如鱼得水，而这恰好也成了他们谋生的一种手段，《九家集注杜诗》言："峡人富则为商旅，贫则为人操舟，以地居山水之间，瘠恶无耕也。"[4]农耕不可行，所以发挥特长，行船谋生。其实在水急滩险的三峡行船，危险无处不在，但他们能够"撇漩捎濆无险阻"，正是来因为拥有良好的水性和长期踏水行舟积累的重要经验。杜甫还亲眼见过翻船的情形，如《覆舟二首》，其一言："巫峡盘涡

---

① 佚名：《杜诗言志》卷10，南京：江苏人民出版社，1983年，第208页。

② 祝鸿杰：《博物志全译》卷2《异俗》，贵阳：贵州人民出版社，1992年，第54页。

③ 李昉：《太平御览》卷796《四夷部十七·獠》引，北京：中华书局，1963年，第3534页。

④ 郭知达：《九家集注杜诗》卷13，《文渊阁四库全书》第1068册，台北：台湾商务印书馆，1983年，第213页。

晓，黔阳贡物秋。丹砂同陨石，翠羽共沉舟。羁使空斜影，龙居闷积流。篙工幸不溺，俄顷逐轻鸥。"仇兆鳌《杜诗详注》言："此章记夔江覆舟之事。黔阳之贡，经于巫峡。丹砂翠羽，入贡之物。空斜影，侧身落水。闷积流，没入深渊矣。舟逐轻鸥，篙工以脱身为幸也。"[1]"盘涡"即漩涡，说明巫峡江水湍急，暗藏凶险，导致贡船覆水，但"篙工"依然可以脱身，瞬间如飞鸥般从恶浪中钻出，其水性之熟、动作之敏捷由此可见，以"轻鸥"比僚人再恰当不过了。对于经常行船的篙工来说，这类风险早已司空见惯，凭着良好的水性，他们可以泰然处之。《夔州歌十绝句》之七云："长年三老长歌里，白昼摊钱高浪中。"卢元昌《杜诗阐》释此句云："以夔州长年最善操舟，长在歌笑中行耳。尤可异者，白昼高浪时挥钱为意钱之戏，一何履险如夷耶？"[2]这种镇定，当然来源于对自己水性的自信。僚人以水为生，因而食鱼也就极为普遍。"顿顿食黄鱼"，以银鱼为菜蔬（见前文），所以杜甫感叹"敕厨唯一味，求饱或三鳝"（《秋日夔府咏怀奉寄郑监李宾客一百韵》），但也只能入乡随俗。

上述习俗是杜诗与《魏书》可以互证的地方。另外，在杜诗中还反映了一些《魏书》等前代史书缺载的僚人习俗，也具有民俗文化学意义，试举几例。

（一）坐男使女习俗。《旧唐书》卷一百九十七《南平獠传》云："南平獠者，东与智州、南与渝州、西与南州、北与涪州接。部落四千余户。……土多女少男，为婚之法，女氏必先货求男族，贫者无以嫁，女多卖与富人为婢。俗皆妇人执役。"[3]从《旧唐书》描绘的南平獠所处地理位置来看，夔州与南平獠的活动区域有相接或重合处，因而僚人习俗也在很多方面具有相似性，如女难嫁、妇人执役等，这与汉族社会的传统文化明显不同，杜甫在深感惊讶的同时，内心不免为这些僚人妇女的悲惨命运深表同情，因而写下了《负薪行》这首诗，诗云："夔州处女发半华，四十五十无夫家。更遭丧乱嫁不售，一生抱恨堪咨嗟。土风坐男使女立，应当门户女出入。十犹八九负薪归，卖薪得

① 仇兆鳌：《杜诗详注》卷18，北京：中华书局，1999年，第1592页。
② 卢元昌：《杜诗阐》卷26，《续修四库全书》1308册，上海：上海古籍出版社，2002年，第646页。
③ 刘昫：《旧唐书》卷197《南平獠传》，北京：中华书局，1975年，第5277页。

钱应供给。至老双鬟只垂颈，野花山叶银钗并。筋力登危集市门，死生射利兼盐井。面妆首饰杂啼痕，地褊衣寒困石根。若道巫山女粗丑，何得此有昭君村。"《杜诗阐》对这首诗的解读比较准确详尽，言："夔州处女老而无夫，更遭丧乱，嫁终不售，从此一生抱恨，为可叹也。况土风更恶，坐男使女，其当门户者，非伐薪即煮盐，皆女子事。十家八九负薪而归，卖薪得钱，以应供给。双鬟垂颈，至老未笄，惟野花山叶与银钗并插耳。况登危集市之余，又兼盐井煮盐之劳，比负薪更甚，直使啼痕满面，露处石根，作劳如此。"①这首诗与《最能行》都是杜甫针对夔州风俗恶薄而作，不同的是一为讽刺，一为同情，但都提供了夔州当地僚人习俗最鲜活的材料。其实这两种社会现象之间是有一定联系的，正如《杜工部草堂诗笺》云："夔民男为商，女当门户，坐肆于市廛，担薪于道路者皆妇人也。"②所谓"男为商"，亦即《最能行》中所说的"大儿结束随商旅"，男儿都出门行船经商而去，则造成女子无人可嫁的现状，即使是已出嫁之妇女，亦不得不抛头露面，承担起维持家庭的重任。从史书记载的僚人习俗来看，这种现象并不是很普遍，而只出现在夔州一带（包括南平僚），因而极有可能是僚人传统习俗在地域文化影响下出现的一种变异。夔州一带僚民地处长江边上，一方面他们善水性的特征得以延续，另一方面夔州缺少耕地，男耕女织的生活方式并不适合这里，而长江水运咽喉位置得天独厚的交通条件，加之有盐井之利，男子以行船经商谋生就自然盛行，久而久之就成了一种习俗，于是就出现了杜诗中描绘的各种不正常社会现象。杜诗中描写的这种僚人习俗，唐人笔记小说也有记载，如尉迟枢《南楚新闻》记载："南方有獠妇，生子便起，其夫卧床褥，饮食皆如乳妇，稍不卫护，其孕妇疾皆生焉。其妻亦无所苦，炊爨樵苏自若。"③内容虽荒诞不经，但却反映了僚人相似的习俗。由于杜甫是亲身经历，所以写得真切，而小说本为道听途说而来，虽有失实之处，但基本内容应该是可信的，可佐证杜诗和史实。

（二）节日习俗。关于僚人的节日传统，史书不见有载，但从杜甫《十

---

① 卢元昌：《杜诗阐》卷22，《续修四库全书》1308册，上海：上海古籍出版社，2002年，第587页。

② 鲁訔编次，蔡梦弼笺注：《杜工部草堂诗笺》卷26，《续修四库全书》1307册，上海：上海古籍出版社，2002年，第187页。

③ 李昉：《太平广记》卷483引，北京：中华书局，1986年，第3981页。

月一日》一诗中或可窥知一二，诗云："有瘴非全歇，为冬亦不难。夜郎溪日暖，白帝峡风寒。蒸裹如千室，焦糟幸一样。兹辰南国重，旧俗自相欢。"从诗歌可知僚人非常重视这一天，家家户户要做蒸裹以示庆祝。过去解杜诗者一般认为这天是冬至日，所以有此庆祝活动，如仇兆鳌《杜诗详注》云："杜集中，凡诗题记日月者，皆志节气也。上章云'悲秋向夕终'（见《大历二年九月三十日》），是夜秋尽也。此章云'为冬亦不难'，是日立冬也。如'露从今夜白''晨朝有白露'亦然。杜诗不特善于记事，抑且长于纪历。"①之前宋人所编《岁时杂咏》也把此篇收在"初冬"条。但杜甫特意强调"兹辰南国重，旧俗自相欢"。又在《冬至》一诗中言："江上形容吾独老，天边风俗自相亲。"显然僚人视这一天不仅仅是冬至日，更是一个重要的节日，清人黄生的说法或许有一定的道理："秦建亥，以此日为岁首，岂蜀沿秦俗，故以节物相馈耶？故有南国旧俗之语。"②僚人受秦俗影响以冬至日为一年之首，其实也并不奇怪，实际上汉人也称冬至日为"小春"，如《岁时广记·小春》云："《礼记·月令》曰：'孟冬之月，律中应钟'，注云：'阴应于阳，转成其功。是月也，坤卦上六，纯阴用事，将生少阳。'又《初学记》云：'冬月之阳，万物归之。以其温暖如春，故谓之小春，亦云小阳春。'"③道教也以十月一日祈请福寿日，"《道书》：十月一日为成物之日，东皇大帝生辰，五方五帝奏会之日，宜祈福请算"④。不管是受何种文化影响，总之僚人是非常重视这一节日的，而做蒸裹并相赠遗则是庆祝这一节日的重要形式。所谓"蒸裹"，《蜀典》云："《玉堂闲话》：王蜀刘隐谓，南州设宴，诸味将半，然后下麻虫裹蒸，乃取麻雀蔓上虫，如今之刺猱者是也，以荷叶裹而蒸之。《齐民要术》云：裹蒸生鱼，方七寸准。又云：五寸准，豉汁煮秫米，如蒸熊，生姜、橘皮、胡芹、小蒜、盐，细切，熬糁。膏油涂箬，十字裹之，糁在上，复以糁，屈牖纂之。"⑤通州也有类似做法，如元稹《酬乐天东南行诗一百韵》

---

① 仇兆鳌：《杜诗详注》卷20，北京：中华书局，1999年，第1788页。

② 仇兆鳌：《杜诗详注》卷20引，北京：中华书局，1999年，第1787页。

③ 陈元靓：《岁时广记》卷37，《丛书集成初编本》，上海：商务印书馆，1939年，第403页。

④ 陈元靓：《岁时广记》卷37，《丛书集成初编本》，上海：商务印书馆，1939年，第406页。

⑤ 张澍：《蜀典》卷6，清道光安怀堂本第3册，第4页。

云："杂莼多剖鳝，和黍半蒸菰。"夔州与通州相近，也有僚人，可见两地僚人习俗相近。"焦糟"即焦糖，以糖一拌即可食用。如今的一些少数民族还保存有此类传统。

以上是杜诗对僚人习俗的描写，虽然其他诗人也偶有涉及，但远远不如杜甫的丰富多样和深刻细致，从而给后人留下了不可多得的地方民俗文化史料。

余

论

本书主体部分的论述，重点是入蜀诗人及其入蜀诗对巴蜀文化的接受，不过，入蜀诗人对巴蜀文化绝不是被动地接受，而是一个相互影响、彼此互动的过程。唐五代入蜀诗人在巴蜀文化影响下诗歌创作出现新变的同时，他们对蜀中文化的改造和影响，以及对巴蜀文学发展的推动作用都是非常明显的。

唐以前的巴蜀文化和文学在西汉曾经有过一段时期的繁荣，但之后则显得比较沉寂，这种状况的改变直到初唐入蜀文人的出现。如贞观间高士廉出任益州大都督府长史，有感于蜀地风俗的衰薄，在对当地的民风习俗进行大力改造的同时，也以文翁化蜀之精神积极致力于兴办学校，发展教育，以儒学教化百姓。据《旧唐书·高士廉传》记载："蜀土俗薄，畏鬼而恶疾，父母病有危殆者，多不亲扶侍，杖头挂食，遥以哺之。士廉随方训诱，风俗顿改。……又因暇日汲引辞人，以为文会，兼命儒生讲论经史，勉励后进，蜀中学校粲然复兴。"[1]高士廉并不以文学显世，但却接受了南北朝时期一般高门大族传统的儒学文化教育，如史称他"少有器局，颇涉文史"，举止闲雅、能言善辩，"明辩，善容止，凡有献纳，搢绅之士莫不属目。"[2]因此内心有着天然的对于儒学的重视，所以一旦来到这近乎"异域殊方"的蜀地，复兴儒学，以儒教改造民间习俗，便成了他必然的选择。而其儒化教育的意义，则正如文翁化蜀一样，不仅仅是移风易俗，还能培养蜀人对文学的兴趣，为蜀地文学之士的出现乃至巴蜀文学的再一次兴盛打下坚实的基础。李百药稍晚于高士廉入蜀，其作为真正的文学之士对蜀地文学的影响大概更直接一些，曹学佺《蜀中广记·人物记》云：李百药"贞观中为夹江令，有文学士子化之"[3]。李百药是唐初著名文士，"藻思沉郁，尤长于五言诗，虽樵童牧竖，并皆吟讽"[4]。而

---

① 刘昫：《旧唐书》卷65，北京：中华书局，1975年，第2442页。

② 刘昫：《旧唐书》卷65，北京：中华书局，1975年，第2442页。

③ 曹学佺：《蜀中广记》卷48，《四库全书珍本初集》第20册，上海：商务印书馆，1935年，第4页。

④ 刘昫：《旧唐书》卷72，北京：中华书局，1975年，第2577页。

且李百药"性好引进后生,提奖不倦",所以可以想象李百药在夹江令期间对当地文学士子的提携与鼓舞产生的文学效应。只是其入蜀时间太短,又不在巴蜀的核心区域任职,影响的范围与广度有限。还有其他一些入蜀文人,如李镇恶(李峤之父,贞观中为梓州郪县令)[①]、卢士琎(贞观中为嘉州刺史,列嘉州十五景,并赋诗)[②]、郑世翼、李贞(显庆间为绵州刺史,建越王楼)[③]等,作为唐五代入蜀文人的先驱,他们的入蜀之路虽然筚路蓝缕,但都以各自不同的方式对蜀中文化与文学产生了一定的影响,为后来更多文人的入蜀开辟了道路,由此也预示着蜀中文学逐渐走出历史的低谷,重新焕发了生机。

如果说上述入蜀文人为唐五代巴蜀文学的兴起做了文化上的准备,那么初唐四杰的入蜀则起了直接的推动作用。巴蜀本身有着良好的文学传统,如《华阳国志》言蜀地:"《雅》《颂》之声,充塞天衢;中和之咏,侔乎二《南》。"[④]《隋书》卷二九《地理志》也言:巴蜀"其人敏慧聪急,……颇慕文学,时有斐然"[⑤]。加之巴蜀雄奇瑰丽的山水,为文学家的产生提供了优越的客观环境。但巴蜀封闭而缺少与外界交流的文化状况,使它很难自我孕育并产生优秀的文学家,南北朝时期即是如此,中原文学日新其业,而蜀地却故步自封,寂寥无闻。"四杰"之前的入蜀文人在蜀时间普遍不长,重文化建设而少有文学创作,因而对巴蜀文学的推动作用有限。"四杰"则不一样,从卢照邻龙朔二年(662)入蜀,到杨炯垂拱四年(688)年出蜀,"四杰"前后相继,先后二十余年。他们在入蜀前已有文名,而入蜀后他们的文学创作不但没有减弱,反而在巴山蜀水的感召下才情勃发,留下了数量可观而又具有重要影响的文学作品,为初唐诗风的转变作出了积极有益的探索,也由此奠定他们在唐诗发展史上的重要地位。而且"四杰"的创作并不是个人式的自我吟哦,而是四处游历,游踪遍及益州(成都)、绵州、梓州等地,交游酬唱,

---

① 见《大唐传载》,上海古籍出版社编《唐五代笔记小说大观》,上海:上海古籍出版社,2000年,第887页。

② 王象之:《舆地纪胜》卷146,扬州:江苏广陵古籍刊印社,1991年,第1036页。

③ 祝穆:《宋本方舆胜览》卷54,上海:上海古籍出版社,1991年,第972页。

④ 常璩:《华阳国志》卷3,刘琳校注,成都:巴蜀书社,1984年,第330页。

⑤ 魏徵:《隋书》卷29《地理志》,北京:中华书局,1973年,第830页。

参与各种文学活动，不但在蜀地影响很大，甚至传遍全国，"每有一文，海内惊瞻"①。"初唐四杰"之名的来源即与他们在巴蜀的文学活动有关，《朝野佥载》云："后为益州新都县尉，秩满，婆娑于蜀中，放旷诗酒，故世称'王杨卢骆'。"②"四杰"蜀中生活及其创作在当时的影响由此可见。既然"四杰"在当时的影响很大，那么他们会对当时的巴蜀文学带来怎样的改变呢？杨世明先生《巴蜀文学史》中言："一、他们写了不少碑文，分布各地，自然名扬巴蜀；二、他们写了一些诗，这些诗首先在巴蜀流传，巴蜀的士人不能不受影响、启发，不能不产生诗歌创作的欲望，而要创作，就不能不受'四杰'诗中那种昂扬慷慨、奋发向上精神的感染，产生出与当时流行的宫廷诗不同的诗风来；三、他们在蜀中参与宴会、唱和，广为结交，他们的才气、英风，都会留下深刻印象，这也会对蜀中的士大夫，特别是青少年产生影响。对于萧条了上百年的蜀中文场，其意义是不能低估的。陈子昂、李白的产生，条件是多方面的，但不能说与'四杰'入蜀没有关系。"③笔者以为这些推论都是合情入理的。陈子昂青少年时期，正是卢照邻、王勃、骆宾王在蜀时期，他们的种种文学事迹，对于好尚交游的陈子昂来说不可能不知，而史传言陈子昂年十八始折节读书，受此影响也未可知，并促使他最终走出蜀中追求更广阔的天空。李白的青少年时期，"四杰"的声誉早已名传海内，受他们的影响是再自然不过了。

至于杜甫、高岑、元白、刘禹锡、李商隐等优秀入蜀诗人对蜀中文学的影响，则人所共知，研究者也多有论及，自不必赘述。实际上，唐五代入蜀文人对巴蜀文化与文学的影响，不仅仅是在当时，其直接或间接影响也一直延续至两宋，宋代蜀学的极盛也与此有一定联系。如五代时后蜀宰相毋昭裔，河中龙门（今山西河津）人，孟知祥为西川节度使时入蜀。其主政期间不但兴办学校，恢复教育，还利用当时的印刷新技术——雕版印刷刻印了大量儒家经典，对巴蜀文化艺术传播和发展贡献甚巨。据《十国春秋·毋昭裔传》载："昭裔

① 杨炯：《王子安集序》，《全唐文》卷191，北京：中华书局，1983年，第1930页。
② 张鷟：《朝野佥载》卷6，赵守俨点校，《历代史料笔记丛刊》，北京：中华书局，1979年，第141页。
③ 杨世明：《巴蜀文学史》，成都：巴蜀书社，2003年，第116页。

性嗜藏书，酷好古文，精经术。常按雍都旧本九经，命张德钊书之，刻石于成都学宫。蜀土自唐末以来，学校废绝，昭裔出私财营学宫，立黉舍，且请后主镂版印《九经》，由是文学复盛。又令门人句中正、孙逢吉书《文选》《初学记》《白氏六帖》，刻版行之。"[1]毋昭裔印行的这些儒学与文学书籍，极大地方便了读书人，有利于文化的传播，可谓功德无量，北宋间蜀学开始兴起不能说与此毫无关系。而北宋蜀学的主要代表人物，一是眉山苏氏家族，如苏洵、苏轼、苏辙；二是成都的范氏家族，如范镇、范百禄、范祖禹，还有成都的吴缜、宇文虚中等，他们的先祖都是唐五代时期移民入蜀的士人。另一组数据更能说明唐五代入蜀士人对宋代巴蜀文化与文学的影响，据宋人吕陶为宋代蜀中31位士人所作的墓志铭和行状，其中15位的祖先是唐五代时期迁居入蜀；又宋人费著所撰《成都氏族谱》，记载了蜀中45家著名氏族，其中28家先祖是在唐五代迁居入蜀[2]，如上文的范氏、吴氏、宇文氏。唐五代入蜀文人沾溉后人，为两宋巴蜀文化与文学的兴盛所带来的积极影响，实际上蜀人早已意识到了这点，如宋黄休复《益州名画录》云："蜀因二帝驻跸，昭宗迁幸，自京入蜀者将到图书名画，散落人间，固亦多矣。杜天师在蜀集道经三千卷，儒书八千卷，德玄将到梁隋及唐百本画，或自模搨，或是粉本，或是墨迹，无非秘府散逸者，本相传在蜀，信后学之幸也。"[3]不仅是绘画艺术，文学、音乐、舞蹈、工技又何尝不是呢？宋代蜀中文化的发达，与唐五代文人的入蜀可谓有密切联系。

　　虽然，唐五代文人的入蜀对于巴蜀文化与文学的发展影响深远，要加以全面和准确的论述显非易事，以上所论只是初步探讨，以作抛砖之引。

---

①　吴任臣：《十国春秋》卷52，北京：中华书局，1983年，第768—769页。

②　统计数字来源于谢元量：《唐五代移民入蜀考》，《中国社会经济史研究》1987年第4期。

③　黄休复：《益州名画录》卷上《赵德元》，成都：四川人民出版社，1982年，第37—38页。

附录一：唐五代入蜀文人名录

1．杜淹（？—628），字执礼，京兆杜陵（今陕西西安）人，贞观名相杜如晦之叔父。聪辩多才艺，弱冠有美名。仕隋朝为御史中丞，入唐后，为天策府兵曹参军，文学馆学士。武德八年（625），庆州总管杨文干作乱，辞连东宫，归罪于淹及王珪、韦挺等，被流放嶲州（今四川西昌）。不久，太宗知淹非罪，征还。寻判吏部尚书，参议朝政。贞观二年卒。存入蜀诗2首。

2．陈子良（575—632），字不详，吴（今江苏苏州）人。隋时，为越国公杨素记室。入唐，为右卫率府长史，与萧德言、庾抱同为隐太子学士。玄武门政变后，贬果州（今四川南充）县令。贞观六年（632）卒。存入蜀诗1首。

3．郑世翼，生卒年不详，郑州荥阳（今属河南）人，世为著姓。弱冠有盛名。武德中，历万年丞、扬州录事参军。数以言辞忤逆他人，称为轻薄。贞观中，坐怨谤，配流嶲州（今四川西昌）。不久，卒。存入蜀诗2首。

4．卢照邻（634？—686？），字升之，号幽忧子，幽州范阳（今河北涿州）人。幼从曹宪、王义方习文字学及经史，博学善属文。初授邓王府典签，王甚爱重之，比之为司马相如。高宗龙朔间拜新都（今成都）尉，入蜀。咸亨三年（672），染风疾去官，入太白山中，以服饵为事。后疾转笃，徙居阳翟之具茨山。终因不堪其苦，自投颍水而死，年四十。存入蜀诗50首。

5．王勃（650—676），字子安，绛州龙门（今山西河津）人。出身儒学世家，六岁能文，有神童之称。十六岁，应幽素科试及第，授职朝散郎。后为沛王府修撰，因作斗鸡檄文斥出沛王府，遂游巴蜀。返长安后，补授虢州参军，因私杀官奴再次被贬。上元三年（676），赴交趾省亲，渡海溺水惊悸而死。为"初唐四杰"之首。王勃在蜀三年，创作诗文甚多，今存入蜀诗29首。

6．邵大震，字令远，安阳（今属河南）人。生卒年不详，约高宗时在世。

与王勃、卢照邻同在蜀交游唱和，共登玄武山。存入蜀诗1首。

7. 元兢，字思敬，生卒年不详。总章中为协律郎，曾与许敬宗、上官仪等同修《芳林要览》三百卷，又编有《古今诗人秀句》二卷。自著有《诗髓脑》一卷，散见于日人遍照金刚《文镜秘府论》中。咸亨间疑坐事贬蓬州（今四川蓬州），在贬所作《蓬州野望》诗。《旧唐书》卷一百九十有传。存入蜀诗1首。

8. 骆宾王（627？—684），字观光，婺州义乌（今浙江义乌）人。七岁能诗，号称"神童"。永徽中，为道王李元庆属官，后授奉礼郎。咸亨间奉使入蜀，在蜀时间约两年余。返长安，历武功、长安主簿。仪凤三年（678），入为侍御史，因事下狱，次年遇赦。调露二年（680），除临海丞，不得志，辞官。光宅元年（684），为徐敬业作《代李敬业讨武曌檄》，兵败后，不知所终。存入蜀诗2首。

9. 刘希夷（651—679？），字庭之（一作庭芝），汝州（今河南省汝州市）人。少有文华，上元二年（675）进士。美姿容，好谈笑，善弹琵琶，饮酒至数斗不醉，落魄不拘常检。善从军闺帷之词，词情哀怨，多依古调，体势与时不合，遂不为所重。后为人所害（或云其舅宋之问），年未及三十。其入蜀时间不详，唯集中有《巫山怀古》《蜀城怀古》二诗，据此知其曾经入蜀。《唐才子传》卷一有传。存入蜀诗2首。

10. 杜审言（645？—708），字必简，祖籍襄阳，随父迁居巩县（今河南巩义）。唐高宗咸亨元年（670）登进士第，为隰城尉，后转洛阳丞。武后圣历元年（698），坐事贬吉州司户参军，后归洛阳。武后时授著作佐郎，迁膳部员外郎。又因勾结张易之兄弟，被流放峰州。不久召还，任国子监主簿、修文馆直学士。景龙二年（708）卒。与李峤、崔融、苏味道被称为"文章四友"。王勃有《送杜少府之任蜀州》一诗，知其入蜀。今存入蜀诗1首。

11. 薛登（647—719），本名谦光，常州义兴（今江苏宜兴）人。少有文名，博涉文史，每与人谈论前代故事，必广引证验。文明中，解褐阆中主簿，入蜀。天授中，为左补阙，寻转水部员外郎，累迁给事中、刑部侍郎、尚书左丞。景云中，擢拜御史大夫。开元初，为东都留守，又转太子宾客。开元七年（719）卒。存入蜀诗1首。

12. 杨炯（653—693），华州华阴（今陕西华阴市）人。显庆六年（661），举为神童。上元三年（676），应制举及第，初授校书郎，后迁詹事司直。武后垂拱元年（685）坐堂弟杨神让参与徐敬业起兵，出为梓州司法参军，任满出蜀。天授元年（690），在洛阳习艺馆任教。如意元年（692）秋，迁盈川令，故世称杨盈川，卒于任上。存入蜀诗4首。

13. 张说（667—730），字道济，一字说之，河南洛阳人。天授元年（690）应贤良方正，对策第一，授太子校书。累官至凤阁舍人。长安三年（703），因忤旨流配钦州，中宗朝召还。睿宗景云二年（711），同中书门下平章事，因不附太平公主，罢知政事。玄宗即位，复拜中书令，封燕国公。因与姚崇不合，出为相州、岳州等地刺史，又召还为兵部尚书、同中书门下三品，迁中书令，俄授右丞相，至尚书左仆射。开元十八年（730）卒。与苏颋俱有文名，人称"燕许大手笔"。先后在天授二年（691）、长寿三年（694）两次奉命使蜀。存入蜀诗10首。

14. 王适，生卒年不详，幽州（今北京）人。则天时，敕吏部糊名考选人判，与刘宪、司马锽、梁载言相次入第二等。官至雍州司功参军。晚年谪居蜀中，初见陈子昂感遇诗，惊曰："此子必为天下文宗矣。"存入蜀诗1首。

15. 王无竞（624—705），字仲列，东莱（今山东烟台）人。南北朝宋太守王尉弘后裔。负气纵横，下笔成章。累迁监察御史，因言语忤宰相宗楚客，徙为太子舍人。中宗神龙间出为苏州司马，为仇家所杀。约在圣历间入蜀，与陈子昂交往，子昂有诗送之。存入蜀诗1首。

16. 沈佺期（656—715），字云卿，相州内黄（今河南内黄县）人。上元二年（675）进士及第，任协律郎，参与修《三教珠英》。累迁考功员外郎、给事中，坐赃入狱。中宗即位，因谄附张易之，被流放驩州。神龙三年（707），召拜起居郎兼修文馆直学士，后历中书舍人、太子少詹事。与宋之问齐名，并称"沈宋"。长安元年（701）以前奉使入蜀，游踪所至有七盘岭、剑门、渝州、三峡等地。存入蜀诗5首。

17. 柳明献，又作柳明，字太易，河东（今属山西）人。任益州九陇（今成都彭州市）县令，与王勃、卢照邻皆有交往，见陶敏《全唐诗人名考证》。存入蜀诗1首。

18. 乔备，生卒年不详，同州冯翊（今陕西大荔）人，与兄知之、侃并以文词知名，预修《三教珠英》。官终襄阳令。其《秋夜巫山》诗为即景抒情之作，可知曾至巫山。存入蜀诗1首。

19. 李崇嗣，字福业，生卒年及籍贯不详。曾任许州参军。长寿元年（692），陈子昂居蜀守制，崇嗣从许州入蜀，与子昂相见甚欢，作诗赠答，见陈子昂《酬李参军崇嗣旅馆见赠》《夏日晖上人房别李参军崇嗣》等诗。圣历中，为奉宸府主簿，与沈佺期等于东观修书，后不知所终。存入蜀诗1首。

20. 薛曜，字昇华，蒲州汾阴（今山西万荣）人，薛元超长子。万岁登封元年（696），任春官郎中，神功元年（697），改正议大夫，与从弟中书舍人薛稷并以辞学知名朝野。圣历二年（699），为奉宸大夫，参与修撰《三教珠英》。或卒于长安末年。薛元超上元初（674）前谪居蜀中十余年，薛曜在此期间或入蜀省父。与王勃在蜀中有交往，见《别薛华》一诗。存入蜀诗1首。

21. 孟浩然（689—740），字浩然，襄州襄阳（今湖北襄阳）人。年轻时隐居读书于鹿门山，四十岁始赴长安应试，不第，返襄阳。后漫游吴越，穷极山水，以排遣仕途的失意。开元二十八年（740），王昌龄贬官过襄阳，访孟浩然，相见甚欢，引发背疽，不治而亡。孟浩然是盛唐山水田园诗派的代表人物，与王维并称为"王孟"。孟浩然约在开元初游蜀，陶翰有《送孟大入蜀序》，但未深入蜀地腹心，最后由三峡返襄阳。存入蜀诗5首。

22. 苏颋（670—727），字廷硕，京兆武功（今陕西武功）人。年十七登进士第，授乌程县尉。万岁登封元年（696），举贤良方正科，除左司御率胄曹参军，迁监察御史，转给事中、修文馆学士，拜中书舍人。唐玄宗景云年间，袭封许国公，转中书侍郎。开元四年（716），同紫微黄门平章事，修国史。八年（720），罢为礼部尚书，俄检校益州大都督长史，按察节度剑南诸州。从封泰山，还卒。苏颋在蜀时间近四年，对巴蜀文学影响甚大，于李白有奖拔之功。今存入蜀诗9首。

23. 崔文邕，博陵（今河北安平县）人，生卒年不详。开元中为梓州铜山县尉。存入蜀诗1首。

24. 王维（701—761），字摩诘，原籍祁县，徙居河东（今山西永济）。开元十九年（731），状元及第。历官右拾遗、监察御史、河西节度使。安禄山陷长安，被迫受伪职。长安收复后，被责授太子中允。唐肃宗乾元年间任尚书右丞，故世称"王右丞"。王维游蜀，经褒斜谷、金牛道入蜀，再沿嘉陵江出三峡。存入蜀诗2首。

25. 卢僎，生卒年不详，相州临漳（今属河北）人。开元时为闻喜县尉，后为褚无量荐为集贤院学士，与诸学士整理内府群书。曾历任祠部、司勋、吏部员外郎，官终汝州长史。与孟浩然为忘形之交。约在天宝间贬夔、万诸州，居蜀中三年余。见傅璇琮《唐五代文学编年史》。存入蜀诗2首。

26. 胡皓，生卒年不详，洛阳（今属河南）人。景云中，官检校秘书丞兼昭文馆学士。开元初，迁著作郎，官终秘书少监。约开元间奉使入蜀，途经三峡。存入蜀诗4首。

27. 卢象，生卒年不详，字纬卿，汶上（今属山东）人，徙居江东。开元中登进士第，仕为校书郎、左补阙、膳部员外郎。安史乱时，受安禄山伪职。乱平，贬果州长史，再贬永州司户参军。后为主客员外郎。有诗名，为山水田园诗派。存入蜀诗1首。

28. 李邕（678—747），字泰和，鄂州江夏（今湖北省武汉市）人。李善之子，少知名，历任左拾遗、南和令、殿中侍御史、户部郎中、陈州刺史，累转括州、淄州、滑州刺史。天宝初，为汲郡、北海郡太守。天宝六载（747）被杖杀。时称李北海。李邕入蜀时间无考，唯存入蜀诗1首。

29. 李隆基（685—762），即唐玄宗。天宝十五年（756）六月，安禄山攻占长安，唐玄宗在高力士怂恿下仓皇入蜀，七月至成都。至德二载（757）十月，两京收复，玄宗返京，在蜀一年余。存入蜀诗2首。

30. 贾至（718—772），字幼邻，河南洛阳人。开元二十九年（741）明经及第，累官起居舍人，知制诰。安禄山乱，从唐玄宗幸蜀，时肃宗即位于灵武，玄宗令作传位册文。广德初，为礼部侍郎，封信都县伯。后为京兆尹，兼御史大夫。贾至以文著称当时，甚受中唐古文家独孤及、梁肃等推崇。存入蜀诗1首。

31. 高适（700—765），字达夫，渤海郡（今河北景县）人。少孤贫，爱交游，有游侠之风。早年曾游历长安，寻求进身之路，未获成功。在此前后，曾在宋中居住，与李白、杜甫结交。天宝八载（749），应举中第，授封丘尉，不久辞官。次年入陇右、河西节度使哥舒翰幕，为掌书记。安史乱后，曾任淮南节度使、彭州刺史、蜀州刺史、剑南节度使等职，官至左散骑常侍，封渤海县侯，世称"高常侍"。高适为著名边塞诗人，与岑参齐名，人称"高岑"。高适随玄宗入蜀，在蜀时间也长，但忙于政事，无暇为诗，所存入蜀诗并不多，只有7首，与其早期的边塞诗风也多不同。

32. 严武（726—765），字季鹰，华州华阴（今属陕西）人。中书侍郎严挺之之子，以门荫为太原府参军，累迁殿中侍御史。玄宗入蜀，擢谏议大夫。至德后，历剑南节度使，再为成都尹。以破吐蕃功，进检校吏部尚书，封郑国公。与杜甫为世交，杜甫在成都多得其照应。严武虽武夫，亦能诗，今存诗十余首，其中入蜀诗6首。

33. 韦应物（737—792?），京兆长安（今陕西西安）人。出生望族，以门荫为玄宗近侍，出入宫闱，扈从游幸。安史之乱起，玄宗奔蜀，流落失职，始立志读书。先后为洛阳丞、京兆府功曹参军、滁州和江州刺史、左司郎中、苏州刺史，世称"韦苏州"。为官正直，颇有政绩，后罢任，寓居苏州。性情高逸，诗多写田园山水，诗风清丽。或随玄宗入蜀，存入蜀诗1首。

34. 史俊，生卒年及籍贯皆不详，曾任巴州刺史，其他事迹无考，今存入蜀诗1首。

35. 杜甫（712—770），字子美，巩县（今河南巩义）人，自号少陵野老。出身儒学世家，自幼好学，七岁能诗。青壮时漫游天下，南游吴越，北游齐赵，裘马轻狂，但科场失利，困顿长安十年。安史乱起，只身逃出长安，投奔肃宗，授为左拾遗。后因疏救房琯触怒肃宗，贬为华州司功参军。乾元二年（759），杜甫由秦州入蜀，自此漂泊西南十余年，其中大部分时间流寓于巴蜀，游踪遍及成都、利州、剑州、绵州、汉州、阆州、梓州、蜀州、嘉州、戎州、渝州、忠州、夔州等地，留下入蜀诗900首，为入蜀诗人之最。

36. 岑参（715—770），江陵（今湖北荆州）人。少时读书嵩山，后游京洛。天宝三年（744）进士及第，授右内率府兵曹参军。后两次从军边塞，先在安西节度使高仙芝幕府掌书记，天宝末年，封常清为安西北庭节度使时，为其幕府判官。大历元年（766）杜鸿渐辟为幕府，因而入蜀。后为嘉州（今四川乐山）刺史，因此世称"岑嘉州"。大历五年（770）卒于成都逆旅。岑参在蜀仍然保持了较高的创作热情，但风格一变，创作了不少山水诗。今存入蜀诗63首。

37．戎昱（744—800），荆南（今湖北江陵）人。早年举进士不第，漫游荆南、桂、湘间。大历初，荆南节度使卫伯玉辟为幕府从事。建中间任侍御史，后出为辰州刺史。贞元七年（791）前后任虔州刺史。戎昱在大历初自长安游蜀，曾在成都见岑参，并有诗相赠，又从夔州出蜀。今存入蜀诗9首。

38．崔公辅，生卒年不详，清河（今属河北）人。进士及第，与杜甫同时，曾任评事，官至雅州刺史。《全唐诗》不存其诗，《舆地纪胜》卷一五七《资州》录其残句一。

39．戴叔伦（732—789），字幼公（一作次公），润州金坛（今属江苏）人。出生于隐士家庭，父、祖皆隐而不仕。然戴叔伦迫于生计，不得不出仕。大历元年（766），在户部尚书充诸道盐铁使刘晏幕下任职。大历三年（768），任湖南转运留后。此后，又先后任涪州督赋、抚州刺史、容州刺史、容管经略使等职，皆有政绩。约贞元五年（789），辞官归隐，客死返乡途中。今存入蜀诗2首。

40．皇甫冉（717—770），字茂政，润州丹阳（今江苏丹阳）人。十岁能属文，张九龄叹为清才。天宝十五年（756）进士及第。历官无锡尉、左金吾兵曹，终左拾遗、右补阙。其诗清新飘逸，多漂泊之叹。其入蜀时间不可确考，但从诗中所描绘之情形看至少到过三峡一带。今存入蜀诗5首。

41．房琯（697—763），字次律，河南（今河南偃师）人。少好学，以门荫补弘文生。先后任校书郎、监察御史、主客员外郎、主客郎中、刑部侍郎等职。安史乱起，随玄宗入蜀，拜吏部尚书、同平章事。后因不通兵事，又喜好空谈，渐为肃宗疏远。广德元年（763），卒于阆州僧舍。杜甫与之交情深厚，曾上书为其辩护，诗中也反复提及。今存入蜀诗1首。

42．田澄，生卒年不详。天宝十三年（754），以起居舍人兼献纳使，知匦事。杜甫作《赠献纳使起居田舍人澄》诗，冀田澄代为进献。肃宗时，尝奉使入蜀。今存入蜀诗1首。

43．独孤及（725—777），字至之，洛阳（今属河南）人。天宝末，以道举高第，补华阴尉。代宗召为左拾遗，俄改太常博士。迁礼部员外郎，出为刺史，历濠、舒、常三州，卒于任上。为唐代古文运动先驱，韩愈曾从其学。其入蜀时间不可考，曹学佺《蜀中广记·名胜记·潼川府》录其诗1首。

44. 韦皋（746—805），字城武，京兆万年（陕西西安）人。大历初任华州参军，后历佐使府。德宗建中四年（783）以功擢陇州节度使，兴元元年（784）入为左金吾卫大将军。贞元元年（785），韦皋出任剑南节度使，在蜀二十一年，功勋卓著，封南康郡王。永贞元年（805）卒。韦皋在蜀幕府极盛，幕下文学酬唱活动频繁，对蜀中文学起了积极推动作用。今存入蜀诗3首。

45. 司空曙（720—790？），字文明（一作文初），广平（今河北永年）人。进士出身，大历间历洛阳主簿、左拾遗，后贬为长林丞。贞元初以水部郎中衔在剑南西川节度使韦皋幕，官终虞部郎中。为大历十才子之一，诗多写景和乡旅愁思，长于五律。今存入蜀诗7首。

46. 李端（？—784），字正已，赵郡（今河北赵县）人。少居庐山，师诗僧皎然。大历五年进士及第，授秘书省校书郎，后贬为杭州司马。晚年辞官归隐衡山，自号"衡岳幽人"。为大历十才子之一，诗多应酬之作，感情低沉，与司空曙相似。李端曾入东川幕府，今存入蜀诗2首。

47. 张俨，生卒年及籍贯皆不详。据其诗《贞元八年十二月谒先主庙绝句三首》，知贞元八年在蜀，宋陆游有依韵诗。其余事迹不可考。

48. 陈羽，生卒年不详，吴县（今江苏苏州）人。贞元八年（792）进士及第，与韩愈、王涯等共为龙虎榜，后仕东宫卫佐。工诗，长于写景，多警句。陈羽在登第后游蜀，在梓州、嘉州等地有诗。今存入蜀诗3首。

49. 孟郊（751—814），字东野，湖州武康（今浙江德清县）人。中年始及第，授溧阳尉，然放迹林泉，徘徊赋诗，荒废公务，被罚半俸。后为河南尹郑馀庆辟为水路转运判官，定居洛阳。元和九年（814），郑馀庆移镇兴元军，再度招为参军，途中暴疾而卒。孟郊早年远游荆楚途中，曾至巴山巫峡，《峡哀十首》即作于此时。今存入蜀诗12首。

50. 乔琳（？—784），太原（今山西太原）人。天宝间进士，累授兴平尉。郭子仪辟为朔方掌书记，再转为监察御史，因与同僚结怨，贬为巴州员外司户，历巴、绵、遂三州刺史。再入朝，为张涉所荐，德宗拜为御史大夫、同平章事。后从逆朱泚，伏诛。今存入蜀诗1首。

51. 杨旬，生卒年及籍贯不详，大历间任夔州推司。存入蜀诗1首。

52. 王铤，生卒年及籍贯不详。大历十三年以侍御史为合州刺史，又代乔琳为绵州刺史。存入蜀诗1首。

53. 陆畅，生卒年不详，字达夫，吴郡（今江苏苏州）人。元和元年（806）登进士第，为太子府僚属。长庆初，为江西观察使从事。大和初，入段文昌淮南幕府，先后为监察御史、秘书丞、观察判官。大和九年（835），为凤翔行军司马。工诗，才思敏捷。贞元中游蜀，作《蜀道易》称美韦皋。存入蜀诗4首。

54. 畅当，生卒年不详，河东（今山西永济）人。大历七年（772）进士及第。贞元初，为太常博士，终果州刺史。存入蜀诗2首。

55. 李嘉祐，生卒年不详，字从一，赵州（今河北赵县）人。天宝七年（748）进士，授秘书正字。以罪谪鄱阳，量移江阴令。上元中，出为台州刺史。大历中，又为袁州刺史。善诗，为“大历十才子”之一。其入蜀时间不可确考，存入蜀诗5首。

56. 钱起（722—780），字仲文，吴兴（今浙江湖州）人。天宝七年（748）进士。初为秘书省校书郎、蓝田县尉，后任司勋员外郎、考功郎中、翰林学士等。世称“钱考功”。善诗，长于五言，辞采清丽，音韵和谐，为“大历十才子”之一。曾奉使入蜀，存入蜀诗1首。

57. 卢纶（739？—799），字允言，河中蒲（今山西永济）人。大历初举进士屡不第，后经宰相元载举荐，授阌乡尉。历集贤学士、秘书省校书郎、监察御史等职。后因元载获罪，受牵连去职。德宗朝，复为昭应令，出为河中元帅浑瑊判官，官终检校户部郎中。诗多赠答之作，风格雄浑，为“大历十才子”之一。其入蜀时间不可考，存入蜀诗1首。

58. 欧阳詹（755—800），字行周，泉州晋江（今属福建）人。贞元八年（792）进士，与韩愈、崔群等同榜，时称“龙虎榜”。初任国子监四门助教，后求进未果，北游太原，倦归，不久卒。与韩愈友善，为文学同道，提倡古文。约在贞元末与林蕴同行游蜀，存入蜀诗6首。

59. 皇甫澈，生卒年不详，沧州（今属河北）人。贞元十四年（798）为蜀州刺史，赋《四相诗》四首，今存。

60. 段文昌（773—835），字墨卿，一字景初，荆州（今属湖北）人。贞元十五年（799），入蜀依剑南西川节度使韦皋，授校书郎。后历任灵池县尉、登封县尉、集贤校理、监察御史、祠部员外郎等职。元和十一年（816），充翰林学士，十四年（819）加知制诰。穆宗继位，迁中书舍人，拜中书侍郎、同平章事。长庆元年（821），以使相出镇剑南西川。文宗即位，历任淮南、荆南、剑南西川节度使，封邹平郡公。大和九年（835），卒于西川节度使任。段文昌长期出镇剑南西川，幕下文士众多，文学唱和活动频繁，对于巴蜀文学发展亦贡献不少。今存入蜀诗3首。

61. 高崇文（746—809），幽州（今北京）人。早年从军平卢，贞元年间，随韩全义镇守长武城，官拜金吾将军。贞元五年（789），于佛堂原大破吐蕃，封渤海郡王。元和元年（806），奉命入蜀讨伐西川节度副使刘辟。西蜀平，改封南平郡王。高崇文虽为武将，亦能诗，今存入蜀诗1首。

62. 武元衡（758—815），字伯苍。缑氏（今河南偃师）人。建中四年（783），登进士第。初为监察御史，后改华原令。德宗召为比部员外郎，寻擢御史中丞。顺宗立，罢为右庶子。宪宗即位，出为剑南西川节度使。元和八年（813），还朝拜相，因力主平定藩镇，为平卢节度使李师道遣刺客刺杀。武元衡出镇西川，幕下文士济济，不亚于韦皋幕，幕中文学唱和活动尤为频繁。武元衡本身亦有文采，在镇蜀节度使中留存入蜀诗最多，有35首。

63. 萧祜，生卒年不详，字祜之，兰陵（今山东苍山）人。少孤贫，耿介苦学。贞元中，自处士征拜左拾遗。元和初，为监察御史。后入西川节度武元衡幕，旋为彭州刺史。再入朝为考功郎中。元和十五年（820），迁兵部郎中。长庆中，出为虢州刺史。大和元年（827）九月，迁桂管观察使。次年八月卒于任。萧祜为人闲淡贞退，博雅好古，善鼓琴赋诗，尤精书画。今存二首皆为入蜀时作。

64. 王良士，生卒年及籍贯不详。贞元进士，初为西川节度使韦皋从事。刘辟据西川叛，王良士与房式、崔从等俱受裹胁，为其幕僚。高崇文平西川，宥之。元和二年（807），武元衡镇蜀，辟为从事。元和九年（814），任嘉州刺史。其后事迹不详。今存入蜀诗1首。

65. 王良会，生卒年及籍贯不详。宪宗时内侍，为西川节度使武元衡监军使，与武元衡有诗唱和。今存入蜀诗1首。

66. 崔备，生卒年不详，许州鄢陵（今河南鄢陵）人。建中二年（781）进士及第。元和二年（807），为西川节度使武元衡支度判官。后入朝为起居舍人，历礼部员外郎、工部郎中、谏议大夫等职。入蜀期间与武元衡有诗唱和。今存入蜀诗4首。

67. 徐放，生卒年不详，字达夫，柳城（今辽宁朝阳）人。初为西川节度使武元衡幕府从事。元和六年（811），为台州刺史。元和九年（814），为衢州刺史。入蜀期间与武元衡有诗唱和。今存入蜀诗1首。

68. 张正一，生卒年及籍贯不详。贞元十九年（803），为左补阙，因上书言事得召见。元和初，为户部员外郎。元和二年（807）十月，入武元衡剑南西川幕府为观察判官。后入朝为谏议大夫，武元衡有诗送行。约于元和五年以国子司业致仕。今存入蜀诗1首。

69. 柳公绰（768—832），字宽，小字起之，京兆华原（今陕西铜川）人。贞元元年（785）应制举，再登贤良方正科，为渭南尉。元和初，自吏部员外郎为武元衡西川节度判官。后历吏部郎中、御史中丞、鄂岳观察使、京兆尹、刑部侍郎等职。曾率兵征讨吴元济，每战克捷，官至兵部尚书。为人正直，执法以严，长于书法，亦有文采，今存入蜀诗2首。

70. 卢士玫（762—825），字子珣，范阳（今河北蓟县）人。贞元五年（789）进士及第。先后为剑南西川节度使韦皋、武元衡幕僚，后入京任吏部员外郎、吏部郎中、京兆少尹。因奉宪宗景陵授权知京兆尹，出为瀛莫观察使。官终太子宾客，分司东都。卢士玫以文儒进身，端厚方正，雅有令闻。能诗，今存入蜀诗1首。

71. 独孤实，一作独孤宴，生卒年不详，河南（今河南洛阳）人。贞元七年（791）登进士第。贞元中，为山南西道节度使严震掌书记。元和中，以殿中侍御史为武元衡剑南西川节度使从事。独孤实与柳宗元、羊士谔相交往。今存入蜀诗1首。

72. 皇甫镛（788—836），字龢卿，河阴（今河南荥阳）人。进士及第，先后任宣歙观察推官、凤翔节度判官、营田副使等职。入为殿中侍御史，迁比部员外郎、河南令，都官郎中。元和十三年（818），为河南少尹。十五年

（820），拜为国子祭酒。大和元年（827），改太子宾客。六年（832），转秘书监，累迁至太子少保，均分司东都。皇甫镛与白居易相交甚洽，唱和颇多。其入蜀时间不详，今存入蜀诗1首。

73. 于敖（765—830），字蹈中，河南（今属河南）人。少为时彦所称，登进士第，释褐秘书省校书郎。先后为湖南观察使、凤翔节度使、鄂岳观察使辟为从事。元和六年（811），拜监察御史、右司郎中等在职，出为商州刺史。长庆四年（824），入为吏部郎中，迁给事中。寻转工部侍郎，迁刑部，出为宣歙观察使、兼御史中丞。其入蜀时间不详，今存入蜀诗1首。

74. 羊士谔，生卒年不详，字谏卿，泰山（今山东泰安）人。贞元元年（785）登进士第，授义兴县尉，迁义兴主簿。后历浙东观察使左威卫兵曹参军、宣歙观察使巡官。永贞元年（805），因言王叔文之非，贬汀州宁化县尉。宪宗即位，为大理评事。元和元年（806），入为监察御史，迁侍御史。三年（808）秋，贬资州刺史，未及莅任，再贬巴州刺史。后历资州、洋州、睦州刺史，皆有政绩。元和十四年（819）入朝为户部郎中，卒。羊士谔诗文并擅，今存入蜀诗32首。

75. 窦群（765—814），字丹列，扶风平陵（今陕西咸阳）人。兄弟皆擢进士第，独群隐居毗陵。贞元中，韦夏卿荐之，拜为左拾遗，转膳部员外郎，兼侍御史。后出为唐州刺史，武元衡、李吉甫皆爱重之，召拜吏部郎中。后出为湖南观察使，改黔中，坐事，贬开州刺史。稍迁容管经略使，召还，卒。今存入蜀诗3首。

76. 元稹（779—831），字微之，河内（今属河南）人。贞元九年（793），以明经擢第。元和元年（806），登才识兼茂明于体用科第一名，授左拾遗、监察御史，后因触怒宦官，被贬为江陵士曹参军。元和十年（815），又被外放通州司马。元和十四年冬（819）召回，授膳部员外郎。穆宗时迁中书舍人、翰林承旨学士，又擢为工部侍郎、同中书门下平章事。因事出为同州刺史，迁浙东观察使，召为尚书右丞。未几，拜武昌节度使，卒。元稹与白居易齐名，人称"元白"，是元和诗风的代表人物。元稹两次入蜀，第一次在元和四年（809），奉命出使剑南东川，第二次即外放通州司马，留下了不少入蜀诗，今存102首。

77. 李夷简（756—822），字易之，陇西成纪（今甘肃秦安）人。以王室子补郑县丞，贞元二年（786）进士及第，曾任蓝田尉、监察御史、礼部尚书、山南东道节度使等职。元和八年（813），为剑南西川节度使。元和十三年（818），拜相，不久，出为淮南节度使。穆宗时以检校左仆射兼太子少师分师东都。今存入蜀诗1首。

78. 窦常（749—825），字中行，扶风平陵（今陕西咸阳）人。大历十四年（779）登进士第，初为盐铁小吏，后因无意仕进，隐居广陵二十年。贞元十四年（798），杜佑镇淮南，奏授校书郎，为节度参谋。元和六年（811），自湖南判官入朝为侍御史，迁水部员外郎。后历任朗、夔、江、抚四州刺史，官终国子祭酒。工词章，与弟牟、群、庠、巩俱以能诗著称。今存入蜀诗1首。

79. 吕群（？—816），关中（今属陕西）人。元和十一年（816）下第游蜀，性粗褊不容物。御下苛暴，僮仆切齿。至眉州正见寺，于东壁题诗二首，讽吟久之，意绪甚恶。至彭山县，县令为置酒，饮至三更，醉归馆中，为僮仆所害。

80. 熊孺登，生卒年不详，洪州钟陵（今江西南昌）人，进士及第。贞元初，寓居钟陵，与江西观察使李兼、从事权德舆往来。元和中，为剑南西川节度从事。十年（815），至江州谒见白居易。十三年（818），罢归钟陵。工诗，与刘禹锡、灵澈等有唱和。今存入蜀诗1首。

81. 李逢吉（758—835），字虚舟，陇西（今属甘肃）人。贞元十年（794）进士。元和时，历给事中、中书舍人。十一年（816），拜相。李逢吉性忌刻险谲，裴度讨淮西，虑其成功，密图阻止，宪宗知而恶之，罢为剑南东川节度使。穆宗即位，召为兵部尚书，复为相。后出为山南东道、宣武节度使。今存入蜀诗1首。

82. 章孝标，生卒年不详，字道正，睦州桐庐（今属浙江）人。元和间屡试不第，十三年（818）下第时，同落第者多为诗以刺主司庾承宣，孝标独赋《归燕诗》留献。西游蜀地，干谒西川节度使王播。十四年，庾承宣复知贡举，擢之及第，授秘书省正字。秩满，迁校书郎，旋归杭州。大和中，以大理评事充山南东道节度使从事。章孝标才思敏捷，多酬赠之作。今存入蜀诗5首。

83. 韦处厚（773—828），字德载，京兆万年（今陕西西安）人。元和初举进士，又登才识兼茂科，授校书郎，累迁考功员外郎，出为开州刺史，后入朝为户部郎中、知制诰。穆宗时，历任翰林侍讲学士、中书舍人等职。敬宗时，任兵部侍郎。宰相李逢吉当政，构陷李绅，必欲置之死地，处厚上疏救免。宝历二年（826），出为宰相。其为人正直，颇负时誉。在开州刺史间与元稹、白居易等人唱和，作《盛山十二诗》，今存。

84. 白居易（772—846），字乐天，号香山居士，华州下邽（今陕西渭南）人。贞元十六年（800），进士及第。十八年（802），应拔萃科考试，授秘书省校书。此后为盩至尉、翰林学士、左拾遗、京兆府户曹参军、左赞善大夫等职。元和十年（815），白居易上书请捕刺杀宰相武元衡刺客，得罪权贵，以越职言事为由贬为江州司马。十三年（818），量移为忠州刺史。此后又任杭州、苏州刺史，秘书监、河南尹、太子少傅等职，卒于洛阳。白居易为中唐著名诗人，尚俗尚实，为写实派诗人的代表人物。其在忠州也吟哦不断，留下了120首入蜀诗。

85. 白行简（776—826），字知退，华州下邽（今陕西渭南）人，白居易之弟。元和二年（807）进士，授秘书省校书郎，累迁司门员外郎，主客郎中，又曾任度支郎中，膳部郎中等职。白行简亦有文采，著有《李娃传》等传奇小说。白行简早于白居易入蜀，元和十一年（816）曾在东川幕府。后白居易任忠州刺史，白行简亲往陪侍。今存入蜀诗1首。

86. 刘禹锡（772—842），字梦得，洛阳（今河南洛阳）人。贞元九年（793），与柳宗元同榜进士，翌年举吏部取士科，授太子校书。贞元间辅助王叔文进行政治革新，失败后贬连州刺史，再贬朗州司马。后回京，又贬连州刺史，再历夔州、和州刺史。大和元年（827），为东都尚书。次年，回朝任主客郎中，后出为苏州、汝州、同州刺史。开成元年（836），改任太子宾客，分司东都。会昌元年（841），加检校礼部尚书衔。因曾任太子宾客，故称"刘宾客"。刘禹锡在夔州三年多时间，保持了很高的创作热情，所作诗文甚多，其中入蜀诗有51首。

87. 樊宗师，生卒年不详，字绍述，河中人（今山西永济）。初为国子主簿。元和三年（808）登军谋宏远科，授著作佐郎，分司东都。转太子舍人。九年

（814），受郑馀庆之辟入兴元幕，迁山南西道节度副使兼检校水部员外郎、殿中侍御史。十五年（820），以金部郎中告哀南方。还，以言事获谴，出为绵州刺史。长庆元年（821），征拜左司郎中，复出为绛州刺史，有治绩。长庆四年（824），进谏议大夫，未拜而卒。为韩愈古文运动同盟者。今存入蜀诗1首。

88. 李涉，生卒年不详，自号清溪子，洛阳（今河南洛阳）人。早岁客梁园，逢兵乱，与弟李渤同隐庐山白鹿洞。元和初，受辟为陈许节度使从事。入朝为太子通事舍人。不久贬为峡州司仓参军，在峡中蹭蹬十年。长庆元年（821），遇赦放还，为太学博士。宝历元年（825），坐事流贬康州。后归洛阳，隐居以终。世称"李博士"。在夔州受当地民间文化影响，所作诗歌多为竹枝词，今存6首。

89. 鲍溶，生卒年及籍贯不详，字德源。元和四年进士。家苦贫，羁旅四方，飘蓬薄宦，客死三川（谓剑南西川、剑南东川、山南西道）。与韩愈、李正封、孟郊为友。今存入蜀诗1首。

90. 武少仪，生卒年不详，缑氏（今河南偃师）人，与武元衡同宗。大历二年（767），登进士第，累官至卫尉少卿。贞元十一年（795），出为容管经略使。后为国子司业。元和初，官拜太常少卿，后迁大理卿。入蜀时间不可确考，今存入蜀诗1首。

91. 刘言史（？—812），赵州（今河北赵县）人。少尚气节，不举进士，曾漫游河北、吴越、潇湘等地。贞元中，成德镇节度使王武俊表为枣强县令，辞疾不就，世重之，称之为刘枣强。元和六年（811），为山南东道节度使李夷简征辟，不久，卒。刘言史与孟郊友善，与李翱亦有交往。入蜀时间当在受辟山南东道间，今存入蜀诗1首。

92. 杨凭（？—817），字虚受，一字嗣仁，弘农（今河南灵宝）人，柳宗元岳父。大历九年（774）登进士第。累佐使府，后历任起居舍人、礼部郎中、太常少卿等职。贞元十八年（802），出为湖南观察使，迁江西观察使。元和四年（809），召为京兆尹，寻贬临贺县尉。后改任杭州长史，官终太子詹事。元和十二年（817）卒，柳宗元为作祭文。入蜀时间不可确考，今存入蜀诗1首。

93. 方干（809—888），字雄飞，新定（今浙江建德）人。懿宗大中年间落第，遂隐居绍兴镜湖。咸通间，浙东廉访使王龟多次向朝廷举荐，但终因貌陋而不受进用，一生不事功名。卒后其门生私谥"玄英先生"。入蜀时间不可确考，今存入蜀诗1首。

94. 李德裕（787—850），字文饶，赵郡（今河北赵县）人。李吉甫子，少好学，以父荫补校书郎。穆宗即位，擢为翰林学士，累迁中书舍人、御史中丞。受牛党排挤，出为浙西观察使。大和三年（829），召拜兵部侍郎。不久，出为郑滑节度使，移镇剑南西川，颇有政绩。大和七年（833），入朝为相。后历任镇海军节度使、袁州长史、浙西观察使、淮南节度使等职。武宗即位，拜为宰相。当政六年，讨平刘稹之乱，威名独重于时。宣宗即位，罢为荆南节度使，又为牛党所构陷，贬崖州司户而卒。今存入蜀诗6首。

95. 温庭筠（812？—866？），本名岐，字飞卿，太原祁（今山西祁县）人。早年才思敏捷，有"温八叉"之称，以词赋知名，然屡试不第，客游江淮间。宣宗朝试宏辞，代人作赋，贬为隋县尉。后襄阳刺史署为巡官，授检校员外郎，不久离开襄阳，客于江陵。懿宗时曾任方城尉，官终国子助教。与李商隐齐名，时称"温李"。约在大和间游蜀，今存入蜀诗5首。

96. 姚向，生卒年及籍贯不详。长庆元年（821）随段文昌出镇剑南西川，为节度判官。三年冬，随段文昌入朝，任户部员外郎，转司勋员外郎，为岭南选补使。宝历二年（826），为万年县令。工书法，笔力精劲。今存与段文昌唱和诗2首。

97. 温会，为段文昌剑南西川幕府安抚判官，其他事迹不详。今存入蜀诗2首。

98. 李敬伯，为段文昌剑南西川幕府观察巡官，试大理评事，其他事迹不详。今存入蜀诗2首。

99. 姚康，生卒年不详，字汝谐，武康（今浙江德清）人。元和十五年（820），登进士第。长庆初，为秘书省校书郎。长庆中，为段文昌西川幕府观察推官，后入为京兆司录参军。文宗即位，迁户部员外郎，转左司员外郎判户部案。大和八年（834），贬绍州始兴尉。后历兵部郎中等职，终太子詹事。今存入蜀诗2首。

100. 杨嗣复（783—848），字继之，弘农（今河南灵宝）人。贞元二十一年（805）进士及第，累迁中书舍人，与牛僧孺、李宗闵善，引为礼部侍郎、尚书左丞。大和中，出为剑南东川节度使。开成二年（837），入为户部侍郎，领诸道盐铁转运使。次年，以本官同中书门下平章事。武宗立，贬潮州刺史。宣宗即位，征拜吏部尚书。大中二年（848）卒于岳州。今存入蜀诗1首。

101. 李章武，大和末为成都少尹，其他事迹不详。今存入蜀诗1首。

102. 杨汝士（？—819），字慕巢，弘农（今河南灵宝）人。元和四年（809）进士，又擢弘辞科。由牛僧孺、李宗闵援引为中书舍人。开成初，由兵部侍郎出为东川节度使。后召为吏部侍郎，仕终刑部尚书。善诗文，曾与元稹、白居易有往来。曾入段文昌西川幕府，后节度东川，今存入蜀诗6首。

103. 贾岛（779—843），字浪（一作阆）仙，幽州范阳（今河北涿州）人。早年出家为僧，号无本。元和六年（811）春，至洛阳，谒见韩愈，以诗深得赏识。后还俗，屡举进士不第。文宗时，因诽谤，贬长江（今四川蓬溪）主簿。开成五年（840），迁普州司仓参军。会昌三年（843），卒于普州。贾岛作诗喜苦吟，与孟郊齐名，人称"郊寒岛瘦"。贾岛入蜀及卒后，有不少慕名者，如李洞，相继追随而来。今存入蜀诗24首。

104. 郭圆，生卒年及籍贯不详，字泗滨。曾任仓部员外郎，文宗、武宗间，以检校司门员外郎入李固言剑南西川幕府。今存入蜀诗1首。

105. 卢并，生卒年及籍贯不详。文宗时为资州刺史、唐州司马等职，长于歌咏。今存入蜀诗一联，见《方舆胜览》。

106. 刘沧，生卒年不详，字蕴灵，汶阳（今山东宁阳）人。初举进士，屡试不第，遂四处漫游，也正是在这段时期入蜀，到过苍溪、巫山等地。大中八年（854），与李频同榜及第，时已鬓发苍白。始为华原县尉，迁龙门令。其诗长于七律，多怀古之作。今存入蜀诗3首。

107. 项斯，生卒年不详，字子迁，台州宁海（今浙江宁海县）人。早年隐居朝阳峰，交结山僧逾三十年。宝历、开成间有诗名。会昌四年（844）登进士第，与赵嘏、马戴同榜。授丹徒县尉，卒于任所。约在大中间入蜀，游踪所及有龙州、巴中、夔州等地，今存入蜀诗3首。

108. 杨牢（702—858），字松年，弘农华阴（今陕西华阴）人。通《左传》，尤博史书、百家诸子。登进士第，授崇文馆校书郎。会昌间先后入衮海观察使、平卢节度使、岭南节度使幕府，后入朝为著作郎、国子博士，擢授河南县令。大中十二年卒。入蜀时间不详，今存入蜀诗1首。

109. 马戴（799—869），字虞臣，曲阳（今江苏东海）人。会昌四年（844）登进士第。大中初，在太原幕府任掌书记，因直言被斥贬龙阳尉。咸通末，佐大同军幕，官终太学博士。诗擅长五律，曾隐居华山，并遨游边关，与贾岛、姚合为诗友，酬唱颇密。入蜀时间不详，今存入蜀诗1首。

110. 李群玉（808？—860？），字文山，澧州（今湖南澧县）人。初不乐仕进，专以吟咏自适，深为湖南观察使裴休器重。后以布衣游长安，时裴休入朝为相，推荐于宣宗，授宏文馆校书郎，不久去职。其诗善写羁旅之情，与杜牧、段成式、张祜来往密切，相互唱酬。或游三峡，具体时间不详，今存入蜀诗3首。

111. 李商隐（813？—858），字义山，怀州河内（今河南沁阳）人。幼虽清贫，然刻苦好学，擅长古文。令狐楚帅河阳，奇其文，使与诸子游。开成二年（837），高锴知贡举，擢进士第。调弘农尉，以忤观察使，罢去。王茂元镇河阳，表掌书记，以子妻之。茂元死，游京师，久不调，更依桂管观察使郑亚为判官。令狐绹为相，备受冷落。还朝，补太学博士。柳仲郢节度剑南东川，辟判官、检校工部员外郎。府罢，客荥阳，卒。李商隐在东川幕府约四年，所作诗文甚多，今存入蜀诗58首。

112. 白敏中（792—861），字用晦，华州下邽（今陕西渭南）人，白居易从弟。长庆初年进士，历任河东、郑滑、邠宁三节度府掌书记，试大理评事。武宗时，李德裕荐其任知制诰、翰林学士，后为宰相。大中六年（852）移任剑南西川节度使，在蜀五年。宣宗及懿宗时，先后拜相。今唯存入蜀诗残句。

113. 卢求，生卒年不详，范阳（今河北涿州）人。李翱之婿。宝历二年（825）登第。宣宗时，白敏中节度西川，辟为从事。大中中，于兴宗任绵州刺史，有诗酬和。今存入蜀诗1首。

114. 王铎（？—884），字昭范，太原晋阳（今山西太原）人。进士出身，累迁至礼部尚书。咸通十二年（871），以礼部尚书进同平章事，乾符六年（879），出任荆南节度使。不久，免职，随僖宗逃入西川。中和二年（882），王铎充任诸道行营都统，寻授义成节度使。中和四年（884），改任义昌节度使，途中为乐从训所杀。今存入蜀诗1首。

115. 张祜，生卒年不详，字承吉，清河（今河北邢台）人。初寓姑苏，后至长安。长庆中，令狐楚表荐之，不报。遂至淮南，爱丹阳曲阿地，隐居以终。张祜入蜀时间不可确考，今存入蜀诗5首。

116. 李频（818—876），字德新，睦州寿昌（今浙江寿昌）人。大中八年（854）进士，授秘书郎，为南陵主簿，迁武功令。拜侍御史，累迁都官员外郎，旋改建州刺史，卒于官。李频和许浑、薛能等诗人均有交往，并曾受到前辈诗人姚合的奖掖。李频约大中六年（852）游蜀，今存入蜀诗10首。

117. 于兴宗，生卒年不详，河南（今属河南）人，宰相于頔侄。以荫入仕，宝历二年（826），为东阳县令。大中七年前后，以御史中丞守绵州刺史，后转洋州刺史，累官至河南少尹。能诗，与当时诗人刘禹锡、方干等均有交往唱和。今存入蜀诗1首。

118. 李渥，生卒年不详，陇西姑臧（今甘肃武威）人，宰相李蔚子。咸通十四年（873），登进士第，释褐太原从事，历左拾遗。广明元年（880），宰相郑从谠出镇河东，辟为掌书记。后累迁中书舍人。光化三年（900），以礼部侍郎知贡举。仕至右散骑常侍。约与于兴宗同入蜀，今存入蜀诗1首。

119. 王严，生卒年及籍贯不详。大中时布衣，或为于兴宗幕客，与于兴宗有和诗。今存入蜀诗1首。

120. 刘暌，生卒年及籍贯不详。大中时乡贡进士，与于兴宗有和诗。今存入蜀诗1首。

121. 刘璐，生卒年及籍贯不详。为蜀州刺史，后代于兴宗为绵州刺史。今存入蜀诗1首。

122. 李景让（789-860），字后己，太原文水（今山西文水）人。元和中登进士第，释褐校书郎。敬宗初，为右拾遗。累迁商州刺史。开成二年（837），入为中书舍人，后出为华、虢二州刺史，再入为礼部侍郎、知贡举。会昌中，历右散骑常侍、浙西观察使。大中时，入为尚书左丞，复出镇天平、山南东道。十一年（857），累迁御史大夫，又出拜剑南西川节度使。

十三年（859），因病乞致仕，以太子少保分司东都。今只存残句。

123. 吴子来，道士，生卒年及籍贯不详。大中末至成都双流县兴唐观，一日，自写其真，留诗二首而去。

124. 薛逢，生卒年不详，字陶臣，蒲州河东（今山西永济）人。会昌元年（841），登进士第，授秘书省校书郎。崔铉镇河中，辟为幕府从事。大中三年（849），擢为万年尉，累迁侍御史、尚书郎分司东都。以持论鲠切，出为嘉州刺史。咸通初，为成都少尹，复斥为蓬、绵二州刺史。七年（866），以太常少卿召还，官终秘书监。薛逢工诗，尤长于七律，在蜀时间也长，今存入蜀诗26首。

125. 高璩（？—865），字莹之，渤海（今河北沧县）人。大中三年（849）登进士第，授试秘书省校书郎，出为剑南西川、荆南二幕掌书记。十二年（858），入拜右拾遗。翌年，充翰林学士、知制诰，再擢右谏议大夫。咸通三年（862），以检校礼部尚书为东川节度使。六年（865），拜相。不久，卒。今存入蜀诗1首。

126. 薛能（817？—880），字大拙，汾州（今山西汾阳）人。会昌六年（846），登进士第。大中八年（854），补周至尉。李福镇滑州，表为观察判官，历侍御史、都官、刑部员外郎。咸通五年（864），李福镇剑南，表为节度副使，后刺嘉州。十一年（870），拜京兆尹。后历任感化军节度使、工部尚书、忠武军节度使。广明元年（880），为叛军所害。薛能癖于诗，然好诋诃前辈诗人。其在蜀中存诗47首。

127. 李洞，生卒年不详，字才江，京兆（今陕西西安）人。家贫，喜苦吟，慕贾岛为诗，铸其像，事之如神。乾符中，举进士不第。光启初，往游梓州。龙纪元年（889）冬，自蜀赴京应试，因误试期，复不第。再游蜀，不久，卒。今存入蜀诗28首。

128. 陈陶，字嵩伯，自号三教布衣。早年游学长安，善天文历象，尤工诗。举进士不第，遂恣游名山。大中三年，隐居洪州西山，卖柑自给，与蔡京、贯休往还。卒，方干、曹松、杜荀鹤均有诗哭之。其入蜀时间不详，今存入蜀诗1首。

129. 胡曾，生卒年不详，邵阳（今属湖南）人。咸通中，屡举进士不第，滞留长安。咸通十二年（871），路岩为剑南西川节度使，召为掌书记。乾符元年（874），复为高骈掌书记。乾符五年（878），高骈徙荆南节度使，又从赴荆南，后卒。胡曾诗善咏史，其入蜀诗亦如此，今存3首。

130. 罗隐（833—909），本名横，字昭谏，余杭（今属浙江）人。以貌丑不为公卿所喜，前后凡十次举进士均不第，遂改名罗隐，自号江东生。光启三年（887）谒镇海节度使钱镠，殊遇有加，授为钱塘县令。后迁节度判官、给事中等职。唐亡，后梁授谏议大夫，隐不就，仍留吴越。开平三年（909）卒。罗隐约在咸通间入蜀，游踪遍及成都、绵州、剑州、利州、合州、彭州、三峡等地，今存入蜀诗12首。

131. 萧遘（？—887），字得圣，兰陵（今江苏常州）人。咸通五年（864），登进士第，授秘书省校书郎、太原从事。入为右拾遗，再迁起居舍人。十三年（872），贬为播州司马。未几，召为礼部员外郎。乾符二年（875），转考功员外郎、知制诰，累迁户部侍郎、翰林学士承旨。僖宗奔蜀，改兵部侍郎、判度支。中和元年（881），拜相。光启三年，赐死于永乐县。今存入蜀诗2首。

132. 高骈（821—887），字千里，幽州（今属河北）人，高崇文孙。幼颇修饬，折节为文学，后从武。初为司马，后历右神策军都虞候、秦州刺史。咸通中，拜安南都护，进检校刑部尚书，兼诸道行营招讨使。僖宗立，加同中书门下平章事，迁剑南西川节度，再徙荆南节度及淮南节度副大使。广明初，进检校太尉、东面都统、京西京北神策军诸道兵马等使，封渤海郡王。因图谋割据一方，被僖宗下旨夺其兵权，由王铎代其职，迁之为侍中。后为部将毕师铎所害。虽戎马倥偬，但颇尚文学，今存入蜀诗8首。

133. 裴铏，生卒年及籍贯不详。咸通中，为静海军节度使高骈掌书记，加御史内供奉。乾符初，任成都节度副使，加御史大夫。著有小说集《传奇》三卷，"唐传奇"由此得名。今存入蜀诗1首。

134. 郑谷（851？—910），字守愚，袁州（今江西宜春）人。幼即能诗。及冠，应进士举屡试不第。广明元年（880），黄巢入长安，奔蜀。光启三年（887），登进士第。景福二年（893），授京兆鄠县尉，迁右拾遗补阙。乾宁四年（897），为都官郎中，因称"郑都官"。天复三年（903），归隐家乡，卒。郑谷在蜀吟咏频繁，今存入蜀诗60首。

135. 杜光庭（850—933），字圣宾，号东瀛子，处州缙云（今浙江缙云县）人，唐末著名道士。喜好读书，长于辞章翰墨。咸通年中举进士落第，入天台山修道。僖宗时，任麟德殿文章应制，为内供奉。中和元年（881），随僖宗入蜀。后蜀时侍王建父子，赐号"广成先生"、"传真天师"。晚年居青城山，以著述宣扬道义，著有《道教灵验记》《神仙感遇传》《录异记》等。亦能诗文，今存入蜀诗17首。

136. 杜荀鹤（846—907？），字彦之，号九华山人，池州石埭（今安徽石台）人。早年家世贫寒，隐居九华山读书，因号九华山人。昭宗大顺二年（891）进士及第，宁国节度使辟为从事。受命密使大梁联络朱温，表荐为翰林学士、主客员外郎。天格初病逝。杜荀鹤是晚唐著名现实主义诗人，其诗平易自然，朴实明畅。约在中和间入蜀，今存入蜀诗6首。

137. 裴澈（？—887），字深源，孟州济源（今河南济源）人。咸通时登进士第，尝任祠部郎中，迁户部侍郎、充翰林学士。广明元年（880），擢工部侍郎、同平章事。光启元年（885），僖宗出幸凤翔，扈从不及，陷于长安。次年，嗣襄王李煴称帝，受伪署为宰相。未几，煴伏诛，澈亦被杀。今存入蜀诗1首。

138. 崔涂，生卒年不详，字礼山，江南（今浙江一带）人。光启四年（888）进士，终生漂泊，壮游巴蜀，中客湘鄂，老上秦陇。诗多记游之作，长于写景述怀，音调低沉。约中和间入蜀，今存入蜀诗10首。

139. 张祎，字冠章，邓州南阳（今河南邓州）人。释褐为汴州从事、户部判官。乾符时，先后为浙西、淮南宾佐。入为监察御史，累迁左补阙、中书舍人。中和元年（881），从僖宗入蜀，拜工部侍郎。乾宁四年（897），为韩建所排，贬衡州司马。昭宗还京，征拜礼部尚书。唐亡，仕后梁。开平元年（907）致仕。今存入蜀诗2首。

140. 张曙，生卒年不详，小字阿灰，邓州南阳（今河南邓州）人。中和初，赴西川应进士试，登大顺二年（891）进士第。曾任拾遗，官至右补阙。工诗善词，才名籍甚。今存入蜀诗2首。

141. 裴廷裕，字膺馀，绛州闻喜（今属山西）人。中和二年（882），登进士第。大顺时，累官右补阙，奉诏撰宣宗实录。乾宁中，为翰林学士，历司封郎中知制诰，迁左散骑常侍。后梁初，贬湖南卒。今存入蜀诗1首。

142. 黄滔，字文江，莆田（今福建莆田）人。困举场二十余年，至乾宁二年（895）方登进士第。光化中，任四门博士。天复元年（901），应王审知辟，以监察御史里行充威武军节度推官。黄滔工诗文，尤擅律赋。今存入蜀诗7首。

143. 唐彦谦，生卒年不详，字茂业，并州晋阳（今山西太原）人。咸通末登进士第，后避乱迁居汉南，以著述为任，自号"鹿门先生"。中和时，王重荣镇河中，辟为从事，擢为节度副使。二年（882），任晋州刺史，寻转绛州。光启三年（887），贬为兴元参军事，杨守亮辟为判官，迁节度副使。历阆、壁二州刺史。景福二年前后，卒于汉中。今存入蜀诗3首。

144. 吴融（？—903），字子华，越州山阴（今浙江绍兴）人。龙纪元年（889）登进士第。曾随韦昭度出讨西川，任掌书记，累迁侍御史。后去官，流落荆南，召为左补阙，拜翰林学士、中书舍人。天复元年（901）冬，昭宗被劫持至凤翔，吴融扈从不及，客居阌乡。不久，召还为翰林学士承旨，卒。今存入蜀诗9首。

145. 罗邺，生卒年及籍贯不详。屡举进士不第，羁旅四方。咸通末，崔安潜为江西观察使，欲荐举之，然为幕吏所阻。后为督邮，不得其意，遂赴单于都督府幕，抑郁而终。罗邺诗多感怀怨愤之作，擅七律，与罗隐、罗虬并称"三罗"。罗邺约在景福间自关中入蜀，游踪遍及梓潼、彭州、成都、简州等地。今存入蜀诗6首。

146. 可止（860—934），本姓马，范阳房山（今属北京）人，唐末五代诗僧。十二岁出家，以博学善辩著称。乾宁三年（896）至长安献诗，昭宗命其应制内殿。后还乡，避乱于定州。天成三年（928），后唐宰相冯道以车马送至洛阳，住持洛京长寿寺，署号"文智大师"。应顺元年（934）卒。工诗，尤擅长五律。曾游蜀，至普州，今存入蜀诗1首。

147. 张蠙，生卒年不详，字象文，清河（今河北清河）人。生而颖秀，幼即能诗。乾宁二年（895），登进士第，释褐校书郎，调栎阳尉，迁犀浦令。王建建蜀，拜膳部员外郎，后为金堂令。与许棠、张乔、郑谷等合称"咸通十哲"。今存入蜀诗2首。

148. 韦庄（836？—910？），字端己，长安杜陵（今陕西西安）人，韦应物四代孙。少长于下邽，孤贫力学，才敏过人。然屡试不第，直至乾宁元年（894）年近六十方及第，授校书郎。李询为两川宣瑜和协使，召韦庄为判官，奉使入蜀，归朝后升任左补阙。天复元年（901），应王建之聘入蜀为掌书记。天祐四年（907），王建据蜀称帝，任左散骑常侍，判中书门下事，定开国制度。官终吏部侍郎兼平章事，卒于成都。今存入蜀诗13首。

149. 贯休（832—912），俗姓姜，字德隐，婺州兰溪（今浙江兰溪）人。出生于诗书之家，七岁入寺学佛，好作诗，年十五六即有诗名，二十岁始云游各地。天复三年（903）入蜀，深受蜀主王建礼遇，赐号"禅月大师"。乾化二年（912），卒于蜀中，有诗集《禅月集》存世。其在蜀中颇多吟咏酬和，存诗47首。

150. 张格（？—927），字承之，宿州符离（今属安徽）人。天复三年（903），其父张浚为人所害，遂入蜀依王建，为翰林学士。武成元年（908），拜中书侍郎、同平章事。后主王衍即位，贬为茂州刺史，再贬维州司户。乾德六年（924），复入相。前蜀亡，入洛，授太子宾客、三司副使。天成二年（927），卒。今存入蜀诗1首。

151. 崔承祐，生卒年不详，新罗（今朝鲜）人。曾入唐留学，中进士。入蜀时在韦昭度幕。今存入蜀诗1首。

152. 马冉，生卒年及籍贯不详。唐末任万州刺史，今存入蜀诗1首。

153. 曹松，生卒年不详，字梦徵，舒州（今安徽桐城）人。早年曾避乱栖居洪都西山，后依建州刺史李频。李死后，流落江湖，无所遇合。光化四年（901）中进士，年已七十余，特授校书郎。约咸通末入蜀，今存入蜀诗4首。

154. 李山甫，生卒年及籍贯不详。咸通中，累举进士不第。僖宗时，流落河朔，为魏博节度使乐彦祯从事。光启二年（886），怂恿乐彦祯子从训，伏兵劫杀宰相王铎。后不知所终。李山甫文笔雄健，名著一方。约僖宗间入蜀，今存入蜀诗1首。

155. 张乔，生卒年不详，字伯迁，池州（今安徽贵池）人。尝隐居九华山苦学。咸通十一年（870），赴京兆府试，试《月中桂》诗，以"根非生下土，叶不坠秋风"句擅场。时东南多名士，与许棠、喻坦之等人被誉为"咸通十哲"。薛能镇许下，拟表荐于朝，因事未果。广明后，复归隐九华山。入蜀时间不能确考，今存入蜀诗2首。

156. 陈裕，生卒年及籍贯不详。喜嘲谑，下第游蜀，唯事唇喙，睹物便嘲。见五代何光远《鉴戒录》。今存入蜀诗7首。

157. 牛峤，生卒年不详，字松卿，一字延峰，陇西（今属甘肃）人。牛僧孺之孙。乾符进士，历任拾遗、补阙、尚书郎。光启二年（886），避襄王李煴之乱，先流落吴越，后寄寓巴蜀。大顺二年（891），为西川节度使王建辟为判官。前蜀开国，仕秘书监，以给事中卒于成都。为花间派重要作家之一。今存入蜀诗1首。

158. 来鹏，生卒年不详，豫章（今江西南昌）人。家贫，曾隐居山泽。举进士，屡试落第。乾符间，福建观察使韦岫召入幕府，赏识有加。广明元年（880），僖宗奔蜀，鹏亦避乱入蜀。后南归，中和中，客死于扬州。今存入蜀诗5首。

159. 栖蟾，生卒年不详，俗姓胡，洞庭（今属湖南）人。曾游历润州、洪州、巴江、南中等地，又曾在庐山屏风岩和南岳衡山居住。与诗僧齐己、虚中等友善。今存入蜀诗1首。

160. 韩昭，生卒年不详，字德华，长安（今陕西西安）人。性便佞，善窥迎人意。为前蜀王衍狎客，累官礼部尚书，兼成都尹。咸康元年（925）十一月，后唐师入蜀，王宗弼与之有隙，枭斩于金马坊门。略有文章，今存入蜀诗2首。

161. 崔锜，生卒年及籍贯不详。官评事，曾任普州州佐，有诗悼念贾岛。今存入蜀诗1首。

162. 张演，生卒年不详，初名球，韶州曲江（今广东韶关）人。咸通十三年（872），与周繇同登进士第，后不知所终。入蜀时间不可考，今存入蜀诗1首。

163. 殷潜之，生卒年及籍贯不详。自称野人，与杜牧相往来。入蜀时间不可考，今存入蜀诗1首。

164. 牛徵，生卒年不详，安定鹑觚（今甘肃灵台）人，牛僧孺之孙。咸通二年（861）进士及第，曾至绵州越王楼。今存入蜀诗1首。

165. 刘象，生卒年不详，京兆（今陕西西安）人。出身孤寒，宣宗时屡举不第。僖宗奔蜀，亦随驾入蜀。天复元年（901），礼部侍郎杜德祥知贡举，以象年已七十，特放其与曹松、王希羽、柯崇、郑希颜等人及第，时号"五老榜"。授太子校书。今存入蜀诗2首。

166. 刘蜕，生卒年不详，字复愚，自号文泉子，荆南人（今属湖南）。大中四年（850）及第。咸通中，官中书舍人、右拾遗。以论令狐滈恃权纳货之罪，谪为华阴令。蜕为文奇诡岸杰，有《文泉子集》十卷。具体入蜀时间不可考，今存入蜀诗2首。

167. 于濆，生卒年不详，字子漪，自号"逸诗"，京兆长安（今陕西西安）人。咸通二年（861）进士及第。一生不得志，官终泗州判官。因不满当时诗人拘守声律而轻浮艳丽的诗风，曾作《古风》三十篇以矫时弊。具体入蜀时间不可考，今存入蜀诗2首。

168. 许彬，生卒年不详，睦州（今浙江建德）人。举进士不第，终生失意。与郑谷有交往。诗长于五律，充满落拓之慨。曾入蜀至黔中等地，今存入蜀诗1首。

169. 王建（847—918），字光图，许州舞阳（今河南舞阳）人，五代前蜀开国皇帝。年轻时为无赖之徒，后从军忠武军，成为忠武八都将之一。又因护驾僖宗有功，成为神策军将领。后排挤出朝，任利州刺史，势力渐大。文德元年（888），为永平军节度使，始进军西川。大顺二年（891），进入成都，为成都尹、剑南西川节度副大使知节度事。此后，又陆续占有两川、三峡以及山南西道。天复三年（903），封为蜀王。天祐四年（907），自立为帝，国号蜀，史称"前蜀"。今存入蜀诗1首。

170. 冯涓，生卒年不详，字信之，婺州东阳（今浙江东阳）人。大中十一年（857）进士第，又登宏词科，授京兆府参军。以时危世乱，隐居商山十年。乾符时，为祠部郎中。中和元年（881），为眉州刺史，适为兵阻，未至任。遂于成都墨池灌园自给，羁寓六年。景福时，王建辟为西川节度判官。王建建蜀，为御史大夫，卒。涓性滑稽，善文，尤工于章奏。今存入蜀诗7首。

171. 王锴，生卒年及籍贯不详，字鳝祥。天复时奉使西川，因乱留，后仕前蜀。天祐四年（907），为翰林学士，迁御史中丞。武成二年（909），除中书侍郎、同平章事。永平元年（911），蜀主建新宫，集四部书于宫中，因上书建言兴文教。王衍时，再拜相，然无所匡就。后唐师入成都，代草降书。至洛阳，复授官为刺史。王锴喜藏书，精书法。今存入蜀诗1首。

172．欧阳彬（894—951），字齐美，衡山（今湖南衡阳）人。博学能文，工于辞赋，有名于时。先以所著诣楚王马殷，不用。乃入蜀献王衍，衍大悦，擢为翰林学士、兵部侍郎。乾德六年（924），为通好使出后唐。后蜀广政元年（938），为嘉州刺史。累官尚书左丞相，出为宁江军节度使、夔州节度使。广政十三年（950）卒。今存入蜀诗1首。

173．牛希济，生卒年不详，陇西（今甘肃陇西）人。早年有文名，遇丧乱，流寓于蜀。为王建所赏识，任起居郎。王衍时，累官翰林学士、御史中丞。同光三年（925），随前蜀主降于后唐。明宗时拜雍州节度副使。牛希济才思敏妙，文学繁赡，工诗词，为花间词派重要词人之一。今存入蜀诗1首。

174．蒋贻恭，生卒年不详，江淮间人。唐末入蜀，因慷慨敢言，无媚世态，数遭流遣。后蜀孟知祥起为大井县令。能诗，诙谐俚俗，多寓讥讽。今存入蜀诗4首。

175．张道古，生卒年不详，一名昳，字子美，青州临淄（今山东淄博）人。乾符时，为承德节度使王镕幕僚。景福二年（893）登进士第，释褐为著作佐郎，迁右拾遗。以直谏贬为施州司户参军。以左补阙召，不赴。后入蜀，隐居导江青城市中。韦庄仰其名，荐为前蜀节度判官，历武部郎中。不为时所容，贬茂州。武成元年（908），卒于灌州。今存入蜀诗1首。

176．黄万祐，一作黄万户，生卒年不详，巴东（今湖北巴东）人。巫山高唐观道士，曾修道于黔南，间至成都卖药，并言人灾祸，语皆应验。王建迎其入宫，以礼事之。后坚辞归山，临去题诗壁间，后皆应验。今存入蜀诗1首。

177．段义宗，生卒年不详，南诏（今属云南）人。原为南诏大长和国布燮（宰相），前蜀乾德间，奉使前蜀。至成都，不欲朝拜，遂削发为僧。善谈论，能歌咏，应对如流。归国后，遇鸩而卒。今存入蜀诗5首。

178．李雄，生卒年不详，洛巩（今属河南）人。后唐庄宗同光甲申岁（924），游金陵、成都、邺下，各为咏古诗三十章。今存入蜀诗3首。

179．彭晓（？—954），字秀川，号真一子，永康（今属浙江）人。后蜀时明经及第，迁金堂令。曾任朝散郎、祠部员外郎等职，受赐紫金鱼袋。素好道，善修炼养生之术，谓遇异人受传真经丹诀，常作符以施病者。

180．周庠，生卒年不详，许州（今河南许昌）人。光启中，为龙州司仓参军。后谒利州刺史王建，留为幕客。建取成都，奏授庠为观察判官。后出知渝州，迁嘉州刺史。前蜀建国，召拜成都尹，迁御史中丞。前蜀武成三年（910），拜相。后主王衍立，骄纵贪暴，切谏不听，出为永平军节度使、云南安抚使。未几，病卒，年六十六。今存入蜀诗1首。

181．王仁裕（880—956），字德辇，天水（今甘肃天水市）人。二十五岁始折节读书，后以文辞著名。历仕多朝。唐末为秦州节度判官。后入前蜀为中书舍人、翰林学士。后唐时，以都官郎中充翰林学士。后晋时历司封左司郎中、右谏汉大夫等职。后汉改授户部侍郎、兵部尚书等。后周为太子少保。工诗文，晓音律。今存入蜀诗4首。

182．昙域，生卒年不详，扬州（今属江苏）人。师从禅月大师贯休，居成都龙华禅院。贯休卒后，于前蜀后主乾德五年（967）编集其歌诗文赞约一千首，为《禅月集》三十卷，雕版行世。善书法，学李阳冰篆法，笔力雄健，为时所称。今存入蜀诗1首。

183．冯铢，生卒年及籍贯不详。仕五代前蜀，先主武成间任资州盘石县令。今存入蜀诗1首。

184．安守范，彭州刺史安思谦之子；杨鼎夫，定远推官；周述，怀远军巡官；李仁肇，眉州判官。四人为五代后蜀时人，生卒年及籍贯皆不详，作联句诗，题于天台禅院壁。见《太平广记》卷一百四十六引《野人闲话》。

185．李浩弼，生卒年及籍贯不详。曾事前蜀后主为翰林学士，能诗善咏。咸康元年（925），随后主出游，与韩昭、王仁裕诸人沿途酬答吟咏无虚日。行至剑州西，有猛兽自丛林间跃出，搏一人去。后主命从臣赋诗以纪，遂作《从幸秦川赋鸷兽诗》。

186．张窈窕，女诗人，生卒年及籍贯不详。早年身经离乱，漂泊他乡，一度沦落风尘，后寓居于蜀成都，典衣度日。工诗，但意境清苦，语言清丽，为时人雅相推重。今存入蜀诗5首。

187．田淳，生卒年及籍贯不详。五代后蜀时登进士第。历任犀浦主簿、龙游令。屡于后主孟昶前言王昭远、伊审征、韩保贞不可当大任，为朝贵切齿，官卒不显。今存入蜀诗1首。

188. 令狐峤，生卒年及籍贯不详。后唐明宗时随孟知祥入蜀。后蜀时，历仕孟氏父子，官至秘书监。擅书法，工吟咏，诗多嘲谑之作。今存入蜀诗2首。

189. 李浩，生卒年及籍贯不详，字太素。隐青城山牡丹坪，与仙人尔朱先生游，作《大丹诗》百首行世，今存四首。

190. 毛熙圣，具体生平事迹不详。《舆地纪胜》卷一五七《资州》条录其《题孟岩》诗一首。

191. 吴商浩，生卒年不详。明州（今浙江宁波）人。屡应进士不第。曾南游巴蜀，西至塞上。然具体入蜀时间不可考，今存入蜀诗1首。

附录二：唐五代蜀道诗篇目

1. 杜淹（2）

《召拜御史大夫赠袁天纲》《寄赠齐公》

2. 陈子良（1）

《入蜀秋夜宿江渚》

3. 郑世翼（2）

《严君平古井》《巫山高》

4. 卢照邻（50）

《葭川独泛》《绵州官池赠别同赋湾字》《文翁讲堂》《相如琴台》《石镜寺》《十五夜观灯》《辛法司宅观妓》《益州城西张超亭观妓》《至望喜瞩目言怀贻剑外知己》《大剑送别刘右史》《春晚山庄率题二首》《初夏日幽庄》《山庄休沐》《山林休日田家》《登封大酺歌四首》《中和乐九章》《还京赠别》《行路难》《狱中学骚体》《赠李荣道士》《宿晋安亭》《同临津纪明府孤雁》《送梓州高参军还京》《宴梓州南亭得池字》《九月九日登玄武山》《宿玄武二首》《赠益府裴录事》《赠益府群官》《三月曲水宴得尊字》《山行寄刘李二参军》《九陇津集》《游昌化山精舍》《酬张少府柬之》《巫山高》《七夕泛舟二首》《于时春也慨然有江湖之思寄赠柳九陇》

5. 王勃（29）

《普安建阴题壁》《别薛华》《重别薛华》《出境游山二首》《蜀中九日》《上巳浮江宴韵得遥字》《上巳浮江宴韵得阯字》《圣泉宴》《游梵宇三学寺》《八仙迳》《寻道观》《观佛迹寺》《观内怀仙》《山居晚眺赠王道士》《别人四首》《春游》《羁春》《山中》《江亭夜月送别二首》《临江二首》《泥溪》《三月曲水宴得烟字》《述怀拟古》

6. 邵大震（1）

《九日登玄武山旅眺》

7. 元兢（1）

《蓬州野望》

8. 骆宾王（2）

《艳情代郭氏答卢照邻》《代女道士王灵妃赠道士李荣》

9. 刘希夷（2）

《巫山怀古》《蜀城怀古》

10. 杜审言（1）

《秋夜宴临津郑明府宅》

11. 薛登（1）

《任阆中下乡检田登艾萧山北望》

12. 杨炯（4）

《和刘长史答十九兄》《和酬虢州李司法》《广溪峡》《巫峡》

13. 张说（10）

《新都南亭送郭元振卢崇道》《过蜀道山》《蜀路二首》《再使蜀道》《下江南向鄤州》《被使在蜀》《正朝摘梅》《蜀道后期》《深渡驿》

14. 王适（1）

《蜀中言怀》

15. 王无竞（1）

《巫山》

16. 沈佺期（5）

《夜宿七盘岭》《过蜀龙门》《巫山高二首》《巫山高》

17. 柳明献（1）

《游昌化精舍》

18. 乔备（1）

《秋夜巫山》

19. 李崇嗣（1）

《独愁》

20. 薛曜（1）

《登绵州富乐山别李道士策》

21. 孟浩然（5）

《入峡寄弟》《途次望乡》《岁除夜有怀》《途中遇晴》《宿武阳即事》

22. 苏颋（9）

《夜发三泉即事》《蜀城哭台州乐安少府》《武担山寺》《经三泉路作》《赠彭州权别驾》《九月九日望蜀台》《利州北佛龛前重于去岁题处作》《晓发方骞驿》《夜闻故梓州韦使君明当引绋感而成章》

23. 崔文邕（1）

《千秋亭咏并序》

24. 王维（2）

《晓行巴峡》《燕子龛禅师》

25. 卢僎（2）

《十月梅花书赠》《南望楼》

26. 胡皓（4）

《出峡》《奉使松府》《夜行黄花川》《渝州逢故人》

27. 卢象（1）

《峡中作》

28. 李邕（1）

《度巴峡》

29. 李隆基（2）

《幸蜀西至剑门》《赐新罗王》

30. 贾至（1）

《自蜀奉册命往朔方途中呈韦左相文部房尚书门下崔侍郎》

31. 高适（7）

《赴彭州山行之作》《同河南李少尹毕员外宅夜饮时洛阳告捷遂作春酒歌》《同鲜于洛阳于毕员外宅观画马歌》《赠杜二拾遗》《寄宿田家》《人日寄杜二拾遗》《酬裴员外以诗代书》

32. 严武（6）

《寄题杜拾遗锦江野亭》《酬别杜二》《题巴州光福寺楠木》《巴岭答杜二见忆》《军城早秋》《题龙日寺西龛石壁》

33. 韦应物（1）

《听嘉陵江水声寄深上人》

34. 史俊（1）

《题巴州光福寺楠木》

35. 杜甫（900）

《五盘》《龙门阁》《石柜阁》《桔柏渡》《剑门》《双燕》《百舌》《薄暮》《阆州奉送二十四舅使自京赴任青城》《王阆州筵奉酬十一舅惜别之作》《阆州东楼筵奉送十一舅往青城县得昏字》《放船》《薄游》《严氏溪放歌行》《南池》《发阆中》《警急》《王命》《征夫》《西山三首》《与严二郎奉礼别》《赠裴南部闻袁判官自来欲有按问》《巴山》《巴西闻收宫阙送班司马入京》《早花》《遣忧》《江陵望幸》《愁坐》《岁暮》《江亭送眉州辛别驾升之得芜字》《送李卿晔》《释闷》《赠别贺兰铦》《阆山歌》《阆水歌》《江亭王阆州筵饯萧遂州》《陪王使君晦日泛江就黄家亭子二首》《泛江》《收京》《城上》《伤春五首》《暮寒》《游子》《滕王亭子》《玉台观》《滕王亭子》《玉台观》《别房太尉墓》《自阆州领妻子却赴蜀山行三首》《渡江》《奉寄章十侍御》《奉寄别马巴州》《将赴荆南寄别李剑州》《奉待严大夫》《将赴成都草堂途中有作先寄严郑公五首》《忆昔二首》《送严侍郎到绵州同登杜使君江楼得心字》《奉济驿重送严公四韵》《送梓州李使君之任》《赠别何邕》《观打鱼歌》《又观打鱼》《越王楼歌》《海棕行》《姜楚公画角鹰歌》《东津送韦讽摄阆州录事》《巴西驿亭观江涨呈窦使君二首》《巴西驿亭观江涨，呈窦使君》《鹿头山》《陪王汉州留杜绵州泛房公西湖》《舟前小鹅儿》《得房公池鹅》《答杨梓州》《官池春雁二首》《投简梓州幕府兼简韦十郎官》《汉州王大录事宅作》《赠韦赞善别》《成都府》《蜀相》《有客》《狂夫》《宾至》《西郊》《南邻》《北邻》《遣兴》《野老》《云山》《江村》《江涨》《所思》《田舍》《卜居》《一室》《梅雨》

《为农》《王十五司马弟出郭相访兼遗营茅屋赀》《酬高使君相赠》《奉简高三十五使君》《萧八明府堤处觅桃栽》《从韦二明府续处觅绵竹》《凭何十一少府邕觅桤木栽》《凭韦少府班觅松树子》《又于韦处乞大邑瓷碗》《诣徐卿觅果栽》《堂成》《遣愁》《题壁画马歌》《戏题画山水图歌》《戏为双松图歌》《因崔五侍御寄高彭州》《和裴迪登蜀州东亭送客逢早梅相忆见寄》《赠蜀僧闾丘师兄》《泛溪》《病柏》《病橘》《枯棕》《枯楠》《出郭》《恨别》《建都十二韵》《散愁二首》《春水》《春水生二绝》《江亭》《早起》《可惜》《落日》《徐步》《寒食》《高楠》《恶树》《石镜》《琴台》《闻斛斯六官未归》《江涨》《晚晴》《朝雨》《江上值水如海势聊短述》《遣意二首》《漫成二首》《客至》《寄杨五桂州谭》《村夜》《百忧集行》《戏作花卿歌》《入奏行赠西山检察使窦侍御》《赠花卿》《草堂即事》《绝句漫兴九首》《江畔独步寻花七绝句》《春夜喜雨》《独酌》《水槛遣心二首》《进艇》《所思》《赴青城县出成都寄陶王二少尹》《送裴五赴东川》《送韩十四江东觐省》《楠树为风雨所拔叹》《茅屋为秋风所破歌》《喜雨》《天边行》《大麦行》《石笋行》《石犀行》《杜鹃行》《逢唐兴刘主簿弟》《敬简王明府》《重简王明府》《徐卿二子歌》《少年行二首》《赠虞十五司马》《不见》《徐九少尹见过》《范二员外邈吴十侍御郁特枉驾阙展待聊寄此》《王十七侍御抡许携酒至草堂奉寄此诗便请邀高三十五使君同到》《王竟携酒高亦同过共用寒字》《寄赠王十将军承俊》《奉酬李都督表丈早春作》《广州段功曹到得杨五长史谭书功曹却归聊寄此诗》《送段功曹归广州》《戏赠友二首》《奉和严中丞西城晚眺十韵》《严中丞枉驾见过》《江头四咏·丁香》《江头四咏·栀子》《江头四咏·鸂鶒》《江头四咏·花鸭》《畏人》《奉酬严公寄题野亭之作》《严公仲夏枉驾草堂兼携酒馔得寒字》《严公厅宴同咏蜀道画图得空字》《遭田父泥饮美严中丞》《得广州张判官叔卿书使还以诗代意》《魏十四侍御就弊庐相别》《绝句·江边踏青罢》《赠别郑炼赴襄阳》《重赠郑炼》《野望》《屏迹三首》《少年行》《中丞严公雨中垂寄见忆一绝奉答二绝》《谢严中丞送青城山道士乳酒一瓶》《三绝句·前年渝州杀刺史》《戏为六绝句·庾信文章老更成》《野人送朱樱》《即事》《大雨·西蜀冬不雪》《溪涨》《奉送严公入朝十韵》《春归》《归来》《草堂》《四松》《水槛》

《破船》《题桃树》《过南邻朱山人水亭》《奉寄高常侍》《赠王二十四侍御契四十韵》《登楼》《寄邛州崔录事》《王录事许修草堂赀不到聊小诘》《归雁》《绝句二首·迟日江山丽》《寄司马山人十二韵》《黄河二首》《扬旗》《绝句六首·日出篱东水》《绝句四首·堂西长笋别开门》《寄李十四员外布十二韵》《丹青引赠曹将军霸》《韦讽录事宅观曹将军画马图》《送韦讽上阆州录事参军》《太子张舍人遗织成褥段》《寄董卿嘉荣十韵》《立秋雨院中有作》《奉和严大夫军城早秋》《院中晚晴怀西郭茅舍》《到村》《宿府》《村雨》《独坐》《倦夜》《陪郑公秋晚北池临眺》《遣闷奉呈严公二十韵》《送舍弟颖赴齐州三首》《严郑公阶下新松得沾字》《严郑公宅同咏竹得香字》《奉观严郑公厅事岷山沱江画图十韵得忘字》《晚秋陪严郑公摩诃池泛舟得溪字》《过故斛斯校书庄二首》《怀旧》《哭台州郑司户苏少监》《别唐十五诫因寄礼部贾侍郎》《初冬》《观李固请司马弟山水图三首》《至后》《寄贺兰铦》《送王侍御往东川放生池祖席》《正月三日归溪上有作简院内诸公》《弊庐遣兴奉寄严公》《营屋》《除草》《莫相疑行》《长吟》《春日江村五首》《春远》《三韵三篇》《赤霄行》《去蜀》《绝句九首·闻道巴山里》《暮登四安寺钟楼寄裴十迪》《题新津北桥楼得郊字》《游修觉寺》《后游》《野望因过常少仙》《丈人山》《寄杜位》《陪李七司马皂江上观造竹桥即日成往来之人免冬寒入水聊题短作简李公二首》《李司马桥了承高使君自成都回》《宿青溪驿奉怀张员外十五兄之绪》《狂歌行赠四兄》《宴戎州杨使君东楼》《光禄坂行》《苦战行》《去秋行》《宗武生日》《题玄武禅师屋壁》《客夜》《客亭》《春日梓州登楼二首》《悲秋》《九日登梓州城》《九日奉寄严大夫》《九日奉寄严大夫》《戏题寄上汉中王三首》《玩月呈汉中王》《戏作寄上汉中王二首》《投简梓州幕府兼简韦十郎官》《相逢歌赠严二别驾》《寄高适》《野望》《冬到金华山观因得故拾遗陈公学堂遗迹》《陈拾遗故宅》《谒文公上方》《奉赠射洪李四丈》《早发射洪县南途中作》《通泉驿南去通泉县十五里山水作》《过郭代公故宅》《观薛稷少保书画壁》《通泉县署屋壁后薛少保画鹤》《陪王侍御同登东山最高顶宴姚通泉晚携酒泛江》《陪王侍御宴通泉东山野亭》《渔阳》《花底》《柳边》《闻官军收河南河北》《远游》《有感五首》《春日戏题恼郝使君兄》《题郪县郭三十二明府茅屋壁》《奉使崔都

水翁下峡》《鄝城西原送李判官兄武判官弟赴成都府》《涪江泛舟送韦班归京得山字》《泛江送魏十八仓曹还京因寄岑中允参范郎中季明》《送路六侍御入朝》《泛江送客》《上牛头寺》《望牛头寺》《上兜率寺》《望兜率寺》《甘园》《数陪李梓州泛江有女乐在诸舫戏为艳曲二首赠李》《登牛头山亭子》《陪李梓州王阆州苏遂州李果州四使君登惠义寺》《送何侍御归朝》《涪城县香积寺官阁》《行次盐亭县聊题四韵奉简严遂州蓬州两使君咨议诸昆季》《倚杖》《惠义寺送王少尹赴成都得峰字》《惠义寺园送辛员外》《短歌行送祁录事归合州因寄苏使君》《送韦郎司直归成都》《寄题江外草堂》《陪章留后侍御宴南楼得风字》《台上得凉字》《送王十五判官扶侍还黔中得开字》《喜雨·春旱天地昏》《述古三首》《述古三首》《陪章留后惠义寺饯嘉州崔都督赴州》《送窦九归成都》《章梓州水亭》《章梓州橘亭饯成都窦少尹得凉字》《随章留后新亭会送诸君》《客旧馆》《戏作寄上汉中王二首》《棕拂子》《送陵州路使君赴任》《送元二适江左》《九日》《对雨》《冬狩行》《山寺》《桃竹杖引赠章留后》《将适吴楚留别章使君留后兼幕府诸公得柳字》《舍弟占归草堂检校聊示此诗》《渝州候严六侍御不到先下峡》《拨闷》《闻高常侍亡》《宴忠州使君侄宅》《禹庙》《题忠州龙兴寺所居院壁》《哭严仆射归榇》《旅夜书怀》《放船》《云安九日郑十八携酒陪诸公宴》《答郑十七郎一绝》《别常征君》《三绝句·楸树馨香倚钓矶》《长江二首》《承闻故房相公灵榇自阆州启殡归葬东都有作二首》《将晓二首》《怀锦水居止二首》《南楚》《老病》《寄常征君》《寄岑嘉州》《移居夔州郭》《船下夔州郭宿雨湿不得上岸别王十二判官》《雨不绝》《漫成一绝》《子规》《赠崔十三评事公辅》《十二月一日三首》《又雪》《青丝》《遣愤》《雨·峡云行清晓》《雨二首·青山淡无姿》《雨·山雨不作泥》《雨·行云递崇高》《雨·万木云深隐》《雨·始贺天休雨》《夜雨》《雨·冥冥甲子雨》《晨雨》《雷》《晚》《夜》《水阁朝霁奉简严云安》《杜鹃》《客居》《石研诗》《赠郑十八贲》《别蔡十四著作》《客堂》《引水》《示獠奴阿段》《上白帝城·城峻随天壁》《上白帝城二首·江城含变态》《武侯庙》《八阵图》《白帝》《白帝城楼》《晓望白帝城盐山》《白帝城最高楼》《白帝楼》《陪诸公上白帝城宴越公堂之作》《诸葛庙》《峡口二首》《瞿塘两崖》《夔州歌十绝

句》《滟滪堆》《滟滪》《近闻》《负薪行》《最能行》《古柏行》《寄韦
有夏郎中》《览物》《忆郑南玭》《奉寄李十五秘书二首》《火》《热三首》
《毒热寄简崔评事十六弟》《信行远修水筒》《催宗文树鸡栅》《贻华阳柳少
府》《七月三日亭午已后较热退晚加小凉稳睡有诗因论壮年乐事戏呈元二十一
曹长》《牵牛织女》《江上》《草阁》《江月》《白露》《垂白》《中夜》
《雨晴》《晚晴》《返照》《晴二首》《殿中杨监见示张旭草书图》《杨监又
出画鹰十二扇》《送殿中杨监赴蜀见相公》《赠李十五丈别》《种莴苣》《黄
草》《白盐山》《谒先主庙》《诸将五首》《八哀诗·赠司空王公思礼》《八
哀诗·故司徒李公兴弼》《八哀诗·赠左仆射郑国公严公武》《八哀诗·赠
太子太师汝阳郡王琎》《八哀诗·赠秘书监江夏李公邕》《八哀诗·故秘书少
监武功苏公源明》《八哀诗·故著作郎贬台州司户荥阳郑公虔》《八哀诗·故
右仆射相国张公九龄》《夔府书怀四十韵》《往在》《昔游》《壮游》《遣
怀》《奉汉中王手札报韦侍御萧尊师亡》《存殁口号二首》《赠李八秘书别
三十韵》《不寐》《月圆》《中宵》《送十五弟侍御使蜀》《夜》《宿江边
阁》《西阁雨望》《西阁三度期大昌严明府同宿不到》《西阁二首》《西阁
夜》《阁夜》《不离西阁二首》《夜宿西阁晓呈元二十一曹长》《西阁口号呈
元二十一》《瀼西寒望》《月三首·继续巫山雨》《月·四更山吐月》《第五
弟丰独在江左近三四载寂无消息觅使寄此二首》《听杨氏歌》《秋风二首》
《九日诸人集于林》《大历二年九月三十日》《十月一日》《孟冬》《冬至》
《秋兴八首》《咏怀古迹五首》《寄韩谏议》《解闷十二首》《洞房》《宿
昔》《能画》《斗鸡》《鹦鹉》《历历》《洛阳》《骊山》《提封》《孤雁》
《鸥》《猿》《黄鱼》《白小》《麂》《鸡》《哭王彭州抡》《偶题》《君不
见简苏徯》《赠苏四徯》《别苏徯》《李潮八分小篆歌》《南极》《瞿唐怀
古》《西阁曝日》《缚鸡行》《小至》《寄柏学士林居》《折槛行》《览镜呈
柏中丞》《览柏中允兼子侄数人除官制词因述父子兄弟四美载歌丝纶》《陪柏
中丞观宴将士二首》《奉送蜀州柏二别驾将中丞命赴江陵起居卫尚书太夫人因
示从弟行军司马佐》《送鲜于万州迁巴州》《奉送十七舅下邵桂》《荆南兵马
使太常卿赵公大食刀歌》《王兵马使二角鹰》《见王监兵马使说近山有白黑二
鹰罗者久取竟未能得王以为毛骨有异他鹰恐腊后春生骞飞避暖劲翮思秋之甚眇

不可见请余赋诗》《玉腕骝》《醉为马坠诸公携酒相看》《覆舟二首》《送李功曹之荆州充郑侍御判官重赠》《送王十六判官》《别崔潩因寄薛据孟云卿》《寄杜位》《远游》《赠高式颜》《立春》《江梅》《庭草》《愁》《王十五前阁会》《崔评事弟许相迎不到应虑老夫见泥雨怯出必愆佳期走笔戏简》《遣闷戏呈路十九曹长》《昼梦》《即事》《怀灞上游》《怀灞上游》《入宅三首》《赤甲》《卜居》《暮春题瀼西新赁草屋五首》《寄从孙崇简》《江雨有怀郑典设》《熟食日示宗文宗武》《又示两儿》《九日五首》《得舍弟观书自中都已达江陵今兹暮春月末行李合到夔州悲喜相兼团圆可待赋诗即事情见乎词》《喜观即到复题短篇二首》《舍弟观赴蓝田取妻子到江陵喜寄三首》《晚登瀼上堂》《寄薛三郎中》《闻惠二过东溪特一送》《承闻河北诸道节度入朝欢喜口号绝句十二首》《过客相寻》《园》《竖子至》《归》《园官送菜并序》《驱竖子摘苍耳》《秋行官张望督促东渚耗稻向毕清晨遣女奴阿稽竖子阿段往问》《阻雨不得归瀼西甘林》《上后园山脚》《行官张望补稻畦水归》《园人送瓜》《槐叶冷淘》《课伐木并序》《柴门》《季夏送乡弟韶陪黄门从叔朝谒》《七月一日题终明府水楼二首》《又上后园山脚》《奉送王信州崟北归》《甘林》《暇日小园散病将种秋菜督勒耕牛兼书触目》《溪上》《树间》《见萤火》《更题》《舍弟观归蓝田迎新妇送示两篇》《别李秘书始兴寺所居》《送李八秘书赴杜相公幕》《巫峡敞庐奉赠侍御四舅别之澧朗》《孟氏》《吾宗》《奉酬薛十二丈判官见赠》《狄明府》《同元使君春陵行有序》《秋日夔府咏怀奉寄郑监李宾客一百韵》《寄刘峡州伯华使君四十韵》《秋清》《秋峡》《摇落》《峡隘》《秋日寄题郑监湖上亭三首》《秋野五首》《课小鉏锄斫舍北果林枝蔓荒秽净讫移床三首》《返照》《向夕》《天池》《复愁十二首》《自瀼西荆扉且移居东屯茅屋四首》《社日两篇》《又示宗武》《八月十五夜月二首》《十六夜玩月》《十七夜对月》《日暮》《暝》《晚望》《雷·巫峡中宵动》《朝二首》《夜二首》《晚晴吴郎见过北舍》《晚晴》《耳聋》《独坐二首》《九月一日过孟十二仓曹十四主簿兄弟》《孟仓曹步趾领新酒酱二物满器见遗老夫》《送孟十二仓曹赴东京选》《凭孟仓曹将书觅土娄旧庄》《简吴郎司法》《又呈吴郎》《覃山人隐居》《登高》《东屯月夜》《东屯北崦》《从驿次草堂复至东屯二首》《暂往白帝复还东屯》《暂往白帝

复还东屯》《茅堂检校收稻二首》《季秋苏五弟缨江楼夜宴崔十三评事韦少府侄三首》《戏寄崔评事表侄苏五表弟韦大少府诸侄》《季秋江村》《小园》《寒雨朝行视园树》《伤秋》《即事》《闷》《戏作俳谐体遣闷二首》《雨四首·微雨不滑道》《大觉高僧兰若》《谒真谛寺禅师》《上卿翁请修武侯庙遗像缺落时崔卿权夔州》《奉送卿二翁统节度镇军还江陵》《久雨期王将军不至》《虎牙行》《锦树行》《自平》《寄裴施州》《郑典设自施州归》《观公孙大娘弟子舞剑器行并序》《可叹》《写怀二首》《柳司马至》《别李义》《送高司直寻封阆州》《奉贺阳城郡王太夫人恩命加邓国太夫人》《送田四弟将军将夔州柏中丞命起居江陵节度阳城郡王卫公幕》《柏学士茅屋》《题柏大兄弟山居屋壁二首》《有叹》《复阴》《夜归》《前苦寒行二首》《后苦寒行二首》《奉送韦中丞之晋赴湖南》《元日示宗武》《远怀舍弟颖观等》《续得观书迎就当阳居止正月中旬定出三峡》《太岁日》《人日两篇》《喜闻盗贼蕃寇总退口号五首》《送大理封主簿五郎亲事不合却赴通州主簿前阆州贤子余与主簿平章郑氏女子垂欲纳郑氏伯父京书至女子已许他族亲事遂停》《将别巫峡赠南卿兄瀼西果园四十亩》《巫山县汾州唐使君十八弟宴别兼诸公携酒乐相送率题小诗留于屋壁》《敬寄族弟唐十八使君》

36. 岑参（63）

《早上五盘岭》《赴犍为经龙阁道》《与鲜于庶子自梓州成都少尹自褒城同行至利州道中作》《奉和相公发益昌》《入剑门作寄杜杨二郎中时二公并为杜元帅判官》《汉川山行呈成少尹》《陪狄员外早秋登府西楼因呈院中诸公》《送颜评事入京》《寄青城龙溪奂道人》《送狄员外巡按西山军得霁字》《送裴侍御赴岁入京得阳字》《江上春叹》《早春陪崔中丞同泛浣花溪宴》《送崔员外入秦因访故园》《送赵侍御归上都》《送李司谏归京得长字》《过王判官西津所居》《酬崔十三侍御登玉垒山思故园见寄》《闻崔十二侍御灌口夜宿报恩寺》《送柳录事赴梁州》《先主武侯庙》《文公讲堂》《扬雄草玄台》《司马相如琴台》《严君平卜肆》《张仪楼》《升仙桥》《万里桥》《石犀》《西蜀旅舍春叹寄朝中故人呈狄评事》《送绵州李司马秩满归京因呈李兵部》《客舍悲秋有怀两省旧游呈幕中诸公》《东归留题太常徐卿草堂》《故仆射裴公挽歌三首》《江行遇梅花之作》《冀国夫人歌辞七首》《江上阻风雨》《晚发五

渡》《初至犍为》《龙女祠》《上嘉州青衣山中峰题惠净上人幽居寄兵部杨郎中并序》《登嘉州凌云寺作》《峨眉东脚临江听猿怀二室旧庐》《寻阳七郎中宅即事》《江行夜宿龙吼滩临眺思峨眉隐者兼寄幕中诸公》《秋夕听罗山人弹三峡流泉》《郡斋平望江山》《咏郡斋壁画片云得归字》《东归发犍为至泥溪舟中作》《巴南舟中思陆浑别业》《巴南舟中夜市》《阻戎泸间群盗》《青山峡口泊舟怀狄侍御》《楚夕旅泊古兴》《下外江舟怀终南旧居》

37. 戎昱（9）

《入剑门》《罗江客舍》《赠岑郎中》《岁暮客怀》《成都元十八侍御》《成都暮雨秋》《送严十五郎之长安》《成都送严十五之江东》《云安阻雨》

38. 崔公辅（残句1）

《同李使君渭游等慈寺》

39. 戴叔伦（2）

《巫山高》《渐至涪州先寄王员外使君纵》

40. 皇甫冉（5）

《巫山峡》《杂言迎神词二首并序》《送康判官往新安赋得江路西南永》《远帆》

41. 房琯（1）

《题汉州西湖》

42. 田澄（1）

《成都为客作》

43. 独孤及（1）

《铁山》

44. 韦皋（3）

《忆玉箫》《赠何退》《天池晚棹》

45. 司空曙（7）

《送夔州班使君》《晦日益州北池陪宴》《题凌云寺》《和卢校书文若早入使院书事》《秋思呈尹植裴说》《发渝州却寄韦判官》《峡口送友人》

46. 李端（2）

《送客赋得巴江夜猿》《巫山高》

47. 张俨（3）

《贞元八年十二月谒先主庙绝句三首》

48. 陈羽（3）

《西蜀送许中庸归秦赴举》《梓州与温商夜别》《犍为城下夜泊闻夷歌》

49. 孟郊（12）

《峡哀十首》《巫山曲》《巫山高》

50. 乔琳（1）

《绵州越王楼即事》

51. 杨旬（1）

《呈史君》

52. 王铤（1）

《登越王楼见乔公诗偶题》

53. 陆畅（4）

《筹笔店江亭》《成都送别费冠卿》《成都赠别席夔》《题自然观》

55. 畅当（2）

《偶宴西蜀摩诃池》《九日陪皇甫使君泛江宴赤岸亭》

56. 李嘉祐（5）

《七言谒倍城县南香积寺老师一首》《七言登北山寺西阁楼冯禅师茶酌赠崔少府一首》《五言登郡北佛龛一首》《江晚望陪杨园》残句《发青泥店至长余县西涯山口》残句

57. 钱起（1）

《和蜀县段明府秋城望归期》

58. 卢纶（1）

《寻贾尊师》

59. 欧阳詹（6）

《与林蕴同之蜀途次嘉陵江认得越鸟声呈林林亦闽中人也》《蜀门与林蕴分路后屡有山川似闽中因寄林蕴蕴亦闽人也》《出蜀门》《益昌行并序》《新都行》《蜀中将归留辞韩相公贯之》

60. 皇甫澈（4）

《四相诗·中书令汉阳王张柬之》《四相诗·中书令钟绍京》《四相诗·礼部尚书门下侍郎平章事李峤》《四相诗·门下侍郎平章事王缙》

61. 段文昌（3）

《题武担寺西台》《晚夏登张仪楼呈院中诸公》《还别业寻龙华山寺广宣上人》

62. 高崇文（1）

《雪席口占》

63. 武元衡（35）

《窦三中丞去岁有台中五言四韵未及酬报今领黔南途经蜀门百里而近愿言款觌封略间然因追曩篇持以赠之》《中秋夜听歌联句》《晨兴寄赠窦使君》《古意》《西亭早秋送徐员外》《西亭早秋送徐员外》《酬太常从兄留别》《送柳郎中裴起居》《春日与诸公泛舟》《八月十五夜与诸公锦楼望月得中字》《送兄归洛使谒严司空》《西川使宅有韦令公时孔雀存焉暇日与诸公同玩座中兼故府宾妓兴嗟一久之因赋此诗用广其意》《西亭题壁寄中书李相公》《春分与诸公同宴呈陆三十四郎中》《津梁寺采新茶与幕中诸公遍赏芳香尤异因题四韵兼呈陆郎中》《同幕中诸公送李侍御归朝》《摩诃池宴》《送崔判官使太原》《幕中诸公有观猎之作因继之》《送张六谏议归朝》《奉酬淮南中书相公见寄并序》《甫构西亭偶题因呈监军及幕中诸公》《酬李十一尚书西亭暇日书怀见寄十二韵之作》《酬裴起居西亭留题》《摩诃池送李侍御之凤翔》《春晓闻莺》《赠别崔起居》《春日偶题》《同诸公夜宴监军玩花之作》《酬严司空荆南见寄》《日对酒》《旬假南亭寄熊郎中》《听歌》《题嘉陵驿》

64. 萧祐（2）

《游石堂观》《奉陪武相公西亭夜宴陆郎中》

65. 王良士（1）

《奉陪武相公西亭夜宴陆郎中》

66. 王良会（1）

《和武相公中秋夜西蜀锦楼望月得清字》

67. 崔备（4）

《和武相公中秋锦楼玩月得前字》《和武相公中秋锦楼玩月得秋字》《奉陪武相公西亭夜宴陆郎中》《清溪路中寄诸公》

68. 徐放（1）

《奉和武相公中秋锦楼玩月得来字》

69. 张正一（1）

《和武相公中秋锦楼玩月得苍字》

70. 柳公绰（2）

《和武相锦楼玩月得浓字》《题梓州牛头寺》

71. 卢士玫（1）

《奉陪武相公西亭夜宴陆郎中》

72. 独孤实（1）

《奉陪武相公西亭夜宴陆郎中》

73. 皇甫镛（1）

《和武相公闻莺》

74. 于敖（1）

《闻莺》

75. 羊士谔（32）

《永宁里小园与沈校书接近怅然题寄》《郡中玩月寄江南李少尹虞部孟员外三首》《成都从事萧员外寄海梨花诗尽绮丽至惠然远及》《郡中言怀寄西川萧员外》《西川独孤侍御见寄七言四韵一首为郡翰墨都捐速此酬答诚乖拙速》《早春对雨》《酬卢司门晚夏过永宁里毕居林亭见寄》《在郡三年今秋见白发聊以书事》《酬礼部崔员外备独永宁里弊居见寄来诗云图书锁尘阁符节守山城》《郡中端居有怀袁州王员外使君》《乾元初严黄门自京兆少尹贬牧巴郡以长才英气固多暇日每游郡之东山山侧精舍有盘石细泉疏为浮杯之胜苔深树老苍然遗躅士谔谬因出守得继兹赏乃赋诗十四韵刻于石壁》《题郡南山光福寺寺即严黄门所置时自给事中京兆少尹出守年三十性乐山水故老云每旬数至后分阆川州门有去思碑即郊拾遗之词也》《寒食宴城北山池即故郡守荣阳郑钢目为折柳

亭》《寄黔府窦中丞》《客有自渠州来说常谏议使君故事怅然成咏》《客有自渠州来说常谏议使君故事怅然成咏》《郡斋感物寄长安亲友》《郡楼怀长安亲友》《州民自言巴土冬湿且多阴晦今兹晴朗苦寒霜颇甚故老咸异之因示寮吏》《登郡前山》《郡斋读经》《书楼怀古》《暮秋言怀》《守郡累年俄及知命聊以言志》《资中早春》《资阳郡中咏怀》《彭州萧使君出妓夜宴见送》《资州宴行营回将》《寄江陵韩少尹》

76．窦群（3）

《黔中书事》《雨后月下寄怀羊二十七资州》《奉酬西川武相公晨兴赠友见示之作》

77．元稹（102）

《酬乐天春寄微之》《酬乐天书后三韵》《好时节》《寒食日》《喜李十一景信到》《与李十一夜饮》《别李十一五绝》《赠李十一》《通州》《得乐天书》《寄乐天》《酬乐天闻李尚书拜相以诗见贺》《酬乐天得微之诗知通州事因成四首》《瘅塞》《酬乐天叹穷愁见寄》《酬乐天三月三日见寄》《黄草峡听柔之琴二首》《书剑》《酬乐天寄生衣》《酬乐天舟泊夜读微之诗》《酬乐天武关南见微之题山石榴花诗》《酬乐天见寄》《酬乐天得稹所寄纻丝布白轻庸制成衣服以诗报之》《和乐天寻郭道士不遇》《酬乐天三月三日见寄》《虫豸诗七篇并序》《西州院》《台中鞫狱忆开元观旧事呈损之兼赠周兄四十韵》《遣病》《感梦》《和东川李相公慈竹十二韵》《酬东川李公十六韵》《酬独孤二十六送归通州》《酬刘猛见送》《和乐天梦亡友刘太白同游二首》《酬乐天见忆兼伤仲远》《酬乐天东南行诗一百韵并序》《通州丁溪馆夜别李景信三首》《凭李忠州寄书乐天》《三兄以白角巾寄遗发不胜冠因有感叹》《连昌宫词》《酬乐天见忆兼伤仲远》《酬乐天频梦微之》《二月十九日酬王十八全素》《酬乐天寄蕲州簟》《相忆泪》《红荆》《酬乐天雨后见忆》《岁日赠拒非》《见乐天诗》《夜坐》《闻乐天授江州司马》《嘉陵驿二首》《黄明府诗并序》《嘉陵江二首》《望喜驿》《江花落》《惭问囚》《江楼月》《苍溪县寄扬州兄弟》《长滩梦李绅》《赠吴渠州从姨兄士则》《南昌滩》《嘉陵水》《题漫天岭智藏师兰若僧云住此二十八年》《漫天岭赠僧》《嘉陵水》《新政县》《阆州开元寺壁题乐天诗》《八月六日与僧如展前松滋

主簿韦戴同游碧涧寺赋得扉字韵寺临蜀江内有碧涧穿注两廊又有龙女洞能兴云雨诗中喷字以平声韵》

78. 李夷简（1）

《西亭暇日书怀十二韵献上相公》

79. 窦常（1）

《谒诸葛武侯庙》

80. 吕群（2）

《题寺壁二首》

81. 熊孺登（1）

《蜀江水》

82. 李逢吉（1）

《望京楼上寄令狐华州》

83. 章孝标（5）

《上西川王尚书》《蜀中赠广上人》《诸葛武侯庙》《蜀中上王尚书》《题上皇观》

84. 韦处厚（12）

《盛山十二诗》（分别为《隐月岫》《流杯渠》《竹岩》《绣衣石榻》《宿云亭》《梅溪》《桃坞》《胡卢沼》《茶岭》《盘石礚》《琵琶台》《上士瓶泉》

85. 白居易（120）

《初到忠州登东楼寄万州杨八使君》《郡中》《西楼夜》《东楼晓》《寄王质夫》《南宾郡斋即事寄杨万州》《招萧处士》《庭槐》《送客回晚兴》《东楼竹》《九日登巴台》《东城寻春》《江上送客》《桐花》《早祭风伯因怀李十一舍人》《花下对酒二首》《不二门》《我身》《哭王质夫》《东坡种花二首》《登城东古台》《哭诸故人因寄元八》《郡中春宴因赠诸客》《开元寺东池早春》《东溪种柳》《卧小斋》《步东坡》《征秋税毕题郡南亭》《蚊蟆》《登龙昌上寺望江南山怀钱舍人》《郊下》《遣怀》《岁晚》《负冬日》《委顺》《山枇杷花二首》《江上笛》《嘉陵夜有怀二首》《夜深行》《重赠李大夫》《对镜吟》《初到忠州赠李六》《郡斋暇日忆庐山草堂兼寄二林僧社

三十韵多叙贬官已来出处之意》《赠康叟》《鹦鹉》《京使回累得南省诸公书因以长句诗寄谢萧五刘二元八吴十一韦大陆郎中崔二十二牛二李七庚三十二李六李十杨三樊大杨十二员外》《东城春意》《木莲树生巴峡山谷间巴民亦呼为黄心树大者高五丈涉冬不凋身如青杨有白文叶如桂厚大无脊花如莲香色艳腻皆同独房蕊有异四月初始开自开迨谢仅二十日忠州西北十里有鸣玉溪生者秾茂尤异元和十四年夏命道士毋丘元志写惜其退僻因题三绝句云》《种桃杏》《新秋》《龙昌寺荷池》《听竹枝赠李侍御》《寄胡饼与杨万州》《感樱桃花因招饮客》《东亭闲望》《画木莲花图寄元郎中》《和李澧州题韦开州经藏诗》《九日题涂溪》《即事寄微之》《题郡中荔枝诗十八韵兼寄万州杨八使君》《留北客》《重寄荔枝与杨使君时闻杨使君欲种植故有落句之戏》《和万州杨使君四绝句》《和行简望郡南山》《种荔枝》《阴雨》《送客归京》《送萧处士游黔南》《东楼醉》《寄微之》《东楼招客夜饮》《醉后戏题》《冬至夜》《竹枝词四首》《酬严中丞晚眺黔江见寄》《寄题杨万州四望楼》《答杨使君登楼见忆》《除夜》《闻雷》《春至》《感春》《春江》《题东楼前李使君所种樱桃花》《巴水》《野行》《送高侍御使边区因寄杨八》《奉酬李相公见示绝句》《喜山石榴花开》《戏赠萧处士清禅师》《钱虢州以三堂绝句见寄因以本韵和之》《三月三日》《寒食夜》《代州民问》《答州民》《荔枝楼对酒》《房家夜宴喜雪戏赠主人》《醉后赠人》《初除尚书郎脱刺史绯》《留题开元寺上方》《别种东坡花树两绝》《别桥上竹》《南浦别》《题峡中石上》《夜入瞿唐峡》《蜀路石妇》《初入峡有感》《自江州至忠州》

86. 白行简（1）

《在巴南望郡南山呈乐天》

87. 刘禹锡（51）

《始至云安寄兵部韩侍郎中书白舍人二公近曾远守故有属焉》《竹枝词九首并引》《寄朗州温右史曹长》《和东川王相公新涨驿池八韵》《宣上人远寄和礼部王侍郎放榜后诗因而继和》《白舍人自杭州寄新诗有柳色春藏苏小家之句因而戏酬兼寄浙东元相公》《酬杨司业巨源见寄》《寄唐州杨八归厚》《春日寄杨八唐州二首》《重寄绝句》《送张盥赴举诗并引》《送裴处士应制

举诗并引》《别夔州官吏》《畲田行》《酬冯十七舍人宿卫赠别五韵》《蜀先主庙》《观八阵图》《鱼复江中》《巫山神女庙》《竹枝词二首》《堤上行三首》《词踏歌四首》《浪淘沙九首》《送周使君罢渝州归郢州别墅》《送鸿举游江南并引》《酬杨八副使将赴湖南途中见寄一绝》《唐侍御寄游道林岳麓二寺诗并沈中丞姚员外所和见征继作》《南中书来》

88. 樊宗师（1）

《蜀绵州越王楼诗并序》

89. 李涉（6）

《竹枝词四首·荆门滩急水潺潺》《柳枝词》《竹枝词四首·十二山晴花尽开》

90. 鲍溶（1）

《巫山怀古》

91. 卢求（1）

《和于中丞登越王楼见寄》

92. 武少仪（1）

《诸葛丞相庙》

93. 刘言史（1）

《冬日峡中旅泊》

94. 杨凭（1）

《巴江雨夜》

95. 方干（1）

《蜀中》

96. 李德裕（6）

《题剑门》《汉州月夕游房太尉西湖》《房公旧竹亭闻琴缅慕风流神期如在因重题此作》《重题》《忆金门旧游奉寄江西沈大夫》《奉送相公十八丈镇扬州》

97. 温庭筠（5）

《利州南渡》《赠蜀府将》《锦城曲》《旅泊新津却寄一二知己》《巫山

神女庙》

98. 姚向（2）

《奉陪段相公晚夏登张仪楼》《和段相公登武担寺西台》

99. 温会（2）

《和段相公登武担寺西台》《奉陪段相公晚夏登张仪楼》

100. 李敬伯（2）

《和段相公登武担寺西台》《奉陪段相公晚夏登张仪楼》

101. 姚康（2）

《奉陪段相公晚夏登张仪楼》《和段相公登武担寺西台》

102. 杨嗣复（1）

《丁巳岁八月祭武侯祠堂因题临淮公旧碑》

103. 李章武（1）

《赠成都僧》

104. 杨汝士（6）

《和段相公登武担寺西台》《和段相公夏登张仪楼》《和宗人尚书嗣复祠祭武侯毕题临淮公旧碑》《戏柳棠》《建节后偶作》《贺筵占赠营妓》

105. 贾岛（24）

《明月山怀独孤崇鱼琢》《寄令狐相公》《谢令狐绹相公赐衣九事》《观冬设上东川杨尚书》《送知兴上人》《题长江》《巴兴作》《郑尚书新开涪江二首》《上乐使君救康成公》《赠圆上人》《寄远》《送集文上人游方》《送天台僧》《送惠雅法师归玉泉》《子规》《新年》《哭宗密禅师》《访鉴玄师侄》《送灵应上人》《夏夜登南楼》《让纠曹上乐使君》《寄柳舍人宗元》残句"长江风送客，孤馆雨留人"

106. 郭圆（1）

《咏韦皋》

107. 卢并（残句1）

《等慈寺北岩》残句

108. 刘沧（3）

《春日游嘉陵江》《宿苍溪馆》《题巫山庙》

109. 项斯（3）

《巴中逢故人》《龙州与韩将军夜会》《暮上瞿唐峡》

110. 杨牢（1）

《赠舍弟》

111. 马戴（1）

《巴江夜猿》

112. 李群玉（3）

《宿巫山庙二首》《云安》

113. 李商隐（58）

《迎寄韩鲁州》《三月十日流杯亭》《西溪·近郭西溪好》《夜出西溪》《西溪·怅望西溪水》《北禽》《壬申七夕》《壬申闰秋题赠乌鹊》《二月二日》《初起》《夜饮》《写意》《杨本胜说于长安见小男阿衮》《寄太原卢司空三十韵》《夜雨寄北》《李夫人三首》《属疾》《病中闻河东公乐营置酒口占寄上》《南潭上亭宴集以疾后至因而抒情》《江亭散席循柳路吟》《细雨成咏献尚书河东公》《即日》《寓兴》《巴江柳》《柳·曾逐东风拂舞筵》《柳·柳映江潭底有情》《柳下暗记》《忆梅》《天涯》《无题》《有怀在蒙飞卿》《闻著明凶问哭寄飞卿》《闻著明凶问哭寄飞卿》《酬崔八早梅有赠兼示之作》《题白石莲花寄楚公》《题僧壁》《明禅师院酬从兄见寄》《春深脱衣》《妓席暗记送同年独孤云之武昌》《饮席戏赠同舍》《饮席代官妓赠两从事》《梓州罢吟寄同舍》《蜀桐》《因书》《武侯庙古柏》《五言述德抒情诗一首四十韵献上杜七兄仆射相公》《今月二日不自量度辄以诗一首四十韵干渎尊严伏蒙仁恩俯赐披览奖踰其实情溢于辞顾惟疏芜曷用酬戴辄复五言四十韵诗献上亦诗人咏叹不足之义也》《杜工部蜀中离席》《井络》《梓潼望长卿山至巴西复怀谯秀》《张恶子庙》《望喜驿别嘉陵江水二绝》《利州江潭作》《筹笔驿》

114. 白敏中（残句1）

"南浦花临水，东楼月映风"

115. 王铎（1）

《谒梓潼张恶子庙》

116. 张祜（5）

《司马相如琴歌》《散花楼》《听简上人吹芦管三首》

117. 李频（10）

《眉州别李使君》《过长江伤贾岛》《蜀中逢友人》《过巫峡》《哭贾岛》《八月上峡》《初离黔中泊江上》《黔中酬同院韦判官》《自黔中归新安》《黔中罢职将泛江东》

118. 于兴宗（1）

《夏杪登越王楼临涪江望雪山寄朝中知友》

119. 李渥（1）

《秋日登越王楼献于中丞》

120. 王严（1）

《和于中丞登越王楼》

121. 刘暌（1）

《寄献中丞使君题越王楼》

122. 刘璐（1）

《洋州于中丞顷牧左绵题诗越王楼上朝贤继和辄课四韵》

123. 李景让（残句1）

"成都十万户，抛若一鸿毛。"

124. 吴子来（2）

《留观中诗二首》

125. 薛逢（26）

《题筹笔驿》《嘉陵江》《越王楼送高梓州入朝》《送西川梁常侍之新筑龙山城并锡赉两州刺史及部落酋长等》《醉中闻甘州》《九日雨中言怀》《送封尚书节制兴元》《送司徒相公赴阙》《北亭醉后叙旧赠东川陈书记》《题上皇观》《奉和仆射相公送东川李支使归使府夏侯相公》《春晚东园晓思》《芙蓉溪送前资州裴使君归京宁拜户部裴侍郎》《题上皇观》《九日郡斋有感》《九日嘉州发军亭即事》《追昔行》《醉春风》《席上酬东川严中丞叙旧见赠》《镊白曲》《夏夜宴明月湖》《题剑门先寄上西蜀杜司徒》《座中走笔送前萧使君》《醉中看花因思去岁之任》《贺杨收作相》《伏闻令公疾愈对见延

英因有贺诗远封投献》

126. 高璩（1）

《和薛逢赠别》

127. 薛能（47）

《雨霁宿望喜驿》《筹笔驿》《嘉陵驿见贾岛旧题》《嘉陵驿·江涛千叠阁千层》《嘉陵驿·尽室可招魂》《望蜀亭》《蜀路》《三学山开照寺》《雨霁北归留题三学山》《自广汉游三学山》《题汉州西湖》《过昌利观有怀》《相国陇西公南征能以留务独宿府城作》《绵楼》《早春书事》《题龙兴寺》《闻官军破吉浪戎小而固虑史氏遗忽因记为二章》《海棠并序》《海棠又七言》《和府帅相公》《舟中酬杨中丞春早见寄》《平盖观》《过象耳山二首》《舟行至平羌》《监郡犍为舟中寓题寄同舍》《初发嘉州寓题》《凌云寺》《游嘉州后溪》《监郡犍为将归使府登楼寓题》《石堂溪》《荔枝楼》《蜀州郑史君寄鸟嘴茶因以赠答八韵》《暇日寓怀寄朝中亲友》《春日寓怀》《题大云寺西阁》《江上寄情》《春霁》《春居即事》《边城寓题》《春日江居寓怀》《边城作》《留题》《春日北归舟中有怀》《荔枝诗有序》《题开元寺阁》

128. 李洞（28）

《江峡寇乱寄怀吟僧》《题竹溪禅院》《闻杜鹃》《龙州送人赴举》《乱后龙州送郑郎中兼寄郑侍御》《龙州送裴秀才》《迁村居二首》《贾岛墓》《送龙州田使君旧诗家》《龙州韦郎中先梦六赤后因打叶子以诗上》《送友罢举赴边职》《春日隐居官舍感怀》《锦江兵部郑侍郎话诗著棋》《西蜀与崔先生话东洛旧游》《锦城秋寄怀弘播上人》《宿成都松溪院》《寄东蜀幕中友》《送韦太尉自坤维除广陵》《戏赠侯常侍》《过贾浪仙旧地》《送皇甫校书自蜀下峡归觐襄阳》《吊侯圭常侍》《冬日题觉公牛头兰若》《秋宿梓州牛头寺》《赠庞炼师》《东川高仆射》《赠唐山人》

129. 陈陶（1）

《西川座上听金五云唱歌》

130. 胡曾（3）

《草檄答南蛮有咏》《咏史诗·成都》《咏史诗·白帝城》

131. 罗隐（12）

《筹笔驿》《谩天岭》《魏城逢故人》《雒城作》《升仙桥》《西川与蔡十九同别子超》《移住别友》《春思》《听琴》《子规》《巫山高》《上亭驿》残句

132. 萧遘（2）

《和王侍中谒张恶子庙》《成都》

133. 高骈（8）

《入蜀》《蜀路感怀》《锦城写望》《风筝》《筇竹杖寄僧》《犒蕃军有感》《残春遣兴》《对花呈幕中》

134. 裴铏（1）

《题文翁石室》

135. 郑谷（60）

《哭进士李洞二首》《擢第后入蜀经罗村路见海棠盛开偶有题咏》《赠圆昉公》《寄南浦谪官》《通川客舍》《巴賨旅寓寄朝中从叔》《峡中寓止二首》《颜惠詹事即孤侄舅氏谪官黔巫舟中相遇怆然有寄》《渠江旅思》《奔避》《蓼花》《通川客舍》《舟次通泉精舍》《梓潼岁暮》《竹》《荔枝》《谷自乱离之后在西蜀半纪之余多寓止精舍与圆昉上人为净侣昉公于长松山旧斋尝约他日访会劳生多故游宦数年曩契未谐忽闻谢世怆吟四韵以吊之》《西蜀净众寺松溪八韵兼寄小笔崔处士》《峡中》《蜀中寓止夏日自贻》《下峡》《忍公小轩二首》《题无本上人小斋》《七祖院小山》《别修觉寺无本上人》《传经院壁画松》《蜀中赏海棠》《次韵和礼部卢侍郎江上秋夕寓怀》《水》《海棠》《荔枝树》《锦二首》《宗人作尉唐昌官署幽胜而又博学精富得以言谈将欲他之留书屋壁》《为户部李郎中与令季端公寓止渠州江寺偶作寄献》《将之泸郡旅次遂州遇裴晤员外谪居于此话旧凄凉因寄二首》《蜀中春日》《游蜀》《峡中尝茶》《蜀中三首》《送进士王驾下第归蒲中》《漂泊》《巴江》《东蜀春晚》《长江县经贾岛墓》《嘉陵》《侯家鹧鸪》《江际》《中秋》《锦浦》《回銮》《峨嵋山》《蜀江有吊》《多虞》《短褐》

136. 杜光庭（17）

《寓玉局山寺感怀》《题仙居观》《题鸿都观》《题莫公台》《景福中

作》《赠蜀州刺史》《题鹤鸣山》《题本竹观》《题北平沼》《读书台》《题龙鹄山》《题剑门》《题福唐观二首》《题平盖沼》《诗·数声鸡唱锦楼前》

137. 杜荀鹤（6）

《送蜀客游维扬》《经贾岛墓》《酬张员外见寄》《秋夜苦吟》《秋夜闻砧》《闻子规》

138. 裴澈（1）

《吊孟昭图》

139. 崔涂（10）

《春夕或作渠州冲相寺》《巴山道除夜书怀》《题净众寺古松》《蜀城春》《秋宿天彭僧舍》《秋夜僧舍闻猿》《过长江贾岛主簿旧厅》《寄青城山颢禅师》《秋日犍为道中》《巫山旅别》《巫山庙》

140. 张祎（2）

《巴州寒食晚眺》《题击瓯楼》

141. 张曙（2）

《下第戏状元崔昭纬》《击瓯赋附歌》

142. 裴廷裕（1）

《蜀中登第答李搏六韵》

143. 黄滔（7）

《退居》《书事》《司马长卿》《过长江》《喜侯舍人蜀中新命三首》

144. 唐彦谦（3）

《罗江驿》《奏捷西蜀题沱江驿》《邓艾庙》

145. 吴融（9）

《登汉州城楼》《绵竹山四十韵》《追咏棠梨花十韵》《海棠二首》《太保中书令军前新楼》《坤维军前寄江南弟兄》《简州归降贺京兆公》《灵池县见早梅》

146. 罗邺（6）

《嘉陵江》《巴南旅舍言怀》《巴南旅泊》《上东川顾尚书》《赠东川梓桐县韦德孙长官》《看花》

147. 可止（1）

《哭贾岛》

148. 张蠙（2）

《题嘉陵驿》《伤贾岛》

149. 韦庄（13）

《汉州》《宿蓬船》《送李秀才归荆溪》《乞彩笺歌》《赠峨嵋山弹琴李处士》《抚盈歌》《奉和左司郎中春物暗度感而成章》《奉和观察郎中春暮忆花言怀见寄四韵之什》《伤灼灼》《中酒》《南邻公子》《寄禅月大师》《谒巫山庙》

150. 贯休（47）

《游云顶山晚望》《陈情献蜀皇帝》《寿春节进大蜀皇帝五首》《大蜀皇帝潜龙日述圣德诗五首》《蜀王入大慈寺听讲》《蜀王登福感寺塔三首》《到蜀与郑中丞相遇》《酬韦相公见寄》《酬张相公见寄》《酬王相公见赠》《酬周相公见赠》《寿春节进》《大蜀皇帝寿春节进尧铭舜颂二首》《寿春进祝圣七首》《大蜀高祖潜龙日献陈情偈颂》《悼张道古》《题成都玉局观孙位画龙》《观地狱图》《和韦相公见示闲卧》《和韦相公话婺州陈事》《少年行（三首）》《和毛学士舍人早春》《经先主庙作》《三峡闻猿》《闻知闻赴成都辟请》《晚春寄张侍郎》《秋末寄张侍郎》《秋过相思寺》

151. 张格（1）

《寄禅月大师》

152. 崔承祐（1）

《春日送韦尉自西川除淮南》

153. 马冉（1）

《岑公岩》

154. 曹松（4）

《猿》《巫峡》《吊贾岛二首》

155. 李山甫（4）

《代孔明哭先主》《又代孔明哭先主》《蜀中寓怀》《闻子规》

156. 张乔（2）

《望巫山》《题贾岛吟诗台》

157. 陈裕（7）

《咏浑家乐二首》《过旧居》《有一秀才忽赎酒家青衣为妇因嘲之》《咏大慈寺斋头鲜于阇梨》《放生池》《咏深沙》《杂咏》

158. 牛峤（1）

《登陈拾遗书台览杜工部留题慨然成咏》

159. 来鹏（5）

《寒食山馆书情》《偶题二首》《子规·两恨花愁同此冤》《子规·月落空山闻数声》

160. 栖蟾（1）

《宿巴江》

161. 韩昭（2）

《和题剑门》《从幸秦川过白卫献诗》

162. 崔锜（1）

《岳阳悼贾岛》

163. 张演（1）

《咏万安邑》

164. 殷潜之（1）

《题筹笔驿》

165. 牛徵（1）

《登越王楼即事》

166. 刘象（2）

《晓登迎春阁》《鄞中感旧》

167. 刘蜕（2）

《览陈拾遗文集》《春日游南山》残句

168. 于濆（2）

《巫山高》《山村晓思》

169. 许彬（1）

《黔中书事》

170. 王建（1）

《赠别唐太师道袭》

171. 冯涓（7）

《蜀驮引（二首）》《自嘲绝句》《生日歌》《崄竿歌》《酒令》《题支机石》残句

172. 王锴（1）

《赠禅月大师》

173. 欧阳彬（1）

《复为翰林作》

174. 牛希济（1）

《奉诏赋蜀主降唐》

175. 蒋贻恭（4）

《咏王给事》《咏安仁宰捣蒜》《五门街望有题》《住名山日陈情上府主高太保》

176. 张道古（1）

《上蜀王》

177. 黄万祐（1）

《题蜀宫壁》

178. 段义宗（5）

《思乡作》《题三学院经楼（二首）》《题大慈寺芍药》《题判官赞卫有听歌妓洞云歌》

179. 李雄（3）

《濯锦江》《子规》《张仪楼》

180. 彭晓（2）

《参同契明镜图诀诗二首》

181. 周庠（1）

《寄禅月大师》

182. 王仁裕（4）

《从蜀后主幸秦川上梓潼山》《和蜀后主题剑门》《和韩昭从驾过白卫岭》《奉诏赋剑州途中鸷兽》

183. 昙域（1）

《怀齐己》

184. 冯铢（1）

《灵岩秋月》

185. 安守范、杨鼎夫、周述、李仁肇（1）

《天台禅院联句》

186. 李浩弼（1）

《从幸秦川赋鸷兽诗》

187. 张窈窕（5）

《寄故人》《上成都在事》《春思二首》《赠所思》

188. 田淳（1）

《失题》

189. 令狐峤（2）

《明庆节散后赠左右两街命服僧玄》《咏有年官健》

190. 李浩（4）

《大丹诗四首》

191. 毛熙圣（1）

《题孟岩》

192. 吴商浩（1）

《巫峡听猿》

主要参考文献

阮元校刻《十三经注疏》，中华书局1980年版。

李学勤主编《十三经注疏》（标点本），北京大学出版社1999年版。

司马迁撰《史记》，中华书局1959年版。

班固撰《汉书》，中华书局1962年版。

范晔撰《后汉书》，中华书局1965年版。

陈寿撰《三国志》，中华书局1982年版。

李百药撰《北齐书》，中华书局1972年版。

令狐德棻撰《周书》，中华书局1971年版。

李延寿撰《南史》，中华书局1975年版。

李延寿撰《北史》，中华书局1974年版。

魏徵等撰《隋书》，中华书局1973年版。

刘昫等撰《旧唐书》，中华书局1975年版。

欧阳修、宋祁等撰《新唐书》，中华书局1975年版。

薛居正撰《旧五代史》，中华书局1976年版。

欧阳修撰《新五代史》，中华书局1974年版。

司马光撰《资治通鉴》，中华书局1956年版。

脱脱撰《宋史》，中华书局1977年版。

吴任臣撰《十国春秋》，中华书局1983年版。

常璩撰，刘琳校注《华阳国志校注》，巴蜀书社1984年版。

杜佑撰《通典》，中华书局1988年版。

王溥撰《唐会要》，中华书局1955年版。

郑樵撰《通志》，中华书局1987年版。

宋敏求编《唐大诏令集》，商务印书馆1959年版。

林宝撰，岑仲勉校记《元和姓纂》，中华书局1984年版。

马端临撰《文献通考》，中华书局1986年影印。

李吉甫撰《元和郡县图志》，中华书局1983年版。

施和金点校《新编方舆胜览》，中华书局2003年版。

王象之撰《舆地纪胜》，江苏广陵古籍刊印社1991年版。

乐史撰《太平寰宇记》，中华书局2007年版。

顾祖禹撰《读史方舆纪要》，中华书局2005年版。

严耕望撰《唐代交通图考》，上海古籍出版社2007年版。

刘肃撰《大唐新语》，中华书局1984年版。

李肇撰《唐国史补》，上海古籍出版社1979年版。

段成式撰《酉阳杂俎》，中华书局1981年版。

范摅撰《云溪友议》，古典文学出版社1957年版。

孙光宪撰《北梦琐言》，上海古籍出版社1979年版。

赵璘撰《因话录》，上海古籍出版社1979年版。

王定保撰《唐摭言》，上海古籍出版社1978年版。

孟启撰《本事诗》，古典文学出版社1957年版。

王谠撰，周勋初校证《唐语林》，中华书局1987年版。

李昉等编《太平广记》，中华书局1961年版。

洪迈撰《容斋随笔》，上海古籍出版社1978年版。

赵彦卫撰，傅根清点校《云麓漫钞》，中华书局1996年版。

赞宁撰，范祥雍点校《宋高僧传》，中华书局1987年版。

周勋初主编《唐人轶事汇编》，上海古籍出版社2006年版。

劳格、赵钺撰《唐尚书省郎官石柱题名考》，中华书局1982年版。

钱大昕撰《廿二史考异》，上海古籍出版社2004年版。

永瑢等撰《四库全书总目》，中华书局1965年版。

于敏中等撰《天禄琳琅书目》，上海古籍出版社2007年版。

徐松撰，孟二冬补正《登科记考补正》，北京燕山出版社2003年版。

严耕望撰《唐仆尚丞郎表》，上海古籍出版社2007年版。

岑仲勉撰《郎官石柱题名新考订》，上海古籍出版社1984年版。

周绍良主编《唐代墓志汇编》，上海古籍出版社1992年版。

周绍良、赵超主编《唐代墓志汇编续集》，上海古籍出版社2001年版。

晁公武撰，孙猛校证《郡斋读书志校证》，上海古籍出版社1990年版。

严可均辑《全上古三代秦汉三国六朝文》，中华书局1958年版。

逯钦立辑《先秦汉魏晋南北朝诗》，中华书局1983年版。

彭定求编《全唐诗》，中华书局1960年版。

董诰编《全唐文》，中华书局1983年影印。

李昉等编《文苑英华》，中华书局1966年版。

陈贻焮主编《增订注释全唐诗》，文化艺术出版社2001年版。

陈尚君辑校《全唐诗补编》，中华书局1992年版。

陈尚君辑校《全唐文补编》，中华书局2005年版。

北京大学古文献研究所编纂《全宋诗》，北京大学出版社1991年版。

蒋清翊注《王子安集注》，上海古籍出版社1995年版。

何林天校订《重订新校王子安集》，山西人民出版社1990年版。

李云逸校注《卢照邻集校注》，中华书局1998年版。

徐明霞点校《卢照邻集杨炯集》，中华书局1980年版。

陈熙晋笺注《骆临海集笺注》，上海古籍出版社1985年版。

陈铁民校注《王维集校注》，中华书局1997年版。

徐鹏校注《孟浩然集校注》，人民文学出版社1989年版。

王琦辑注《李太白全集》，中华书局1977年版。

仇兆鳌注《杜诗详注》，中华书局2009年版。

杨伦注《杜诗镜铨》，上海古籍出版社1980年版。

卢元昌撰《杜诗阐》，续修四库全书本，上海古籍出版社2002年版。

王嗣奭撰《杜臆》，上海古籍出版社1983年版。

钱谦益注《钱注杜诗》，上海古籍出版社1979年版。

佚名撰《杜诗言志》，江苏人民出版社1983年版。

浦起龙撰《读杜心解》，中华书局1977年版。

陈贻焮撰《杜甫评传》，北京大学出版社2011年版。

莫砺锋撰《杜甫评传》，南京大学出版社1993年版。

刘开扬笺注《高适诗集编年笺注》，中华书局2000年版。

佘正松著《高适研究》，中华书局2008年版。

佘正松注详《高适诗文注评》，中华书局2009年版。

陈铁民、侯忠义校注《岑参集校注》，上海古籍出版社1981年版。

刘开扬笺注《岑参诗集编年笺注》，巴蜀书社1995年版。

孙望编著《韦应物诗集系年校笺》，中华书局2002年版。

陶敏、王友胜校注《韦应物集校注》，上海古籍出版社1998年版。

臧维熙注《戎昱诗注》，上海古籍出版社1982年版。

蒋寅校注《戴叔伦诗集校注》，上海古籍出版社1993年版。

杨世明校注《刘长卿集编年校注》，人民文学出版社1999年版。

文航生校注《司空曙诗集校注》，人民文学出版社2011年版。

朱金城笺校《白居易集笺校》，上海古籍出版社1988年版。

谢思炜校注《白居易诗集校注》，中华书局2006年版。

褰长春著，尹占华编《白居易评传》，南京大学出版社2002年版。

冀勤点校《元稹集》，中华书局1982年版。

杨军笺注《元稹集编年笺注》（诗歌卷），三秦出版社2002年版。

瞿蜕园笺证《刘禹锡集笺证》，上海古籍出版社1989年版。

卞孝萱校订《刘禹锡集》，中华书局1990年版。

齐文榜校注《贾岛集校注》，人民文学出版社2001年版。

李嘉言校《长江集新校》，河南大学出版社2008年版。

华忱之校注《孟郊诗集校注》，人民文学出版社1996年版。

张安福笺注《韦庄集笺注》，上海古籍出版社2002年版。

傅璇琮、周建国校笺《李德裕文集校笺》，河北人民出版社2000年版。

陈允吉校点《杜牧全集》，上海古籍出版社1997年版。

严寿澄、黄明、赵昌平笺注《郑谷诗集笺注》，上海古籍出版社2009年版。

傅义校注《郑谷诗集编年校注》，华东师范大学出版社1993年版。

刘学锴、余恕诚著《李商隐诗歌集解》，中华书局2004年版。

刘学锴、余恕诚校注《李商隐文编年校注》，中华书局2010年版。

冯浩详笺注《玉溪生诗集笺注》，上海古籍出版社1979年版。

刘学锴校注《温庭筠全集校注》，中华书局2007年版。

雍文化辑校《罗隐集》，中华书局1983年版。

钱仲联校注《剑南诗稿校注》，上海古籍出版社1985年版。

范文澜注《文心雕龙注》，人民文学出版社1958年版。

郭茂倩编著《乐府诗集》，中华书局1979年版。

陈祚明评选《采菽堂古诗选》，上海古籍出版社2008年版。

胡应麟撰《诗薮》，上海古籍出版社1979年新1版。

胡震亨著《唐音癸签》，上海古籍出版社1978年版。

丁福保辑《清诗话》，上海古籍出版社1978年新1版。

丁福保辑《历代诗话续编》，中华书局1983年版。

郭绍虞编选，富寿荪校点《清诗话续编》，上海古籍出版社1983年版。

陈伯海主编《唐诗汇评》，浙江教育出版社1996年版。

霍松林主编《万首唐人绝句校注集评》，山西人民出版社1991年版。

李庆甲集评校点《瀛奎律髓汇评》，上海古籍出版社1986年版。

刘熙载撰《艺概》，上海古籍出版社1978年版。

沈德潜编《唐诗别裁集》，中华书局1964年新1版。

胡适著《白话文学史》，上海古籍出版社1999年版。

郑振铎著《中国俗文学史》，上海世纪出版集团2006年版。

刘大杰著《中国文学发展史》，上海古籍出版社1982年版。

罗根泽著《乐府文学史》，东方出版社1996年版。

萧涤非著《汉魏六朝乐府文学史》，人民文学出版社1984年版。

游国恩、王起、萧涤非等主编《中国文学史》，人民文学出版社1979年版。

林庚著《中国文学简史》，北京大学出版社1995年版。

袁行霈主编《中国文学史》，高等教育出版社1999年版。

章培恒、骆玉明主编《中国文学史》，复旦大学出版社1997年版。

吴庚舜、董乃斌主编《唐代文学史》，人民文学出版社1995年版。

罗宗强著《隋唐五代文学思想史》，上海古籍出版社1986年版。

罗宗强、郝世峰主编《隋唐五代文学史》，高等教育出版社1994年版。

毛水清著《隋唐五代文学史》，广西人民出版社2003年版。

杨世明著《唐诗史》，重庆出版社1996年版。

王运熙、王国安著《汉魏六朝乐府诗》，上海古籍出版社1986年版。

傅璇琮、张忱石、许逸民编撰《唐五代人物传记资料综合索引》，中华书局1982年版。

傅璇琮主编《唐五代文学编年史》，辽海出版社1998年版。

傅璇琮著《唐诗人丛考》，中华书局1980年版。

周祖撰《中国文学家大辞典（唐五代卷）》，中华书局1992年版。

辛文房撰，孙映逵校注《唐才子传校注》，中国社会科学出版社1991年版。

辛文房撰，傅璇琮等校笺《唐才子传校笺》，中华书局2000年版。

计有功撰，王仲镛校笺《唐诗纪事校笺》，中华书局2007年版。

吴廷燮著《唐方镇年表》，中华书局2003年版。

郁贤皓著《唐刺史考》，江苏古籍出版社1987年版。

郁贤皓、胡可先著《唐九卿考》，中国社会科学出版社2003年版。

郁贤皓著《唐风馆杂识》，辽宁大学出版社1999年版。

戴伟华著《唐方镇文职僚佐考》（修订本），广西师范大学出版社2007年版。

谭优学著《唐诗人行年考》，四川人民出版社1981年版。

谭优学著《唐诗人行年考续编》，巴蜀书社1987年版。

吴在庆著《唐五代文史丛考》，江西人民出版社1995年版。

张志烈著《初唐四杰年谱》，巴蜀书社1993年版。

陈冠明著《苏味道李峤年谱》，中央文献出版社2000年版。

陈祖言著《张说年谱》，香港中文大学出版社1984年版。

刘文刚著《孟浩然年谱》，人民文学出版社1995年版。

周勋初著《高适年谱》，上海古籍出版社1980年版。

陈冠明、孙愫婷著《杜甫亲眷交游行年考》，上海古籍出版社2006年版。

朱金城著《白居易年谱》，上海古籍出版社1982年版。

卞孝萱著《元稹年谱》，齐鲁书社1980年版。

周相录撰《元稹年谱新编》，上海古籍出版社2004年版。

卞孝萱著《刘禹锡年谱》，中华书局1963年版。

张达人著《刘禹锡年谱》，商务印书馆1977年版。

傅璇琮著《李德裕年谱》，齐鲁书社1994年版。

张采田著《玉溪生年谱会笺》，上海古籍出版社1983年版。

卞孝萱主编《中华大典·文学典·隋唐五代文学分典》，江苏古籍出版社2000年版。

陈寅恪著《元白诗笺证稿》，上海古籍出版社1978年版。

陈寅恪著《唐代政治史述论稿》，上海古籍出版社1982年版。

陈寅恪著《隋唐制度渊源略论稿》，中华书局1963年版。

岑仲勉著《隋唐史》，中华书局1980年版。

岑仲勉著《唐人行第录》，上海古籍出版社1978年版。

岑仲勉著《唐史余瀋》，中华书局2004年版。

岑仲勉著《金石论丛》，上海古籍出版社1981年版。

岑仲勉著《隋唐纪比事质疑》，中华书局1964年版。

程千帆著《唐代进士行卷与文学》，上海古籍出版社1980年版。

程千帆、程章灿著《程氏汉语文学通史》，辽海出版社1999年版。

陈贻焮著《唐诗论丛》，湖南人民出版社1980年版。

傅璇琮著《唐代科举与文学》，陕西人民出版社2007年版。

傅璇琮、施纯德编《翰学三书》，辽宁教育出版社2003年版。

傅璇琮等主编《中国诗学大辞典》，浙江教育出版社1999年版。

陈伯海著《唐诗学引论》，东方出版中心2007年版。

陈才智著《元白诗派研究》，社会科学文献出版社2007年版。

陈飞著《唐代试策考述》，中华书局2002年版。

邓小军著《唐代文学的文化精神》，（台北）文津出版社1993年版。

卞孝萱著《刘禹锡从考》，巴蜀书社1988年版。

卞孝萱、卞敏著《刘禹锡评传》，南京大学出版社1996年版。

戴伟华著《地域文化与唐代诗歌》，中华书局2006年版。

傅绍良著《唐代谏议制度与文人》，中国社会科学出版社2003年版。

胡可先著《中唐政治与文学》，安徽大学出版社2000年版。

蒋绍愚著《唐诗语言研究》，中州古籍出版社1990年版。

贾晋华著《唐代集会总集与诗人群研究》，北京大学出版社2001年版。

蒋寅著《大历诗风》，凤凰出版社2009年版。

蒋寅著《大历诗人研究》下编，中华书局1995年版。

李泽厚著《美的历程》，中国社会科学出版社1984年版。

吕思勉著《隋唐五代史》，中华书局1959年版。

李浩著《唐代关中士族与文学》，中国社会科学出版社2003年版。

李浩著《唐代三大地域文学士族研究》，中华书局2008年版。

李德辉著《唐代交通与文学》，湖南人民出版社2003年版。

吕慧娟等编《中国历代著名文学家评传》，山东教育出版社1985年版。

莫砺锋著《唐宋诗歌论集》，凤凰出版社2007年版。

莫砺锋著《古典诗学的文化观照》，中华书局2005年版。

孟二冬著《中唐诗歌之开拓与创新》，北京大学出版社1998年版。

马自力著《中唐文人之社会角色与文学活动》，中国社会科学出版社2005年版。

马自力著《诗心、文心与士心》，社会科学文献出版社2013年版。

潘百齐著《唐诗抒情艺术研究》，南京师范大学出版社1998年版。

钱锺书著《管锥编》，中华书局1979年版。

钱仲联、马茂元校点《韩愈全集》，上海古籍出版社1997年版。

任半塘著《唐戏弄》，上海古籍出版社2006年新1版。

任半塘著《唐声诗》，上海古籍出版社2006年新1版。

孙琴安著《唐诗与政治》，上海人民出版社2003年版。

尚永亮著《唐五代逐臣与贬谪文学研究》，武汉大学出版社2007年版。

尚永亮著《贬谪文化与贬谪文学：以中唐元和五大诗人之贬及其创作为中心》，兰州大学出版社2004年版。

唐晓敏著《中唐文学思想研究》，北京师范大学出版社2000年版。

王利器校注《风俗通义》，中华书局1981年版。

王仲荦著《隋唐五代史》，中华书局2007年版。

王重民著《中国善本书目提要》，上海古籍出版社1983年版。

王运熙著《乐府诗述论》，上海古籍出版社1996年版。

王运熙、顾易生主编《中国文学批评史新编》，复旦大学出版社2001年版。

王达津著《唐诗丛考》，上海古籍出版社1986年版。

王明居著《唐诗风格论》，安徽大学出版社2001年版。

王胜明著《李益研究》，巴蜀书社2004年版。

万曼著《唐集叙录》，中华书局1980年版。

王勋成著《唐代铨选与文学》，中华书局2001年版。

吴承学著《中国古典文学风格学》，花城出版社1993年版。

吴在庆著《唐代文士的生活心态与文学》，黄山书社2006年版。

吴在庆著《唐代文士与唐诗考论》，厦门大学出版社2006年版。

吴在庆著《增补唐五代文史丛考》，黄山书社2006年版。

吴相洲著《中唐诗文新变》，学苑出版社2007年版。

吴相洲著《唐代歌诗与诗歌》，北京大学出版社1999年版。

吴相洲著《唐诗创作与歌诗传唱关系研究》，北京大学出版社2004年版。

吴伟斌著《元稹评传》，河南人民出版社2008年版。

吴伟斌著《元稹考论》，河南人民出版社2008年版。

吴汝煜编著《唐五代人交往诗索引》，上海古籍出版社1993年版。

陶敏著《全唐诗人名汇考》，辽海出版社2007年版。

吴汝煜著《全唐诗人名考》，江苏教育出版社1990年版。

吴宗国著《唐代科举制度研究》，北京大学出版社2010年版。

谢思炜著《白居易集综论》，中国社会科学出版社1997年版。

余恕诚著《唐诗风貌》，安徽大学出版社2000年版。

严迪昌著《文学风格漫说》，江苏人民出版社1983年版。

郁贤皓、陶敏合著《唐代文史考论》，洪叶文化事业有限公司1999年版。

朱金城著《白居易研究》，陕西人民出版社1987年版。

周勋初著《唐代笔记小说叙录》，凤凰出版社2008年版。

周勋初著《唐人笔记小说考索》，江苏古籍出版社1996年版。

张伯伟撰《全唐五代诗格汇考》，江苏古籍出版社2002年版。

张泽咸著《唐五代赋役史草》，中华书局1986年版。

张福庆著《唐诗美学探索》，华文出版社2000年版。

张修蓉著《中唐乐府诗研究》，（台北）文津出版社1985年版。

钟优民著《新乐府诗派研究》，辽宁大学出版社1997年版。

查屏球著《唐学与唐诗——中晚唐诗风的一种文化考察》，商务印书馆2000年版。

曾广开著《元和诗论》，辽海出版社1997年版。

陈正祥著《中国文化地理》，生活·读书·新知三联书店1983年版。

蓝勇著《西南历史文化地理》，西南师范大学出版社1997年版。

李孝聪主编《唐代地域结构与运作空间》，上海辞书出版社2003年版。

刘庆柱、王子今主编《中国蜀道》，三秦出版社2015年版。

贾大泉、陈世松主编《四川通史》，四川大学出版社1993年版。

曹学佺撰《蜀中广记》，杨世文校点，上海古籍出版社2020年版。

曹学佺撰，刘知渐点校《蜀中名胜记》，重庆出版社1984年版。

杨世明著《巴蜀文学史》，巴蜀书社2003年版。

胡昭曦著《巴蜀历史文化论集》，巴蜀书社2002年版。

张仲裁著《唐五代文人入蜀编年史稿》，巴蜀书社2011年版。

蓝勇著《四川古代交通路线史》，西南师范大学出版社1989年版。

巴蜀文化大典编纂工作委员会编《巴蜀文化大典》，四川人民出版社1998年版。

谭继和著《巴蜀文化辨思集》，四川人民出版社2004年版。

王定璋著《入蜀诗人撷英》，巴蜀书社2009年版。